Niels Brunse, Jahrgang 1949, arbeitet als Übersetzer, Journalist und Autor. In Dänemark gilt er als der wichtigste Übersetzer für deutsche Literatur. Er lebt in Kopenhagen.

Der 53jährige Komponist Peter Vejland verläßt an einem Freitagmorgen Kopenhagen, um im Sommerhaus von Bekannten eine Woche zu arbeiten. Er nimmt die Fähre nach Århus, doch dort kommt er nie an. Nur sein Auto wird auf dem Schiff gefunden. Der Polizeireporter Jesper Lund fragt sich, ob der Vermißte ertrunken ist, ob er ermordet wurde oder gar Selbstmord begangen hat. Zusammen mit der attraktiven Fotografin Madeleine Arnvad macht er sich auf, um das Verschwinden des erfolgreichen Komponisten aufzuklären. Bei Fotoaufnahmen in Vejlands Wohnung stoßen die beiden auf eine seltsame ménage à trois: Auch der Liebhaber von Vejlands Frau, der als Trancheur arbeitet, lebt im Haushalt, das Kleinkind scheint aber von dem Komponisten zu stammen. In dessen Unterlagen entdecken Jesper und Madeleine, die sich bei ihren Ermittlungen allmählich näherkommen, ein Notenrätsel, das ihnen Aufschluß über eine Jugendliebe Peter Vejlands gibt. Jene geheimnisvolle Luna wiederum vermag ihnen etwas über Vejlands Verbleib zu sagen. Und so begeben sich Jesper und Madeleine auf die Spur des Verschollenen. Die führt sie nach Wien, zurück in die Nazi-Zeit ...

Niels Brunse

Die träumende Katze

Roman

Aus dem Dänischen
von Dagmar Lendt

Aufbau Taschenbuch Verlag

Die Originalausgabe unter dem Titel
»I lyset af en kat«
erschien 2000 im Verlag Per Kofod, Kopenhagen.

ISBN 3-7466-1788-X

1. Auflage 2001

Einbandgestaltung Preuße & Hülpüsch Grafik Design
Druck Elsnerdruck GmbH, Berlin
Printed in Germany

www.aufbau-taschenbuch.de

Teil I

1. Tag, Freitag

Jesper Lund saß in seinem Sessel, auf dem Schoß eine träumende Katze. Dies war die Zeit der Besinnung, des letzten Atemholens vor dem Schlafengehen, nur die Lampe neben dem Sessel brannte noch. Draußen, auf der Nachtseite der Gardinen, pulsierte die Stadt; hier drinnen aber war es still und schwebend, als wäre die Zeit stehengeblieben.

Sursa bewegte sich unruhig auf seinem Schoß. Ihre Schnurrhaare zitterten, die Pfoten zuckten; er sah, daß ihre Augen sich unter den geschlossenen Lidern bewegten. Sie hob ihre edle Siamesennase ein wenig, gab einen kleinen schläfrigen Klagelaut von sich und sank wieder zurück.

Jesper strich ihr sanft über die beigefarbenen Flanken, die sich in regelmäßigen Atemzügen hoben und senkten. Sursa war seit sieben Jahren seine Vertraute, länger, als irgendeine seiner Freundinnen es mit ihm ausgehalten hatte. Sie war nicht weniger stolz und eigensinnig als andere Katzen, eher im Gegenteil, aber gerade deswegen freute er sich, wenn sie ihn schon an der Tür mit einem Miau begrüßte, sobald er spät abends nach Hause kam, oder wenn sie auf seinen Schoß sprang, kaum daß er es sich in einem Sessel bequem gemacht hatte. Sie schmeichelte sich nicht ein, aber sie ließ ihn spüren, daß sie seine Gesellschaft schätzte.

Jetzt erwachte sie plötzlich auf seinem Schoß. Sie hob den Kopf mit einem Ruck, als hätte sie ein Geräusch gehört, das ihm entgangen war, oder als wäre ihr Traumfilm gerissen.

Oder war es sein eigener? Ihm war, als hätte er einen Moment zuvor etwas gesehen oder etwas geträumt – nein, es war kein Traum, er war nicht aufgewacht, es war ein eigenartiges Mitteldding zwischen etwas Erlebtem und etwas Erinnertem, beides zugleich ... Ein Mann, der vor ihm ging, ein grauer Mann.

Der graue Mann hatte einen Hut auf dem Kopf, einen Filzhut mit schmaler Krempe, so einen, wie ihn heute fast niemand mehr trug, und er trug einen grauen, lodenartigen Mantel, einen knielangen Mantel ohne Gürtel. Er ging ein Stück links vor ihm, so daß Jesper sein Gesicht nicht sehen konnte, nur eine Wange und die Nasenspitze. Er hielt den rechten Arm mit einer ungeduldigen und gebieterischen Geste etwas vom Körper abgespreizt, als wollte er Jesper mit sich ziehen – und Jesper konnte nicht anders als mitgehen, so machtvoll und eindringlich war die Ausstrahlung des grauen Mannes. Sie gingen auf einem Fußweg, der ein Stück über einer grünen Talsohle zu schweben schien. Rechts erhoben sich hohe, majestätische Berge steil und schroff aus dem Tal. An den Bergen entlang verlief eine Eisenbahnstrecke und eine Autobahn. Dann bog der Mann nach links ab, und es war vorbei.

Mehr war es nicht, aber Jesper fröstelte bei dem Gedanken daran, und seine Arme überzogen sich mit einer Gänsehaut. Es hatte auf irgendeine Art mit der Geschichte zu tun, über die er nachgrübelte, und es machte diese Geschichte verdammt wichtig, nur hatte er keine Ahnung, warum. Das Bild des Mannes war jetzt verschwunden, aber er konnte es sich wieder vor Augen rufen, er konnte nur nicht sagen, wie es zu dieser Erscheinung gekommen war. Jesper hatte so etwas noch nie vorher erlebt …

Sursa bewegte sich, stand auf, machte einen Buckel, gähnte und sprang hinunter auf den Fußboden. Er hörte, wie sie Wasser aus dem Napf in der Küche trank.

Jesper blieb noch eine Weile sitzen und versuchte, den kleinen stummen Schock zu überwinden. Er mußte wieder zu dem Fall zurück, in den er unmittelbar vorher vertieft gewesen war. Er riß sich zusammen, ließ die Personen in seinem Kopf Revue passieren und versuchte, das Puzzle zusammenzusetzen – alles, was er wußte, auch das, was er in seinem Artikel ausgelassen hatte.

Es war ein ganz normaler Tag in der Zeitungsredaktion

gewesen, und der Fall, über den Jesper einen Artikel geschrieben hatte, war keine große Sensation. Auch wenn er sich bei der Darstellung auf die Fakten beschränkt hatte, an der Sache war trotzdem etwas eigenartig und beunruhigend: Ein Mann verschwindet spurlos von einer Fähre, die Ehefrau und das kleine Kind sitzen zu Hause, die Ungewißheit ist schrecklich, die Polizei bittet alle, die zur Aufklärung beitragen können, um sachdienliche Hinweise.

Er hatte durch den täglichen Routineanruf bei Kaffe in der Polizeidirektion von der Geschichte erfahren, und erst am späten Nachmittag, als er sicher sein konnte, daß die Beamten die Angehörigen inzwischen aufgesucht hatten, rief er selbst bei der Ehefrau an und erhielt die Erlaubnis, mit einem Fotografen vorbeizukommen. Sowohl am Telefon als auch während des Interviews hatte die Ehefrau besorgt, aber gefaßt geklungen. Sie war keineswegs außer sich vor Angst, wie sie da auf dem Sofa saß, die kleine Tochter im Arm und den Untermieter oder Hausfreund, oder was immer er sein mochte, als Beistand in der anderen Sofaecke. Bereitwillig hatte sie ihm einige neuere Fotos ihres Mannes überlassen. Eines davon würde morgen erscheinen, vermutlich zusammen mit einem von Madeleines Fotos, das Frau und Kind auf dem Sofa zeigte.

Der Vermißte, der Komponist Peter Vejland (53), fuhr am Freitagmorgen von zu Hause los, um eine Woche Urlaub im Sommerhaus eines Bekannten am Ringkøbing Fjord zu machen. Er nahm die Katamaranfähre von Kalundborg, doch als das Schiff in Århus anlegte, stand sein Auto verlassen auf dem Wagendeck, und bei der anschließenden gründlichen Durchsuchung des Schiffes wurde der Fahrer nicht gefunden. Während der Überfahrt herrschte kräftiger Wind, und die Polizei schließt nicht aus, daß der Vermißte über Bord gefallen sein könnte.

Aus irgendeinem Grund war das verlassene Auto das stärkste Bild vor Jespers geistigem Auge, obwohl er es gar nicht selbst gesehen hatte. Aber Kaffe hatte es ihm beschrieben, und er sah es lebhaft vor sich: ein großer dunkelgrüner Citroën, der verschlossen und verlassen im dunklen Schiffsbauch stand, während alle anderen Autos hinausfuhren. Dieses Bild hatte etwas Unheilvolleres und Unheimlicheres an sich als ein Unfallwrack auf einer Autobahn; es war, als ob es nicht nur von einem tragischen Vorfall erzählte, sondern auch noch von etwas anderem, das sich dahinter verbarg, von einem Rätsel. Die Polizei in Århus hatte dafür gesorgt, daß das Auto an Land gebracht und untersucht wurde. Jesper wußte nicht, wo es sich im Moment befand, aber es sollte wohl zurückgebracht werden – Kaffe hatte erzählt, daß sich eine Menge Gepäck und persönliche Gegenstände darin befanden.

Sie waren mit dem Taxi zur Wohnung des verschwundenen Mannes in der Nidarosgade gefahren, er und die neue Fotografin. Bevor sie losfuhren, hatten sie sich kurz miteinander bekannt gemacht. »Madeleine Arnvad. Das ist mein erster Job«, sagte sie und lächelte entschuldigend. Ansonsten hatte sie keinen Grund, ihr Licht unter den Scheffel zu stellen. Sie arbeitete schnell und effektiv, und die Fotos, die sie ihm anschließend zeigte, waren tadellos.

Im Taxi hatte er sie über den Fall informiert, oder besser gesagt über das Wenige, was er wußte. Jetzt erinnerte er sich plötzlich an den Geruch ihrer schwarzen Lederjacke, die ihr ein ziemlich robustes Aussehen gab – ganz im Gegensatz zu dem verletzlichen Gesicht. Wieso verletzlich? Das lag wohl an dem Mund und der etwas spitzen Nase. Vogelartig.

Die Nidarosgade war eine der stilleren Straßen im Botschaftsviertel von Østerbro. Große, solide Häuser mit tiefen, breiten Treppenaufgängen; innen geräumige Wohnungen mit hohen Stuckdecken. Jesper blieb stehen und studierte die Fassade, während das Taxi davonfuhr. Laut Adresse lag die Wohnung im ersten Stock links, demnach mußten die Fenster rechts von dem Sandsteinornament über der Haustür zu der betreffenden Wohnung gehören. Sie waren alle geschlossen; dahinter konnte er unauffällige helle Gardinen ausmachen.

Auf der anderen Seite des Eingangs stand ein Fenster offen, aus dem eine alte Frau mit weißer Dauerwelle den Kopf herausstreckte und sie beobachtete, die Ellbogen bequem auf ein Kissen gebettet. Und das bei dem Wetter. Ein Windstoß fegte die Straße entlang, eine dieser ungemütlichen Böen, wie sie zwischen Spätsommer und Frühherbst in Dänemark häufig vorkommen. Sie wirbelte Staub in Jespers Augen und zerrte an Madeleines blonden Haaren, so daß sie sich anschließend mit einer kleinen zierlichen Geste eine Locke aus dem Mund ziehen mußte.

Dann klingelten sie und wurden eingelassen.

Jesper erinnerte sich an das Türschild, das er sich eingeprägt hatte, weil es ihm aufgefallen war. Ein rechteckiges Messingschild mit vier Namen in nobler Antiqua-Schrift:

Lisa Martinsson
Peter Vejland
Cæcilie
Louis Jørgensen

Mutter, Vater, Kind und – wer? Wenn Leute einen Untermieter beherbergten, hatte der für gewöhnlich ein eigenes Türschild oder einen Klebestreifen mit seinem Namenszug. Vielleicht war Louis Jørgensen ein Verwandter. Oder ihm gehörte ein Teil der Wohnung.

Es war Lisa Martinsson, die die Tür öffnete und sie begrüßte. Sie war klein, mittelblond, hatte einen kurzen Hals und feine Gesichtszüge. Auf dem Arm trug sie ein stilles, großäugiges Baby in einem hellgelben Strampelanzug. Sie bat sie durch den Flur ins Wohnzimmer, wo ein Mann sich vom Sofa erhob, ihnen die Hand entgegenstreckte und sich als Louis vorstellte.

Eine Erklärung für Louis' Anwesenheit wurde nicht abgegeben. Jesper registrierte, daß er Ende Zwanzig sein mußte, ebenso wie Lisa, er war klein und hatte einen dunklen

Lockenkopf, dunkelblaue Augen und Ähnlichkeit mit König Christian VIII. Lisa und Louis sprachen beide mit leiser, ruhiger Stimme und strahlten die gleiche gefaßte Sorge über das Vorgefallene aus.

»Ein Polizeibeamter war hier«, sagte Lisa, »er meinte, daß Peter auf der Fähre über Bord gefallen sein könnte. Aber er sagte auch, es könnte noch andere Erklärungen geben. Zum Beispiel, daß Leute manchmal etwas Unüberlegtes tun und es sich hinterher anders überlegen. Aber selbst wenn er über Bord gefallen wäre, könnte ihn vielleicht ein Boot oder irgend so was gerettet haben. Die Küstenwache jedenfalls sucht mit einem Hubschrauber nach ihm, und wir bekommen sofort Bescheid, wenn sie etwas finden. Er ist sicher, daß Peter bald wieder auftaucht. Das täten Vermißte immer, so oder so, sagte er.«

Sie wiederholte bereitwillig vieles von dem, was sie der Polizei schon gesagt haben mußte. Daß Peter Vejland frühmorgens losgefahren war, daß er eine Woche in einem Sommerhaus oben in Jütland verbringen wollte, um in Ruhe an einem größeren Auftrag zu arbeiten, dem Arrangement einer Filmmusik, und daß er ganz wie immer gewesen sei, es habe keinerlei Anzeichen dafür gegeben, daß etwas nicht in Ordnung sein könnte. Nein, sie hatten heute morgen nicht mit ihm gesprochen, sie hatten noch geschlafen, als er losfuhr.

Sie sagte fast durchgängig »wir« anstatt »ich«, und es blieb ungeklärt, ob sie sich und das Kind meinte, sich und Louis oder sie alle drei. Irgend etwas hielt Jesper davon ab, sie genauer danach zu fragen.

Er hatte in einem Sessel auf der anderen Seite des Couchtisches gesessen, mit Notizblock und Kugelschreiber, Lisa und Louis saßen jeweils in ihrer Sofaecke, und der Kassettenrekorder schnurrte leise und diskret auf dem Tisch, während Madeleine auf Zehenspitzen herumging, mit dem Lichtmesser die Helligkeit prüfte und geeignete Blickwinkel suchte. Man konnte das kurze Jaulen der Motorwinde hören, wenn sie auf den Auslöser ihrer Kamera drückte, aber sie gab keinerlei Kommentare ab, wie es manche der Zeitungsfotografen sonst gerne tun. Als sie genug Aufnahmen im Kasten hatte, setzte sie sich auf einen Stuhl und wartete.

»Können Sie ein wenig mehr darüber sagen, in ganz groben Zügen, was Ihr Mann so macht?« hatte Jesper gefragt und sorgsam darauf geachtet, nicht in der Vergangenheitsform von ihm zu sprechen.

»Er ist Komponist«, antwortete Lisa, »ausgebildet am Konservatorium, aber jetzt schreibt er fast nur Filmmusiken, auch für Werbefilme, er bearbeitet klassische Themen und so was. Er macht das wahnsinnig gut, er hat in den USA gearbeitet und in Italien und an vielen anderen Orten, und viele Aufträge kommen aus dem Ausland. Aber natürlich auch von dänischen Produzenten.«

»Aber er hat nicht irgendwas komponiert, was alle Leute kennen und mitsingen könnten?«

»Nein ... In den siebziger Jahren hat er ein paar dänische Schlager geschrieben, die waren damals ziemlich erfolgreich und werden auch heute noch gespielt, aber ob die Leute die noch kennen ... ›Ein Sommertag am Strand‹. Und ›Vesterbro Blues‹. Die kennen Sie wohl nicht.«

»Nein, daran kann ich mich im Augenblick nicht erinnern«, gab Jesper zu, und sie zuckten beide mit den Achseln. »Wer hat die gesungen?«

»Geschrieben wurden sie für Mike Morsing. Der ist inzwischen tot. Aber gesungen wurden sie auch von anderen. Und es gibt Instrumentalversionen davon.«

Dann hatte Jesper gefragt, ob Lisa Fotos von ihrem Mann hätte, die er für die Zeitung ausleihen könne. Im Bildarchiv gab es keine, das hatte er abgecheckt, bevor sie hierhergefahren waren. Lisa hatte genickt und das Baby an Louis weitergereicht, dann war sie aufgestanden und aus dem Wohnzimmer gegangen.

Jesper war die nahezu intime Selbstverständlichkeit dieser

kleinen Geste aufgefallen. Das Kind gab nicht den kleinsten Protestlaut von sich, ruderte nur ein wenig mit den Armen und beruhigte sich gleich wieder, als Louis es übernahm. Es schaute ihn mit seinen großen Augen an, und er lächelte auf das Baby hinunter.

Der Kassettenrekorder lief immer noch. »Sie wohnen auch hier, wie ich dem Türschild entnommen habe«, sagte Jesper.

»Ja – ich bin ein paar Monate, bevor Cæcilie geboren wurde, hier eingezogen. Ich habe Lisa und Peter in dem Restaurant kennengelernt, in dem ich arbeite. Ich hatte damals keine Wohnung, und, na ja, da boten sie mir an – kurz, es endete damit, daß ich hier einzog.«

Lisa kam mit einer Mappe zurück.

»Hier sind ein paar Fotos, die im Frühjahr für die Promotion einer CD gemacht wurden, ein Soundtrack zu einem Film. In den USA. Ist bei uns noch nicht auf dem Markt.«

Drei Porträtfotos in Schwarzweiß. Ein regelmäßiges, ovales Gesicht, kurze Haare, glattrasiert, aber mit dunklem Bartschatten auf Wangen und Kinn. Dieselben großen Augen wie bei dem Baby, dieselbe Kopfform. Ein gutaussehender Mann, der durchaus jünger wirkte, als er war. Sein Blick war reserviert, beinahe abweisend, der Mund ohne die Spur eines Lächelns.

Madeleine kam herüber und schaute Jesper über die Schulter. Dann nahm sie Lisa beiseite und sagte leise etwas zu ihr, was Jesper nicht verstand. Die beiden Frauen gingen aus dem Zimmer.

»Cæcilie sieht ihm ähnlich, nicht?« sagte Jesper zu Louis.

»Ja, sehr. Aber sie hat Lisas Mund.« Er wiegte das Kind auf seinem Arm leicht hin und her. Cæcilie ruderte ein wenig mit den Armen und gab ein paar Brabbellaute von sich.

»Glauben Sie, daß es was bringt?« fragte Louis in verändertem Tonfall. »Ich meine, wenn Sie in der Zeitung darüber berichten? Glauben Sie, daß man ihn findet?«

»Wenn wir das Foto bringen und über die Sache schreiben, werden in jedem Fall ein paar Hunderttausend Menschen davon wissen. Und vielleicht hat irgend jemand ihn gesehen und meldet sich. Aber wer weiß, vielleicht taucht er ja auch von selbst wieder auf.«

Lisa kam wieder herein.

»Können wir die mitnehmen?« fragte Jesper und drehte routinemäßig eines der Fotos um, um zu sehen, ob es einen Copyright-Stempel trug. »Oh.«

»Ach das, ja«, sagte Lisa. »Manchmal schreibt er sich so. Besonders im Ausland, als Künstlernamen. Auf die Idee kam er, als er jung war und seine ersten kommerziellen Sachen machte, und später ist er dabei geblieben.«

Peter Whyland stand auf dem Etikett auf der Rückseite des Fotos, darunter »Courtesy of«, und dann folgte der Name der Plattenfirma.

»Ich habe auch noch ein paar andere Fotos«, sagte Lisa und holte ein Album aus dem Regal.

Jesper blätterte darin. Amateuraufnahmen, ziemlich gut, aber nicht so gut geeignet wie die professionellen. Nahaufnahmen von Peter. Nahaufnahmen von Lisa. Nahaufnahmen von Peter in Jacke, Hemd und Schlips und von Lisa mit einem weißen breitkrempigen Hut. Lisa und Peter in Mänteln vor dem Kopenhagener Rathaus.

»Das war bei unserer Hochzeit. Meine Freundin Tina hat sie gemacht.«

Jesper schaute sich das Hochzeitsfoto genauer an. Braut und Bräutigam lächelten, aber sie sahen trotzdem nicht besonders glücklich aus. Wieder dieses Reservierte in den Augen von Peter Vejland. Sie waren hellbraun und blickten skeptisch.

»Wann war das?«

»Im November. Ich war im vierten Monat. Mir war dauernd schlecht.«

Madeleine kam zurück ins Wohnzimmer. Jesper sah auf seine Uhr. »Ich glaube, wir müssen jetzt gehen. Ich würde gerne das hier und das hier mitnehmen« – er hielt die Mappe und das Album hoch – »Sie bekommen anschließend alles zurück.«

Er telefonierte per Handy nach einem Taxi, dann packten Madeleine und er ihre Sachen zusammen. Lisa sagte, falls er noch weitere Informationen brauche, solle er einfach anrufen. Er bedankte sich.

Lisa nahm Louis das Baby wieder ab und drückte ihre Lippen auf das goldflaumige Köpfchen. Louis erhob sich, und Madeleine und Jesper gingen durch den Flur zur Wohnungstür.

Im Korridor hing eine große gerahmte Lithografie. In dem Moment brach die Sonne für einen Moment durch und verwandelte das Glas in einen Spiegel. Deshalb sah Jesper, obwohl er vorausging und den anderen den Rücken zudrehte, etwas, was er sonst nicht gesehen hätte: Louis, der für einen kurzen Moment seine Hand auf Lisas Nacken legte und Lisa an sich zog. Liebevoll und tröstend – und sehr, sehr intim.

Im Taxi fragte Jesper Madeleine, ob sie es nicht auch merkwürdig gefunden hatte.

»Merkwürdig, was?«

»Daß sie es so ruhig aufnimmt. Ich meine, sie sind noch kein Jahr verheiratet, ihr Mann ist plötzlich verschwunden, und trotzdem antwortet sie auf meine Fragen so rasch und bereitwillig und ohne Panik. Als würde sie eine Prüfung oder so was absolvieren.«

»Sie hat sich bestimmt zusammengerissen. Das kann man.«

»Hm. – Was hast du mit ihr geflüstert? Bevor ihr aus dem Wohnzimmer gegangen seid?«

Madeleine sah ihn an und kniff die Augen zusammen.

»Ich habe sie gefragt, ob sie einen Tampon für mich hat, wenn du es unbedingt wissen willst. Ich hatte vergessen, mir einen mitzunehmen.«

»Ach, hast du –?«

»Ja. Und?«

Sie wandte das Gesicht ab und sah aus dem Autofenster. Bestimmt vor Verlegenheit. Hinterher, als sie mit den Fotos zu ihm kam, war ihr nichts mehr anzumerken. Sie breitete die frischen Abzüge vor ihm auf dem Schreibtisch aus; die Lederjacke hatte sie immer noch an. Der Geruch von Leder ... Nein, da war auch noch etwas anderes ... Shampoo? Ihre blonden Haare verdeckten ihr Gesicht, als sie sich über den Schreibtisch beugte. Der Mund war aber erkennbar, die Lippen wirkten schmal und hart. Das Bild, das er jetzt vor sich sah, war unnahbar, ihre Wimpern verbargen die Augen. Sie waren schwarz, erinnerte er sich, sie benutzte wahrscheinlich Wimperntusche, obwohl ihr Gesicht an sich ungeschminkt wirkte. Oder färbte sie sich vielleicht die Haare? Ihm fiel Rikkes verräterischer Dreiwochenstreifen am Scheitel ein. Rikke, die künstliche Blondine, die erste, die ihn verlassen hatte. Er strengte sich an, sich Madeleine Arnvads Scheitel in Erinnerung zu rufen, und plötzlich war es, als träte der Anblick unter der Lampe mit der Präzision eines Videos zutage: der Scheitel war hell, hell bis hinunter auf die Haarwurzeln.

Sursa kam aus der Küche wieder herein und strich mit erhobenem Schwanz an seinem Bein entlang. Dann postierte sie sich im Halbdunkel auf dem Fußboden und sah ihn mit rätselhaftem Blick an, als wollte sie fragen, ob er nicht endlich ins Bett zu gehen gedachte. Jesper rief sich zur Ordnung, ein letzter Blick auf den Fall dieses Tages, auch auf die Sachen, die er übersprungen hatte, und diejenigen, bei denen er sich nicht schlüssig war.

Lisa Martinsson war Studentin der Bibliothekswissenschaft, neunundzwanzig Jahre alt, und sie wirkte nicht gerade so, als käme sie aus einem sonderlich wohlhabenden Milieu; jetzt war sie mit einem fast doppelt so alten Mann verheiratet, der in einer offenbar lukrativen Branche tätig war, jedenfalls nach der Wohnung, den Möbeln und den Bildern an den Wänden zu schließen; bei ihnen wohnte ein junger Mann als Untermieter, der in einem Restaurant arbeitete (In welchem? Und was machte er dort? Danach hätte er fragen müssen!) und der möglicherweise ein Verhältnis mit der Frau hatte, trotz des Babys, das allem Anschein nach von Peter Vejland war ... Und dann diese Beherrschtheit angesichts der Ereignisse. Als hätten weder Lisa noch ihr Hausfreund Louis richtig begriffen, was los war. Hatten sie es erwartet? War es möglich, daß sie ihn vielleicht sogar selbst aus dem Weg geschafft hatten?

Und wenn, wie hätten sie das angestellt haben sollen? Hatte überhaupt irgend jemand Peter Vejland gesehen, als er heute morgen losgefahren war?

Das einzige deutliche Bild war das eines fahrerlosen Autos auf einem Schiffsdeck. Der Rest war ein Raum voller dunkler Gegenstände, die danach verlangten, bei Licht betrachtet und mit Namen versehen zu werden.

4. Tag, Montag

Jesper sagte: »Ich möchte an dieser Vejland-Geschichte vom Freitag dranbleiben.«

Der Chefredakteur wirkte immer, als hörte er nur mit einem halben Ohr zu, als müßte er gleich weg und als würde er von seinem schwingenden Chefsessel hinter dem vollgepackten Schreibtisch aus die Mitarbeiter sowieso lieber hinausgehen als hereinkommen sehen. Aber dafür war er jemand, der Entscheidungen schnell traf.

»Und warum?« fragte er.

»Ich könnte wetten, da steckt mehr dahinter.«

»Was?«

»Tja, falls er nicht wieder auftaucht oder gefunden wird – dann Mord.«

»Mord?«

»Ja.«

»Glaubt die Polizei das auch?«

»Kavstrup hält es für einen Unfall.«

»Und was steckt *deiner* Meinung nach dahinter?«

»Geld und eine Dreiecksbeziehung.«

»Wen verdächtigst du? Den Liebhaber?«

»Die Frau.« Jesper und die meisten anderen bei der Zeitung wußten genau, was für eine verbiesterte Einstellung der Chefredakteur zu Frauen hatte.

Das dünne Haar des Chefs richtete sich einen Millimeter auf, und er ließ sich in seinen hochlehnigen Sessel zurückfallen. »Gut, mach weiter. Sieh zu, was du rauskriegen kannst.«

»Ich muß die Sache noch eine Weile auf die gefühlsmäßige Tour angehen. Sie soll Vertrauen zu mir haben.«

»Okay. Halt mich auf dem laufenden.«

Nur mit dem Nötigsten, dachte Jesper, als er aus dem Büro ging. Das hier ist *meine* Story.

Keine andere Zeitung hatte die Geschichte am Samstag derartig groß aufgemacht. Kein Fernsehsender hatte sie aufgegriffen, und im Radio hatten sie am Freitag im Abendecho um halb sieben nur eine Kurzmeldung darüber gebracht, wie er erfahren hatte. Aber der Artikel machte sich gut, der Kontrast zwischen Madeleines Foto von der Mutter mit Kind und dem kühlen Werbefoto des Mannes sprach für sich, und zwischen den Zeilen sprang einen das Rätselhafte des Falles direkt an. Das war ein Einstieg, auf dem man was aufbauen konnte, und Jesper hatte immer noch sein merkwürdiges Gefühl, daß mehr hinter der Sache steckte, als andere sahen.

Katze Sursa träumt. Der Mann ist da, und eins seiner Weibchen ist auch da. Es ist lange her, daß er ein Weibchen hatte. Dieses macht Lärm, ihr Mund öffnet und schließt sich mit durchdringenden Geräuschen. Dann ist sie weg. Der Mann sitzt zusammengesunken da. Wasser fällt aus seinem Gesicht. Auf einmal wachsen ihm lange Reißzähne. Das passiert, weil Sursa schläft. Wenn sie wach ist, hat er nie lange Zähne. Jetzt fletscht er die Zähne und schreit. Sursa kreischt in ihrem

Traum. Dann ist da plötzlich etwas anderes, grüne Blätter und ein starkes Licht aus der Höhe. Und ein Duft von Milch.

Jesper rief Kaffe an und erfuhr, daß Peter Vejland immer noch nicht wieder aufgetaucht war, aber sein goldenes Feuerzeug sei auf der Fähre gefunden worden. Jesper fragte, ob sie sich treffen könnten, und sie verabredeten sich in Kaffes Büro.

Während er sich aufs Rad schwang und losfuhr (leichter Rückenwind), sah er Kaffes Augen vor sich. Braun, freundlich, mit einer ersten Andeutung des hellen Altmännerrings rund um die Iris. Unglaublich, daß ein Mann, der schon so lange bei der Polizei war und so viel von dem gesehen hatte, was Menschen sich gegenseitig antun können, einen so unerschütterlichen Blick hatte und einen so unerschütterlichen Glauben daran, daß die meisten Menschen von Natur aus gut und anständig seien. Das war beinahe sträflich naiv. »Aber es ist doch nur ein kleiner Teil der Bevölkerung, mit dem wir es zu tun haben«, sagte er einmal, als Jesper ihn gefragt hatte, ob seine Arbeit ihn nicht desillusioniert habe.

Kriminalinspektor Oluf Kavstrup, dessen Spitzname »Kaffe« eine naheliegende Kombination aus Kavstrup und Luffe war und außerdem gut zu der Thermoskanne und dem Kaffeebecher paßte, die ihren Stammplatz auf seinem Schreibtisch hatten, wohnte mit seiner Frau Åse in einem Einfamilienhaus auf Amager, viel weiter draußen als Jespers Wohnung, die in der Sprache der Immobilienmakler im »Citynahbereich von Amager« lag.

Jesper hatte die beiden einmal besucht. Es war sehr nett gewesen, trotz der mustergültigen Spießbürgerlichkeit, die in ihrem roten Backsteinhaus herrschte. Kaffe hatte eine Art väterlicher Zuneigung zu ihm gefaßt, vielleicht weil ihre eigenen Kinder schon lange »flügge und aus dem Haus« waren, wie Åse es nannte. Nicht, daß sie groß Aufhebens davon machten, wenn sie miteinander redeten, Kaffe und er. Dienst war Dienst, und Schnaps war Schnaps.

Jesper stellte das Fahrrad ab, betrat das Polizeigebäude und meldete sich beim Pförtner. Während der bei Kaffe anrief und Bescheid sagte, daß Besuch da sei, drehte Jesper ihm den Rücken zu und blickte in den kreisrunden Säulenhof. Zwischen den Fliesen sproß Gras, und die Mauern sahen etwas verwittert aus, aber der tempelartige Ernst des Ortes beeindruckte ihn immer wieder, obwohl er schon oft hier gewesen war. »Gehen Sie ruhig hoch«, sagte der Tempelwächter, »Sie kennen den Weg ja sicher.«

Jesper folgte der Krümmung des Säulenhofes bis zur Tür, ging die Wendeltreppe hinauf in die runde Vorhalle mit ihrem merkwürdig dröhnenden Echo, und schritt anschließend zielsicher einen der langen Korridore entlang, die zum Dezernat A gehörten. Kaffes Tür stand offen. In seinem Büro war es vorbei mit der andächtigen Atmosphäre: Statt des hohlen Dröhnens in den Hallen herrschte hier eine ziemlich unordentliche Sachlichkeit, ganz gewöhnliche Bürolampen lösten die morgensterngezackten Wandleuchten in den Gängen ab.

Als Jesper eintrat, schraubte der Kriminalinspektor den Deckel von der Thermoskanne und deutete mit einem Kopfnicken auf einen zweiten Becher, der auf Jespers Seite des Schreibtisches stand. »Frisch gebrüht«, sagte er. Jesper hielt den Becher hin und bekam einen Kaffee eingegossen.

»Na, du hast ja ein ziemliches Ding daraus gemacht«, sagte Kaffe und hielt ein Exemplar der Samstagsausgabe umgeschlagen hoch, so daß Jesper seinen eigenen Artikel sehen konnte.

»Das ist vielleicht erst der Anfang«, sagte Jesper.

»Jedenfalls ist es noch nicht das Ende«, sagte Kaffe nachdenklich. »Mein Kollege in Århus hat sich heute wieder gemeldet, derselbe, der am Freitag anrief, weil ihnen die Sache ein bißchen mysteriös vorkam.«

»Gibt's was Neues?« fragte Jesper.

»Nicht viel. Der Mann ist bisher nicht wieder aufgetaucht, irgendwelche Zeugen haben sich nicht gemeldet, er hat auch nicht zu Hause angerufen oder sich sonst irgendwie gemeldet. Aber wir haben das hier.«

Kaffe gab Jesper eine kleine durchsichtige Plastiktüte, die mit Klebestreifen verschlossen war. In der Tüte lag ein Feuerzeug, das aussah, als wäre es aus Gold, ein schmales, elegantes Ding, auf dem in Kapitälchen der Name PETER VEJLAND eingraviert war.

»Ein Matrose auf der Fähre hat es gefunden. Ein ›Schiffsassistent‹, heißt das heutzutage wohl. Er hat es Freitag im Laufe des Tages entdeckt und es beim Kapitän abgeliefert, aber wir haben es erst heute bekommen. Die Frau kriegt es natürlich zurück, aber wir dachten, wir sehen es uns vorher ein bißchen genauer an.«

»Meinst du Fingerabdrücke?«

»Die Spurensicherung sagt, da ist nicht viel zu holen. Es hat im Salzwasser gelegen, und anschließend haben der Matrose und der Kapitän es angefaßt. Es war auch mehr der Vollständigkeit wegen. Man hat es oben auf dem Achterdeck hinter dem Passagiersalon gefunden, dem einzigen Platz an Bord, wo man rauchen darf. Es lag in einer Vertiefung von so einem Eisendingsbums, durch das Trossen oder so was geführt werden – auf der *Außenseite* der Reling. Er muß es verloren haben, und vielleicht ist er über Bord gefallen, als er versucht hat, es zurückzuholen.«

»Ohne daß es irgendeiner mitkriegt?«

»Bei der Überfahrt waren nicht besonders viele Passagiere auf dem Schiff, sagt die Reederei. Denen ist die Sache natürlich unangenehm, sie hätten ihn natürlich gerettet, wenn sie es beobachtet hätten, aber niemand hat ihn über Bord fallen sehen. So was geht ja auch ganz schnell.«

»Hast du nicht was von Salzwasser gesagt?« fragte Jesper und wog das kleine goldene Ding in der Hand. »Ich dachte, es wurde oben an Deck gefunden.«

»Gischt. Das Schiff peitscht während der Fahrt eine Menge Wasser auf. Etwas davon sammelt sich in dieser Vertiefung …« Kaffe klappte die Lesebrille auf, setzte sie auf die Nase und las von einem Blatt ab, das er vom Schreibtisch aufnahm. »›Vertiefung in einem Taljenblock an der Außenkante des Achterdecks‹, steht hier. Viel schlauer macht einen das ja nun nicht gerade.«

Jesper betrachtete den eingravierten Namen auf dem Feuerzeug. »Es ist fast – zu deutlich, findest du nicht?«

»Wie meinst du das?«

»Ein allzu deutlicher Wink nach dem Motto: Peter Vejland war hier. Er hätte doch auch etwas verlieren können, auf dem sein Name *nicht* draufsteht.«

»Ja, oder er hätte auch gar nichts verlieren können. Dann säße er jetzt vielleicht einfach in seinem Sommerhäuschen in Jütland und würde das machen, was er sich vorgenommen hatte.«

»Wie willst du in der Sache weiter vorgehen?«

»Ich mache im Grunde genommen gar nichts weiter, ich schwebe sozusagen über den Wassern. Torstensen hat den Bericht geschrieben, und er wird sich auch die nächste Woche noch um den Fall kümmern. Sollte sich bis dahin immer noch nichts ergeben haben, leiten wir ihn an die Personenfahndung weiter. Reichspolizei. Dann hat Dezernat A nichts mehr damit zu tun. Aber der Mann bleibt ja weiterhin im Fahndungscomputer, wir werden die Sache also schon ein bißchen im Auge behalten.«

»Aber ihr habt keinen Verdacht?«

»Keinen besonderen. Hast du ein paar gute Vorschläge?«

»Ich denke, es könnte sich um Mord handeln.«

»Nanu.« Kaffes Blick war noch genauso unbeeindruckt. »Und was bringt dich auf diese Idee?«

»Es könnte doch sein, daß die Ehefrau und der Hausfreund ihr gemeinsames Glück gerne durch Vejlands Einkünfte finanzieren möchten. Ich nehme an, daß sie rechtmäßig verheiratet sind und sie ihn beerbt?«

»Das sind sie. Aber von einer Erbschaft kann keine Rede sein, bevor er wirklich tot ist oder für tot erklärt wird, und das dauert.« Kaffe griff nach einer Pfeife, die im Aschenbecher lag, klopfte sie aus und begann mit einem Reinigungs- und Stopfritual, das seinen Fingern so geläufig war, daß er dabei nicht einmal hinsehen mußte. »Und die Sache mit diesem Hausfreund, die hat Torstensen in seinem Bericht ganz diskret auch erwähnt. Aber ich muß sagen, Jesper, selbst wenn sie so ein Dreiecksverhältnis hatten, muß das noch lange nicht auf Mord hindeuten. Sie haben ja alle drei zusammengewohnt, Mann und Frau und Louis Jørgensen. Falls da was zwischen ihnen gelaufen wäre, hätte man das nicht voreinander verheimlichen können. Und in einem solchen Fall kriegen sich die Leute für gewöhnlich in die Haare und lassen sich scheiden – oder sie raufen sich wieder zusammen und geben dem Dritten den Laufpaß.«

»Vielleicht wollte der Dritte nicht gehen.«

Kaffe zündete ein Streichholz an und saugte die Flamme gemächlich ein paarmal in den Pfeifenkopf. Dann wedelte er das Streichholz aus.

»Das wäre natürlich eine Überlegung, Jesper. Aber Torstensen zieht schon alle Möglichkeiten in Betracht. Wir haben nicht genug Leute für alles, und in diesem Fall gibt es einfach zu wenig Anhaltspunkte für einen Verdacht. Es passiert ja so selten, daß Leute auf diese Weise verschwinden, und ich glaube doch, wir kennen alle Varianten. Wenn sie verschwunden sind, dann sind sie entweder tot, oder sie leben noch. Sind sie tot, können sie auf drei Arten gestorben sein: durch Unfall, Selbstmord oder Mord. Sind sie noch am Leben, gibt es auch dafür drei Möglichkeiten: sie sind aus freien Stücken gegangen, gegen ihren Willen entführt worden oder haben sich in einem Zustand der Unzurechnungsfähigkeit aus dem Staub gemacht.

Um mit letzterem anzufangen: Vejland ist weder senil noch psychisch krank. Und wenn plötzlich an Bord der Fähre etwas mit seinem Verstand passiert wäre, hätten sie ihn dort gefunden.

Entführt wurde er vermutlich auch nicht, denn sonst hätten wir inzwischen etwas von den Entführern gehört –

ganz gleich, ob sie aus politischen oder finanziellen Motiven gehandelt hätten. Außerdem wäre das auch ganz unwahrscheinlich, weil er ja weder besonders prominent noch politisch aktiv oder wahnsinnig reich ist oder ähnliches.

Daß er sich einfach davongemacht hat, glaube ich auch nicht, denn in solchen Fällen setzen sich die Leute fast immer ins Ausland ab, weit weg, aber sein Paß liegt noch ordentlich zu Hause in der Schublade. Theoretisch könnte man durchaus auch irgendwo in Dänemark untertauchen, aber aus psychologischen Gründen würde man sich lieber möglichst weit von dem Risiko entfernen, erkannt zu werden. Vor allem, wenn man so viel gereist ist wie Vejland.

Gut. Gesetzt den Fall, er ist tot, glaube ich wie gesagt trotzdem nicht an Mord als relevante Möglichkeit. Über sein Privatleben haben wir gesprochen, und da gibt es nicht das geringste Anzeichen dafür, daß irgend jemand Peter Vejland nach dem Leben getrachtet haben könnte. Wir haben nichts über ihn vorliegen, weder in unseren Datenbanken noch Karteien noch sonstwo.«

Jesper wedelte mit der Hand, um Kaffe durch die Tabakwolken hindurch sehen zu können.

»Falls es Selbstmord ist«, fuhr der Inspektor unbeirrt fort, »warum gibt es dann keinen Abschiedsbrief oder irgendeine andere Nachricht? Es deutet auch nicht auf Selbstmord hin, daß man eine Reise nach Jütland vorbereitet, das Auto mit Gepäck für eine ganze Woche vollpackt und dann, zwei Stunden nachdem man von zu Hause losgefahren ist, von Bord einer Fähre springt. Deshalb glaube ich an einen Unfall.«

»Und was, wenn es ein als Unfall getarnter Selbstmord ist?« fragte Jesper.

Kaffe sah ihm in die Augen.

»Wenn Leute diesen Ausweg wählen«, sagte er, »dann in der Regel deshalb, um den Hinterbliebenen Schuldgefühle und alle möglichen Grübeleien zu ersparen, was sie hätten machen können, um das zu verhindern; und das ist nicht verboten.« Er legte die Pfeife im Aschenbecher ab. »Das ist nichts, was die Polizei etwas angeht, das ist hundertprozentig Privatsache.«

»Denkst du, daß es so gewesen sein könnte?«

»Nein. Ich persönlich denke, daß alles für einen Unfall spricht. Ich als Beamter denke überhaupt nichts, außer daß es keinen hinreichenden Grund für den Verdacht einer kriminellen Handlung gibt.«

»Versicherungsbetrug?«

»Mit was? Einer Lebensversicherung? Jetzt hör aber auf. Es dauert zehn Jahre, bis eine verschwundene Person gerichtlich für tot erklärt wird. Leute, die auf so was spekulieren, sorgen auf jeden Fall dafür, daß ein ordentlicher Totenschein ausgestellt wird.«

Es klopfte an der Tür, Kaffe rief ein halblautes »Ja!«, und eine Frau in weißer Bluse steckte den Kopf herein. »Hier ist ja vielleicht eine Luft«, sagte sie. »Kaffe, Torstensen fragt, ob du den Bericht fertig durchgelesen hast und ob er der Frau das Feuerzeug zurückgeben kann.«

»Willst du es dir noch genauer ansehen?« fragte Kaffe zu Jesper gewandt, der den Kopf schüttelte und es ihm zurückgab.

Nachdem die Tür wieder geschlossen worden war, sagte Kaffe: »Tja, das wird unser letzter Besuch dort sein, bis wir wieder was Neues hören, so oder so.«

Jesper trommelte mit den Fingern auf dem Tisch. »Ich bleibe auf jeden Fall an der Sache dran. Da *ist* was. Kann ich dich noch mal darauf ansprechen, falls ich irgendwann das Bedürfnis haben sollte?«

Kaffe schickte ihm einen freundlichen, unergründlichen Blick, nahm die Pfeife aus dem Aschenbecher und saugte daran. Sie war ausgegangen. Er legte sie wieder zurück.

»In dem Fall dann besser zu Hause. Ruf an, wenn es soweit ist. Aber sei nicht voreilig, Jesper. Denk daran, daß die Leute, die da in der Nidarosgade zurückgeblieben sind, auch ihr Leben zu leben haben. Sie haben sicher irgend etwas getan, aber sicher nichts *Ungesetzliches*.«

»Ja, ja«, entgegnete Jesper ungeduldig. »Ich habe schon mal was von fairer Berichterstattung gehört.«

»Wohl kaum bei *deiner* Zeitung.«

Jesper öffnete den Mund zu einer Retourkutsche, aber auf seinem inneren Monitor erschien kein vernünftiger Text. Er begnügte sich damit, den Mund wieder zuzuklappen. Kaffe lachte gutmütig.

»Falls du etwas herausfindest, bin ich jederzeit bereit, mich deinem Spürsinn zu beugen«, sagte er. »Und falls du nichts findest, komm einfach trotzdem.« Er sah auf seine Uhr. Jesper stand auf und murmelte, für ihn sei es auch höchste Zeit, sich wieder in der Redaktion blicken zu lassen.

Kaffe begleitete ihn hinaus auf den Korridor und gab ihm einen leichten Schlag auf die Schulter, als sie sich verabschiedeten. Jesper spürte ihn immer noch, wie ein kleines väterliches Pflaster, als er sein Fahrrad aufschloß.

Ihre Suche ergab 28 Treffer. Jesper hatte »Peter Whyland« in die Internet-Suchmaschine eingegeben und ein halbes Dutzend Filmtitel als Ergebnis erhalten, dazu ein paar Artikel über die Verleihung eines Filmpreises in Rom, einige Verweise auf CDs mit bunt gemischter Musik, aber keinen Hinweis auf eine persönliche Homepage des Mannes. Die Film- und Plattentitel und den Namen der Auszeichnung, die ihm nichts sagte, schrieb er auf.

Das alles war eine Bestätigung für das, was er gehört hatte, aber es brachte nichts wirklich Neues. Er schaltete den Computer ab; mehr brauchte er im Moment nicht. Als er in den Mittelgang des Großraumbüros trat, kam es ihm so vor, als hätte er Madeleine Arnvad hinten am Ausgang gesehen, und er ging ein bißchen schneller, in dem diffusen Gefühl, daß er sie noch etwas fragen müßte, aber als er den Ausgang erreichte, war sie es doch nicht.

Draußen auf der Treppe traf er dafür Ole Berg, der aus der Kulturredaktion kam. »Grüß dich«, sagte Ole. »Du siehst schlecht aus heute«, fügte er hinzu und neigte seinen

Glatzkopf seitwärts. »Ein unbezwingbarer Anfall von Weltschmerz?«

»Nein, nur Amagerschmerz.«

»Gut. Der vergeht schneller. Wollen wir die hundert Schritte gehen?«

Als Ole Berg zum ersten Mal diese selbst ausgedachte Redewendung gebraucht hatte, eine von vielen anderen, ebenso merkwürdigen, war Jesper ziemlich ratlos gewesen. Jetzt verwendeten sie beide diese Formulierung, wie eine Art Ritual. Hundert Schritte war der ungefähre Abstand bis zum age»Sir William«, und sie zu gehen bedeutete, dort ein Bier zu trinken. Es passierte oft, daß sie das Haus zusammen verließen, und ganz gleich, ob sie sich zufällig trafen oder sich vorher verabredet hatten, waren die hundert Schritte eine angenehme Art, sich von der Hektik zum Redaktionsschluß zu entspannen.

Jesper schob sein Fahrrad, Ole trug seine abgewetzte Ledertasche am Schulterriemen. »Mußt du heute abend noch arbeiten?« fragte Jesper; die Tasche enthielt für gewöhnlich Notizblöcke und Konzertprogramme und sonstiges Pressematerial, das Ole bei sich führte, wenn er eine Veranstaltung besuchte.

»Ich habe ein Konzert um halb acht im Kon«, sagte Ole.

»Kon?«

»Konservatorium. Das Debütkonzert eines Pianisten, der die Welt damit verblüffen will, daß er Liszt und Chopin spielt. Und am Schluß ein bißchen was von Schnittke. Wie spät ist es? Ich will vorher nicht mehr nach Hause. Ich kann mir auch unterwegs eine Wurst reinpfeifen.«

Nachdem sie das »Sir William« durch die Tür an der Ecke betreten und sich an einen freien Tisch gesetzt hatten, blickte Ole sich in dem Lokal um, als hätte er es noch nie von innen gesehen. Er nahm seine Titanbrille ab, putzte die ovalen Gläser mit einem zerknüllten Papiertaschentuch und schaute sich wieder um.

»Hast du dir jemals Gedanken darüber gemacht, Jesper,

daß dies die braunste Kneipe in ganz Kopenhagen ist? Die Wände sind braun, das Mobiliar ist braun, der Tresen ist braun, der Teppich ist braun, die Decke ist dermaßen gelb, daß sie in Wirklichkeit braun ist, die Scheiben sind braun, die Gardinen sind braun, die Gäste sind braun, egal, was sie anhaben ... Man sitzt hier rundherum eingehüllt in verschiedene Nuancen von Kacke, wahrscheinlich ist es deshalb so anheimelnd.«

Die Kellnerin kam und fragte, was sie wünschten.

»Für mich ein Classic«, sagte Jesper.

»Und ich hätte gern ein braunes Tuborg«, sagte Ole.

Die Kellnerin verzog keine Miene, kam aber kurz darauf mit zwei Pils zurück. »Wie immer«, sagte sie und stellte Flaschen und Gläser vor sie hin.

»Die Bevölkerung dankt dir, Lotte«, sagte Ole Berg.

Sie prosteten sich schweigend zu und tranken. »Kannst du mir was über Peter Vejland erzählen?« fragte Jesper. Ole war im ganzen Verlag berühmt dafür, ein ganz hervorragendes Gedächtnis zu haben, noch dazu eins, das Herausforderungen liebte.

»Peter Vejland«, sagte er langsam, und anschließend sprudelte er mit dem für ihn typischen gedankenverlorenen Blick los: »Ja, ich habe deinen Artikel am Samstag gelesen. Traurige Geschichte. Ich habe ihn nie getroffen, das nicht. Aber du hast ja selbst darüber geschrieben, was er in den letzten Jahren alles gemacht hat. Und vorher ... Ausbildung am Konservatorium hier in der Stadt, er studierte Komposition bei Klinting. Klinting war einer, der seine Studenten nicht an die Kette legte, je wilder sie experimentierten, desto besser.

Peter Vejland muß ungefähr Mitte der sechziger Jahre mit dem Studium fertig gewesen sein, und ich kann mich erinnern, daß ich auf einem Konzertfestival in Århus 1978 ein Streichquartett von ihm hörte, da ging ich noch aufs Gymnasium. Es war ein mehr als zehn Jahre altes Werk, das sie da zu Gehör brachten, vielleicht, um ein bißchen zu provozieren, denn viele rümpften die Nase über ihn, als er auf Unterhaltungsmusik umschwenkte. Das Quartett war etwas ganz anderes, etwas höchst Avantgardistisches, bei dem sie mit Filzklöppeln und ähnlichem auf die Instrumente einschlugen. Nur daß es nicht besonders interessant war, es war ein bißchen viel Show. *Quatuor funèbre* hatte er es genannt, Opus 3. Begräbnisquartett. Mit dem Werk hat er sich vielleicht auch sein Grab als seriöser Komponist geschaufelt …

Na, jedenfalls hatte er danach offenbar Erfolg mit anderen Sachen. Er ist ein unglaublich tüchtiger Handwerker, sagen die Leute, die ihn kennen. Tatsächlich genießt der Mann immer noch einen gewissen Ruf, auch in seriösen Kreisen; er ist nicht stehengeblieben, er ist an vielen Sachen interessiert – ich habe mich mal mit jemandem unterhalten, der vor zwei Jahren mit ihm zusammen in Israel war, auf einem Symposium über Gemeinsamkeiten zwischen jüdischer und arabischer Ethnomusik. Es war eine ziemlich kontroverse Angelegenheit, eine richtige Friedensapostel-Veranstaltung, aber ich weiß nicht, ob Vejland aus politischen Gründen dabei war oder weil ihn die Musik interessierte.

Und jetzt hat er also eine Frau und ein kleines Kind und ist vom Erdboden verschwunden, wie es aussieht. Man kann nur hoffen, daß er wieder auftaucht. Meinst du, daß er es tut?«

»Ich habe da so eine dunkle Ahnung«, sagte Jesper.

Ole sah ihn geistesabwesend an, sein Elefantengedächtnis war dabei, neue Informationen auszuspucken. »Er plante, etwas für eine junge Crossover-Band zu schreiben, fällt mir gerade ein. ›Middle East Connection‹ nennt die sich. Glaubst du, es könnte da einen Zusammenhang geben? Soll ich versuchen, mehr darüber herauszufinden?«

»Ja, bitte tu das.«

Jesper konnte an Oles Blick sehen, daß der Auftrag angekommen und gespeichert war. Aber dann verlor Ole sich in einer seiner langen, ziemlich verrückten Abschweifungen, bis er plötzlich auf die Uhr sah und erklärte, es sei höchste Zeit für ihn zu gehen, er müsse ja ins Konzert und habe vorher noch eine schnelle Verabredung mit einer Wurst auf dem Rådhuspladsen. Er hatte ordentlich einen sitzen, wie Jesper sehen konnte – die Glatze war rotfleckig, und die Augen glänzten wie lackiert. »Das nächste Mal gebe *ich* einen aus«, sagte er eilig und stürmte aus der Tür.

Jesper bestellte noch ein Bier. Die Dämmerung begann sich leise in die Stadt zu schleichen. Wenn er jetzt nach Hause fuhr, würde Sursa da sein und ihn begrüßen, aber das würde sie auch noch in einer Stunde tun oder in zwei oder drei. Und sie verlangte keine warme Mahlzeit zu einem bestimmten Zeitpunkt, sie hatte ihr Trockenfutter und ihr Wasser und versorgte sich selbst.

Der Puls der Stadt klopfte hier etwas heftiger als im Citynahbereich von Amager. Er konnte sich gut vorstellen, was ihn hier alles erwartete, wenn er sich ins Nachtleben stürzte, aber er wußte ganz genau, daß er einfach zahlen, sich aufs Fahrrad schwingen und nach Hause fahren würde. Vielleicht zu einem Fertiggericht aus der Tiefkühltruhe, vielleicht zu einem Abend im Sessel. Ohne Fernsehen, ohne Lesen, ohne Nachdenken. In die stille Wohnung.

Eine Katze in einer leeren Wohnung, das war alles, was ihn erwartete.

7. Tag, Donnerstag

Jesper am Telefon in der Redaktion: »Ich wollte mich nur erkundigen, ob die Fotos, die Sie uns mitgegeben hatten, inzwischen wieder bei Ihnen angekommen sind.«

Ja, Lisa hatte sie durch einen Boten bekommen. Sie klang etwas trauriger als am Freitag, und Jesper entschied sich für die mitfühlende Tour, um sein eigentliches Ziel zu erreichen: ein neues Treffen, eine neue Fragerunde.

Lisa war sofort einverstanden. Er könne vorbeikommen, wann immer er wolle. In zwei Stunden? Gut, abgemacht.

Jesper schrieb ein paar kleinere Routinemeldungen fertig und schickte sie zum Layout. Dann sagte er im Sekretariat Bescheid, daß er den Rest des Nachmittags außer Haus sein würde, und radelte los zur Nidarosgade.

Diesmal war das Wetter besser, der Wind hatte sich gelegt, weiße Wolken segelten gemächlich über den Himmel und sorgten für langsame Übergänge zwischen grellem und gedämpftem Licht.

Louis machte ihm die Tür auf. Lisa saß auf dem Sofa bereit, das schlafende Baby auf dem Arm. Jesper nahm ihr gegenüber Platz, holte Block und Kugelschreiber heraus und entschied sich, den Kassettenrekorder in der Tasche zu lassen. Das hier sollte wie eine Recherche aussehen, nicht wie ein Verhör.

»Leider hat sich ja in dieser Woche nichts getan«, begann er. »Es sind keine Reaktionen auf den Artikel gekommen, und die Polizei hat auch keine neuen Anhaltspunkte für weitere Ermittlungen gefunden, seit das Feuerzeug Ihres Mannes aufgetaucht ist.«

Lisa nickte stumm.

»Aber mir will die Sache irgendwie nicht aus dem Kopf, und ich würde gerne dabei helfen, sie aufzuklären, wenn ich kann.«

Das zumindest stimmte.

»Ich habe vor, noch einen Artikel zu schreiben, für die Sonntagsausgabe, um den Lesern sozusagen eine zweite Chance zu geben, sich zu erinnern. Die Sonntagsausgabe wird auch von mehr Leuten gelesen, und falls irgend jemand etwas über Ihren Mann weiß, etwas scheinbar Unwichtiges, das aber die Suche voranbringen könnte, schaffen wir es vielleicht, ihn oder sie diesmal aus der Reserve zu locken. Sie haben sich ja bestimmt selbst schon eine Menge Gedanken gemacht …«

Lisa nickte. »Wir haben sehr viel nachgedacht.«

»Aber ich hätte gern mehr Hintergrundinformationen für einen solchen Artikel, würde gern ein bißchen mehr darüber wissen, wer Ihr Mann ist, was er in seinem Leben mitgemacht hat – falls es Ihnen nicht zu schwerfällt, darüber zu sprechen.«

Lisa schaute mit einem Seufzer an die Zimmerdecke. »Das Schlimmste ist diese Ungewißheit. Falls er sich irgendwo aufhält, würden wir gerne wissen, wo. Und falls er tot ist, müssen wir unser Leben trotzdem weiterleben. Das klingt vielleicht hart, aber so ist es doch. Wenn es hilft, will ich Ihnen deshalb gerne alles erzählen, was ich weiß.«

Sie schwieg einen Moment, konzentrierte sich und fuhr fort: »Ich kenne Peter noch nicht sehr lange, wissen Sie. Wir haben uns erst letzten Sommer kennengelernt. Und die Umstände unserer ersten Begegnung waren ziemlich kurios. Ich wohnte damals mit einer Freundin zusammen, wir teilten uns eine Wohnung in der Gerlachsgade. Tina, meine Freundin, hatte Peter in einem Café kennengelernt und irgendein langes, tiefsinniges Gespräch mit ihm geführt, und deshalb hatte sie ihn eingeladen, uns ein paar Tage später zu Hause zu besuchen. Aber kurz bevor er eintreffen sollte – sie hatte Essen gemacht und alles mögliche –, ging sie einfach aus der Wohnung und kam erst am nächsten Tag zurück, und so blieb mir nichts anderes übrig, als die Gastgeberin für Peter zu spielen.

Um es kurz zu machen – ich wurde schwanger.«

Lisa sah hinunter auf die schlafende Kleine in ihrem Arm und lächelte; Jesper hätte nicht sagen können, ob sie sich ihres Lächelns bewußt war; ihre Gedanken schienen sich ganz auf ihre Erzählung zu richten.

»Und als Peter es erfuhr, war er wunderbar fürsorglich und setzte alles daran, mich und das Kind auf jede erdenkliche Art abzusichern. Er bat mich, hier einzuziehen, obwohl er eigentlich die ganze Wohnung für sich allein eingerichtet hatte. Es sei besser für das Kind, in einer großen Wohnung mit allem Komfort zu wohnen als in dem kleinen Zweieinhalbzimmer-Apartment, das ich mit Tina teilte. Ich willigte ein, auch weil Tina manchmal eine ziemlich anstrengende Mitbewohnerin sein konnte.

Fast sofort fragte er auch, ob ich einverstanden wäre, daß wir heirateten. Er gebrauchte genau dieses Wort. ›Einverstanden.‹ Es war hier in der Wohnung, ich war schon halb eingezogen. Eines Nachmittags kam er mit einem riesigen Blumenstrauß nach Hause, einem ziemlich wilden mit Disteln und Margeriten und Gerbera und dergleichen, jedenfalls war es alles andere als ein romantischer Rosenstrauß, und er wickelte ihn in der Küche aus, kam herein und überreichte ihn mir, und dann verbeugte er sich und stellte seine Frage. Er sei froh darüber, mich bei sich zu haben, sagte er, und falls ihm jetzt etwas zustoßen sollte, wäre es besser für mich und das Kind, wenn alles auch auf dem Papier seine Ordnung hätte. Ich dachte noch, was für ein seltsamer Antrag – aber es war ein Antrag, und ich war trotzdem sehr glücklich.«

Lisa starrte an die Decke und runzelte für einen Moment die Augenbrauen.

»Ich sagte ja, und so heirateten wir. Sie haben die Fotos ja gesehen. Er kümmerte sich um alles. Die Trauung fand in aller Stille statt. Aber was die ganzen formalrechtlichen Sachen anging, war alles bis ins kleinste durchdacht. Ich wurde als Miteigentümerin der Wohnung eingetragen, seine Bankkonten wurden in Gemeinschaftskonten umgewandelt, so daß ich darüber verfügen konnte, und alles so was. Er fragte mich natürlich vorher, aber mir blieb gar keine andere Wahl, als zu allem ja zu sagen, was er vorschlug ... Das ist typisch Peter. Er hat einen sehr starken Willen, und er kann ebenso charmant wie verschlossen sein, deshalb wird in der Regel alles so gemacht, wie er es will. Und wenn es dann doch einmal anders kommt, als er es sich gedacht hat, dann akzeptiert er das kurzerhand und zieht sich lieber zurück, als einen Konflikt zu riskieren.

Na ja, aber er und ich, wir haben uns natürlich eine ganze Menge über uns selbst erzählt, das macht man ja, wenn man miteinander verheiratet ist. Als Sie vorhin anriefen und wir vereinbarten, daß Sie heute noch mal vorbeikommen, suchte ich einige von Peters Papieren heraus, damit ich besser antworten könnte, falls Sie noch Fragen hätten. Wir müssen unbedingt herausfinden, was passiert ist, und auch Hinweise verfolgen, die wir bisher vielleicht übersehen haben, deshalb denke ich, daß ich ruhig an seine Schubladen gehen kann.«

Sie nickte hinüber zu einem kleinen Stapel von Papieren auf dem Couchtisch. Sie legte das Kind in den rechten Arm und schob mit der linken Hand zwei Blätter zu Jesper hinüber.

»Das hier ist sein Taufschein, und das ist die Heiratsurkunde seiner Eltern.«

Jesper betrachtete die beiden Dokumente und notierte sich Namen und Daten auf seinem Block. Der kleine Peter war im November 1945 zur Welt gekommen; die Eltern, Erna Vejland, geb. Olsen, und Rikard Vejland, waren im Mai 1945 in der Kirche von Solbjerg getraut worden. Im Monat der Befreiung. Erna war Jahrgang 1923, Rikard 1914. Neun Jahre Altersunterschied. Und die Braut ...

»Wie Sie sehen, war seine Mutter mit ihm schwanger, als sie heiratete«, sagte Lisa fast wie eine Antwort auf seine Gedanken. »Aber es war nicht nur eine Schwangerschaft zur unpassenden Zeit, wie Peter mir erzählte. Er hat schon als kleines Kind gewußt, daß sein Vater nicht sein leiblicher Vater war. Seine Eltern müssen es für wichtig gehalten haben, daß er es früh erfuhr. Oder seine Mutter, besser gesagt. Er hat immer erzählt, daß seine Mutter zu Hause alles entschieden hat und daß sein gesetzlicher Vater ein stiller, zögerlicher Mann war, bis hin zur Farblosigkeit, der sein ganzes Leben lang in ein und derselben Firma gearbeitet hat. Er starb 1970, drei Jahre, nachdem Peters Mutter an Krebs gestorben war.

Peters richtiger Vater hieß Aage Rasmussen und war ein Widerstandskämpfer. Aage mit zwei A.«

Jesper schrieb mit.

»Er wurde bei einem Schußwechsel mit den Deutschen

kurz vor der Befreiung schwer verletzt und starb in dem Auto, in dem seine Kameraden mit ihm entkamen. Er war natürlich ein Held; aber er war auch verlobt, und aus Rücksicht auf seine Familie und die seiner Verlobten durfte nichts über die Affäre bekannt werden, die Peters Mutter mit ihm gehabt hatte. Also wurde arrangiert, daß Rikard Vejland sie heiratete – der sonst nie eine Frau abgekriegt hätte, nicht aus eigenem Antrieb, wie Peter einmal sagte.

Sie bekamen keine weiteren Kinder. Sie bekamen keine *eigenen* Kinder, sollte man wohl richtiger sagen. Peter ist ein Einzelkind.

Aage Rasmussen war der Sohn eines Professors, der in einer Villa in Hellerup gewohnt hatte, gleich neben der Villa, in der Peters Mutter als Stubenmädchen Dienst tat. Übrigens bei einem deutschenfreundlichen Unternehmer, es ist die reinste Ironie. Der Unternehmer ging nach dem Krieg wohl bankrott. Aber der Professor wurde auch zu einem Helden; nach der Befreiung kam heraus, daß er alle möglichen illegalen Aktivitäten in seinem Büro gedeckt und seinen eigenen Sohn in einem geheimen Kellerraum versteckt gehalten hatte, bis der dann erschossen wurde.

Peter erzählte mir diese ganze Geschichte eines Abends hier zu Hause. Später hat er fast kein Wort mehr darüber verloren. Aber er sagte, er habe sich manchmal vorgestellt, daß er in diesem Kellerraum in der Nachbarvilla gezeugt worden sei und daß seine Mutter vielleicht als Kurier für eine illegale Gruppe tätig war oder so etwas, während sie gleichzeitig als Stubenmädchen für einen Nazi-Kollaborateur arbeitete.«

»Wußte er das nicht?« fragte Louis plötzlich aus seiner Sofaecke heraus.

»Nein, er sagte, daß seine Mutter äußerst ungern über diese Zeit gesprochen hatte. Und daß sie es kategorisch ablehnte, Kontakt zu Aage Rasmussens Familie aufzunehmen, sogar noch viele Jahre später. Es schien ihr sehr unangenehm zu sein, was damals passiert war.«

»Hat Peter es denn später versucht?« fragte Jesper.

»Ja, natürlich«, sagte Lisa. »Er erzählte, daß er es sofort probiert hat, nachdem er von zu Hause ausgezogen war – und er ging noch aufs Gymnasium, als er sich eine kleine Wohnung mietete. Aber Aage Rasmussens Angehörigen – ich glaube, er hatte zwei Schwestern, das waren die einzigen, die Peter aufspürte, oder vielleicht waren es auch eine Schwester und eine Cousine – reagierten sehr kühl. Die eine schrieb einen Brief, glaube ich, in dem stand, sie wüßte nichts von der Sache, und die andere, zu der er hinfuhr, sagte, sie sei überzeugt, daß Aage seine Verlobte geliebt habe und daß er im übrigen ›einen sehr reinen Charakter‹ gehabt habe. Peter wiederholte die Formulierung und sagte, er selbst passe offenbar schlecht in den Familienmythos der Rasmussens.«

»Wissen Sie, wie die Schwestern heißen – oder die Schwester und die Cousine?«

»Nein, ich glaube nicht, daß er die Namen erwähnte.«

Jesper notierte auf seinem Block: *Prof. Rasmussen, Hellerup, 1945. Aktiv in Widerst.beweg.?*

»Das hier ist sein Abiturzeugnis«, sagte Lisa, »und hier sind seine Examenszeugnisse vom Konservatorium.«

Jesper nahm sie entgegen. Abitur am Gymnasium Frederiksberg mit einem Durchschnitt von Eins minus. Nicht schlecht, das entsprach wohl einer Zwölf oder Dreizehn auf der heute gültigen Zensurenskala. Diplomprüfung am Königlich-Dänischen Musikkonservatorium in Komposition und Klavier.

»Sein Reisepaß. Und die alten Pässe.«

Ein Bündel, zusammengehalten von einem Gummiband. Jesper streifte das Gummiband ab und blätterte ein wenig in den Pässen. Die alten waren gelocht und mit dem Stempel *Ungültig* versehen, der neueste hatte noch eine Gültigkeitsdauer von anderthalb Jahren. Die Fotos zeigten Peter Vejland in verschiedenem Alter und mit wechselnder Haarlänge, und es befanden sich jede Menge Stempel in den Pässen. Jesper sah sich vor allem den neuesten Paß an. USA. Israel. Tschechische Republik. Er legte ihn weg.

»Das hier sind alte Verträge über Musik und Platten und so was«, sagte Lisa. »Ich fand sie im selben Ordner wie die Prüfungszeugnisse. Aber die neuen Verträge liegen sicher bei Peters Agent in Los Angeles.«

»Agent? Ich wußte gar nicht, daß er einen hat.«

»Er heißt Bill Cohen. Er rief vorgestern an, sehr spät abends, weil Peter sich auf ein Fax nicht gemeldet hatte. Er war ganz bestürzt, als er hörte, daß Peter – weg ist. Er wußte gleich, wer ich bin, obwohl ich vorher nie mit ihm gesprochen habe. Er versuchte sogar, mich zu trösten.«

»Bill Cohen. Haben Sie seine Telefonnummer – falls ich sie brauchen sollte?«

»Ja, warten Sie einen Moment«, sagte Lisa. »Ich glaube, ich lege Cæcilie eben hin. Sie schläft gerade so schön.«

Sie ging aus dem Zimmer und ließ Jesper und Louis zurück; es entstand plötzlich ein unbeholfenes Schweigen, das keiner von ihnen durch eine Frage oder eine saloppe Bemerkung zu brechen vermochte. Es war eine ungeheure Erleichterung, als Lisa mit einem kleinen Buch in der Hand wieder hereinkam.

Peters Adreßbuch!, dachte Jesper. Das denkbar beste Verzeichnis aller Menschen, mit denen Peter in Kontakt stand. Die wohl brauchbarste Quelle, um Leute aufzuspüren, die irgendwas mit ihm zu tun hatten, ob im Guten oder im Schlechten. Wieso hatte sie nicht gleich daran gedacht, es vorzulegen? Und falls sie es hatte verheimlichen wollen, wieso kam sie dann jetzt damit an?

»Cohen, hier ist er«, sagte Lisa und zeigte ihm die Nummer in dem Buch. Jesper schrieb sie ab. Dann streckte er die Hand nach dem kleinen Ringbuch aus.

»Könnte ich mal sehen?«

Bildete er sich das ein, oder bemerkte er wirklich einen angespannt starrenden Blick bei Louis und ein kleines Zögern bei Lisa?

»Ja ... bitte«, sagte Lisa. Und fügte nachdenklich hinzu: »Was für ein komisches Gefühl. Es war bei den Sachen, die – im Auto lagen.«

»Sie haben das Auto also inzwischen zurückbekommen?«

»Ja«, sagte Louis und zeigte mit dem Daumen auf die Straße. »Dahinten steht es. Wir bringen es nicht über uns, damit zu fahren.«

Jesper nickte und blätterte in dem Adreßbuch. Es war fleißig benutzt worden, viele Adressen waren durchgestrichen und durch neue ersetzt; Spuren von Vergangenheit und Gegenwart.

»Darf ich es mitnehmen und mir ein bißchen genauer ansehen?«

»Könnte es weiterhelfen?« fragte Lisa.

»Das glaube ich ganz sicher. Je mehr Anhaltspunkte, desto besser. Sie bekommen es schnellstmöglich zurück.« Eine neue Idee tauchte in seinem Kopf auf. »Hat er auch einen Terminkalender?«

Wieder war es, als ob Lisa zögerte. »Er hat einen kleinen Taschenkalender, in den er seine Termine einträgt – aber der war nicht in seiner Tasche im Auto, als wir es zurückbekamen. Ich weiß nicht, wo er ist. Aber das Adreßbuch können Sie gerne mitnehmen.«

»Danke.« Jesper klappte das Buch zu und legte es behutsam vor sich auf den Tisch. Plötzlich war vom Korridor her das dünne, ungnädige Greinen des Säuglings zu hören.

»Aha«, sagte Louis und lauschte. »Ich glaube, da möchte jemand eine neue Windel. Dann werde ich mal.«

Er stand auf und ging. Jesper sah ihm nach. Seine kleine kompakte Gestalt bewegte sich geschmeidig. Es lag mehr Kraft in dem Körper, als man auf den ersten Blick vermutete.

»Er kümmert sich ja sehr um Cæcilie«, sagte Jesper in neutralem Ton.

Lisa wurde flammend rot und senkte den Blick.

»Sie haben sich bestimmt schon gewundert«, sagte sie,

als sie wieder aufsah. »Sie haben sicher erraten, was los ist. Ich bin mit Peter verheiratet, aber mit Louis bin ich zusammen.«

»Das hört sich kompliziert an.«

»Kann schon sein. Aber tatsächlich hat Peter es absolut befürwortet. So als ob er meinte, daß mir etwas fehlte, etwas, das ich haben sollte ... Er hat selber vorgeschlagen, als Louis einzog, daß Louis und ich das Schlafzimmer und die beiden Zimmer zur Straße nehmen sollten und er sich die dritte Stube als Arbeitszimmer und das alte Gästezimmer hinter der Küche als Schlafzimmer einrichtet. Aber das werden Sie doch nicht schreiben, oder?«

»Ich berichte die Wahrheit. Aber nur die relevante Wahrheit«, sagte Jesper. »Ich finde, wir sollten uns auf Peter konzentrieren und darauf, was mit ihm passiert sein könnte.«

Lisa sah erleichtert aus. Jesper nutzte seinen kleinen Sieg aus, um nachzuhaken: »Wie haben Sie und Louis sich eigentlich kennengelernt?«

»Ich habe ihn das erste Mal in dem Restaurant getroffen, wo er arbeitet. ›La Crypte‹, am Kultorvet. Kennen Sie das?«

»Nein, da war ich noch nie.«

»Es liegt in so alten Kellergewölben aus dem Mittelalter und wird wohl vorwiegend von Geschäftsleuten und amerikanischen Touristen besucht. Es ist ganz auf historisch gemacht, und das finden die Amerikaner wahnsinnig interessant. Die sind sehr beeindruckt, sobald etwas älter als dreihundert Jahre ist. Louis ist Koch, aber er kann auch Fleisch auf diese besondere Art tranchieren, wie es in der Renaissance üblich war, und man kann in dem Restaurant ein Renaissancemenü bestellen, mit nachgemachten alten Gläsern und Bestecken und Rezepten aus der Zeit. Man kann sich auch von einem Lautenspieler unterhalten lassen.

Zwei Monate nachdem Peter und ich geheiratet hatten, waren amerikanische Filmleute in der Stadt, um mit einem dänischen Produzenten zu verhandeln; ich weiß gar nicht mehr, ob Peter etwas mit dem Projekt zu tun hatte, aber jedenfalls wurden wir zu so einem Essen im ›La Crypte‹ eingeladen. Ich fand, es ging schon gut los, wir bekamen eine wunderbare Vorspeise, und ich brauchte mich nicht besonders viel mit den Amerikanern zu unterhalten – aber als Louis hereinkam, änderte sich alles schlagartig.

Er trug so ein Renaissancekostüm, genau wie der Lautenspieler, und er sah gut aus, aber als er begann, das Fleisch zu tranchieren – es waren zwei gebratene Enten serviert worden –, war ich beinahe hypnotisiert von dem, was er tat. Er agierte so unglaublich elegant und rasch und präzise; es war, als ob die Entenstücke sich ganz von allein teilten, und er hielt das Fleisch hoch und legte es ab, als wäre es ein Pas de deux. Die Amerikaner klatschten, als er fertig war, und einige der Gäste an den anderen Tischen, die zugesehen hatten, klatschten ebenfalls.

Und kurz bevor er hinausging, warf er mir einen langen Blick zu, einen sehr langen, wie mir schien ... Es war, als gäbe es nur noch einen Tunnel, mit ihm an dem einen Ende und mir an dem anderen, und zwischen uns floß so vieles hin und her ... und dann verbeugte er sich leicht vor der ganzen Gesellschaft und ging ab.

In den nächsten Tagen redete ich nur noch von der Gesellschaft und diesem Trancheur, der sein Handwerk so gut verstand. Und plötzlich eines Tages sagte Peter, daß er den Trancheur zu uns nach Hause eingeladen habe. Das muß man sich mal vorstellen, er hatte Louis engagiert, zu uns nach Hause zu kommen und das Essen zuzubereiten – es war Louis' freier Abend, aber er war gern bereit zu kommen, und wir waren nur zu dritt. Louis kochte etwas Leckeres und zauberte ein bißchen mit den Messern, er weihte uns auch ein wenig in die Details dessen ein, was er da eigentlich machte, und die ganze Zeit knisterte es zwischen Louis und mir – Peter muß es gemerkt haben, da bin ich mir ganz sicher.«

Lisa hatte plötzlich feuchte Augen.

»Ich habe so ein schlechtes Gewissen jetzt, denn was ist,

wenn – was ist, wenn er sich irgend etwas angetan hat, weil wir – aber er wirkte so, als wäre er vollkommen einverstanden damit … Als Cæcilie geboren wurde, und das war ja, nachdem Louis bei uns eingezogen war, kam Peter eines Tages mit diesem Türschild nach Hause. Er hatte es anfertigen lassen. ›Jetzt sind wir zu viert‹, sagte er und zeigte es uns. Er lächelte dabei. Er hat es selbst angebracht.«

»War er kein bißchen eifersüchtig? Entschuldigen Sie, daß ich so direkt frage.«

»Nein … falls er es war, ließ er sich nicht das geringste anmerken. Als ich ihm sagte, daß ich mich in Louis verliebt hätte – es fiel mir schrecklich schwer, ihm das zu sagen –, nahm er es ganz ruhig auf. Ich konnte überhaupt nicht begreifen, wie er das so gelassen hinnehmen konnte. Ich sagte, daß ich vielleicht besser zu Louis ziehen sollte, aber Louis hatte ja keine eigene Wohnung, er hatte nur vorübergehend Unterschlupf bei Bekannten gefunden. Und dann machte Peter selbst den Vorschlag, daß Louis doch hier einziehen könnte.«

Auf einmal huschte ein Bild durch Jespers Kopf, ein Bild, so aufdringlich intim, daß er spürte, wie ihm die Röte in die Wangen schoß. Drei nackte Leiber in einem Bett: eine schwangere Frau, zwei Männer …

In diesem Moment kam Louis wieder ins Zimmer, mit einer großäugigen Cæcilie auf dem Arm. »Frisch gesäubert und gewickelt«, sagte er. »Aber sie wollte nicht wieder einschlafen.«

Die Vertraulichkeit, die sich zwischen ihnen eingestellt hatte, war verschwunden. Lisa sagte, fast im Plauderton: »Louis, ich habe Jesper von uns erzählt. Wie wir uns kennengelernt haben.«

»Tja, ich habe gehört, Sie können gut mit dem Messer umgehen«, sagte Jesper.

»Nun ja«, sagte Louis. »Das stimmt. Ich bin ein Aufschneider. So hieß das früher. Ein altes Wort für Trancheur. Meine ersten Erfahrungen habe ich als Koch in einem

Gasthaus gemacht, dessen Wirt ziemlich verrückte Ideen hatte. Aber dann wurde es mir langsam zu dumm. Man muß sehr viel *üben*, das kann ich Ihnen versichern. Und man muß sich sehr auf das konzentrieren, was man tut. Aber die Messer sind auch ein Teil des Geheimnisses, sie müssen so scharf sein, daß sie ein Haar im Fluge spalten können, wie man so sagt. Ich zeig's Ihnen.«

Er übergab Cæcilie an Lisa und ging zu einem Regal, zog einen kleinen braunen Koffer heraus, der etwas kleiner als ein Reisekoffer und etwas breiter als eine Aktentasche war, und stellte ihn vor Jesper auf den Couchtisch.

»Ich habe sie immer bei mir zu Hause, ich nehme sie nur mit zur Arbeit, wenn ich sie brauche, und ich verwende sie nur zu diesem einen Zweck. Ich will nicht, daß man sie in der Küche für etwas anderes benutzt.«

Er drückte die beiden Schlösser auf und öffnete den Deckel. In dem mit hellgrüner Seide ausgeschlagenen Inneren des Koffers sah Jesper mindestens ein Dutzend Tranchiermesser in den unterschiedlichsten Größen, jeweils in einer eigenen Halterung säuberlich mit der Schneide nach oben nebeneinander aufgereiht. Die Hefte schimmerten dunkelgrau, während die Messerschneiden in frischgeschliffenem Glanz silbern blitzten, und in einem Extrafach lag ein kleiner hellgelber Schleifstein, ausgehöhlt von regem Gebrauch.

»Ich schleife sie jedesmal, wenn ich sie benutzt habe«, sagte Louis. Er zeigte der Reihe nach auf die Messer. »Ente. Gans. Lamm.« Er nahm ein Messer heraus und drehte es hin und her; es sah aus, als ob der schlichte Griff von ganz allein in seiner Hand rotierte. Er strich mit dem linken Daumen zart über das äußerste Ende der Schneide.

»Die kosten jeweils ein paar tausend Kronen pro Stück. In Frankreich handgeschmiedet«, sagte er. »In normalen Geschäften kriegt man so was gar nicht. Man lernt, sie mit gebührendem Respekt zu behandeln.« Mit einer zierlichen Geste legte er das Messer an seinen Platz zwischen den anderen zurück und ließ Jesper noch ein wenig Zeit, die blanken Schneiden zu betrachten. Dann klappte er den Deckel wieder zu.

»Falls Sie mal zusehen möchten – wir haben am Mittwoch ein Renaissancemahl. Halb acht. Ich könnte Ihnen einen Tisch am Rand reservieren, von dem aus Sie zusehen können. Auf Kosten des Hauses. Ich regle das mit meinem Chef. Bringen Sie ihre Freundin mit, oder wen immer Sie mögen. Hätten Sie Lust?«

Jesper murmelte ein etwas verwirrtes »Ja, gern«. Cæcilie wand sich unruhig in Lisas Arm und begann, kleine unwillige Grimassen zu schneiden. »Sie ist müde«, sagte Lisa. »Sie hat heute nacht nicht viel geschlafen. Ich werde sie besser ins Bett bringen.«

Louis sah auf seine Armbanduhr. »Ich muß los«, sagte er. »Die Arbeit ruft. Aber heute abend ist der Aufschneider nicht gefragt.« Er schob den braunen Koffer wieder zurück ins Regal.

Jesper sagte, er müsse jetzt wohl auch aufbrechen. Er werde bald mehr über Peter berichten und abwarten, ob sich jemand daraufhin meldete. Er danke für das Gespräch und daß er das hier mitnehmen dürfe. Er steckte Vejlands Adreßbuch in die Tasche, mit einem Gefühl wie damals als Junge, als er mit seinem Vater beim Angeln war und den Kescher mit einem silberglänzenden Prachtexemplar von Forelle übernehmen durfte.

»Wir können zusammen rausgehen«, sagte Louis und gab Lisa ganz offen einen Kuß auf den Mund und Cæcilie einen kleinen Schmatz auf die Stirn. Dann sah er Jesper an, mit dem Anflug eines Lächelns. So flüchtig, daß Jesper keine Zeit hatte, es zu deuten. Schmeichelnd? Herausfordernd? Herablassend?

Louis ging die Treppe voran nach unten, und Jesper starrte seinen Lockenkopf an, der sich lebhaft das breite Treppenhaus hinunterbewegte. Immer vorneweg, ohne zu warten. Falls der kleine geschmeidige Koch sein Widersacher war, dachte er, dann mußte er schnell sein, wenn er ihn fassen wollte.

Unten auf dem Bürgersteig der Nidarosgade packte Louis Jesper am Revers und blickte mit tiefblauen Augen zu ihm hinauf. »Ich weiß ja nicht, was für eine Story Sie letztlich daraus machen«, sagte er. »Aber eins sag ich Ihnen: Ich liebe Lisa, und sie liebt mich. Wagen Sie ja nicht, ihr weh zu tun!«

Er drehte Jesper den Rücken zu, schloß sein Fahrrad auf und fuhr los, ohne sich noch einmal umzusehen.

Zwei Stunden später stand Jesper am Fotokopierer und lichtete mechanisch eine Seite nach der anderen ab. Plötzlich hielt er inne und drehte sich um. Hinter ihm stand Madeleine Arnvad mit einem Stapel Fotos in der Hand.

»Was machst du da?« fragte sie und neigte den Kopf zur Seite wie ein Vogel.

»Ich kopiere Peter Vejlands Adreßbuch«, antwortete Jesper und öffnete den Deckel, damit sie das kleine Buch sehen konnte, das mit dem Rücken nach oben auf der Glasscheibe lag.

»Hast du was gefunden?«

»Nein, aber das werde ich schon noch …«

Madeleine nickte. »Na denn …« Sie wedelte mit den Fotos und ging weiter.

»Madeleine!« rief Jesper ihr nach.

Sie drehte sich um.

»Gehst du Mittwoch mit mir essen?«

10. Tag, Sonntag

Jesper hatte frei, und das bekam ihm nicht gut. Er saß an seinem kleinen Tisch in der Küche gedankenverloren über dem Frühstück. Eine halbe Tasse kalt gewordener Kaffee, ein Rest Orangensaft im Glas und ein angebissenes Marmeladenbrot erweckten den Eindruck, als hätte ihn alle Hoffnung verlassen.

Die Zeitung lag in einem zerfledderten Haufen auf dem Fußboden. Er hatte nachgeschaut, ob der neue Artikel über den Vejland-Fall richtig layoutet worden war – großes Foto, ergreifender Appell –, und verspürte keine Lust zu lesen, was da sonst noch stand.

Sursa wanderte durch die Wohnung und beschnupperte interessiert all die Dinge, die sie schon hundert Mal vorher interessiert beschnuppert hatte. Jetzt kam sie wieder in die Küche und beschnupperte die Zeitung. Jesper streckte eine Hand nach ihr aus und streichelte ihr weiches Fell. Die Katze schmiegte sich an sein Bein und schnurrte. Er bückte sich und hob sie auf seinen Bademantelschoß; sie blieb fünf Sekunden liegen, dann sprang sie hinunter und lief ins Wohnzimmer mit ihrem Raubtiergang, bei dem die Schulterblätter unter dem Nackenfell sich hoben und senkten wie bei einem Tiger.

Der zweite Küchenstuhl stand zusammengeklappt an der Wand. Es war Monate her, daß jemand darauf gesessen hatte. Zuletzt Barbara, damals in der Barbara-Zeit. Seitdem hatte er mit keinem Menschen mehr zusammen gefrühstückt, weder außerhalb der Wohnung noch hier in der Küche für anderthalb Personen – eine inkonsequente Küche, ebenso wie das Bett in seinem Schlafzimmer inkonsequent war: noch kein Doppelbett und nicht mehr Einzelbett, das Bett einer wankelmütigen Anderthalbperson, zu schmal und unbequem für zwei, aber zu breit und leer, um sich allein darin wohl zu fühlen. Als Barbara und er darin schliefen, hatten sie sich immer gegenseitig geweckt, wenn einer von ihnen sich umdrehte, und mindestens einmal pro Nacht rutschte die Bettdecke auf dieser oder jener Seite zu Boden. Sie hatten sowieso meistens bei ihr übernachtet.

Plötzlich sah er, beinahe überdeutlich, Barbaras nackten Bauch vor sich: die glatte, gewölbte Haut, den kupferroten Busch und den Spalt darunter, den Spalt, der feucht und warm wurde und sich öffnete, erst seinem Finger und dann seinem ... seinem Glied, das jetzt unter seinem Bademantel zuckend den Kopf erhob. Er griff unter den Mantel und packte zu. Barbaras Körper, ihre gespreizten Schenkel, die Brüste, die am Rand seines Gesichtsfeldes wippten, der Kopf war fern und undeutlich, es kam kein Genörgel aus ihrem großen Mund, da war nur der Körper, der Körper, der Körper, er war nur für ihn da, und da war nur die glühende Haut, der Duft, das enge, schwindelnde Gefühl ...

Er ließ es in den Bademantel spritzen, der sollte sowieso in die Wäsche. Hinterher fühlte er sich einen Augenblick lang erleichtert, aber nicht richtig befriedigt; ein bißchen klebrig und albern, als wäre er in irgend etwas hineingetreten. Er wischte sich die Finger mit einem Stück Küchenrolle ab. Ein Klacks Sperma war auf den Linoleumfußboden gefallen, den wischte er ebenfalls auf. Seine Achselhöhlen rochen. Er ging ins Bad.

Vor der Barbara-Zeit hatte es eine Rikke-Zeit gegeben und davor wiederum eine Bettina-Zeit, die hatte am längsten gedauert. Dazwischen lockere Affären, One-Night-Stands oder ein paar wenige Treffen, bevor man auseinanderging und wußte, daß es besser so war. Manche Männer hatten Hunderte von Mädchen gehabt, aber da konnte Jesper bei weitem nicht mithalten. Warum sollte er auch. Er war kein Schürzenjäger, für ihn war es nie ein Sport gewesen. Aber die einen hatten Sex, und die anderen hatten Familie, und er stand hier unter der Dusche und war inzwischen siebenunddreißig und gehörte weder in die eine noch in die andere Kategorie. Und er war vorher noch nie so lange ohne Frau und ohne Sex gewesen. Es war, als hätte er keine Lust mehr, sich in neue Abenteuer zu stürzen.

Madeleine Arnvad hatte seine Einladung angenommen, aber auf eine etwas erstaunte und distanzierte Art. Er hatte ihr kurz den Hintergrund erklärt, und damit waren die Weichen gestellt – sie würden zusammen essen gehen, das schon, aber es hatte eher den Charakter eines Arbeitsessens.

Was hatte er eigentlich erwartet? Daß sie ihn schmachtend ansehen und sagen würde: »Ich dachte schon, du fragst mich nie«? Aber hätte sie nicht ein bißchen ... erfreuter wirken können? War er so abstoßend? Er packte die Haut über den Hüften mit beiden Händen, während das Wasser auf ihn herabfloß; ein bißchen viel zum Anfassen vielleicht, aber fett war er nun nicht.

Während er sich abtrocknete, betrachtete er seine obere Hälfte in dem beschlagenen Spiegel. Der Kopf war das Schlimmste. Rund, mit dünnen Haaren. Als er einmal nach der Schule mit ein paar Kumpels Fußball spielte und im Tor stand, hatten sie gespottet, er solle nicht dem Ball hinterher hechten, denn wenn er auf der Erde läge, könnten sie den Ball nicht von seinem Kopf unterscheiden. In den folgenden paar Monaten (War es wirklich so lange?) nannten sie den Ball nur noch Jesper. »Bleib am Jesper.« »Verdammt gute Jesperführung.« Er haßte das. Nikolaj war der schlimmste. Jesper stellte sich nicht mehr ins Tor und machte statt dessen den Libero, und bei der erstbesten Gelegenheit verpaßte er Nikolaj dermaßen einen Tritt gegen das Schienbein, daß der eine zehn Zentimeter lange Schürfwunde davontrug. Die anderen wußten genau wofür, und sie fanden es fies. Aber die Jesperwitze hörten danach auf.

So vertrieben sich die Leute hier auf dieser Welt ihre Zeit: entweder ärgerten sie sich gegenseitig, oder sie trafen sich, nur um festzustellen, daß man sich besser aus dem Weg ging. Und wenn die Qualen oder Enttäuschungen groß genug waren, taten sie einander Dinge an, über die Jesper in seiner Zeitung berichten konnte. Betrug, Diebstahl, Vergewaltigung, Mord – in unzähligen Variationen. Und die allermeisten waren überzeugt, daß es nur gerecht war, was sie taten, so wie alle Menschen danach trachten, sich zu rechtfertigen. Wer würde schon vor sein eigenes Spiegelbild treten und sagen: du bist ein Verbrecher? Einige wenige reagierten manchmal mit einem Achselzucken, »Na und, habe ich eben was Kriminelles gemacht«, als ob das distanzierende Fremdwort aus dem Verbrechen einen Vorgang machte, der außerhalb der eigenen Willenskontrolle lag, so wie eine plötzliche Übelkeit oder ein Hustenanfall.

Jesper hatte im Lauf der Zeit immer mehr Respekt vor den Menschen und ihren Beweggründen verloren. Aber die Rätsel, die Verschleierungen, die verborgenen Zusammenhänge hinter den respektablen Fassaden hörten nicht auf, ihn anzuziehen. Das mußte auch der Grund dafür sein, warum das Rätsel um Peter Vejland ihn nicht losließ, obwohl alle seine Versuche, hinter die Kulissen zu schauen, bisher mißlungen waren.

Das Adreßbuch war nicht die Goldgrube, die er sich erhofft hatte. Es standen ein Dutzend Prominente darin und noch mehr Büros, Agenten, Firmen; außerdem Leute, wenn auch in mehr oder weniger verkürzter Form, die wohl persönliche Bekannte waren. Aber kein einziger der Namen erinnerte Jesper an Umstände oder Begebenheiten, die einen Mann dazu veranlassen könnten, spurlos zu verschwinden. Eine kleine Eigentümlichkeit, die ihm sofort auffiel, war eine ganze Anzahl Frauennamen, die alphabetisch nach Vornamen eingetragen waren, manchmal nur mit dem Vornamen, manchmal mit dem Anfangsbuchstaben des Nachnamens dahinter. Lisa stand auch drin, als Lisa M.

Und Bill Cohen war aufgeführt, das war der Grund, warum er das Adreßbuch überhaupt bekommen hatte. Während er sich im Schlafzimmer anzog, dachte er an das Gespräch mit Cohen, den er Freitag kurz vor Mitternacht endlich erreicht hatte, von seinem eigenen Telefon hier zu Hause aus. Er hatte sein kleines Gummifußmikrophon an den Lautsprecher gesetzt und das Gespräch mitgeschnitten, aber auch das wiederholte Abhören des Bandes hatte keine weiterführenden Hinweise ergeben.

Cohen hatte auf alle seine Fragen ganz frei heraus und mit kalifornischer Unbekümmertheit geantwortet. Nein, es hatte keine Änderungen gewohnter Abläufe gegeben, auch keine Anmahnung von Zahlungen. Alles, was er an Tantiemen und ähnlichem für Peter kassierte, wurde auf Peters Bankkonto in Dänemark überwiesen, abzüglich Cohens Honorar natürlich. Und falls Lisa (Cohen gebrauchte ihren Vornamen) Verfügungsrecht über das Konto hatte, verfügte sie auch über das Geld. Ob er Louis Jørgensen kannte? Nein, wer sollte das sein? Lisas, äh, *boyfriend*, hatte Jesper gesagt, eine kalkulierte Indiskretion. Darauf folgte die einzige kleine Pause auf dem Band, man konnte direkt hören, wie Cohen überlegte. »Tja, ich schätze, das ist deren Business«, sagte die Stimme dann. Mit unbestreitbarer Logik.

Zumindest hatte Jesper das bestätigt bekommen, was er schon vermutet hatte. Es gingen Gelder auf Peters Konto ein, und Lisa und Louis konnten bereits jetzt darüber verfügen. Aber es gab keinerlei Hinweise, die gegen Kaffes natürliche Erklärung sprachen: einen Unfall. Was fehlte, war nur eine Leiche. Die Leiche eines Ertrunkenen.

Der zweite Versuch am Freitag war ein Gespräch im Frihedsmuseum gewesen. Das ging Jesper in Gedanken noch mal durch, während er das Frühstücksgeschirr spülte und anschließend den Bademantel und ein paar Handtücher in die Waschmaschine steckte. Ein freundlicher Museumskurator bestätigte die ganze Geschichte um Professor Rasmussen (Polytechnische Hochschule) und seine illegale Tätigkeit sowie das Schicksal seines Sohnes Aage, der kurz vor der Befreiung im Kampf gegen die Deutschen gefallen war. Der Kurator hatte ihm sogar ein kleines unscharfes Foto in einem Buch zeigen können: ein junger Mann mit markantem Kinn und dunklen zurückgekämmten Haaren, der inmitten einer Gruppe junger Männer in Jacken stand und als einziger einen hellen Trenchcoat trug. Aage Rasmussen und seine Gruppe. Aufgenommen im Herbst 1944, Fotograf unbekannt. Der Kurator wußte nichts von eventuell noch lebenden Familienangehörigen Aage Rasmussens, aber mit Hilfe eines alten Telefonbuches fand er die damalige Adresse des Professors in Hellerup heraus, und Jesper schrieb sie sich auf.

Auch hier paßte, was Lisa ihm erzählt hatte. Warum auch nicht? Und warum war Peter Vejlands Vergangenheit so wichtig? Falls er sich ein klareres Bild von der Psyche des Mannes machen könnte, dachte Jesper, würde er sich vielleicht in die Konflikte hineinversetzen können, die Auslöser für irgendeine verzweifelte oder unüberlegte Handlung gewesen sein mochten. Vejland bekam immer seinen Willen, hatte Lisa gesagt. Wenn er nun bisexuell war ... oder ein Voyeur ... hatten die beiden jungen Leute sich vielleicht von ihm bedrängt gefühlt? So bedrängt, daß sie aus ganzem haßerfülltem Herzen wünschten, ihn loszuwerden?

Und dann diese Bereitwilligkeit, Lisa und das Kind finanziell abzusichern, Louis in die Menagerie aufzunehmen, die besten Zimmer Lisa und Louis zu überlassen. War das eine Art Bestechung gewesen? Ein Übermaß an Freundlichkeit, das den Weg für den nächsten Schritt bereitete, der finsterer, fordernder war?

Es *mußte* da etwas Verborgenes geben, irgendeine Leiche im Keller, ein unter den Teppich gekehrtes Geheimnis; er müßte nur einen kleinen Zipfel davon zu fassen kriegen, gut zu fassen kriegen und fest ziehen, dann würde es schon ans Tageslicht kommen.

Jesper blickte hinauf zum Himmel über dem Küchenfenster. Es war jetzt etwas heller als heute morgen. Sah ganz passabel aus. Vielleicht sollte er doch eine Tour mit dem Rad machen, sich ein bißchen frischen Wind um die Nase wehen lassen.

Er zog die Windjacke an. Sursa saß im Flur, das kleine braunmaskierte Gesicht fragend zu ihm hoch gewandt. Die Schwanzspitze klopfte ein paarmal auf den Boden. »Ich bin in zwei Stunden wieder da«, sagte er zu ihr. Sie sah nicht so aus, als hätte sie es verstanden.

Auf dem Weg die Treppe hinunter dachte er: Hellerup. Unten vor der Haustür schwankte er einen Moment zwischen Fahrrad und Auto. Das Fahrrad siegte, und das Ziel hieß trotzdem Hellerup.

Er schwitzte, und die Beine taten ein bißchen weh, er war es nicht gewohnt, so weit zu radeln. Aber jetzt stand er hier und betrachtete die weiße Villa durch eine Öffnung in der Hecke; ein Teil der grünen Umrandung war offenbar einer Doppelgarage neueren Datums zum Opfer gefallen. Zwei Etagen. Schwarzes Ziegeldach. Kellerfenster rundherum. Da unten war also das geheime Zimmer gewesen, irgendwo, sicher nach hinten zum Garten hinaus – ein kleiner Kellerraum, in dem das heimliche Treffen eines Stubenmädchens mit einem Widerstandskämpfer ein Kind zur Folge gehabt hatte. Ein ungewolltes Kind, das mit einer Lüge hatte aufwachsen müssen, um des Anscheins und der Anständigkeit willen.

Rechts von der weißen Villa stand ein unauffälliges Haus, das höchstens zwanzig Jahre alt sein konnte. Linkerhand ein Kasten aus roten Backsteinen mit imitierten Burgtürmen und einer imposanten Treppe bis in den Garten, voll einsehbar hinter einem Eisenzaun. Das hätte gut einem »deutschfreundlichen Unternehmer« gehört haben können, einem neureichen Parvenü, der viel Geld mit seinen guten Beziehungen zur Besatzungsmacht verdiente. Aber es war ebensogut möglich, daß eine ähnliche Festung auf der anderen Seite der Villa gestanden hatte, wo jetzt das unauffällige Haus stand. Oder der Unternehmer hatte gegenüber gewohnt, auf der anderen Straßenseite.

Jesper versuchte, sich die weiße Villa einzuprägen und als Ausgangspunkt der ganzen Geschichte vorzustellen. Sich die Straße zur damaligen Zeit vorzustellen, mit ein paar klobigen Vierziger-Jahre-Autos am Straßenrand. Die Hekken, die Zäune und die vornehm zurückliegenden Häuser hatten wohl nicht viel anders ausgesehen als jetzt. Er stützte die Hände auf den Lenker und versuchte sich selbst zu sehen, zurückversetzt und eingegliedert in die Zeit damals, er rief sich Bilder aus Schulstunden und alten Filmen wieder ins Gedächtnis. Für einen kurzen Moment glitt der Schatten des grauen Mannes in seiner Erinnerung vorbei, der Hut, der Lodenmantel, ein unerwünschtes Bild, das er rasch verdrängte, um nicht gestört zu werden.

Wie hätte Peter Vejlands Mutter ihm diesen Ort wohl beschrieben? Als Ort der Schande, als Feindesland – oder als das verlorene Paradies, aus dem sie vertrieben worden war? Denn seitdem war es wohl ein wenig bergab gegangen, zumindest was den äußeren Rahmen anging. Solbjerg Kirke, das hatte sowohl auf der Heiratsurkunde als auch auf Peters Taufschein gestanden. Also Frederiksberg. Und auf Frederiksbergs Gymnasium hatte er sein Abitur gemacht. Sicher war es nicht das vornehm-bürgerliche Frederiksberg, wohl eher das bescheidenere Seitenstraßen-Frederiksberg, das Peters Kindheitsumgebung dargestellt hatte. Ob die Adresse herauszufinden war?

Eine gutgekleidete ältere Dame kam aus der Pforte der weißen Villa und trat auf Jesper zu. Sie musterte ihn skeptisch; zuerst das Gesicht, dann die Schuhe.

»Suchen Sie etwas?«

»Äh, nein«, sagte Jesper, der wegen seiner abgewetzten Turnschuhe etwas verlegen wurde. »Das heißt, eigentlich stelle ich Nachforschungen für einen Artikel an. Ich bin Journalist.«

Die Dame sah ihn an, als sei das die unwahrscheinlichste Ausrede, die sie jemals von einem Spanner gehört hatte.

»Würde es Ihnen wohl etwas ausmachen, ein Stück zur Seite zu gehen?« sagte sie. »Ich möchte in die Garage.«

Jesper machte Platz. Er hatte keine Lust zu erklären, daß seine Recherche im Moment darin bestand, ein Haus zu betrachten, in dem ein kürzlich verschwundener Mann 1944 gezeugt worden war. Er schwang sich auf sein Fahrrad und fuhr zurück; wenig später überholte ihn die Dame in einem Rover.

Als er nach Hause kam, blinkte sein Anrufbeantworter.

»Hallo Jesper, ich bin's, Mutter. Na, du bist wohl nicht zu Hause. Wir wollten auch nur mal hören, wie es dir so geht. Vielleicht kannst du ja zurückrufen, wenn du nach Hause kommst.«

Der Sonntag war gemeinhin der Tag, an dem seine Eltern anriefen, um sich nach seinem Befinden zu erkundigen. Nur sehr selten war er es, der anrief. Aber er konnte es ja auch gleich hinter sich bringen.

Das Gespräch verlief wie üblich auf Sparflamme. Es ging ihnen gut. Ihm ging es auch gut. Der Katze ging es gut. Kirsten und ihrem Mann und den süßen Kindern ging es ebenfalls gut. Ansonsten gab es nichts Neues. Auch gut. Also tschüs dann, macht's gut.

Als Jesper auflegte, sah er plötzlich die Stube vor sich, in der seine Mutter gerade in diesem Moment wohl ebenfalls den Hörer auflegte. Das Zuhause seiner Kindheit in Nordsjælland, die Reihenhauswelt, die sich im Laufe der Jahre nur verändert hatte, wenn seine Eltern es sich leisten konnten, neue und schönere Möbel anzuschaffen. Seine Schwester und ihre Ehe und die lieben Enkelkinder waren auch nichts anderes als schöne Möbel in ihrer mentalen Wohnstube – und Jesper war so etwas wie der einzige außergewöhnliche Sessel, den sie sich jemals angeschafft hatten, der Sessel, der jetzt ziemlich nutzlos in dem kleinen Zimmer im Obergeschoß herumstand, weil er nie so ganz die Erwartungen erfüllt und in die Einrichtung gepaßt hatte, aber trotzdem zu teuer gewesen war, um sich davon zu trennen.

Das kleine Zimmer im Obergeschoß war früher einmal Jespers Zimmer gewesen. In einer sehr weit zurückliegenden Zeit. Mit Spanplattenmöbeln und Fußballpostern an den Wänden. Später waren die Poster ersetzt worden durch Reproduktionen von Delvaux-Gemälden, deren nackte Frauenkörper ebenso handfesten Stoff für Bettphantasien boten wie für andere Spekulationen. Jetzt waren sowohl Fußballposter als auch Reproduktionen verschollen, letztere irgendwo zwischen Studentenbuden, Pensionszimmern und Wohngemeinschaften, in denen Jesper einmal gehaust hatte. Einen Monat nach dem Abitur war er von zu Hause ausgezogen, doch die Wohnung hier war die erste, die er gekauft hatte, die erste, die wirklich so etwas wie einem eigenen Zuhause nahekam.

Seine Eltern waren so lieb und paßten auf die Katze auf, wenn er mal ein paar Tage weg war, und es gab nur nette Worte zwischen ihnen; aber Jesper konnte an keinem der gelegentlichen Familienessen teilnehmen, ohne sich nach spätestens anderthalb Stunden von einer Daunendecke aus Harmonie erstickt zu fühlen. Und dann die unausweichlichen Fragen, oder zumindest die Andeutungen von Fragen, wann er denn endlich Kinder in die Welt setzen wolle. Er antwortete darauf immer ausweichend und undeutlich durch die Daunendecke, und dabei blieb es.

Aber in diesem Augenblick, in dem er die helle und etwas beengte, doch im Grunde stilechte elterliche Wohnstube vor sich sah, in diesem Augenblick, nachdem er versucht hatte, sich in die Schatten der Kindheit von Peter Vejland hineinzuversetzen, fühlte er einen Hauch von Erleichterung bei dem Gedanken, daß er selbst ein Wohlstandsbaby gewesen war, mit ungehindertem Zugang zu Rasenflächen, Karottenbrei und Gymnasium. Auf Jespers Lebensweg hatte es keine gesellschaftlichen Barrieren und keine wie immer geartete Not gegeben.

Nur so ein unbestimmtes Gefühl, die ganzen letzten Jahren schon, es nicht weit genug gebracht zu haben.

Jesper merkte, daß er hungrig war. Es war zu spät für ein Mittagessen und zu früh für ein Abendbrot, also mußte ein Kompromiß her. Er öffnete den Gefrierschrank und seufzte resigniert. Sterbenslangweilige Fertiggerichte und zwei Koteletts, die eine Stunde zum Auftauen brauchen würden. Angebrochene Tüten mit einfallslosen Gemüsemischungen. Massenhaft Eiswürfel.

Der Inhalt des Kühlschranks war auch nicht aufmunternder. Pflanzenmargarine und ein paar Wurst- und Käsereste. Der Schrank über dem Küchentisch enthielt Kaffee,

Marmelade, Mehl, Mischbrot, Zucker, Dosentomaten und eine Flasche Whisky. Die paßte immerhin zu den Eiswürfeln.

Mit zwei Scheiben Käsebrot, zäh wie Fußbodenfliesen, und einem Glenfiddich on the Rocks setzte Jesper sich in den Sessel. Sursa sprang auf seinen Schoß, schnupperte an dem Whiskyglas, drehte schnell den Kopf weg und kuschelte sich in die Vertiefung zwischen seinen Beinen. Ihr Nacken und die braunen Ohrspitzen signalisierten äußerste Unbekümmertheit und Toleranz. Trink du nur dein Torfrauchgebräu, dann liege ich hier und schaue in die Gegend, okay? Er strich ihr sanft mit dem Finger über den Hals.

»Mein Kätzchen. Mein Schätzchen«, sagte er leise.

Ungefähr auf halbem Weg zwischen Jespers Wohnung und Ole Bergs Behausung in Christianshavn lag eine schummrige Kneipe mit Namen Tårnkroen, Turmkrug. Es war kein Turm in der Nähe, abgesehen von einem prätentiösen blechgedeckten Erker an der Ecke des Hauses, aber so hieß die Kneipe nun mal. Sie war dunkel und geräumig, roch nach kaltem Rauch und abgestandenem Bier, und man konnte dort Billard spielen, sofern der Tisch nicht von muskelbepackten Stammkunden belegt war, die sich jede Einmischung verbaten. Aber der Flaschenvorrat der Kneipe war unermeßlich, und sie machte nie zu, bevor der letzte Gast zu müde für eine weitere Bestellung war.

Ole hatte Jesper einmal dorthin mitgenommen, und später hatten sie sich ein paarmal in düsterer Stimmungslage ausgerechnet dort verabredet. Als Jesper an diesem späten Sonntagabend Ole anrief und den Turmkrug vorschlug, hatte Ole die Stimmungslage sofort erfaßt.

»Ist es Weltschmerz?«

»Nein, ein allgemeines abgrundtiefes Schwarzsehen.«

»Halt durch. Ich muß nur noch schnell meine Kritik über eine CD fertigschreiben. Wir treffen uns dort um acht.«

»Geht in Ordnung.«

Ole verspätete sich etwas, und Jesper hatte bereits sein erstes Starkbier angetrunken. Ole gab dem Zapfer hinterm Tresen ein Zeichen und bekam ein ebensolches Bier.

Das Gespräch hatte sich anfangs um die Schubert-CD gedreht, die Ole rezensieren sollte. Er sprudelte über vor Begeisterung und Anekdoten, aber Jespers Stimmung war schwermütiger, und umgekehrt proportional zur steigenden Promillezahl sank seine Fähigkeit, geistreich zu antworten. Inzwischen war es draußen dunkel und schon spät, und Jesper sprach über Frauen.

»Meine erste richtige Freundin hieß Bettina. Das war damals, als ich hier Praktikant war. Wir telefonierten und trafen uns regelmäßig weiter, auch nachdem ich zurückgegangen war nach Århus ...«

»Århus?« sagte Ole, als sei es ein unvorstellbar ferner Ort am Rande der Zivilisation.

»Journalistenschule«, sagte Jesper. »Wir hielten Kontakt, und als ich wieder hierherkam und meinen ersten Job antrat, zog ich bei ihr ein. Sie war unheimlich süß. Sechs Jahre waren wir zusammen. Und dann war es auf einmal, als ob wir beide mitkriegten, daß da draußen auch noch eine Welt existierte ...«

»Århus.«

»Verona ... Es war bloß so verdammt schade. Wir hatten uns wohl voneinander entfernt, oder wir kannten uns zu gut, oder weiß der Teufel. Wir fanden es beide verdammt schade. Aber es war vorbei. Und ich war dreißig. Ich zog aus. Ich wohnte einen Monat lang bei Freunden in einer Kammer.«

»Schlimm.«

»Tja. Am schlimmsten war das Gefühl, daß meine erste richtige Liebe vorbei war. Kaputt. Kennst du das? Wer war deine erste richtige Liebe?«

Ole sah ihn mit starrem Blick durch seine Brillengläser an. Über so was hatten sie vorher noch nie gesprochen.

»Meine erste richtige Liebe war ein Steinway-Flügel«, sagte er. »Ich legte mich in ihn hinein, so richtig zwischen die Saiten, und dann schloß ich den Deckel und ...«

Jesper starrte ihn angestrengt an. Ole stockte.

»Nee«, fuhr er fort. »Ehrlich gesagt, Jesper, ich hatte nie eine richtige Freundin. Alle Mädchen, die mich interessierten, wollten mich nicht. Es hat nie geklappt. Und nach den ersten achttausend Versuchen habe ich damit aufgehört.«

»So was nennt man negative Verstärkung. Du mußt nur ...«

»Da kannst du einen drauf lassen, daß das negative Verstärkung ist. Und ich muß gar nichts.«

»Ja, und was *machst* du jetzt?« beharrte Jesper. »Du mußt doch irgendwas *machen*.«

»Ich mache, was man eben so macht«, sagte Ole ausweichend. Plötzlich schmolz sein steifer Blick. »Und was den Rest angeht«, sagte er ein wenig gedämpfter, »*kaufe* ich mir das, Jesper.«

»Du meinst ...«

»Fünf-, sechsmal pro Jahr, wenn es wirklich notwendig ist. Jedesmal eine andere. Das habe ich mir angewöhnt. Überraschungseffekt. Das ist auch ein Kick. Wie verschieden sie sind.«

Jesper mußte sich nach dieser Enthüllung erstmal wieder fassen.

Ole trank einen großen Schluck. »Hinterher bin ich frei«, fuhr er fort. »Begreifst du? Frei! Ich kann hören, ich kann schreiben, ich kann analysieren, ich kann mich begeistern, wenn etwas exzellent ist, und mich ereifern über etwas Schlechtes. In meinem Kopf ist nichts mehr tot und schwer. Frei. – Jetzt weißt du's.«

»Ich hab seit einem Dreivierteljahr keine Frau mehr gehabt«, sagte Jesper schwer.

»Das kommt wieder«, sagte Ole. »Hör auf damit, dir das so verdammt zu wünschen, dann kommt's.«

»Und das sagst du mir.«

»Klar, ich seh doch den Unterschied zwischen uns. Und weißte was, Jesper, ich hab dir eben doch einen guten Tip gegeben, wenn es mal ganz schlimm kommt.«

»Wär ich doch bloß alt und schlapp.«

»Quatsch. Das meinste nich so.«

»Doch, tu ich.«

»Nee, tuste nich.«

»Tu ich doch.«

»Weißte, was du bist, Jesper? Du bist ganz schön voll.«

»Du aber auch.«

»Könnt hinkommen. Biste gerne voll?

»Nee. Du?«

»Nee.«

»Wolln wir jetz gehn?«

Sie bezahlten eine Unmenge Kronen und gingen. In Jespers Innerem saß eine hellwache Instanz und grübelte über das Zugeständnis des Freundes nach; außendrum klebte eine wattige, gummiartige Personenhülle, die schwankte und den Drang verspürte, sich auf den Bürgersteig zu legen und zu schlafen.

Sie kamen an einen Fußgängerüberweg. Ole trat unbekümmert bei Rot auf die Straße und Jesper konnte ihn gerade noch am Kragen zurückziehen, damit er nicht von einem laut hupenden Taxi auf den Kühler genommen wurde.

»Spinnst du jetzt oder was?« brüllte Jesper schwankend. »Der hätte dich beinahe umgenietet!«

»Es ist mein Beruf, umgenietet zu werden!« sagte Ole indigniert. »Wenn ich nicht von irgendwem oder irgendwas umgenietet werde, habe ich nichts, worüber ich schreiben kann. Was dich nicht umnietet, ist absolut nichts wert. Na ja, immerhin danke, daß du mein Leben gerettet hast. War wirklich nett von dir. Hättest du echt nicht tun müssen, du. He, da ist ein kleiner grüner Mann. Können wir jetzt gehen?«

Auf der anderen Straßenseite umarmten sie sich unbeholfen, bevor sie auseinandergingen.

»Ich werd nach Hause gehen und kotzen«, sagte Ole. »Wenn ich Glück hab, kotz ich unterwegs.«

»Danke, daß du mir zugehört hast«, sagte Jesper mit Tränen in den Augen.

Ole hob stumm eine Hand zum Abschied. Er war ein Freund. Davon gab es nicht viele.

Er war ein richtiger Freak.

Auch davon gab es nicht viele.

Jesper stapfte mühsam durch die Dunkelheit. Erst unten an der Haustür fiel ihm ein, daß er sein Fahrrad am Turmkrug stehengelassen hatte.

13. Tag, Mittwoch

Jesper wartete draußen vor dem Eingang auf Madeleine. Der Name »La Crypte« stand in schmalen gesperrten Versalien aus Eisen an der Fassade, so beleuchtet, daß die Buchstaben schwache, raffinierte Schatten warfen. Links und rechts neben der Tür hingen Speisekarten in blankgeputzten Messingrahmen, aber weder durch die wenigen Fenster noch durch die dunkelgetönte Glastür drang besonders viel Licht nach außen. Jesper war noch nie da drinnen gewesen.

Da kam sie. Kam den Bürgersteig entlanggegangen mit schlanken bestrumpften Beinen unter einem leichten Mantel. Ihm wurde auf einmal bewußt, daß er sie bisher nur in langen Hosen gesehen hatte. Sie hatte die Haare mit ein paar Kämmen hochgesteckt und zur Feier des Tages Lippenstift aufgelegt; Jesper war froh, daß er jedenfalls eine Krawatte umgebunden und die schwarzen Schuhe geputzt hatte.

»Hallo.«

»Hallo.«

»Wollen wir reingehen?«

Sie gingen hinein. Hinter der Glastür war eine Garderobe und eine Treppe, die ins Kellergeschoß führte. Die Garderobenfrau nahm ihnen die Mäntel ab, und sie warfen einen verstohlenen Blick auf die Kleidung des anderen. Madeleine trug einen dunklen Rock mit weißer Bluse und kirschrotem Blazer; ihr Singvogelgesicht erhob sich stolz über den hohen Jackenkragen. Was sie von seinem lässig-intellektuell zerknitterten Sakko zu schwarzen Jeans hielt, verriet ihr Gesichtsausdruck nicht.

Unten am Fuß der Treppe wartete ein Ober in untadeligem Schwarzweiß. Jesper nannte seinen Namen und sagte, daß Louis Jørgensen für ihn einen Tisch für zwei reserviert habe. Der Ober nickte bestätigend, führte sie zu einem kleinen viereckigen Tisch im Inneren des Gewölbes und zog diskret den Stuhl für Madeleine zurück, als Jesper keine Anstalten machte, es zu tun.

Ein weiterer Kellner kam mit Menükarten zu ihnen. Er reichte ihnen jeweils eine, vergewisserte sich dann aber, ob sie nicht Louis Jørgensens Gäste seien. Jesper bestätigte dies, und der Kellner richtete Grüße von Louis aus, der ihnen empfahl, das Tagesmenü zu probieren: Wachtelterrine, Chateaubriand und anschließend Sorbet nach Art des Hauses oder eine Auswahl französischer Käsespezialitäten. Jesper sah fragend zu Madeleine hinüber, die meinte, das höre sich doch vorzüglich an.

»Und was wünschen die Herrschaften zu trinken?« fragte der Kellner, und bevor Jesper noch dazu kam, irgend etwas von Rotwein zu murmeln, hatte Madeleine bereits gefragt, ob Louis ihnen auch einen Wein dazu empfehlen könne. Der Kellner sagte, sie hätten einen ausgezeichneten Pessac-Léognan, und als Jesper zögerte, fügte er hinzu, dies sei einer der besten Graves, also nickte Jesper und fragte nicht weiter.

Dabei blieb es. Nachdem der Kellner sich entfernt hatte, beugte Madeleine sich zu ihm hinüber und flüsterte: »Hat Louis uns *eingeladen*?«

»Ja, der Vorschlag kam von ihm.«

»Das hätte er doch nicht tun müssen.«

»Eben. Ich frage mich auch, was er damit bezweckt.«

Madeleine sah Jesper skeptisch an, sagte aber nichts. Erst jetzt blickte sie sich in dem Restaurant um.

Rippengewölbe und Mauerbögen spannten sich niedrig über weißgedeckte Tische; die Beleuchtung war punktuell und betont gesetzt, viele Spots, aber keine gleichmäßig verteilten Lampen. Der Fußboden bestand aus roten Ziegelsteinen. In der Mitte des Restaurants befand sich ein größerer Raum, wo die Decke etwas höher und ein großer Tisch für ein halbes Dutzend Gäste gedeckt war; das Geschirr und die Gläser waren anders, der Tischschmuck kunstfertiger, und an einer Stirnseite des Tisches lagen statt Besteck nur einige Tranchiermesser und Bratengabeln. Das mußte der Tisch sein, an dem das »Renaissancemahl« stattfinden sollte. Madeleine und Jesper saßen wie auf einem Logenplatz in einer Theatervorstellung und konnten alles überblicken.

Madeleine fragte, ob der neue Artikel in der Sonntagsausgabe etwas gebracht hatte.

»Nein«, sagte Jesper, »nichts Nennenswertes. Einen Brief und einen Anruf. Die Anruferin ist Fahrkartenverkäuferin im Hauptbahnhof von Århus, und sie wollte nur sicherheitshalber Bescheid sagen, daß ihr genau an dem Tag, als Peter Vejland verschwand, ein Mann aufgefallen war, der eine Fahrkarte für eine einfache Fahrt nach Hamburg kaufte und es sehr eilig hatte. Ich fragte sie nach allen möglichen Einzelheiten aus, aber im Moment scheint es nicht so, als hätte es was mit unserem Fall zu tun. Der Mann war in den Vierzigern, sagte sie, etwas größer als mittelgroß, hatte blaue Augen, trug einen Jogginganzug und eine Baseballkappe und hatte eine große Tasche bei sich, eine Art Sporttasche. Mehr Angaben zu seinem Aussehen konnte sie nicht machen.«

»Wo sollte da die Verbindung sein?«

»Das weiß ich auch nicht. Sie fand nur, er habe etwas

Verdächtiges an sich gehabt. In welcher Hinsicht verdächtig, fragte ich sie. Sie meinte, er habe nervös gewirkt, sich die ganze Zeit umgesehen, und sein Blick sei so merkwürdig starr gewesen. Sie wunderte sich darüber, daß er lediglich eine Karte für die Hinfahrt verlangte, deshalb fragte sie ihn, wann er zurückfahren wollte, und er antwortete sehr verärgert, er würde nur eine Hinfahrkarte brauchen, und als sie ihm die aushändigte, lief er hastig aus der Schalterhalle und die Treppe zu den Bahnsteigen hoch, obwohl bis zur Abfahrt seines Zuges noch fünf Minuten Zeit waren. Ich habe mir alles gleich nach dem Telefonat aufgeschrieben, für alle Fälle.«

»Und der Brief?«

»Der ist von einem Mann aus Vanløse, der angeblich mehrere numerologische Beweise dafür hat, daß Peter Vejland von Engeln aus dem Weltall gekidnappt wurde, genau zu der Zeit, als die Fähre unterwegs war. Purer Blödsinn.«

»Schade«, sagte Madeleine mit bedauerndem Achselzucken.

»Genau. Schade.«

Drüben am Renaissancetisch passierte etwas. Ein junger Mann mit federgeschmücktem Hut und kurzem Mantel trat mit einer Laute in der Hand ein und begann zu spielen. Gleichzeitig kam eine Gruppe von Leuten die Treppe herunter und wurde an den Tisch geleitet. Die anderen Gäste im Restaurant schauten interessiert zu. Nachdem die Gesellschaft Platz genommen hatte, kamen zwei Kellner mit den Vorspeisen herein; auch sie trugen Renaissancekostüme mit strammen Hosen und verzierten Jacken.

»Die machen ja eine richtige Vorstellung daraus«, sagte Madeleine leise.

Dann bekamen sie selbst ihren Wein und die Vorspeise. Sie prosteten sich zu, aßen, unterhielten sich über dieses und jenes und warteten. Der Lautenspieler klampfte sich durch diverse altertümliche Melodeien, und Jesper dachte, was Ole wohl über die vorhandene oder nichtvorhandene

Virtuosität des Künstlers gesagt hätte. Madeleine und Jesper bekamen bereits ihr Hauptgericht serviert, als der Lautenspieler eine Art Marsch anstimmte und Louis, kostümiert, an die lange Tafel schritt und sich an ihrer Stirnseite aufstellte. Er verneigte sich lächelnd vor der Gesellschaft und gab außerdem mit einem Kopfnicken nach beiden Seiten zu verstehen, daß er sich über die Anwesenheit der anderen Gäste im klaren war. Das letzte Nicken ging genau in Richtung von Jesper und Madeleine, und Jesper war sich fast sicher, daß Louis sekundenlang auch seinen Blick gesucht hatte.

Dann kamen die Kellner herein, jeder trug auf einem Tablett einen goldbraun gebratenen Vogel, Puten waren es wohl; Louis nahm eine Bratengabel in die linke Hand und ein Tranchiermesser in die rechte, hielt sie hoch vors Gesicht und kreuzte sie, erst das Messer über die Gabel und anschließend umgekehrt, im Stil eines Rituals. Die Kellner stellten eine große saubere Schüssel vor ihm auf, und Louis stach die Gabel tief in den ersten gebratenen Truthahn und hob ihn hoch. Der Lautenspieler stimmte so etwas wie eine Tanzmelodie an, und was Louis nun tat, hatte wirklich etwas von einem Tanz: Mit wiegenden Bewegungen des linken Armes, der den ganzen schweren Vogel hielt, und mit unendlich präzisen und graziösen Bewegungen der rechten Hand, in der das lange Messer stählern blitzte, zerteilte er – bald mit kurzen Hieben, bald mit langen Strichen wie mit einem Violinbogen – den Braten so treffsicher, als könnte er die Knochen durch das weiße Fleisch und die knusprige Haut hindurchschimmern sehen. Die Teile fielen nicht, sie schwebten nahezu Stück für Stück in die bereitgestellte Schüssel, ohne daß das Messer oder die Gabel jemals das Porzellan berührt hätten. Nach verblüffend kurzer Zeit lag ein Berg appetitlicher dampfender Portionen in der Schüssel, und der säuberliche Rest des Gerippes wurde beiseite gelegt und weggetragen.

Louis wiederholte die Präsentation des gekreuzten Bestecks, wobei die Gäste applaudierten, und während die Kellner die erste Schüssel herumreichten, setzte er seine Vorführung am nächsten Truthahn fort, und sie gelang ihm erneut ebenso tänzerisch-elegant. Diesmal achtete Jesper mehr auf die rhythmische Qualität der Bewegungen. Es schien, als sei es allein die Schwerkraft, die die Stücke vom Braten löste, so als ob Louis' Hand diese elegante Trennung nicht selbst verursachte, sondern lediglich dirigierte.

Dann kam ein Kellner herein, der ein Tablett mit vier Wachteln trug. Der Lautenspieler schlug eine schnellere Tonart an. Louis nahm eine zierlichere Bratengabel und ein kleineres Tranchiermesser, präsentierte das Besteck und spießte die kleinen Vögel jeweils zu zweit auf, woraufhin er mit ganz kleinen Schnitten Flügel und Keulen löste, die Körper halbierte und mit einer schnellen Drehung des Handgelenks die Gabel hinausgleiten ließ. Die zerteilten Wachteln senkten sich elegant auf zwei Portionsteller, die bereits mit Gemüse und Kartoffeln belegt waren und sofort zu den beiden Gästen getragen wurden, die an diesem Abend offenbar lieber Wachtel als Pute aßen. Erneut applaudierte das Publikum, und Louis verbeugte sich lächelnd, schlug sein Besteck in eine saubere Serviette ein und ging damit hinaus.

Jesper hatte seinen Teller in der ganzen Zeit nicht angerührt. Madeleine auch nicht. »Wahnsinn«, sagte sie. »Das ist ja eine richtige Kunst.«

»Die Messer sind jedenfalls ungeheuer scharf«, sagte Jesper.

Sie aßen weiter. Sie tranken noch mehr Wein vom besten Graves. Jesper wurde plötzlich bewußt, daß er sich insgeheim über seine kleinbürgerliche Familie ärgerte, über die nordsjælländische Normalität seiner Eltern. »Aus welcher Ecke von Dänemark kommst du eigentlich?« fragte er ablenkend.

»Mitteljütland. Viborg.«

»Das hört man dir nicht an.«

»Wir waren zugezogen. Meine Eltern kamen aus Kopenhagen. Und nachdem mein Vater gestorben war, zogen wir dorthin zurück.«

»Er ist tot?« fragte Jesper und fühlte sich unbehaglich, so als hätte er Madeleine gegen ihren Willen dazu gebracht, über unangenehme Dinge zu sprechen.

»So ist es«, erwiderte Madeleine. Bevor er weiter fragen konnte, sagte sie: »Wenn ich ein Sorbet zum Nachtisch nehmen würde, meinst du, ich könnte dann einen kleinen Likör dazu bestellen?«

»Ich habe eine bessere Idee«, sagte Jesper. »Laß uns woanders hingehen und einen Kaffee trinken, mit einem Kurzen dazu, wenn wir wollen, ja?«

»Okay«, sagte Madeleine nach kurzem Überlegen. Wieder dieses Geschäftsmäßige, diese Andeutung von Arbeitsessen anstatt eines netten Abends mit einem neuen Lover. Nein, einem potentiellen – nein, einem Kollegen, der nicht ganz unmöglich war – ach, was auch immer …

Jesper beeilte sich, ein Café in der Nähe vorzuschlagen. Er hoffte, daß es beiläufig genug klang.

»Das kenne ich nicht«, sagte Madeleine und lächelte ein wenig zurückhaltend. »Aber es ist bestimmt gut. Meinetwegen können wir gerne dahin gehen.«

Nach dem Dessert, aber noch bevor sie aufstanden, kam Louis an ihren Tisch. Jetzt trug er nicht mehr das Renaissancekostüm, sondern die weiße Kleidung eines Kochs.

»Ich hoffe, Sie waren mit allem zufrieden«, sagte er in dem leicht ironischen Tonfall eines Oberkellners. Aber der Blick seiner blauen Augen war freundlich und überhaupt nicht ironisch.

»Es ist ziemlich viel Show dabei«, sagte Louis, »aber mir macht es Spaß. Es reizt mich, das Schwierige leicht erscheinen zu lassen.« Dann wurde seine Miene ernst. »Gibt es – etwas Neues?« fragte er Jesper.

»Seit meinem letzten Anruf nicht«, erwiderte Jesper. »Und ich habe auch keine neuen Anhaltspunkte in den

Unterlagen gefunden, die Sie mir neulich mitgaben. Aber sobald ich etwas Neues habe, rufe ich Sie an.«

»Danke. Für Lisa ist das alles manchmal nur schwer zu ertragen. Aber wir müssen da wohl durch.«

Zehn Minuten später standen Jesper und Madeleine draußen auf der dunklen Straße. Es hatte inzwischen geregnet, der Asphalt war naß; aber jetzt konnte man die Sterne sehen. Sie gingen langsam in Richtung Café.

»Es war wirklich unheimlich nett von ihm, uns einzuladen«, sagte Madeleine. »Findest du nicht?«

»Ich finde, er schmeichelt sich ein«, sagte Jesper düster. »Er hat sich so unglaublich bemüht, sich von seiner besten Seite zu zeigen. Gestern kam er zu mir in die Redaktion, mit einem Umschlag voller Unterlagen, die er in einer Schublade von Peter Vejlands Schreibtisch gefunden hat, wie er sagt. Alte Papiere aus Vejlands Jugend, Sachen, die vielleicht eine Spur beinhalten könnten, meinte er. Außen drauf stand *Persönlich. Wichtig.* In Vejlands Handschrift. Die Tinte war verblaßt. Im Moment weiß ich nicht, was ich damit machen soll, ich habe das ungute Gefühl, daß man versucht, mich in die Irre zu lenken. Ein Vertuschungsversuch.«

»Vertuschung? Von was?«

»Von dem, was wirklich passiert ist.«

»Und was, glaubst du, ist wirklich passiert?«

Sie gingen schweigend einige Schritte. Madeleines Absätze hallten auf dem Bürgersteig wider, Jespers Sohlen trafen mit einem kleinen schwammigen Geräusch auf das feuchte Kopfsteinpflaster.

Dann sagte Jesper: »Ich glaube, sie haben ihn ermordet.«

Madeleine holte kurz und scharf Luft. Dann fügte sie hinzu: »Wieso?«

»Wenn ich das nur wüßte. Um an sein Geld zu kommen. Oder vielleicht aus Eifersucht. Oder weil er sie zu etwas gezwungen hat, was sie nicht wollten.«

»Was?«

»Zu etwas Sexuellem vielleicht. Ich habe keinerlei Anhaltspunkte. Aus dem Grund versuche ich, in seinen Charakter vorzudringen, seine Geschichte ... Irgendwo muß da der Schlüssel liegen.«

»Ich dachte, die Polizei hätte beschlossen, den Fall ruhen zu lassen.«

»Hat sie auch. Ich bin einfach *sicher*, daß mehr dahintersteckt. Diese ganze Unfalltheorie ist einfach zu simpel. Wir haben erst die Spitze des Eisbergs gesehen.«

Sie hatten das Café erreicht und gingen hinein. Ein Pärchen erhob sich gerade von einem Ecktisch, und sie übernahmen die Plätze. Jesper holte Kaffee, einen Drambuie für Madeleine und einen Cognac für sich selbst. Es war ziemlich laut in dem Café, aber in ihrer Ecke konnten sie sich über den Tisch vorbeugen und sich trotzdem unterhalten, ohne daß jemand mithörte.

Jesper zählte – ziemlich klar und methodisch, wie er selbst fand – die vielen ungeklärten Punkte des Falles auf und leitete daraus die verschiedenen Erklärungen ab, die es geben konnte. Madeleine hörte zu; ihr Blick war die ganze Zeit auf sein Gesicht gerichtet, und bei aller Konzentration, mit der er erklärte und systematisierte, freute er sich insgeheim über ihre ungeteilte Aufmerksamkeit.

»Du meinst also«, sagte sie schließlich, »daß Vejland schon tot war, als sein Auto auf die Fähre gebracht wurde ... von Louis ...«

»Von Louis oder jemand anderem, vielleicht Lisa, vielleicht einem Dritten, falls sie eine dritte Person in ihr Geheimnis eingeweiht haben ... Es gibt keinen Zeugen, der wirklich gesehen hat, wie Peter Vejland an dem Morgen losgefahren ist, niemanden, der gesehen hat, wie er das Auto auf die Fähre fuhr.«

»Und das Feuerzeug wurde absichtlich an Deck plaziert, damit alles nach einem Unfall aussieht ...«

»Ja, und das bedeutet, daß derjenige, der das Auto auf die Fähre gebracht hat, wer immer das nun war, die Überfahrt mitgemacht hat. Falls Louis oder Lisa das war, geht es um einen Zeitraum von ungefähr sieben Uhr morgens bis etwa ein, zwei Uhr nachmittags an dem bewußten Freitag. So lange dauert es mindestens, um das Auto von Kopenhagen auf die Fähre zu bringen, die Überfahrt nach Århus mitzumachen und auf irgendeinem Weg nach Kopenhagen zurückzufahren ... Ich wüßte nur zu gerne, ob sie für diesen Zeitraum ein Alibi haben.«

»Warum fragst du sie nicht einfach?«

»Ich möchte weiterhin den Anschein erwecken, als wäre ich jemand, der ihnen *hilft*. Sie sollen möglichst nicht mißtrauisch werden.«

»Falls sie ihn umgebracht haben, rechnen sie sowieso damit, daß sie verdächtigt werden. Falls nicht, haben sie keinen Grund anzunehmen, daß ihnen jemand mißtraut. Also brauchst du das ganze Versteckspiel doch gar nicht.«

»Wenn es nur so einfach wäre«, sagte Jesper, der sich ein bißchen auf den Schlips getreten fühlte.

»Ist es das nicht?«

»Nein, denn so lange sie mich als Helfer betrachten, komme ich näher an sie heran. Wenn sie mich für einen Widersacher halten, werden sie gegen mich arbeiten. Das könnte sogar gefährlich für mich werden.«

Madeleine machte große Augen. »Falls sie hinter seinem Geld her waren«, sagte sie, »wäre es dann nicht besser gewesen, es wie einen Unfall aussehen zu lassen, aber so, daß man die Leiche sofort findet? Jetzt müssen sie doch so lange warten ...«

»Deswegen glaube ich ja auch, daß die Inszenierung des ›Unfalls‹ möglicherweise etwas ist, worauf sie erst hinterher gekommen sind, nach dem Mord.«

»Wie meinst du das?«

»Daß die Leiche vielleicht in einem Zustand war, der sich nicht durch einen Unfall erklären ließ.«

»Zustand?«

»So begeistert, wie Louis von seinen Messern ist ...«

Madeleine schauderte, sicher grauste ihr vor dem Bild, das seine Worte vor ihrem inneren Auge hervorgerufen hatten. »Falls das stimmt«, sagte sie zögernd, »was glaubst du dann, was sie mit ihm gemacht haben?«

»Das weiß ich nicht. Ihn vergraben. Aus dem Weg geräumt. Der letzte, der außer den beiden mit Vejland gesprochen hat, ist offenbar der Mann, dem das Sommerhaus gehört. Vejland hatte ihn am Abend vorher gegen sechs angerufen und bestätigt, daß er am nächsten Morgen losfahren würde. Soviel hat die Polizei immerhin herausgefunden, das weiß ich von Kaffe – Kavstrup, mein Kontaktmann. Damit haben wir einen ganzen Abend und eine ganze Nacht bis circa sieben Uhr am nächsten Morgen, als das Auto spätestens weggefahren worden sein muß. In den dreizehn Stunden kann eine Menge passiert sein.«

Madeleine schwieg eine Weile und dachte darüber nach. »Schreckliche Vorstellung«, sagte sie. »Findest du wirklich, daß sie den Eindruck machen, als könnten sie einen Menschen umbringen?«

»Ich habe mittlerweile gelernt, daß man die Fassade eines Menschen nie für echt halten soll. Dahinter kann sich alles mögliche verbergen.«

»Es kommt mir fast so vor, als *wolltest* du, daß an dieser Geschichte irgend etwas Schlimmes dran ist.«

»Nein, ich merke nur, daß es eine andere Erklärung gibt als die, die am einfachsten scheint.«

»Und falls nicht? Wann gibst du auf?«

»Nie. Nicht bevor ich die Erklärung gefunden habe. Oder gezwungen werde, die Finger davon zu lassen.«

»Von den beiden?«

»Nein, von meinem Chef.«

Jetzt lächelte sie. Ihr Mund wurde weicher.

»Madeleine«, sagte er. »Willst du nicht ein bißchen länger darüber nachdenken? Vielleicht ist dir was aufgefallen, was ich nicht gesehen habe, als wir da draußen waren. Ruf mich doch einfach an. Hast du meine Nummer?«

Er schrieb seine Telefonnummer und die Adresse auf den Kassenbon, der unter seinem Glas lag. Sie steckte den Zettel in ihre Tasche und gab ihm eine elegante schmale Visitenkarte. Madeleine Arnvad, Fotografin. Eine Adresse in der Innenstadt, höchstens zwei Minuten zu Fuß vom Café entfernt. Ich könnte ihr anbieten, sie nach Hause zu bringen, dachte er.

Sie hatten sich noch eine Weile unterhalten, waren von einem Thema zum anderen gewechselt, bevor sie aufbrachen. Er hatte ihr tatsächlich angeboten, sie nach Hause zu begleiten, und sie hatte sein Angebot angenommen. Aber nur bis zur Eingangstür des Hinterhauses, in dem sie wohnte. Jetzt saß er bei sich zu Hause am Eßtisch und bewegte seine Zehen, die er von den engen Schuhen befreit hatte; den Schlips hatte er gelockert, aber nicht abgenommen. Die Uhr zeigte bald Mitternacht.

Sursa hatte ihn mit begeistertem und zugleich vorwurfsvollem Miauen begrüßt: Schön, daß du kommst, aber du kommst reichlich spät. Er hatte sich im Flur auf den Fußboden gesetzt und mit ihr geschmust und ihr gut zugeredet, und jetzt war sie zufrieden und wach und spielte Mäusejagd mit einem Brotbeutelclip; zuerst anschleichen, dann draufspringen, dann den Clip mit beiden Vorderpfoten in die Luft werfen und hinterherschnellen. Es war schon komisch: Wenn er Katzenspielzeug in einer Tierhandlung gekauft hatte, spielte sie höflich eine halbe Minute lang damit und verlor dann das Interesse. Aber Brotbeutelclips, Gummibänder oder eine gebrannte Mandel, die irgendwann mal auf den Fußboden gefallen war, das waren Spielsachen, die sie wesentlich länger begeisterten.

Jesper hatte den alten Umschlag mit Peter Vejlands verblichener Handschrift geholt und den Inhalt auf dem ganzen Eßtisch ausgebreitet. Verbarg sich darin etwas? Enthielt er verdeckte Hinweise, die er nicht erkannte? Er hatte den Inhalt gleich durchgesehen, sobald er den Umschlag zu Hause hatte, aber es gelang ihm nicht, hinter die Oberfläche der Dinge zu blicken.

Persönlich. Wichtig. So hatte der Mann sie einmal bezeichnet, vor langer Zeit vermutlich. Und sie waren so wichtig, daß er sie vergessen hatte. Diesen Schluß konnte man immerhin ziehen.

Es waren einige A4-Blätter mit Gedichten und Notizen in Vejlands Handschrift, die er mittlerweile zu erkennen gelernt hatte. So steil, daß sie fast senkrecht war, aber leicht und flüssig. Große Schleifen in den G und J und anderen Buchstaben mit Unterlängen. Die Gedichte waren gekünstelt, aber bestimmt tiefernst gemeint.

Du meine
Schicksalsstraßenbahn, ratternd
vor des Verlangens stahlhartem
Widerstand
...

Oder direkt an eine Frau gerichtet, vermutlich:

Im Kraftlinienfeld der Nacht
laß deinen Mund
auf meinen fallen wie ein Magnet
der seinen Gegenpol sucht
...

Eine Notiz stand für sich allein auf einem Blatt. Es war die einzige in Prosaform. *In jedem Mann wohnen ein Hurenbock und ein Mönch. Sie sind Feinde, sie kämpfen unablässig um die Übermacht, aber sie hegen eine heimliche und unauslöschliche Bewunderung füreinander.* Datiert vom September 1963.

Ein kleiner Zettel aus kariertem Papier war in der Mitte durchgerissen und mit einem Klebestreifen, von dem mittlerweile nicht mehr übrig war als ein spröder und fettiger Plastikrest, wieder zusammengesetzt worden. Der Text, der vielleicht von Vejlands Hand geschrieben worden war, vielleicht aber auch nicht, lautete: *Ich denke an dich Tag und Nacht. Antworte!*

Dann war da noch ein handgeschriebenes Notenblatt, ein Lied, soweit Jesper erkennen konnte. Es stand ein Text darauf, ein Liebesgedicht. Für Gesang und Klavier, wie es aussah. Das Notenblatt war signiert mit »Peter Vejland« und datiert auf Januar 63.

Außerdem fand sich eine gewöhnliche weiße Papierserviette mit einem kußartigen Lippenstiftabdruck. Undatiert, aber sorgsam aufgehoben.

Zwei Theaterkarten, benutzt. Det Ny Teater, ein Samstag im Oktober 63. Eine Restaurantquittung vom selben Tag.

Eine Ansichtskarte, undatiert und ohne Anschrift oder Briefmarke; sie mußte in einem Briefumschlag verschickt worden sein. Auf dem Karton war der schwache Abdruck eines Poststempels zu erkennen. Das Bild zeigte eine weißgekalkte Dorfkirche – vielleicht ein Zufall, vielleicht eine bewußte Andeutung –, aber der Text war unzweideutig: *Peter – ich habe heute meine Regel bekommen, wir können also beide aufatmen. Im übrigen halte ich es für besser, wenn wir uns nicht mehr treffen. Anna.*

Ein Zeitungsausschnitt, ohne Datum oder andere Notiz: ein Abiturfoto, ein Dutzend junger Menschen, alle mit weißen Kopfbedeckungen, überwiegend Mädchen, für ein Gruppenbild aufgestellt. Darunter eine Bildunterschrift, die kurz und knapp mitteilte, dies sei die *III A (neusprachlich)*, und die Namen der frischgebackenen Abiturienten aufzählte. Peter Vejland stand etwas abseits rechts in der obersten Reihe, ein anonymes Gesicht, der schlechten Druckqualität geschuldet. Keines der Mädchen hieß Anna.

Alles in allem: Bruchstücke, die das Bild eines jungen heranwachsenden Herzensbrechers vermittelten. Aber lag darin schon ein Schlüssel zu dem, was jetzt passiert war?

Jesper legte die Sachen vorsichtig in den Umschlag zurück. Morgen würde er das alles in der Redaktion fotokopieren. Nachdem er den Umschlag verschlossen und die Vergangenheitsfetzen in seiner Tasche verstaut hatte, gab es nichts mehr, was zwischen ihm und seiner Erinnerung an die Madeleine von heute abend stand.

Ihr Haar, mit zwei Kämmen hochgesteckt. Das Lächeln, das ihren Mund weicher machte. Der Duft ihres Parfüms, immer schwächer werdend im Laufe des Abends, aber verstärkt durch ihre Nähe am Tisch des Cafés: ein bitterzarter Duft nach Kräutern, als wäre es das, was übrigblieb, wenn die flüchtige Süße der Blüte verschwunden war.

Jesper ging in die Küche, um die Erinnerung an die Kräuter mit einem Schluck aus der Whiskyflasche zu verjagen.

16. Tag, Samstag

Jesper startete seinen alten Fiesta. Es war eine Schrottkarre, aber sie fuhr. Er hatte beschlossen, diesen Samstag zu einer Fahrt mit der Katamaranfähre zu nutzen, damit er sich selbst ein Bild von dem Schiff machen konnte; bisher hatte er nie einen Anlaß gehabt, gerade diesen Weg zu nehmen. Er hatte die Reederei angerufen und erzählt, daß er den Fall im Auftrag seiner Zeitung recherchierte und sich gerne die Einzelheiten ansehen würde. Man sagte ihm, er solle sich einfach auf der Brücke melden, wenn er an Bord sei, und er hatte sich vergewissert, daß die Fähre, die er nehmen wollte, dieselbe war, auf der man Vejlands verlassenes Auto gefunden hatte.

Er hatte Sursas Katzenklo gesäubert und ihr frisches Wasser und Futter hingestellt, für sich selbst einen Morgenkaffee gebrüht und rasch gefrühstückt, und im guten Gefühl morgendlicher Effektivität passierte er den hohen Schornstein des Krankenhauses von Hvidovre und sah mit einem Blick auf das Armaturenbrett, daß er gut in der Zeit lag. Die Autobahn nach Holbæk erstreckte sich vor ihm, das Wetter war trocken und klar, es gab nicht viel Verkehr, er wußte, wohin er wollte – Zeit genug, sich die jüngsten Fakten noch mal durch den Kopf gehen zu lassen.

Seit dem ersten Gespräch mit Lisa und Louis stand der Name Mike Morsing in seinen Notizen. Er hatte nachgeforscht, was das Zeitungsarchiv zu diesem Namen hergab, und das Archiv hatte eigentlich nur bestätigt, was man ihm erzählt hatte. Morsing war ein obskurer Rocksänger, der in den Siebzigern so etwas wie einen kometenhaften Aufstieg erlebt hatte, unter anderem mit den beiden mittelgroßen Hits, zu denen Vejland die Musik geschrieben hatte; Mitte der Achtziger war er gestorben, offenbar an Drogen- und Alkoholmißbrauch. Im Fotoarchiv hatte Jesper das Foto eines langhaarigen, sonnenbebrillten Morsing gefunden, der gerade das Mikrofon ablegte, während die Band in exaltierten Gesten und Mienen festgefroren schien. Morsings Name stand als einziger auf dem Foto, aber ganz links außen am Keyboard hatte Jesper einen ebenso langhaarigen Mann mit großen dunklen Augen erkannt: Vejland, kein Zweifel.

Eine heimliche Verbindung ins kriminelle Milieu, über die Rock- und Drogenszene? Kaum, wenn man an Vejlands spätere Karriere als wohlhabender kommerzieller Komponist dachte. Aber prinzipiell war es schon möglich, daß irgendeine rächende Hand aus grauer Vorzeit den Mann ergriffen hatte –, falls sich weder die Unfalltheorie noch Jespers Mordtheorie als haltbar erweisen sollten.

Jesper hatte sich Vejlands Gesicht auf dem Foto aus den Achtzigern lange angesehen: die großen Augen, der halboffene Mund; was hatte er wohl gefühlt, als er da stand und sich aufführte wie ein Rockmusiker? War das eine Maske? Oder hatte er sich damit selbst verwirklicht? Er, der eine klassische musikalische Ausbildung genossen hatte und ernste Musik komponierte?

Nachdem Jesper alles fotokopiert hatte, hatte Ole Berg das Notenblatt aus Vejlands Umschlag bekommen. Ole hatte darum gebeten, das Original noch ein paar Tage behalten zu dürfen, denn das Papier zeigte Spuren von Korrekturen, die man auf der Kopie nicht sehen konnte; den Rest hatte Jesper in der Nidarosgade abgeliefert.

Bei der Gelegenheit hatte er sogar nach einem Alibi von Louis und Lisa für den bewußten Freitag gestochert – ein bißchen notdürftig in die Frage verpackt, was sie bei Erhalt der Meldung gefühlt hatten, ob sie nicht irgend etwas vorher geahnt hatten, wie und womit sie anschließend den Tag verbracht hatten –, und er erfuhr, daß sie den ganzen Tag in der Wohnung gewesen seien, keinen Schritt vor die Tür getan hätten, bis Louis am Nachmittag zur Arbeit mußte.

Im Grunde hätte es also gut einer der beiden sein können, der den Wagen auf die Fähre fuhr; niemand konnte Louis für die Zeit vor seinem Arbeitsantritt entlasten, und auch Lisa hatte kein Alibi für die Zeit bis zu dem Moment, wo sie der Polizei die Tür öffnete.

Ole hatte sich außerdem über die Crossover-Gruppe informiert, von der er gesprochen hatte. Die »Middle East Connection« verband nichts anderes mit dem Orient als dieser Name. Alle Musiker waren waschechte Dänen, die sich lediglich für arabische Musik interessierten, ein Interesse, das Peter Vejland offenbar geteilt hatte. Ole hatte ganz enttäuscht ausgesehen, vielleicht hatte er gehofft, eine zwielichtige *connection* zu Ölscheichs und Terroristen aufzudecken; aber Jesper hatte sich bedankt und gesagt, daß sie in der kompletten Vergangenheit des Mannes weitergraben mußten, von den frühesten Anfängen bis in die heutige Zeit, und daß es gut sei, jeden noch so entlegenen Hinweis, der einem einfallen mochte, zu untersuchen.

Blieb noch die Fahrkartenverkäuferin aus Århus und der »verdächtige Mann«, den sie gesehen hatte. Falls es hier überhaupt eine Verbindung gab, mußte ein Dritter in die Sache verwickelt sein, ein Mitwisser; die äußere Erscheinung, der sie sich ziemlich sicher war, paßte nicht auf Louis. Ein eventueller Mitwisser mußte außerdem einen Vorteil von der Sache haben, um überhaupt mitzumachen, alles andere wäre sinnlos. Jesper versuchte, sich diesen Gedanken als Fußnote zu merken, aus der sich eine neue Theorie entwickeln könnte, falls er auf weitere Anhaltspunkte stieß, die das nahelegten. Vorläufig gab es keinen.

Die Papiere und das Notenblatt und die Geschichten, die dadurch angedeutet wurden, hatten in Jespers Unterbewußtsein rumort, aber etwas Brauchbares war nicht dabei herausgekommen. Und wenn er über die ganze Sache nachdachte, dann dachte er vor allem daran, wie er Madeleine davon erzählt hatte. Immer wieder fielen ihm Details der Situation ein: ihre Reaktion auf einzelne Informationen, ihr interessierter Blick, der unablässig an seinen Augen gehangen hatte.

Jesper scherte nach links aus, um einen großen Lastwagen mit Anhänger zu überholen – und dachte zu spät daran, in den Rückspiegel zu sehen, ob die Fahrbahn frei war. Das war sie, es herrschte kaum Verkehr, aber die Ahnung eines möglichen Zusammenstoßes durchzuckte ihn wie ein kalter Blitz. Er sollte sich besser auf das Fahren konzentrieren.

Sobald er versuchte, den Kopf von Gedanken freizumachen, strömten Bilder von Madeleine in den Hohlraum. Er hatte sie weder am Donnerstag noch am Freitag in der Redaktion gesehen. Das war sicher nur Zufall. Oder ging sie ihm aus dem Weg?

Madeleine ist ein Vögelein mit schlankem Bein, sagte eine Stimme in seinem Kopf. Ein alberner Satz, aber er klang gut. Fast wie eine Melodie, wie ein Lied. Ob man sich so fühlte, wenn man Komponist war? Quatsch, Mensch. Wieso sollten Komponisten anders als andere Menschen sein?

Jesper biß die Zähne zusammen. Vielleicht sollte er die Finger von der ganzen Geschichte lassen, sich nicht so reinhängen. Er wußte inzwischen gar nicht mehr richtig, wieso er dies tat, seine Gedanken drehten sich im Kreis, es kam nichts Neues heraus, alles schien so aussichtslos. Aber gut, jetzt saß er hier im Auto und war unterwegs. Jetzt konnte er ebensogut durchziehen, was er sich für heute vorgenommen hatte.

Er erreichte Kalundborg eine Viertelstunde vor Abgang der Fähre, genau wie berechnet. Er löste ein Ticket für eine einfache Überfahrt und wartete.

Das Verladen verlief nicht anders, als er erwartet hatte; die Autos verschwanden im Bug der Fähre und wurden auf dem dunklen eisernen Autodeck geparkt. Dann stiegen alle Insassen aus, denn auf den Schildern stand, daß das Autodeck während der Überfahrt verschlossen wäre.

Oben im Salon merkte er, daß die Fähre sich bereits in Bewegung setzte und die Gangway für die Passagiere, die zu Fuß an Bord gekommen waren, gerade eingeholt wurde. Es war also kaum möglich, ein Auto an Bord zu fahren und die Fähre unmittelbar danach zu verlassen.

Jesper fand den Weg hinauf zur Kommandobrücke und sagte seinen Namen, nachdem die Schiffsoffiziere mit ihren Dienstmützen und weißen Uniformhemden ihn einen Moment lang wachsam angestarrt hatten, als er den Verbotsschildern trotzte und eintrat. Aber sie waren informiert worden, und der Steuermann war bereit, ihm behilflich zu sein, sobald sie den Fjord verlassen hatten. Er mußte sich auf einen Stuhl setzen und bekam einen Becher Kaffee in die Hand gedrückt, und dann nahm die Katamaranfähre Kurs auf den Hafenausgang. Sie lag breit und stabil im Wasser, und abgesehen von dem leisen, tiefen Motorenbrummen, das hinter all den anderen Geräuschen zu ahnen war, deutete nichts darauf hin, daß es sich um eine Expreßfähre handelte. Der Steuermann drehte sich halb zu Jesper um. »Warten Sie nur ab, bis wir das Kattegat erreicht haben«, sagte er mit einem kleinen Lächeln.

Als sie draußen waren und das Schiff sich mit all seinen Pferdestärken ins Geschirr legte, kam der Steuermann zu ihm. »Was möchten Sie denn gerne sehen?« fragte er.

»Die Stelle, wo das goldene Feuerzeug gefunden wurde«, antwortete Jesper, ohne zu überlegen.

»Das Achterdeck«, sagte der Steuermann. Er führte Jesper nach unten in einen Passagiersalon mit vielen Reihen Passagiersesseln; die meisten waren leer, offenbar saß die Mehrzahl der Leute dort, wo Essen und Trinken serviert wurden.

»Hier achtern«, der Steuermann deutete auf eine Glaswand ganz hinten im Salon, »ist der einzige Platz an Bord, wo Rauchen erlaubt ist. Draußen an Deck.«

Jesper sah hinaus auf den schmalen Deckstreifen, hinter dem dünnen Metallgeländer erhoben sich zwei gewaltige Bögen aus weißer aufgepeitschter Gischt. Sie gingen nach draußen. Die Luft war in Aufruhr, sie zerrte an ihren Kleidern und Haaren, der Steuermann hielt seine Dienstmütze mit einer Hand fest. Der Schaum, den die kräftigen Schiffsschrauben aufwirbelten, zog sich wie eine brodelnde Landstraße hinter ihnen durchs Meer, und Jesper folgte ihr mit dem Blick bis an die schon ferne Küste, als wäre der trügerische weiße Belag wirklich fest und begehbar. Aber die Wirbel und Schaumfetzen, die sich an den Rändern schnell auflösten, lockten und warnten zugleich – wer hier über Bord fiel oder sprang, würde zuallererst hinuntergezogen werden, durchgeprügelt und zerschlagen von den gewaltigen Kräften. Das konnte man sich leicht vorstellen. Das Getöse von Wind und Motoren und fauchender Gischt übertönte alles andere, und der Steuermann mußte Jesper zuschreien: »Hier haben wir das Feuerzeug gefunden, in dem Kasten da unten.«

Er zeigte auf etwas, das in Jepsers Augen ein wirres Stahldingsbums war, aus Platten zusammengeschweißt und blau angemalt. Die oberen senkrechten Platten bildeten den Taljenblock, die unteren eine Art Kasten, der oben offen war und die Taljentrossen führte. In dem Teil des Kastens, der am weitesten vom Deck entfernt war, schwappte etwas Wasser. »Da unten drin«, rief der Steuermann und zeigte noch genauer.

Jesper guckte. Er schätzte den Abstand mit den Augen. Ein Gegenstand, der unten in dem Kasten lag, würde bestimmt nicht tiefer fallen, aber er wäre auch nicht mit einer Hand zu erreichen, falls man hinter dem Geländer stehen blieb. Falls nun – *falls* nun Peter Vejland unglücklicherweise sein Feuerzeug in das Loch hatte fallenlassen und falls er so dumm gewesen war, über die Reling auf die Außenseite zu klettern, um es zurückzuholen, dann war es nicht undenkbar, daß er ausgerutscht und gefallen sein könnte. Und da war nichts, was einen Fall hätte aufhalten können.

Jesper drehte sich um und betrachtete die Glasscheiben zum Passagiersalon. Sie waren ganz milchig von Salzspritzern, und drinnen im Salon standen alle Sitze mit dem Rücken zum Fenster. Außerdem saßen dort sowieso nur wenige Leute. Die Wahrscheinlichkeit, daß jemand genau in dem Moment nach draußen geblickt hatte, war nicht groß.

Andererseits – wenn man hier draußen stand und sich eine Zigarette anzünden wollte, würde man sich dann nicht instinktiv in Richtung Fenster drehen, ein bißchen Windschutz suchen, anstatt außen an der Reling zu stehen und mit Feuerzeug und Zigarette herumzufummeln? Wieder andererseits – es passierten ja dauernd Unfälle, weil die Leute etwas Verrücktes taten, was kein normaler Mensch tun würde …

Ein Mann und eine Frau kamen heraus und stellten sich an die Reling, wo sie stumm die Schaumstreifen betrachteten. Jesper beobachtete sie. Sie schauten weder nach links noch nach rechts und gingen bald wieder zurück in den Salon. Es war auch wirklich anstrengend, sich auf dem offenen Deck aufzuhalten. Jesper gab dem Steuermann ein Zeichen, und sie gingen wieder hinein.

»Sieht toll aus«, sagte Jesper und deutete auf den Kielwasserstreifen.

»Wir haben 38 480 PS«, sagte der Steuermann. »Kann ich Ihnen sonst noch was zeigen?«

»Gibt es andere Stellen, wo man draußen stehen kann?« fragte Jesper.

»Es gibt eine Außentreppe an der Backbordseite, die zum Restaurantdeck hinaufführt«, sagte der Steuermann, Richtung backbord deutend, »und gleich hinter der Kommandobrücke befindet sich ein Sonnendeck. Aber falls Sie an« – der Steuermann senkte die Stimme – »den Passagier denken, der über Bord gefallen ist, so kann das nicht auf dem Sonnendeck passiert sein. Wir haben von der Brücke aus freie Sicht darauf, und wir hätten es bemerkt, wenn da etwas Ungewöhnliches vorgefallen wäre.«

»Hatten Sie an dem Tag Dienst?«

»Ja. Wir waren natürlich alle sehr betroffen«, antwortete der Steuermann, immer noch mit gesenkter Stimme. »Ich erinnere mich, daß wir auf dieser Überfahrt einen Gegenwind von zwölf Metern pro Sekunde hatten. Das ist eine mächtig steife Brise, und der Winddruck kann ohnehin sehr stark werden, wenn wir hier draußen volle Fahrt machen. Fünfundvierzig Knoten. Das entspricht achtzig Stundenkilometern an Land.«

»Glauben Sie, daß es ihn über Bord *geweht* haben könnte?«

»Nein, dazu gehört mehr. Aber der Wind könnte ihn aus der Balance gebracht haben, falls er sich unvorsichtig verhalten hat. Bei starkem Wind kann man auch die Wellen gut spüren.«

»Hat es geschaukelt?«

»Ja, ein bißchen.«

»Ist es möglich, daß ihm einfach übel geworden ist oder so was und er irgendwo ohnmächtig gelegen hat?«

»Nein, wir haben auf dem Rückweg alle Räume durchsucht. Er muß über Bord gefallen sein, etwas anderes kann ich mir nicht vorstellen.«

Jesper konnte sich durchaus ein paar andere Möglichkeiten vorstellen, aber er begnügte sich mit der Frage, ob es möglich war, an Bord zu bleiben und mit demselben Schiff zurückzufahren.

»Im Prinzip muß man von Bord gehen und erneut durch die Ticketkontrolle. Ich kann natürlich nicht ausschließen, daß jemand *mogeln* könnte, falls er es nur auf die Schiffstour abgesehen hat. Aber ein Auto, das stehenbleibt, fällt uns auf.«

»Kann ich mir das Autodeck etwas genauer ansehen?«

Der Steuermann ging mit ihm eine Treppe hinunter und schloß eine Tür auf. »Die Türen sind während der Überfahrt immer abgeschlossen«, sagte er.

Das Autodeck mit seinen schrägen Rampen war eine Höhle aus Metall, nur von Neonlampen erleuchtet, ohne Fenster, und es sah nicht so aus, als gäbe es hier unten Verstecke oder Schlupflöcher. Es war halb mit Autos beladen und menschenleer, abgesehen von einem Mann im Monteursanzug, der einen Plastikeimer in der Hand trug. Der Steuermann winkte ihn zu sich heran. »Das ist Mogensen, er hat das Feuerzeug gefunden«, rief er Jesper durch den Maschinenlärm zu.

Jesper versuchte den Mann auszufragen, aber es war schwierig, auf dem lauten Autodeck ein längeres Gespräch zu führen. Mogensen hatte das Feuerzeug auf der Rückfahrt nach Kalundborg gefunden, war aber erst zurückgegangen und hatte es aufgesammelt, als die Fähre festgemacht hatte. »Bei dem steifen Wind werd' ich einen Deubel tun und dem Ding hinterhersteigen!« sagte er mit Nachdruck. Er hatte es beim Kapitän abgeliefert. Nachdem der Eigentümer des verlassenen Wagens ermittelt worden war und man feststellte, daß sein Name mit der Gravur auf dem Feuerzeug übereinstimmte, habe der Kapitän es der Polizei übergeben, fügte der Steuermann hinzu.

Jesper bedankte sich und folgte seinem Begleiter wieder nach oben ans Tageslicht; der Steuermann hatte es eilig, auf die Brücke zu kommen, und Jesper stellte ihm nur noch eine letzte Frage. Die Polizei hatte ihnen allen sicher den verschwundenen Mann beschrieben und ihnen Fotos gezeigt; gab es jemanden von der Besatzung, der Peter Vejland an dem

Tag tatsächlich *gesehen* hatte? Der Steuermann schüttelte den Kopf. Niemand hatte mit hundertprozentiger Sicherheit sagen können, daß er oder sie diesen Mann bemerkt hatte.

Ein kurzer, höflicher Händedruck zum Abschied, dann setzte Jesper sich in einen der Passagiersessel und dachte nach.

Der Gedanke an einen dritten Mann, einen Helfer, beschäftigte ihn immer mehr. Zuerst hatte er sich vorgestellt, daß Louis das Auto allein an Bord der Fähre gebracht hatte und allein nach Kopenhagen zurückgekehrt war, entweder indem er an Bord blieb und als blinder Passagier zurückfuhr, oder indem er die Fähre verließ und sie ganz regulär durch die Ticketkontrolle wieder betrat – in beiden Fällen hätte er dann von Kalundborg den Zug oder den Bus nehmen müssen; oder indem er die Fähre verließ und einen anderen Weg mit einem öffentlichen Verkehrsmittel nahm, den Intercityzug von Århus nach Kopenhagen vielleicht. Vielleicht auch das Flugzeug, aber Flugtickets wurden auf einen Namen ausgestellt; natürlich *könnte* er einen falschen Namen angegeben und bar bezahlt haben, so daß ihn keine Scheckkarten- oder Kreditkartentransaktion verraten konnte. Vielleicht hatte er in einem Taxi die Brücke über den Großen Belt überquert, aber das wäre eine lange und ungewöhnliche Fahrt, und um sich in Århus einen Leihwagen zu nehmen, hätte Louis sich ausweisen müssen; beides hätte das Risiko einer Entdeckung bedeutet.

Aber angenommen, es wäre eine weitere Person beteiligt gewesen, dann gab es noch andere Möglichkeiten. Der oder die Dritte könnte mit einem zweiten Auto gefahren sein und Louis nach Hause gebracht oder ihm das Auto überlassen haben; er oder sie könnte Vejlands Auto an Bord gebracht und dort stehengelassen haben; der oder die Dritte könnte ein Flugticket gekauft und Louis übergeben haben; vielleicht gab es noch mehr Möglichkeiten, auf die Jesper bisher noch nicht gekommen war.

Aber wer war dieser »Dritte Mann«, wenn es ihn denn

gab? Und warum sollten Lisa und Louis das Risiko eingehen, einen Dritten in ihr Geheimnis einzuweihen?

Plötzlich bemerkte Jesper aus den Augenwinkeln etwas, das ihn sofort aus dem Sessel aufspringen ließ. Eine Gestalt kam den Gang zwischen den Sesseln links von ihm entlang und steuerte auf eine Tür zu. Eine Gestalt mit einem kleinen grauen Hut und einem grauen Lodenmantel – der Mann aus Jespers seltsamer Erscheinung. Beinahe ohne Überlegung setzte er ihm nach und sah, daß es sich um die Tür zur Herrentoilette handelte, hinter der die abgewandte Gestalt verschwunden war. Jesper lief hinein.

Waschbecken, vier WC-Kabinen mit Türen, und ganz hinten, am Urinal, stand nur ein junger Kerl in verwaschenen Jeans und Seemannshemd und pinkelte. Er drehte den Kopf und sah Jesper erstaunt an. Die Türen! Nur eine von ihnen zeigte mit einer roten Markierung über dem Handgriff an, daß die Kabine dahinter besetzt war, die anderen waren frei, aber Jesper öffnete alle drei und schaute nach. Leer. Der junge Typ war inzwischen fertig und wusch sich die Hände, während er Jesper im Spiegel immer noch verwundert beobachtete. Jesper bewachte die vierte Tür.

Endlich wurde drinnen gespült, die Tür ging auf – und ein großer dicker Mann mit krausen Haaren und verknittertem Anzug kam heraus. Nicht die geringste Ähnlichkeit mit dem grauen Mann, der fast mager und zusammengesunken ausgesehen hatte.

Jesper drehte sich zum Waschbecken um und ließ Wasser in seine hohlen Hände laufen. Der Dicke wusch seine mit einem ächzenden Stöhnen und hielt sie unter den Heißlufttrockner. Jesper spritzte sich Wasser ins Gesicht und atmete schnell und heftig. Anschließend atmete er ein paarmal tief aus, mit tropfnassem Gesicht.

Er war allein in der Toilette. Wieder dieses merkwürdig schwindelnde Gefühl, dies alles sei von entscheidender Wichtigkeit, dieser unbegreifliche Zusammenstoß zwischen der Wirklichkeit und – etwas anderem. Er hatte den grauen

Mann *gesehen*, ebenso deutlich wie alles andere, und doch war er weg, verschwunden in diesem Raum mit nur einem Ausgang.

Jesper wartete, bis sein Puls sich etwas beruhigt hatte. Dann ging er hinaus.

Das Schiff manövrierte jetzt langsam auf den Kai von Århus zu, und die Passagiere wurden aufgefordert, sich zum Autodeck und zur Gangway zu begeben. Jesper ging mit den anderen nach unten und setzte sich in sein Auto.

Eigentlich hatte er vorgehabt, über den Kleinen und den Großen Belt zurückzufahren und die Zeit zu stoppen. Aber notwendig war das nicht. Man konnte sich leicht ausrechnen, daß Louis in den Vormittags- und Nachmittagsstunden, in denen er »keinen Schritt vor die Tür« gemacht haben wollte, die Hin- und Rückfahrt hätte schaffen können. Es gab keinen Grund, es selbst auszuprobieren. Jesper hatte es außerdem nötiger, sich zu entspannen und den grauen Mann abzuschütteln.

Deshalb befand er sich eine Stunde später nicht vor der Brücke über den Kleinen Belt, sondern auf dem Gipfel von Ejer Bavnehøj. Auf der Autobahn von Århus Richtung Süden hatte er ein Schild mit dem Namen gesehen, und aus einem plötzlichen Impuls heraus hatte er die Autobahn verlassen und war ein paar Kilometer auf schmalen Straßen gefahren, bis er das Auto an dem geschichtsträchtigen Ort parkte. Er war noch nie hier gewesen, hatte nur davon gehört. Sein Vater behauptete immer, es sei der höchste Punkt Dänemarks, und seine Mutter protestierte jedesmal und sagte, das sei eine andere Erhebung, sie komme nur gerade nicht auf den Namen.

Aber jetzt, um die Mittagszeit an diesem klaren Samstag im Frühherbst, stand Jesper Lund hier und schaute zu dem sonderbaren Monstrum von Turm hoch, der ganz oben auf dem Bavnehøj errichtet worden war: ein vierbeiniger, viereckiger Klotz aus dunkelrotem Backstein, aus dessen einer

Seite der Bronzekopf von Christian X. herausragte, als wäre es eine abgeschlagene Trophäe, oder als wäre der König eine Art Schloßgespenst, das im Turm wohnt und durch das Mauerwerk bricht, um die Besucher zu erschrecken.

Jesper meinte sich zu erinnern, daß sein Vater erzählt hatte, der Turm sei erbaut worden, nachdem Nordschleswig in den zwanziger Jahren wieder an Dänemark zurückgefallen war. Als Triumph über die geschlagenen Deutschen. Bestimmt starrte das abgeschlagene Königshaupt nach Süden. Vatermord und vaterländisches Pathos, was für eine sonderbare Mischung.

Durch eines der viereckigen Beine konnte man in den Turm hinaufsteigen. Jesper stand dort oben und spürte, wie der Wind um seine Ohren sauste; zu allen vier Seiten erstreckte sich weite Landschaft, allein das war schon wunderbar, aber die Weite gab ihm auch das Gefühl, die Hände nach allen Rätseln ausstrecken und nach den Helfern langen zu können, die ihm beistehen konnten, die Rätsel zu lösen. Er zog sein Handy aus der Innentasche der Jacke und schaltete es ein. Der Apparat suchte ein Netz und signalisierte eine schwache, aber doch brauchbare Verbindung. Er wählte das Nummernverzeichnis aus dem Menü und rief anschließend Kaffe zu Hause an.

»Hier ist Jesper. Störe ich?«

»Nein, wir wollten nur gerade los und einkaufen. Wo steckst du, du hörst dich so weit weg an.«

»Ich bin auf Ejer Bavnehøj.«

»Wo? Ist nicht wahr! Was machst du denn da?«

»Trainiere meine Lungen in der dünnen Luft. Ich habe mir vorgenommen, Bergsteiger zu werden. Im Ernst – mir ist nur gerade eingefallen: In dem Material, das du über den Fall Vejland hast, ist da was bei, was auf die Beteiligung eines Dritten hindeutet?«

»Eines Dritten? Außer wem?«

»Außer – der Frau und dem Hausfreund«, sagte Jesper

und blickte sich unwillkürlich um, obwohl er ganz allein auf der Plattform des Monuments stand.

»Du meinst einen Mitschuldigen, falls ich dich richtig verstehe ... Ich teile deine Sicht der Dinge ja nicht, wie du weißt. Und wir haben nichts, was auf andere Beteiligte hindeutet.«

»Ich dachte nur – hallo?«

Kaffes Stimme verschwand für einen Moment in einem Funkloch. Jesper beschloß zu warten. »Ich rufe dich in den nächsten Tagen wieder an, es ist zu kompliziert, es jetzt zu erklären. Okay?«

»Jederzeit gerne.«

»Grüß Åse von mir.«

»Danke, mach ich. Ich soll dich auch schön grüßen.«

Jesper legte auf. Er blieb eine Weile regungslos stehen. Dann schaute er nach Osten, wo weiße Wolken am Horizont hingen, und nach Süden, wo das Land unter einem Schleier aus Sonnenschein lag. Dann wählte er Madeleines Nummer; sie sprang ihm bereitwillig aus seiner Erinnerung entgegen, obwohl er sie nicht in das Telefonverzeichnis seines Handys einprogrammiert hatte.

Der Anrufbeantworter war eingeschaltet. Er lauschte ihrer Stimme und wartete bis zum Signalton, dann legte er auf und schaltete das Handy ab. Die Hände auf die Mauerbrüstung gestützt, in Baumwipfelhöhe, allein wie ein Ballonfahrer im Spiel von Wind und Wetter, merkte er, wie sein Herz vor Enttäuschung und Erleichterung klopfte.

Katze Sursa träumt. Sie läuft durch grünes Gras und bleibt plötzlich stehen, weil es vor ihr tief und leer ist. Sie blickt über die Tiefe hinweg, die größer ist als irgendeine Tiefe, die sie kennt. Zwei der Geflügelten streichen von hinten über ihren Kopf und gleiten über die Tiefe, sie umflattern einander und entfernen sich immer mehr. Es sind der Mann und eine andere, eine neue ohne Namen. Sie leuchten in roten und gelben Wellen, und Sursa muß ganz lauerstill liegen und sich dann plötzlich vor Freude herumwerfen und laufen, laufen, laufen durch das Gras. Aber wo ist Zuhause, wo ist die Höhle mit den Zimmern? Sursa ruft, läuft, ruft und läuft. Die Geräusche des Mannes sind nicht da. Sie hat Durst. Plötzlich ist Wasser da. Ein sehr großes Rund mit Wasser. Sie trinkt in langen Zügen, das Wasser kühlt. Aber von hinten nähert sich eine fremde Hand. Sursa läuft und läuft immer weiter.

19. Tag, Dienstag

Jesper saß vor dem Monitor im großen Redaktionssaal und hackte die letzten Zeilen eines Artikels für die morgige Ausgabe herunter. Eine üble Sache aus dem Kopenhagener Nachtleben. Ein junger Kerl hatte seine Exfreundin mit drei Schüssen aus nächster Nähe niedergestreckt, als sie mit einem anderen Mann aus einer Diskothek kam. Einem Schwarzen. Der Täter war geflohen und ein paar hundert Meter weiter direkt vor einen Streifenwagen gerannt. Die Polizisten witterten Unheil und verfolgten ihn. Als er die Pistole auf die Beamten richtete, schossen sie ihm ins Bein und überwältigten ihn. Das Mädchen würde überleben und wahrscheinlich keine bleibenden Schäden davontragen, aber das war reines Glück gewesen; die Kugeln hatten sie in Schulter und Arme getroffen, entweder weil der Bursche schlecht gezielt oder sie sich eher zufällig weggedreht hatte.

Bevor der 22jährige flüchtete, rief er noch: »Ich bring dich um, du Schlampe!« Die entsetzten Augenzeugen waren wie gelähmt und außerstande zu reagieren. Als wäre es der Wille einer höheren Macht, kam der Streifenwagen genau in dem Moment …

Quatsch. Was schrieb er denn da für einen Scheiß.

Es war Ironie des Schicksals, daß der Streifenwagen genau in dem Augenblick …

Nee.

Wäre er nur wenige Sekunden aufgehalten worden, hätte der Streifenwagen seinen Weg fortgesetzt, ohne daß die Polizisten etwas bemerkt hätten, und der Täter wäre vielleicht immer noch auf freiem Fuß. Jetzt sitzt er in Untersuchungshaft.

Schlagzeile: *Von drei Schüssen niedergestreckt. Untertitel: Exfreund lief Amok, als er sie mit einem anderen sah.*

Das war's. Ab damit. Sauber, genau zum Redaktionsschluß.

Jesper spülte den Rest einer Cola runter, die neben dem Monitor stand. Könnte er selbst jemals auf die Idee kommen, auf ein Mädchen zu schießen, das ihn enttäuscht hatte? Vor fünf Jahren hätte er jeden Eid dagegen geschworen. Inzwischen wußte er, daß Trieb, Verzweiflung und die Zuspitzung bestimmter Umstände die Leute zu allem möglichen bringen konnten. Wieso sollte er sich einbilden, daß er über so was erhaben war? Die Namen vieler anständiger, nie vorbestrafter Menschen waren in den letzten Jahren durch seine Hände in die Zeitungsspalten gelangt, und selten, *sehr* selten zu ihren Gunsten. Wenn man den Deckel lüftete, schleppten sie den gleichen Eimer Scheiße durch die Gegend wie alle anderen auch.

Sein Telefon meldete sich mit diesem nervigen Zwitscherlaut. Er nahm ab. Es war der Pförtner.

»Jesper, hier bei mir steht eine Frau, die sagt, sie hätte was über Peter Vejland zu erzählen.«

Bei Jesper schrillten alle Alarmglocken. »Halt sie fest, ich bin sofort unten.«

Beim Pförtner stand eine Frau, vermutlich Ende Zwanzig. Dunkelhaarig, mit dunklen Augen, geschmackvoll in Braun und Schwarz gekleidet; und als Jesper näher herankam, sah er, daß sie ein Piercing hatte, einen kleinen silbernen Ring in einem Nasenflügel.

Er stellte sich vor. Sie gab ihm die Hand mit einem flatternden, kurzen Händedruck. »Ich bin Tina Bakke«, sagte sie. »Ich habe mit Lisa zusammengewohnt, als sie Peter

Vejland kennenlernte. Im Grunde war es meine Schuld, daß sie sich überhaupt begegnet sind.«

Sie zögerte. »Können wir uns nicht woanders unterhalten?«

»Aber natürlich! Wollen wir in die Kantine gehen? Da ist jetzt bestimmt genug Platz.«

Auf dem Weg nach oben ärgerte er sich, daß er sein Diktiergerät nicht mitgenommen hatte, nicht einmal einen Notizblock. Aber vielleicht war es auch besser so, falls er jetzt auf vertrauliche Erklärungen hoffen durfte, und ihm kam es so vor, als dürfte er das, es lag so etwas in der Luft. Er mußte sich seine Notizen eben später machen. Und dafür sorgen, daß sie ihm ihre Telefonnummer gab.

Er fand einen freien Tisch in der Kantine, wo sie ungestört reden konnten. Er holte einen Kaffee für sich, einen Tee für sie – sie hatte darum gebeten –, nahm ihr gegenüber Platz und versuchte, ein freundliches und aufmunterndes Gesicht zu machen.

»Ich habe nicht mehr viel Kontakt zu Lisa«, begann sie. »Nicht daß wir uns nicht mehr verstehen, aber unsere Wege sind in den letzten Jahren ziemlich auseinandergegangen. Ich habe eigentlich gar nichts über die Sache mit Peter gewußt, also daß er verschwunden ist, bevor ich zufällig Ihren Artikel letzten Sonntag las. Ich rief Lisa sofort an und sprach mit ihr darüber. Und ich sagte ihr auch, daß ich Sie anrufen und Ihnen erzählen könnte, was ich über Peter wußte. Aber sie hielt das für keine gute Idee. Also ließ ich es sein. Aber jetzt tue ich es trotzdem. Sie hatten ja geschrieben, daß Ihnen jede Information wichtig wäre.«

»Das stimmt auch. Hat Lisa gesagt, warum sie meinte, Sie sollten sich nicht an mich wenden?«

»Sie wissen sicher, daß sie mit diesem Louis zusammenlebt, oder?«

Jesper nickte.

»Ich glaube, sie denkt, daß es ein wenig seltsam oder peinlich wirken könnte. Immerhin ist sie verheiratet und hat ein Kind mit Peter, und ihr Liebhaber wohnt in derselben Wohnung. Oder ihr eigentlicher Mann, wie immer man es nennen will. Sie spricht nicht gern darüber. Und sie will wohl auch nicht, daß andere darüber sprechen.«

»Ich habe absichtlich nichts darüber geschrieben. Ich finde, das geht nur die beiden etwas an. Sie braucht sich keine Sorgen zu machen.«

»Ja, das habe ich ihr auch gesagt. Das ist ihre Privatsache.«

Es ließ sich gut an. Der Kontakt war schon ein paar Grad wärmer geworden; Jesper hoffte, er konnte ihn warmhalten.

»In welcher Gegend haben Sie mit Lisa gewohnt?« fragte er.

»In der Gerlachsgade, draußen auf Nørrebro. Wir teilten uns eine Dreizimmerwohnung. Ich wohne immer noch dort, inzwischen kann ich die Miete gut allein aufbringen. Ich mache gerade eine Ausbildung zur Dekorateurin, und ich habe ein paar kleinere Aufträge für Schaufenstergestaltungen und so was. Aber damals mußte ich mir die Wohnung teilen, erst mit einer Freundin, die dann nach Jütland zog, und anschließend mit Lisa. Ein Zimmer für jede und noch ein Gemeinschaftszimmer. Die Freundin, die nach Jütland gezogen ist, war eine Bekannte von Lisa, und so kamen wir in Kontakt. Ansonsten haben wir nicht viel gemeinsam.«

»Sie und Lisa sehen auch ganz verschieden aus.«

»Ja, nicht wahr? Aber trotzdem hat man ja eine Menge gemeinsamen Gesprächsstoff, wenn man zusammen wohnt, und wenn ich Lisa nicht so viel von Peter erzählt hätte, ich weiß nicht, ob dann überhaupt passiert wäre, was – passiert ist.«

»Meinen Sie sein Verschwinden?«

»Nein, daß sie sich getroffen haben. Ich springe wohl etwas hin und her. Ich will versuchen, mich mehr zu konzentrieren.«

Sie lachte ein wenig heiser, es klang sexy. Was ihr durchaus bewußt war. »Stört es Sie, wenn ich rauche?« fragte sie.

»Nein, ganz und gar nicht«, sagte Jesper und klopfte sich bedauernd auf die Jackentaschen, um anzuzeigen, daß er kein Feuer dabei hatte. Tina Bakke zuckte die Achseln und zündete sich die Zigarette selbst an, die sie aus ihrer kleinen Handtasche geholt hatte. Jesper schob ihr den Aschenbecher hin.

»Also, es war im letzten Sommer«, sagte sie, nachdem sie eine Rauchwolke rücksichtsvoll zur Seite geblasen hatte, weg von Jesper. »Es war ein wunderbarer heller Abend, und ich wollte ausgehen. Lisa hatte wohl keine Lust, sie las, so wie sie es gerne tat. Ich ging jedenfalls am Wasser spazieren, einfach so, denn ich wußte noch nicht genau, wohin ich wollte. Ich kam an die Østerbrogade, wo ich Bekannte traf, die gerade aus dem Steakhaus kamen, und sie schlugen vor, daß wir uns in ein Café setzen und ein paar Drinks nehmen sollten.

Sie gingen nach einer Stunde, vielleicht mußten sie früh aufstehen, keine Ahnung. Aber was dann geschah, das weiß ich noch, als wäre es gestern gewesen.«

Sie zog an ihrer Zigarette.

»Peter kam an meinen Tisch und fragte, ob er sich setzen dürfte. Ich sagte ja. Ich sah sofort, daß er nicht mehr der Jüngste war, aber er sah gut aus, gute Figur, nicht besonders groß, aber groß genug, und dann diese riesigen dunklen Augen, in denen sich so viel Verschiedenes spiegelte. ›Ich stand auf der anderen Seite des Tresens‹, sagte er. ›Ich habe gehört, wie Sie sich über einen Film unterhielten.‹

Das stimmte, wir hatten uns am Anfang über den Film unterhalten, den meine Bekannten gerade gesehen hatten, und dann kommt man ja leicht auf andere Filme zu sprechen. Also sagte ich, ja, unter anderem hätten wir auch über diesen Film gesprochen. Er sagte, die Musik zu diesem Film sei gut. Ich fragte wieso, und er erklärte, das gute daran wäre, daß die Musik zum Teil neu komponiert und auf die Szenen abgestimmt worden sei und daß es da eine bestimmte Melodie gäbe – oder ein Motiv, wie er es nannte –, die mit dem Höhepunkt der Handlung zusammenhing, aber erst sehr viel später in einer ganz anderen Szene eingeführt werde, und auch nur in Andeutungen, aber so, daß man sie trotzdem wiedererkannte. Das alles klang so, als wüßte er, wovon er sprach. Und dann erzählte er, daß er selbst diese Filmmusik geschrieben hatte, und da wurde ich neugierig, verstehen Sie ...

Also, das alles war erst der Anfang. So ist es doch. Man sieht sich an, man hört genau zu, ob der andere was im Oberstübchen hat. Wenn ein Typ auf mich zugeht und sagt: ›Bist du öfter hier‹, oder ›Ey, du hast ja einen Ring in der Nase‹, ist er bei mir gleich unten durch. Aber Peter beherrschte das Spiel souverän. Er machte einen beinahe schüchternen Eindruck, bescheiden, gleichzeitig hatte er eine enorme Ausstrahlung.

Hatte? *Hat*, meine ich ... Ich hoffe, es ist ihm nichts Schlimmes passiert ... Aber es sind ja schon mehrere Wochen vergangen ...«

Tina starrte einen Moment vor sich hin. Schräg hinter ihr nahm Jesper eine Gestalt wahr, die plötzlich innehielt; er sah genau hin und entdeckte Madeleine, die im selben Moment den Blick abwandte, als er ihn einzufangen versuchte, fast so, als hätte er sie beim Lauschen ertappt. Sie ging rasch zum Ausgang. Jespers erster, starker Impuls war, aufzustehen und ihr nachzugehen, aber da fing Tina wieder zu sprechen an.

»Ich will damit nur sagen, daß sich alles in dem Moment veränderte, als er mir plötzlich direkt in die Augen sah und fragte: ›Haben Sie Kinder?‹

Ich kann nicht erklären, wie das war, es war kein Déjà-vu-Erlebnis, und ich bekam auch keine Angst oder so was, aber ich hatte in dem Moment ein *dermaßen* starkes Empfinden von – von Schicksal, von etwas Vorherbestimmtem, das man nicht ändern kann ... Nicht so, als ob er der Mann meines Lebens wäre, überhaupt nicht, aber so, als würde hinter der nächsten Ecke etwas Entscheidendes warten; ich konnte nicht mal sagen, ob es auf mich oder auf ihn wartete, es war nur so ein – magnetisches Gefühl ... Verstehen Sie, was ich meine?«

Jesper nickte. Er hatte keine Ahnung, was für ein Gefühl sie meinte, aber er ahnte, daß er diese Atmosphäre von Vertraulichkeit, in die Tina sich hineingeredet hatte, nicht zerstören durfte, sonst würde ihm etwas Wichtiges entgehen.

»Ich habe keine Kinder. Das sagte ich ihm auch. Aber ich möchte schon gerne welche, irgendwann mal. Wenn auch in nicht allzu ferner Zeit. Das sagte ich ihm ebenfalls. Und dann entstand zwischen uns ein sehr langes Gespräch, es dauerte bestimmt zwei Stunden. Über Kinder, darüber, warum man so einen Urtrieb hat, Kinder zu kriegen, obwohl man genau weiß, daß sie eine Heidenarbeit machen und einem die Karriere versauen, und warum es manchmal erregend ist, sich beim Sex vorzustellen, daß man schwanger wird, und warum man manchmal genau das Gegenteil empfindet ... Wir kamen auch auf unsere eigene Kindheit zu sprechen, auf unsere Eltern – er war, nein *ist* ein Einzelkind, genau wie ich.

Er war wunderbar offen, und ich genauso. Das ist ansonsten ganz untypisch, für ihn wie für mich, aber an dem Abend war da irgend etwas Besonderes, das alle Schleusen öffnete.

Er erzählte mir, daß er seit einem Jahr eine Art Tagtraum oder Phantasie hatte, die immer wiederkehrte. Sie handelte davon, daß er eine Frau fand, die bereit war, sein Kind zu gebären und aufzuziehen, ohne daß sie eine Familie waren. Er wollte alles bezahlen, was sie brauchten, er wollte sie besuchen kommen, aber er wollte nicht mit ihnen zusammenwohnen, er wollte das Leben weiterleben, das er jetzt hatte, mit vielen Reisen und einer Menge Freiheit, und sie sollte ihr Leben auch so leben, wie sie wollte, er würde sich nicht einmischen; aber er *sehnte* sich so schrecklich danach, daß seine Gene in einem neuen kleinen Menschen weiterlebten, daß die Kette sich bis in alle Zukunft fortsetzen würde, bevor er selbst starb. Er sprach wirklich von Sehnsucht, und ich saß da und wußte hundertprozentig, was er meinte.

Ich sagte natürlich, daß es ein enorm machohafter Traum wäre, den er da hatte: die totale Freiheit von Verantwortung, und die Frau durfte sich die nächsten achtzehn Jahre mit der ganzen Last herumplagen. Eine, die das mitmachte, würde er nie finden. Aber er sagte, daß er sich seiner Verantwortung eben gerade nicht entledigen wollte, im Gegenteil, er wollte die Frau und das Kind auf alle erdenkliche Art absichern, er wollte nur nicht physisch zugegen sein.

Das merkwürdige war, daß ich anfing, dieses Bild vor mir zu sehen. Und zum Teil fand ich es verlockend. Keine armselige alleinerziehende Mutter auf dem Fahrrad mit dem Kind auf dem Gepäckträger und Discount-Leberwurst und unbezahlten Rechnungen zu Hause, sondern eine unabhängige Mutter, die über ihr Kind und ihr Leben nach eigenen Wünschen bestimmen konnte, ohne Geldsorgen, ohne Ehemann, der bedient werden wollte und nur Ärger machte. Wieso eigentlich nicht?

Er fragte, ob ich meinte, das sei zynisch. Ja und nein, sagte ich, ich fände es eher ehrlich. Klartext von Anfang an, eine klare Vereinbarung anstelle von Liebesschwüren und kirchlicher Trauung und am Ende Scheidung und haßerfüllten Streitereien über Besuchsrecht und Unterhaltszahlungen.

Ja, sagte er, eine andere Form von Treue.

Wie gesagt, es herrschte eine ganz eigenartige Atmosphäre bei dem Gespräch. Vielleicht war das der Grund, warum ich ihn schließlich zu mir nach Hause einlud – nicht an dem Abend, sondern ein paar Tage später, und wir beschlossen, uns in drei Tagen wiederzusehen. So hatte ich Zeit, ›darüber nachzudenken‹, und dann könnten wir ›weiterreden‹ – ich war praktisch auf dem besten Wege, ja zu sagen. Ist das nicht merkwürdig? Ein Kind mit einem Mann bekommen zu wollen, der bis vor wenigen Stunden noch ein Wildfremder war. Aber mir kam es vor, als würde ich ihn inzwischen gut kennen. Und wir waren in jedem Fall enorm weit über eine normale Kneipenunterhaltung hinausgekommen, es ging überhaupt nicht um ein sexuelles Abenteuer, da war etwas ganz anderes entstanden. Wir hüteten uns sogar davor, uns beim Abschied zu berühren.«

Tina nahm einen letzten Zug und drückte die Kippe mechanisch aus, ohne dabei auf den Aschenbecher zu sehen.

»Und, ist er gekommen?« fragte Jesper.

»Ja, er kam. Aber ich bin vorher gegangen. Das war auch so eine merkwürdige Sache. Hat Lisa davon erzählt?«

»Sie hat es nur kurz erwähnt.«

»Ich hatte unheimlich viel von Peter erzählt, wie faszinierend er war und was für einen Männertraum er hatte – doch ich war dann doch zu dem Entschluß gekommen, daß es wahnsinnig wäre, bei dem Projekt mitzumachen, und das wollte ich ihm an dem Abend sagen, an dem er kommen sollte, aber ich glaube, Lisa merkte, daß ich zum Teil immer noch zweifelte. Oder bereit war, das Risiko einzugehen.

Na, jedenfalls hatte ich beschlossen, nein zu sagen, und dann hatte ich mir überlegt, daß ich etwas Besonderes machen wollte, zum Ausgleich sozusagen; ich hatte Wein gekauft und stundenlang Moussaka gekocht, die gelingt mir immer ganz gut. Sie duftete im Backofen, er wollte um sieben kommen, die Uhr zeigte Viertel vor sieben, und plötzlich bekam ich Panik. Ich bekam einfach eine wahnsinnige Angst, ich kriegte fast keine Luft mehr, und mein Herz klopfte dermaßen, daß man es durch die Bluse sehen konnte. Ich weiß immer noch nicht richtig, woher diese Angst eigentlich kam.

Ich hatte nur einen Gedanken: Ich muß raus. Ich schnappte meine Wohnungsschlüssel, stürzte in Lisas Zimmer und rief: ›Du mußt ihn bewirten! Ich schaff das nicht!‹ Und dann *raste* ich die Treppe hinunter auf die Straße, ich hatte eine mordsmäßige Angst, daß er zu früh erscheinen könnte und ich ihm dort unten über den Weg laufen würde. Aber das tat er nicht.

Ich rannte fast den ganzen Weg zu einer anderen Freundin, die Gott sei Dank zu Hause war. Sie schaffte es, mich ein wenig zu beruhigen, und ich blieb bei ihr und übernachtete auf dem Fußboden. Ich traute mich einfach nicht, nach Hause zu gehen.

Am nächsten Tag, als ich irgendwann vormittags in unsere Wohnung kam, war es dort sauber und aufgeräumt, alles war abgespült und stand an seinem Platz. Und Lisa druckste herum und wollte nicht richtig mit der Sprache raus, was geschehen war, nachdem sie ihn eingelassen hatte. Sie hatten gegessen und sich lange unterhalten, sagte sie. Die nächsten Tage war sie nicht oft zu Hause, und ich dachte flüchtig, ob sie vielleicht bei ihm war – aber sie konnte ja schließlich tun und lassen, was sie wollte. Und nach diesen paar Tagen war sie wieder da, und alles schien wie immer. Bis sie drei Wochen später mit so einem Teströhrchen aus dem Bad kam und sagte: ›Ich bin schwanger.‹

Da erfuhr ich die ganze Geschichte. Oder wenigstens einen Teil davon. Es war natürlich Peter. Sie weinte ein bißchen, aber sie war irgendwie auch stolz, und plötzlich bemerkte ich eine Art Zielstrebigkeit an ihr, die sie meiner Meinung nach vorher nicht gehabt hatte. Sie rief Peter an und erzählte es ihm, und er kam sofort und holte sie ab. Wir begrüßten uns freundlich und höflich, er und ich, und dann stand ich am Fenster und sah zu, wie sie sich in seinen großen Citroën setzten und wegfuhren; sie wollten offenbar lieber allein sein, anstatt hier in der Wohnung miteinander zu reden, wo ich in der Nähe war. Und ich dachte die ganze Zeit: Das hätte ich sein können … und ich weiß wirklich nicht, ob ich erleichtert oder enttäuscht war.«

Eine neue Zigarette. Jesper erinnerte sich, daß Lisa es so dargestellt hatte, als hätte Peter sie sehr gedrängt, ihn zu heiraten und zu ihm zu ziehen – das paßte schlecht mit dem zusammen, was Tina vorhin Peters »Männertraum« genannt hatte.

»Wieso haben sie geheiratet?« fragte er.

»Das weiß ich auch nicht«, sagte sie und schüttelte leicht den Kopf. »Das war ja nicht das, was er sich vorgestellt hatte, nicht nach dem, was er mir erzählte. Ich habe Lisa auch tatsächlich gefragt, ob die Heirat ihre Idee war, aber sie sagte nein. Ich war bei der Hochzeit dabei. Es war eine ziemlich schlaffe Angelegenheit, so als ob sich keiner so richtig darüber freute. Und dann tauchte Louis ja auf der Bildfläche auf, wie Sie wissen. Ich glaube, Peter eignet sich überhaupt nicht zum Ehemann.«

»Wieso das nicht?«

Sie zögerte. »Ich glaube nicht – ich glaube nicht, daß ihm eine reicht«, sagte sie.

Wieder dieses vorbeihuschende Bild vor Jespers innerem Auge: drei nackte Körper in einem Bett, zwei Männer, eine schwangere Frau …

Tina blies Rauch aus. »Ich denke, ich muß es Ihnen erzählen«, sagte sie. »Es gehört sozusagen dazu. Einmal ist er gekommen und hat mich besucht, lange nachdem Lisa bei mir ausgezogen war. Louis existierte auch schon. Peter kam eines Abends in meine Wohnung, ich wohnte ja inzwischen allein. Es war in diesem Frühjahr. Ich saß in Lisas altem Zimmer, das habe ich mir als eine Art Atelier eingerichtet, und zeichnete, als es an der Tür klingelte. ›Hier ist Peter Vejland‹, sagte er in die Gegensprechanlage. ›Darf ich raufkommen?‹ Ganz höflich und normal.

Ich machte ihm auf. Er ging ins Wohnzimmer und blieb mit dem Rücken zu mir eine Weile dort stehen, und dann drehte er sich um. Er hatte kein Mitbringsel dabei, wissen Sie, keine Blumen, nichts, und er wirkte nicht verzweifelt oder so, als sei er auf etwas aus. Er sah mich einfach an und sagte leise und ruhig: ›Wir schulden uns eine Nacht. Kein Kind, aber eine Nacht.‹

Ich brauchte es. Ich schenkte ihm die Nacht. Es war toll.

Zwischendurch unterhielten wir uns über Bettgeschichten. Er erzählte mir von dem einzigen Mädchen, das er jemals wirklich geliebt hat. Es war auf dem Gymnasium, eine seiner Klassenkameradinnen. Er wäre für sie gestorben, sagte er, aber sie hatte ihn abgewiesen. Er hatte viele Jahre gebraucht, um darüber hinwegzukomen, aber dann hatte er gelernt, Sex als Sex zu nehmen und den Liebestrieb zu sublimieren, wie er sagte. Und dann, auf der Feier zum fünfundzwanzigsten Abitursjubiläum, trafen sie sich wieder. Sie war geschieden, er war Single, aber sie wollte immer noch keine sexuelle Beziehung mit ihm anfangen, obwohl er es versuchte. ›Mit allen Mitteln, die ich seit damals gelernt hatte‹, sagte er. Aber es wurde etwas anderes daraus. Sie wurde seine einzige wirkliche Vertraute, eine, der er alles erzählen konnte, eine, die ihn beriet und unterstützte, solange er auf ihren Körper verzichtete. ›Sie weiß mehr über mich als irgendein anderer Mensch‹, sagte er zu mir.«

Jespers Nackenhaare richteten sich auf. »Wie heißt sie?«

»Das wollte er nicht sagen. Ich hatte ihn auch danach gefragt; er sagte die ganze Zeit nur ›sie‹ und nannte keinen Namen. Aber er sagte: ›Sie verwahrt so viele meiner Geheimnisse, daß auch sie mein Geheimnis ist.‹ Das habe ich respektiert.«

»Sprachen Sie über sein Verhältnis zu Lisa – und Louis?«

»Ja, tatsächlich. Er sagte, sie habe jemanden gefunden, den sie wirklich lieben könne, und er freue sich für die beiden. Er wirkte so, als ob er es wirklich so meinte.«

»So als ob? Äh – darf ich Sie etwas ganz Persönliches fragen?«

»Ja – falls Sie mich nicht zwingen, darauf zu antworten …«

»Was würden Sie sagen, wie war – oder ist – seine sexuelle Veranlagung? Wäre es denkbar, daß er mit beiden ein Verhältnis gehabt hat? Ich meine – daß er sie vielleicht zu irgend etwas gedrängt hat?«

Tina sah ihn erstaunt an. »Also – ich kann natürlich nur danach urteilen, was ich selbst erlebt habe.«

»Ja …?«

»Und das deutet überhaupt nicht in die Richtung. Peter ist nach meinem Empfinden absolut hetero.« Sie drückte Kippe Nummer zwei aus und warf Jesper einen neckischen Blick zu. »Sind Sie wild darauf zu erfahren, wie er im Bett ist?« sagte sie mit einer übertriebenen Sensationsgrimasse.

»Wild, was heißt wild. Nein. Doch. Ich würde es tatsächlich gerne wissen. Um ihn zu verstehen …«

»Er ist ein Rolls-Royce.«

Vielleicht sah Jesper beeindruckt aus, vielleicht auch skeptisch, denn sie hob einen Zeigefinger.

»Ich meine: Luxusklasse. Ein echter Genuß. Technik vom Allerfeinsten. Gut geölt und blankpoliert. Aber er macht keine Geräusche und lächelt nicht.«

Sobald Jesper nach Hause gekommen war, immer noch verschwitzt nach der Radtour, rief er bei Madeleine an. Sie war zu Hause und nahm sofort ab.

»Die Frau, mit der ich in der Kantine zusammengesessen habe, weißt du, wer das war? Das war die Freundin, mit der Lisa Martinsson zusammengewohnt hat. Tina Bakke heißt sie. Sie war gekommen, um mir was über Vejland zu erzählen. Und ich glaube wirklich, sie hat mir eine neue Spur gezeigt.«

»Ach ja?«

»Dachtest du – dachtest du, sie wäre etwas anderes?«

Es entstand eine kleine, merkliche Pause, bevor Madeleine antwortete: »N-nein. Nichts in der Richtung. Wieso?«

»Nur so.« Aber in Jespers Bauch breitete sich ein kleines warmes Gefühl von Freude und Triumph aus. Er war ihr nicht egal.

Dann begann er von der mysteriösen Gymnasiumsflamme zu erzählen, die Peter Vejlands einzige Vertraute geworden war.

Teil II

21. Tag, Donnerstag

Madeleine Arnvad hatte zwölf Porträtfotos in einer Reihe an der Wand aufgestellt, am Ende des langen Arbeitstisches im Atelier. Es waren sechs Bilder von ihrem Vater und sechs von ihrer Mutter, Abzüge von verschiedenen alten Negativen, und sie stand mit leicht zusammengekniffenen Augen da und betrachtete sie. Ihr hatte vorgeschwebt, daß man daraus eine große Collage machen könnte, ein Bild aus zwölf Feldern – aber jetzt zweifelte sie daran.

Die Fotos waren doch zu verschieden. Einige stammten aus Gruppenbildern oder Ganzkörperaufnahmen und waren stark vergrößert, andere waren von Anfang an Porträts gewesen; der Gegensatz zwischen der körnigen Unschärfe der Vergrößerungen und den scharfen Linien und ausgewogenen Kontrasten der Porträts war zu groß. Es konnte nicht so werden, wie sie es sich vorgestellt hatte.

Bei allen zwölf Fotos waren die Gesichter so knapp ausgeschnitten, daß jeglicher Hintergrund wegfiel; selbst Scheitel und Kinn waren der Schere zum Opfer gefallen, und nur der Bereich zwischen Augenbrauen und Unterlippe war verschont geblieben. Der harte Ausschnitt und das einzigartige Format hatten dem Ganzen ein gemeinsames Gepräge geben sollen, aber die Wirkung war fast gegenteilig.

Die Idee war ihr vor ein paar Wochen gekommen, als sie probiert hatte, Bilder mit einer neuen Digitalkamera aufzunehmen. Es war ihr so ungreifbar und roboterhaft vorgekommen, daß sie sich plötzlich wahnsinnig nach richtig altmodischer Dunkelkammerarbeit sehnte, bei der sie die Bilder mit Barytpapier und Fingerspitzengefühl liebevoll gestalten konnte, mit diesem merkwürdigen Timing für jene Bruchteile von Sekunden, die den Abzug perfekt oder nicht perfekt machten und die sich mit dem säuerlichen Chemikaliengeruch in dem geschlossenen Raum zu einer beinahe tranceartigen Konzentration vermengten. Handwerk, sechster Sinn, nicht Technik.

Der Augenblick, in dem die Bilder auf dem leeren Papier im Entwicklerbad hervorzutreten begannen, hatte für sie stets einen Hauch von Magie gehabt, und so war es immer noch. Es war beinahe wie Geisterbeschwörung, wenn sich auf dem Blatt in der Lösung, von Menschenhand unberührt, makelloses Weiß in die Geschichte eines Menschen, einer Situation verwandelte.

Und hier hatte sie die Gesichter ihrer Eltern erscheinen sehen, wie aus ihrer eigenen Erinnerung. Sie hatte in selten geöffneten Schubladen gekramt und alte Negative gefunden, in alten Fotoalben geblättert und in Ringordnern mit Kontaktabzügen, die sie mit einer Lupe studierte, bevor sie die zwölf Fotos auswählte. Sie waren fünfzehn, siebzehn Jahre alt, aus den letzten Jahren in Viborg, bevor plötzlich alles anders wurde.

Auf einigen der Fotos hatte ihr Vater Uniform getragen, aber davon war nach dem Beschneiden nichts mehr zu sehen. Die ewige weiße Hemdbluse ihrer Mutter war ebenfalls der Schere gewichen, genau wie die kleingelockte Dauerwellenfrisur. Zurück blieben nur die nackten Gesichter, der in sich gekehrte Blick des Vaters und der strenge Zug um seine glattrasierte Oberlippe, die hohlen Wangen und das gewohnheitsmäßige Lächeln der Mutter. Das Grundempfinden ihrer Persönlichkeit war auf allen Fotos dasselbe. Waren sie damals wirklich so unveränderlich gewesen, oder hatte ihre eigene Auswahl der Negative sie betrogen? Sie konnte sich doch noch an andere Ausdrucksformen der beiden erinnern. Ein seltenes Lachen des Vaters, ein- oder zweimal, wo die Mutter wütend geworden war.

Manche Menschen schlüpfen sofort in ihre selbst zurechtgelegte *persona*, sobald sie wissen, daß ein Kameraobjektiv auf sie gerichtet ist. Es ist verlockend, eine Wahrheit hinter der Fassade zu suchen – oder die gezeigte Oberfläche als etwas Gleichgültiges oder Verlogenes anzusehen. Aber ein guter Porträtfotograf soll das Leben in der Person zeigen, nicht unbedingt das Selbstverständnis des Modells durchlöchern.

So dachte Madeleine jetzt. Damals, als die Bilder aufgenommen wurden, als sie immer noch dabei war, den Umgang mit einer Kamera zu lernen, hatte sie mehr Augenmerk auf die Komposition und den Einfallswinkel des Lichts und interessante Tiefenwirkungen und solche Sachen gelegt – alles das, was sie nun aus den Elternfotos herausgeschnitten hatte. Das Ergebnis war armselig.

Sie ließ die Fotos aufgereiht stehen und ging hinaus ins Treppenhaus, schlug die Tür hinter sich zu und ging hinauf in ihre kleine Wohnung im ersten Stock. Es war bequem, direkt über dem Atelier zu wohnen, aber manchmal war es unheimlich, abends nach Hause zu kommen. Sie mußte durch das Tor, das nicht immer verschlossen war, wie es sein sollte, und über den Hof mit der Linde gehen, die zwar im Frühling die Luft mit Honigduft und an heißen Sommertagen mit kühlem Grün erfüllte, die aber auch eine Menge Licht wegnahm und hinter deren Stamm sich theoretisch jemand verstecken und einem auflauern konnte. Sie warf einen Blick durch das Wohnzimmerfenster nach draußen auf den Baum; die Zweige schwankten, und die Blätter verfärbten sich langsam gelb.

Das Sofa im Wohnzimmer erwartete sie. Es war im Grunde ein Wrack mit löchrigem Veloursstoff und durchgesessener Polsterung, und sie hätte sich längst ein neues anschaffen müssen, aber sie hatte es in einen großen indischen Bettüberwurf gehüllt und ihm einen Haufen Kissen mit indischen Baumwollbezügen in den Schoß geworfen. Es war der Ankerpunkt des Zimmers; von seinem Platz an der Wand herrschte es über den niedrigen quadratischen Couchtisch und die anderen Möbel in der Stube wie ein grönländischer Schlittenführer, der ein fächerförmiges

Hundegespann lenkt. Es war nicht zu entbehren. Und man konnte auf alle möglichen Arten darauf sitzen und liegen.

Madeleine warf sich rücklings darauf und legte die Füße auf die Armlehne. Sie starrte hinauf zu den niedrigen weißgestrichenen Deckenbalken. Sie war enttäuscht, daß die Elternfotos so nichtssagend geworden waren. Andererseits mußte das wohl bedeuten, daß ihre Arbeit seit damals besser geworden war. Es war ja auch nur ein einziges Bild aus der Zeit in Viborg in der Mappe gewesen, die sie dem Chefredakteur vorgelegt hatte – vor einem Monat, als sie einen Tip bekommen hatte, daß die Zeitung daran interessiert sei, sie einzustellen.

Der Chefredakteur hatte die Mappe durchgeblättert und jedesmal wieder stumm genickt – bei den Atelierporträts und den Reportageporträts von Politikern und Musikern hinter der Bühne, bei den inoffiziellen Aufnahmen, die sie auf Empfängen gemacht hatte, wenn sie von einer Illustrierten hinaus ins Nachtleben geschickt worden war; und er hatte auch bei dem Bild aus Viborg genickt und gelächelt. Der Regimentskommandeur und die Königin in feierlicher Haltung vor einem unscharfen Hintergrund aus Fahnen und Paradeuniformen – und die Ente, die aus heiterem Himmel vor den Sucher gewatschelt kam und den Hals reckte, so daß es auf dem Foto aussah, als würde sie hingerissen zur Königin aufblicken.

Die Lokalzeitung hatte das Bild nicht haben wollen. Ihr Vater, der sich irgendwo inmitten des verschwommenen Hintergrunds aus Uniformen in Habachtstellung befand, hatte es auch nicht lustig gefunden. Aber sie hatte es an ein Blatt in Kopenhagen verkauft, und es war in ein Fotojahrbuch aufgenommen worden. Das war ihr erster großer Erfolg gewesen.

Der Chefredakteur hatte genickt und die Mappe zugeklappt. Der Rest war einfach. Sie wurde eingestellt und konnte sofort anfangen.

Madeleine streckte die Hand nach dem Buch aus, das auf

dem Couchtisch lag. Der neueste Roman von Anders Rudme, den sie morgen fotografieren sollte. Es *mußten* gute Fotos werden; in der nächsten Sonntagsausgabe würde ein Rieseninterview mit ihm erscheinen. Sie hoffte, daß sie genug Zeit haben würde, ein bißchen mit ihm zu reden, bevor sie anfing. Seine lange Gestalt und das Gesicht mit den markanten Zügen war schon eine Million Mal fotografiert worden, aber wenn sie ihn dazu bringen konnte, das Visier ein bißchen zu lüften, ein wenig von der Verletzlichkeit preiszugeben, von der er immer sprach, die er aber nie zeigte ...

War sie jetzt diejenige, die darauf aus war, das Selbstverständnis des Modells zu sabotieren? Oder wollte sie ihn nur beim Wort nehmen? Wenn sie ihn nun dazu bringen konnte, zwischendurch einen Apfel zu essen ... Oder einen albernen Hut aufzusetzen oder sich ein Dänemark-Fähnchen ins Ohr zu stecken, murrte eine gereizte Stimme in ihrem Kopf. Nein, am besten versuchte sie, Platz für Eingebungen zu schaffen und ihnen dann zu folgen. Das war immer am besten. Es war nur leichter gesagt als getan.

Das Telefon klingelte.

Sie stand auf und nahm ab, bevor der Anrufbeantworter sich einschalten konnte.

Es war Jesper. »Störe ich?« fragte er.

»Nein.«

»Ich rufe an, weil mir die Fotos eingefallen sind, die du in Vejlands Wohnung gemacht hast – du weißt doch, am ersten Tag, als wir zusammen dort waren.«

»Ja, was ist damit?«

»Kann ich sie noch mal sehen? Ich meine, alle? Hast du sie zu Hause?«

»Nur als Kontaktabzüge. Aber du kannst sie dir gerne ansehen. Was willst du damit?«

»Das weiß ich ehrlich gesagt noch nicht genau. Ich habe nur so eine Vorstellung, daß mir vielleicht, wenn ich mir die Personen und die Einrichtung genau ansehe, neue Ideen kommen, was man noch untersuchen könnte.«

»Du bist ja wirklich ganz besessen von dieser Sache.« Madeleine lächelte leicht und hoffte, es war zu hören.

»Ja! Ich *will*, daß der Fall aufgeklärt wird. Kann man das Wohnzimmer auf den Kontaktabzügen erkennen?«

»Die sind ja sehr klein ... Aber ich – ich könnte schnell ein paar Vergrößerungen von den Aufnahmen machen, auf denen am meisten Hintergrund zu sehen ist ... Achtzehn mal vierundzwanzig, dann kannst du jedenfalls die Möbel erkennen ...«

»Danke, das ist echt lieb von dir.« Er klang glücklich. »Was meinst du, wann hättest du Zeit dazu?«

»Heute nicht. Maja kommt gleich – das ist die Frau, mit der ich mir das Atelier teile –, und morgen muß ich raus und Anders Rudme fotografieren und gleich Abzüge machen, dabei geht sicher der ganze Tag drauf ... Aber du könntest sie Samstag haben. Bist du da in der Redaktion?«

»Das hatte ich eigentlich nicht vor. Aber, äh, falls du Lust hast, zu mir zu kommen, sagen wir um eins, dann könnte ich was für ein spätes Frühstück einkaufen.«

Der letzte Satz klang fast, als hätte er ihn geübt. Sie zögerte eine Sekunde. Dann sagte sie. »Ja, warum nicht. Aber wie wär's mit zwei Uhr? Bis dahin habe ich die Abzüge bestimmt fertig.«

»Klar, natürlich! Zwei Uhr ist gut! Sehr gut!«

Falls sie Jesper fotografieren müßte, dann so, wie sie ihn gerade im Moment vor sich sah, mit einem Gesicht, das offen, erwartungsvoll war, befreit von diesem Lebensüberdruß, mit dem er es sonst so eifrig kaschierte.

Sie verabschiedeten sich und legten auf, aber sie fuhr fort, sich sein Gesicht vorzustellen, ihn als Modell zu sehen. Sie könnte ein paar extra Scheinwerfer von hinten auf ihn richten, die sein feines leichtes Haar schimmern lassen würden, und dann ein weiches Licht hoch oben schräg von vorn. Dunkler Hintergrund. Sowohl seine Gesichtszüge als auch seine runde Kopfform waren regelmäßig und fest und vertrauenerweckend; wenn er es nur sein lassen könnte, die

Augenbrauen so finster zu runzeln und die Mundwinkel nach unten zu ziehen. Mit Sicherheit wußte er selbst nicht, daß er das tat.

Es war nicht schwer, ihn zum Lächeln zu bringen, wie sie entdeckt hatte. Er hatte zwei Arten zu lächeln: überrascht, schüchtern, als könne er nicht glauben, was er hörte, und breit, strahlend, wenn er sich seiner Sache sicher war. Wenn er lächelte, schienen seine Menschenfeindlichkeit und seine brüske Art lediglich eine äußere Schmutzschicht zu sein, die man mit einem feuchten Lappen abwischen konnte, und darunter würde man den echten Jesper vorfinden ...

Na ja. Was wußte sie schon davon.

Sie legte sich wieder aufs Sofa und griff zu Rudmes Buch. Sie streckte eine Hand nach oben aus und machte die Stehlampe an. Entschlossen verdrängte sie Jesper aus ihren Gedanken und begann zu lesen; die ersten Sätze mußte sie mehrmals wiederholen, aber dann fing sie Feuer.

Mehrere Stunden und viele Seiten später ließ Madeleine das Buch sinken, mit müden Augen und in Gedanken ganz woanders. Sie hörte, wie unten jemand aufschloß: erst die Haustür, dann die Tür zum Atelier. Das mußte Maja sein, die später kam als angekündigt.

Im plötzlichen Verlangen nach Gesellschaft schwang Madeleine die Beine auf den Fußboden, lief in den kleinen Flur und nahm ihre Schlüssel aus der Tasche der schwarzen Lederjacke; dann klapperte sie mit dem Schlüsselbund in der Hand die Treppe hinunter.

»Hallo«, begrüßte Maja sie mit zerzausten Haaren und schimpfte über das stürmische Wetter und das Radfahren. Sie holten Wasser aus der Dunkelkammer und machten den elektrischen Wasserkocher an. In dem kleinen Schrank neben der Tür zur Dunkelkammer standen immer Pulverkaffee und Becher.

»Deine Augen sind ziemlich rot«, sagte Maja und sah sie prüfend an.

»Ich hab auf dem Sofa gelegen und gelesen.«

»Vielleicht solltest du mal einen Sehtest machen. Hast du eine Brille oder Kontaktlinsen?«

»Nein. Ich kann auch so gut sehen.«

»So was kommt schleichend. Wie alt bist du jetzt? Sechsunddreißig?«

»Fünfunddreißig.«

»Ja, ja. Genau das Alter, in dem man sich langsam überlegen sollte, ob man nicht eine Brille braucht. Und in dem man sich entscheiden muß, ob man Kinder haben will, denn bald ist Zapfenstreich.«

Maja selbst hatte einen fünfzehnjährigen Sohn. Und Kontaktlinsen.

»Ich will keine Kinder«, sagte Madeleine kurz angebunden. Sie spürte einen dumpfen Schreck im Bauch, daß sie sich so kategorisch geäußert hatte.

»Ich möchte meines nicht missen«, sagte Maja. Einige Sekunden Stille, in denen auf Majas grobgeschnittenem Gesicht ein ernster, fürsorglicher Ausdruck erschien. »Irgendwas nicht in Ordnung?«

»Nein, nein.«

Der Wasserkocher brodelte schon, er schaltete sich selbst mit einem Klick ab, worauf das Wasser aufhörte zu sprudeln. Sie machten sich zwei Becher Kaffee, der fade und bitter schmeckte.

Maja hatte die Porträts am Ende des Arbeitstischs entdeckt.

»Hast du was Neues gemacht?«

»Ja. Ich dachte, ich könnte sie montieren. Aber es wird nichts.«

»Wer ist das?«

»Meine Eltern.«

Maja erhob sich aus dem Klappstuhl und ging zum Arbeitstisch. »Sie sehen jung aus.«

»Das war vor fünfzehn Jahren.«

»Und wie sehen sie dann heute aus?«

Ich ertrage das nicht, dachte Madeleine, warum zum Teufel habe ich die Fotos nicht weggepackt. »Meine Mutter«, sagte sie, »meine Mutter ist eine dicke alte Matrone geworden, abgestumpft durch Pillen. Und mein Vater ist vor fünfzehn Jahren gestorben.«

»Mein Gott, das hast du mir nie erzählt«, sagte Maja und wandte sich wieder den Bildern zu. »Sehr alt kann er ja nicht geworden sein. Woran ist er gestorben?«

»Laß mich doch endlich in Ruhe!« rief Madeleine und ging erregt auf die Tür zu. Dann setzte sie sich auf den Fußboden, die Tränen schossen hervor; es kam fast kein Laut heraus, aber sie mußte durch den Mund atmen, all das Wasser hatte ihre Nase verstopft, und sie wußte, daß sie häßlich aussah: rotfleckig, aufgequollen, der Mund verzerrt …

Sofort war Maja bei ihr, kniete sich hin und umarmte sie. »Verzeih mir, daß ich gefragt habe«, sagte sie, »das wollte ich nicht … schh, schh, schh.« Madeleine spürte, wie ihre großen Hände ihr übers Haar strichen. »Ich bin manchmal wirklich ein Trampel«, sagte Maja.

Madeleine nickte und versuchte zu lachen, aber das Ergebnis war nur ein nasses Prusten aus Nase und Mund zugleich.

Maja bot an, sie nach oben zu bringen, aber Madeleine schüttelte den Kopf und sagte, daß sie sich einfach an ihre Arbeit machen solle.

»Es ist wirklich ziemlich viel«, sagte Maja. »Erinnerst du dich an die Band, die ich im Frühling fotografiert habe, die mit der irischen Folkmusik? Mit der ich draußen auf den leeren Feldern war, wo riesige graue Wolken im Hintergrund hingen? Ihr Manager rief an und wollte neue Abzüge haben, von einem Gruppenbild und von allen vier Musikern einzeln. Zehn von jedem Bild, du, zehn von jedem! Und schnell sollte es sein, deshalb hat er denselben Preis wie für die Originalaufnahmen geboten, nur minus zehn Prozent.«

»Ich kann dir helfen«, sagte Madeleine und wischte sich den Schnodder mit einer Papierserviette ab.

Sie arbeiteten beinahe völlig schweigend. Als sie fertig waren, sagte Maja: »Mensch, wie gut, daß du mir geholfen hast. Ich war ziemlich spät dran. Jetzt kann ich nach Hause gehen und Essen für Sebastian machen.«

Sie gingen gemeinsam hinaus. Maja zog die Tür ins Schloß und umarmte Madeleine noch einmal. »Bist du sicher, daß ich nicht mit raufkommen soll? Ich kann auch zu Hause anrufen und sagen, daß er sich selbst was warm machen soll.«

»Nein, laß nur, es geht mir wieder gut.«

»Na, dann tschüs, und danke für deine Hilfe.«

Majas schnelle Schritte auf dem Hofpflaster drangen immer schwächer herauf, als Madeleine die Treppe nach oben ging. Sie fühlte sich schwindelig und irgendwie entrückt, bestimmt hatte sie vergessen zu frühstücken; ihre Bewegungen erschienen ihr zu langsam, und es war, als würden die Lampen im Treppenhaus auf Sparflamme brennen. Erst als sie vor ihrer Wohnung stand, wurde ihr bewußt, daß die Tür zu war –, und ihre Schlüssel lagen unten im Atelier, hinter der zugezogenen Ateliertür.

Sie lief zittrig die Treppe wieder hinunter, dachte gerade noch daran, den Keil unter die Haustür zu legen, hielt im Hof Ausschau nach Maja, lief auf die Straße – keine Spur von der Freundin. Und Madeleine stand ganz still, ohne Mantel, ohne Geld, ohne Schlüssel, und mußte sich erst mal wieder sammeln.

Jetzt nur keine Panik, du mußt scharf nachdenken, sagte sie zu sich selbst. Ungefähr in einer Viertelstunde ist Maja zu Hause, dann gehe ich zu dem Kiosk da drüben und frage, ob ich telefonieren darf, und dann rufe ich sie an und bitte sie, herzukommen und aufzuschließen. Oder mir ihren Schlüssel mit einem Taxi zu schicken. Oder irgendwas.

In einer Viertelstunde.

Madeleine ging zurück in den Hof, um im Schutz der Treppe auf die offene Haustür aufzupassen. Die Linde breitete wogend ihr Blätterdach über sie aus. Sie reckte eine Hand hoch und stützte sie gegen den Stamm; es war, als strömte Ruhe und eine schwache hellgraue Wärme aus der rauhen Rinde in ihre Hand.

Laß mich geduldig sein wie ein Baum, flüsterte sie vor sich hin.

23. Tag, Samstag

Madeleine klingelte. Jespers Stimme klang hell und erwartungsvoll durch die Gegensprechanlage. »Ich bin's, Madeleine«, sagte sie. Sofort darauf kam der Summton.

Das Fenster in der Haustür war aus grünlichem Glas, auf der Treppe lag braunes Linoleum; als sie die zweite Etage erreichte, stand Jesper schon in der Tür und wartete. »Nur immer herein«, sagte er und trat zur Seite.

Sie stellte ihre Umhängetasche auf dem Fußboden ab und begann die Lederjacke auszuziehen; ein wenig erstaunt merkte sie, wie er ihr weltgewandt die Jacke von den Schultern nahm und sie auf einen Bügel hängte. Eine kleine weiße Katze mit braunem Gesicht kam aus einer offenen Tür, stellte sich auf den Flurläufer und sah sie an.

»Das ist ja eine süße Katze«, sagte sie entgegenkommend, beugte sich hinunter und streckte eine Hand aus.

Die Katze wich zurück, öffnete ihr Maul mit vier spitzen Reißzähnen und fauchte. Ihre Augen waren ganz rot.

»Sursa, pfui!« sagte Jesper in strengem Ton zu ihr. Die Katze fauchte wieder, noch lauter. Ihre Stimme war erstaunlich kräftig und tief. Madeleine richtete sich auf. Die Katze starrte sie mit ihren roten Augen an; dann fauchte sie zum dritten Mal.

»Sursa!« rief Jesper zornig. Die Katze drehte sich um und huschte durch eine andere Tür, die einen Spalt offenstand; ihr brauner Schwanz ringelte sich hinter ihr um die Türkante, als wäre er ein eigenes kleines Pelztier.

»Na«, sagte Jesper. »Jetzt versteckt sie sich unter dem Bett. Du mußt entschuldigen. Sie benimmt sich Fremden gegenüber manchmal etwas seltsam.«

»Das macht doch nichts«, sagte Madeleine leichthin. »Sie sieht sehr niedlich aus. Ist es eine Sie? Oder ein Kater?«

»Eine Sie«, sagte Jesper. »Ich kenne sie schon, seit sie ganz klein war. So ein winzig kleines Kätzchen, daß man denkt, wie kann das angehen, daß es schon durch die Welt läuft und Dinge tut, auf die es von ganz allein gekommen ist.«

Während Jesper erzählte, wie er sich bei einem Siamkatzenzüchter für Sursa entschieden hatte, schon lange bevor sie alt genug war, um von ihrer Mutter getrennt zu werden, dirigierte er Madeleine ins Wohnzimmer, wo ein gedeckter Tisch stand. »Ich hole nur den Weißwein«, sagte Jesper. »Oder möchtest du lieber etwas anderes?«

»Nein, gerne ein Glas Wein. Und bitte auch ein Wasser.«

So lange Jesper in der Küche rumorte, hatte Madeleine Zeit, sich den gedeckten Tisch anzusehen – und das Zimmer gleich dazu. Auf dem Tisch standen Lachs und Pastete und Parmaschinken und zwei Sorten Käse unter einer richtigen Käseglocke aus Glas, ein Brotkorb mit drei Sorten Brot, und auf den Tellern lagen gefaltete Servietten. Er hatte sich wirklich Mühe gegeben.

Das Zimmer war aufgeräumt und hell, die Möbel waren schlicht und beinahe anonym – Eßtisch mit zwei Stühlen, ein Sofa mit einem kleinen Tisch, ein Sessel in der Ecke mit einem weiteren kleinen runden Tisch, auf dem eine Lampe stand, Regale mit ziemlich wenig Büchern, aber mit Stereoanlage, Fernseher und Videorekorder. Das Tageslicht fiel durch ein großes Fenster und eine Balkontür, die wohl nach Süden zeigte; davor schwere grüne Vorhänge. Jeweils für sich genommen wirkten die Möbel bequem, und vom Stil her paßten sie zusammen, aber sie harmonierten nicht. Madeleine hätte das Sofa an die Wand neben der Tür gestellt und das größere Regal an die Wand, wo jetzt das Sofa stand …

Egal. Es war ja nicht ihre Wohnung.

Jesper kam mit einem Tablett herein. Darauf standen eine schlanke grüne Flasche, beschlagen von der Kühlschrankkälte, eine Kanne Wasser mit Eiswürfeln und Zitronenscheiben darin, zwei Extragläser. Er stieß die Tür mit der Ferse halb zu und deutete mit einer Kopfbewegung auf den einen Stuhl. »Willst du dich nicht setzen?«

Er schenkte ein, sie stießen an, und er sprach weiter über Katzen und Hunde.

»Ich finde, Hunde sind ja ganz nett, aber sie sind auch so – so schwanzwedelnd, nicht? Sie sind so vorhersagbar, sie halten zu ihrem Herrchen, egal, ob es weltberühmt und gefeiert ist oder ein Obdachloser mit Bettelmütze und einem Selbstwertgefühl wie Karl Arsch. Nein, ich meine natürlich nicht, daß Tiere Snobs sind, die wissen ja überhaupt nichts davon, ich will damit nur sagen, daß Hunde unterwürfig sind, aber Katzen, die haben Persönlichkeit, die gehen ihre eigenen Wege. Man kann eine Katze nicht mit Leckerbissen kaufen oder sie zwingen, einem zu gehorchen. Katzen sind eigenständige Wesen. Eine Katze zu halten, das ist nichts für Versager.«

»Und warum hast du dann eine?« fragte Madeleine, ganz damit beschäftigt, ein Stück italienisches Weißbrot mit Butter zu bestreichen.

Jespers plötzliches Schweigen machte ihr bewußt, was sie da gerade gesagt hatte. Sie blickte auf und begegnete seinem leicht verwunderten, verletzten Blick.

»Entschuldige«, sagte sie schnell. »Ich meinte damit nicht – ich wollte nicht sagen, du wärst – ich meinte bloß: Warum hast du dann eine Katze, wenn es so anstrengend ist?«

»Aber das ist es doch gar nicht. Sie sind ganz pflegeleicht, sie sorgen sehr gut für sich selbst …« sagte Jesper. »Hast du nie eine Katze gehabt?«

»Nein«, sagte Madeleine und wünschte fast, sie hätte ihre Kindheit und Jugend mit Myriaden von Katzen verbracht, damit sie ein paar Anekdoten als Wiedergutmachung erzählen könnte.

Die Stimmung war dann doch besser geworden, sie hatten gegessen, Jesper hatte – ein ganz klein wenig hektisch – von dieser Wohnung und den anderen Orten erzählt, wo er gewohnt hatte, sie dagegen hatte nicht sehr viel von sich preisgegeben; aber jetzt saßen sie auf dem Sofa, sie hatte die Bilder aus ihrer Tasche geholt und sie auf den kleinen niedrigen Couchtisch gelegt, und in der Küche röchelte die Kaffeemaschine.

Als sie die Abzüge machte, schnell und auf billigem Papier, hatte sie nur im Kopf gehabt, die Negative auszusuchen, auf denen am meisten Hintergrund und Einrichtung zu sehen war. Aber jetzt, wo sie Jespers konzentriertes Gesicht betrachtete, kam die ganze Stimmung jenes Tages wieder in ihr hoch.

Sie hatte beinahe gezittert, weil es ihr erster Arbeitstag im neuen Job war, aber sie hatte sich selbst gesagt, daß es nur darum ging, professionell zu sein. Lisa und Louis hatten sie nach den ersten zehn Minuten kaum mehr wahrgenommen. Nur als sie Lisa nach einem Tampon fragen mußte, hatte es ein paar Augenblicke lang einen direkten Kontakt zwischen ihnen gegeben, geradezu herzlich.

Der kleine Stapel Fotos lag vor Jesper. Er blätterte ihn durch, studierte ein paar der Aufnahmen länger und intensiver, blickte zwischen ihnen hin und her, nahm dann andere Fotos zur Hand.

»Findest du was?« fragte Madeleine nach einer langen Pause leise. »Wonach hältst du Ausschau?«

»Wenn ich das nur wüßte«, sagte Jesper. »Ich suche nach irgend etwas, das da eigentlich nicht hingehört, oder nach einem Ausdruck in ihren Augen, ich kann es wirklich nicht sagen ...«

Er hielt ihr ein Foto hin, auf dem Louis zufällig genau in dem Moment die Augen geschlossen hatte, als sie abdrückte.

»Sieht so das Gesicht von einem aus, der etwas zu verbergen hat?« fragte Jesper und klopfte mit dem Finger auf Louis.

»Ich glaube nicht«, sagte sie. »Er zwinkert nur. Sieh dir den Mund an. Er ist gerade dabei, etwas zu sagen.«

»Lisa zwinkert auf keinem der Bilder«, sagte Jesper. »Das Baby auch nicht. Schau.«

Das stimmte. Auf allen Fotos, wo Cæcilie drauf war, sah es aus, als wäre der großäugige, magnetische Kinderblick direkt auf Madeleine und ihre Kamera gerichtet.

Wieso dachte sie an die Kleine als Cæcilie und nicht einfach als »das Kind«? Warum kamen ihr die dunklen Augen in dem kleinen Kopf jetzt so fordernd vor?

Jesper legte die Fotos zu einem Stapel zusammen und richtete die Kanten mit kurzen Stößen auf den Sofatisch aus, so daß sie genau übereinander lagen. Dann legte er den Stapel hin und begann eine neue Betrachtungsrunde; vielleicht suchte er inzwischen nach etwas anderem.

Er war stumm und ganz versunken. Plötzlich glitt die Siamkatze durch die offene Zimmertür herein. Sie blieb stehen und schaute Madeleine an; dann setzte sie sich auf ihr Hinterteil, legte den Schwanz in einem graziösen Bogen um die Pfoten und verharrte unbeweglich wie eine kleine Statue.

Etwas Grünspaniges tauchte langsam vor Madeleines geistigem Auge auf. Plötzlich wußte sie, was es war. Der kleine Katzensarkophag aus Bronze, der in der Glyptothek stand. Er hatte genau dieselbe Größe, dieselbe schlanke Körperform, dieselbe langnasige Kopfform, dieselbe gelassene Haltung. Es war, als sei eine einbalsamierte Katze, dreitausend Jahre alt, lebendig geworden und in das Zimmer gekommen. Die Katze, die Katzengöttin Bastet, war eine freundlichere und sanftere Ausgabe der Kriegsgöttin Sakhmet oder der grimmigen löwenhäuptigen Göttinnen, die den Sonnengott bei seiner unterirdischen Reise durch die gefahrvolle Nacht hin zu einem neuen, lebensspendenden Morgen beschützten.

Ob es nun Zufall war oder eine Folge des neuen Respekts, den Madeleine plötzlich für das kleine elegante Tier empfand – die Katze setzte sich jedenfalls in Bewegung und kam auf sie zu. Sie blieb stehen und reckte die Nase nach Madeleines Hand, die an ihrer Seite herunterhing. Dann beschnupperte sie das Handgelenk sehr lange und eingehend, machte den Hals lang, führte den Kopf ganz herum bis zur Handwurzel und schnupperte und schnupperte.

»Sieh mal«, flüsterte sie Jesper zu.

Er blickte von den Fotos auf und hinunter zur Katze und lächelte. »Schon besser«, flüsterte er. »Sie mag dich. Sie muß nur von allein kommen.«

»Vielleicht ist es mein Parfüm?«

Die Katze sah zu ihr hoch. Ihre Augen waren wie blaue Saphire.

Sie trippelte mit den Hinterbeinen und wiegte sich leicht in den Sprunggelenken, als ob sie in Erwägung zöge, aufs Sofa zu springen. Dann überlegte sie es sich anders, ging gemessenen Schrittes zum Sessel, sprang hinauf und ließ sich nach allerlei Drehen und Wenden nieder, alle vier Pfoten fast ganz unter dem Körper versteckt. Sie sah immer noch zu ihnen hin, aber jetzt mit schmalen, blinzelnden Schlitzaugen.

»Meinst du, es war das Parfüm?« fragte Madeleine.

»Vielleicht ... Ist da Katzenminze drin?« fragte Jesper. »Nein, ganz ehrlich, es ist wirklich ein tolles Parfüm«, fügte er hinzu und schlug plötzlich die Augen nieder. Madeleine auch. »Ach, der Kaffee«, sagte er in verändertem Tonfall und ging ihn holen.

Als die Tassen dampfend vor ihnen standen, blätterte Jesper den Fotostapel ein weiteres Mal durch. »Guck mal«, sagte er. »Hier, hier und hier. Was ist das?«

Auf drei der Fotos war ein Gegenstand zu sehen, der an einer Wand neben einer Tür hing. Es war ein flacher rechteckiger Kasten mit einem lederähnlichen Bezug und einer Art Stab obendrauf. Ein zweiter gebogener Stock, dessen Enden mit einem undefinierbaren Band verbunden waren, hing an einem Haken daneben.

»Ist das nicht eine Saite da an dem Ding?« fragte Madeleine. Sie versuchte sich zu erinnern, ob sie es bemerkt hatte, als sie in der Wohnung gewesen war. »Es erinnert an einen Spaten. Mit einer Art Violinbogen daneben. Ein Spaten mit musikalischen Ambitionen. Findest du nicht?«

»Doch, es ist sicher irgendein Instrument.«

Es klingelte an der Tür.

Jesper erhob sich mit ärgerlich-entschuldigender Miene, ging in den Flur und meldete sich an der Gegensprechanlage. »Ja bitte? Jetzt? Na gut, komm rauf!«

Er steckte den Kopf ins Wohnzimmer. »Ein Freund von mir. Ole Berg, Musikkritiker. Er sagt, er hat etwas, was er mir unbedingt zeigen muß.«

Jesper hatte kaum ausgesprochen, als polternde Schritte die Treppe hinaufkamen, zwei Stufen auf einmal, dem Tempo nach zu urteilen, und ein Mann laut redend in den Flur drängte.

»Du, ich wollte dir gleich zeigen, was ich da entdeckt habe, und da hab ich ganz vergessen, dich vorher anzurufen, aber du bist ja zum Glück ...«

Ole Berg trat ins Wohnzimmer und blieb überrascht stehen, als er Madeleine auf dem Sofa und davor die beiden Kaffeetassen bemerkte. Madeleine konnte sich gut daran erinnern, daß sie ihn ein- oder zweimal in der Redaktion gesehen hatte; ihr war die Glatze und der überkandidelte Blick hinter der Brille aufgefallen. Die Katze ging ruhig auf ihn zu und beschnupperte sein Hosenbein. Sie gab keinen Laut von sich.

»Störe ich?« fragte er und blickte neugierig von Madeleine zu Jesper und wieder zurück.

»Nein«, sagte Jesper. »Wir gehen gerade Fotos von Vejlands Wohnung durch, vielleicht bringt uns das auf neue Ideen.«

»Ja!« sagte Ole Berg triumphierend. »Genau das ist es!« Er sah Madeleine begeistert an, als wäre sie eingeweiht und wüßte, was er meinte.

Sie reichte ihm ein Foto hinauf. »Können Sie uns sagen, was das ist?« fragte sie und klopfte mit dem Finger auf den musikalischen Spaten.

Mit erstauntem Gesichtsausdruck nahm Ole Berg das Foto und studierte es. »Hm«, sagte er. »Sieht exotisch aus. Streichinstrument, würde ich sagen. Primitiv. Nicht afrikanisch. Arabisch. Eine Rabab. Vejland interessierte sich ja auch für so was. Vielleicht ist es echt, vielleicht ist es auch nur so ein Souvenir-Dings, wie sie es Touristen andrehen.«

»Ole ist ein wandelndes Lexikon«, sagte Jesper.

»Mensch, ich hab mich ja noch gar nicht vorgestellt«, sagte Ole. »Ole Berg. Ich schreibe über Musik, für *unsere Zeitung*.«

»Genau«, sagte Jesper. »Und Madeleine – Madeleine Arnvad – ist Fotografin für unsere Zeitung.«

»Aha, eine Kollegin. Sind das deine Fotos?« sagte Ole. Madeleine nickte. Ole sprudelte über vor lauter Eifer.

»Ja, also, ich bin ja gekommen, um dir ... euch zu erzählen ... Jesper, du hast mir doch gesagt, daß der Mann eine Flamme auf dem Gymnasium hatte, die du finden willst. Und ich hab doch hier das Notenblatt, das du mir gegeben hast – von damals, als er Gymnasiast war.«

Er wühlte in der Ledertasche, die die ganze Zeit gefährlich schlingernd an seiner Schulter gehangen hatte, zog ein Notenblatt in einer Plastikhülle heraus und ließ die Tasche auf den Fußboden rutschen. »Ich hatte so eine Ahnung, daß diese Komposition«, er wedelte mit dem Notenblatt, »etwas mit der Sache zu tun hat. Es ist nämlich ein Lied. Ein Liebesgedicht!« Er deutete auf das Papier. Jesper schaute neugierig darauf. Madeleine stand auf und stellte sich auf die andere Seite neben Ole Berg, so daß sie ebenfalls einen Blick darauf werfen konnte.

Ole Berg trug den Text laut deklamierend vor. »Luna, launige Mondin, betörend, lockend und klar; wirst nimmer mich erhören, dabei scheinst du so nah. Getaucht in deinen Schimmer fliegt meine Seele zu dir, nur die bleischweren Sohlen halten mich unten hier. Himmelslicht, so rein – Sehnsucht, Lust und Pein!«

Er machte eine Kunstpause und sah die beiden an. »Ruben Lissén«, sagte er, »ein obskurer dänischer Symbolist, der einen einzigen Gedichtband veröffentlicht hat, kurz vor der Jahrhundertwende. Ich fand es in einer Anthologie. Der Verfasser wird hier nicht genannt.« Er zeigte flüchtig auf eine leere Stelle oben auf dem Notenblatt, wo der Name offenbar hätte stehen müssen. »Es gibt noch zwei weitere Strophen, in derselben Machart. Aber die beiden letzten Zeilen, von Himmelslicht bis Pein, ziehen sich durch alle drei Strophen, wie eine Art Refrain.«

»Wie, was – geht man einfach los und findet so was in einer Anthologie?« fragte Jesper. Ole sah geschmeichelt aus. Obwohl sie ihn nicht näher kannte, konnte Madeleine doch sehen, wie sehr er es genoß, im Zentrum ihrer Aufmerksamkeit zu stehen und sie mit seiner Entdeckung ein bißchen auf die Folterbank zu spannen.

»Man geht natürlich nicht einfach los und findet es«, sagte Ole. »Man hat vielleicht ein bestimmtes Gefühl, man hat vielleicht einfach das Gedicht schon mal gelesen, und man hat außerdem eine große Büchersammlung geerbt. Aber das ist ja gar nicht das, was so interessant ist!«

»Los, raus mit der Sprache!« sagte Jesper.

»Seht her!« sagte Ole und zeigte auf die Notenlinien, die zum letzten Abschnitt des Textes gehörten. »Der Refrain ist ja ein wichtiger Teil des Textes, er hat ein besonderes Gewicht; und die Melodie – nun ja, eigentlich ist es keine melodische Komposition, sie ist vorsichtig atonal, aber ganz gut gemacht, wenn man bedenkt, daß Vejland ja noch nicht auf dem Konservatorium war – die Melodie bekommt hier einen seltsamen Signalcharakter, als würde mehr dahinterstecken. Und seht euch die Noten an!«

Er tippte mit dem Finger Note für Note an. »B-E-A, und dann Gis und C mit einem Bogen verbunden, und C-E; und dann auf der zweiten Zeile des Refrains wieder B-E-A, dann

F und H mit Bogenstrich und wieder C-E. Das riecht nach etwas anderem, ähnlich wie bei Bach und Schostakowitsch, die Buchstabenrätsel in ihren Kompositionen versteckten. Das ergibt auf den ersten Blick keinen Sinn; aber seht euch die Verbindungsbögen an, und seht mal, wie hier auf dem Notenblatt radiert worden ist, wie der Bogenstrich woanders wieder auftaucht; zuerst war es eine Wiederholung, nur rückwärts, aber dann hat er die Tonhöhe gewechselt. An der Stelle war also die Note selbst nicht das Ausschlaggebende. Was er dagegen nicht geändert hat, war das *Intervall*!«

Ole sah freudestrahlend von einem zum andern, als hätte er sie gerade in die Entdeckung des Jahrhunderts eingeweiht. Jesper machte ein verständnisloses, aber wahnsinnig gespanntes Gesicht, und Madeleine merkte, wie ihre Unterarme kribbelten, obwohl sie keine Ahnung hatte, worauf Ole hinauswollte.

Der Musikkritiker bemerkte die gespannten, aber verständnislosen Blicke der beiden und fuhr fort: »Also. Wir haben B, E, A und dann ein Intervall, schließlich C und E. Das Intervall ist in beiden Fällen eine übermäßige Quarte, die man auch *diabolus in musica* nennt, weil sie so teuflisch und disharmonisch klingt, eine andere Bezeichnung ist auch Tritonus, weil sie drei Ganztöne überspannt. Und die Drei ist der Schlüssel zur Auflösung des Rätsels.«

Erneut eine neckische Kunstpause. »Wieso?« platzte Jesper heraus.

»*Tri*-tonus«, sagte Ole. »Wir haben also B, E, A, tri, C, E. Die unbekannte Dame heißt – Beatrice.«

Er strahlte wie ein Zauberer nach einem gelungenen Trick. Madeleine klatschte Beifall. Jesper klatschte nicht, sondern machte ein abwesendes und nachdenkliches Gesicht. »Aber da steht doch …«, sagte er, »da steht doch gar keine Beatrice in seinem Adreßbuch …«

Jesper zog eilig eine Schublade auf und kramte einen Stapel Fotokopien hervor. Er setzte sich an den Couchtisch und blätterte in den Kopien.

»Jetzt habe ich alle Seiten mit B durch«, sagte er. »Keine Beatrice. Aber warte mal ... einen Moment ...«

Er war so versunken, als wäre er allein im Zimmer. Alle seine Gedanken waren auf den Haufen Fotokopien gerichtet, den er jetzt aus der Schublade im Anbauregal holte. Madeleine sah, wie er mit glühendem Blick und verschlossenem Gesicht zum Couchtisch zurückging, sie sah, wie er in einer unbequemen, weder sitzenden noch stehenden Haltung die Kopien durchblätterte, sie sah aus den Augenwinkeln heraus Ole, der ihn ebenso gespannt beobachtete, sie sah, wie Jesper sich triumphierend aufrichtete.

»Hier!« schrie er beinahe. »Das Abiturfoto! Seht mal!« Er deutete auf eine Stelle des Fotos und eine Stelle im Text.

Ole und Madeleine wären beinahe mit den Köpfen zusammengestoßen, als sie sich über die undeutliche Kopie des Zeitungsfotos beugten. Auf einem Stuhl in der ersten Reihe, die Hände im Schoß und die Knie sittsam geschlossen, mit langen blonden Haaren unter der weißen Haube, mit regelmäßigen Gesichtszügen und wohlgeformten nackten Armen, saß ein Mädchen, das laut Bildunterschrift Beatrice Høst hieß.

»Bravo!« sagte Jesper zu Ole und schlug ihm so dröhnend auf den Rücken, daß die Katze aufschreckte und aus dem Zimmer schoß. Ole schwankte, blickte aber zufrieden drein.

Jesper sah die Kopien des Adreßbuchs erneut durch, schüttelte aber dann den Kopf. »Unter H ist auch nichts, kein Name Høst«, sagte er. »Aber ich kann trotzdem spüren, daß ... daß ... daß wir jetzt viel dichter dran sind, sie zu finden.«

»Jedenfalls kannst du das Notenblatt zurückgeben«, sagte Ole. »Ich bin mir ziemlich sicher, daß es keine weiteren Geheimnisse in sich birgt.«

Ole Berg war wieder gegangen. Das war vor einer halben Stunde gewesen. Er hatte zögernd eine Tasse Kaffee angenommen und ihn mit hastigen Schlucken getrunken, wobei er auf der äußersten Stuhlkante saß. Man konnte ihm ansehen, daß er sich fehl am Platze vorkam; nachdem er seine große Entdeckung mitgeteilt hatte, wäre er am liebsten gleich wieder verschwunden. Vielleicht dachte er, er sei direkt in ein Rendezvous geplatzt …

Madeleine und Jesper saßen nebeneinander auf dem Sofa, und es fiel ihnen plötzlich schwer, miteinander zu reden. Die Pausen waren lang und aufgeladen – nicht von körperlicher Lust und Sehnsucht, die natürlich irgendwo am Rande mitschwang, sondern von einer seltsamen Schwere und trüben Tristesse. Madeleine sah einen kleinen Film auf ihrem inneren Monitor: zwei Menschen, die sich jeder einen steilen Berghang hocharbeiteten, die voneinander wußten und hofften, ihre Hänge seien zwei Seiten desselben Berges. Die hofften, sich auf dem Gipfel zu treffen.

Jesper legte seine Hand auf ihr Knie.

Es war eine schöne weiße Hand, mit demselben starken und wohlgeformten Knochenbau, wie ihn sein Gesicht hatte. Die Haut war geschmeidig und elastisch; sie spürte die Wärme der Handfläche durch ihre schwarze Jeans. Ihre Beinmuskeln, die sich im Moment der Berührung zusammengezogen hatten, entspannten sich wieder und wurden plötzlich von dem zarten Drang durchzuckt, sich zu öffnen, nachzugeben … aber gleichzeitig war da etwas um ihr Herz, das sich zusammenzog.

Die Hand verlagerte sich ein paar Zentimeter nach oben.

»Nicht, bitte. Es ist noch zu früh«, sagte Madeleine, ohne Jesper anzusehen.

Er nahm die Hand weg; ruhig, weder hektisch noch widerwillig. »Entschuldige«, murmelte er.

»Du mußt dich nicht entschuldigen. Gib mir nur etwas Zeit.«

»Du hast doch keine Beziehung, oder?« fragte er und sah sie von der Seite an. »Ich meine … ich will mich nicht in etwas hineindrängen.«

»Nein. Im Moment nicht.«

»Aber gehabt?«
»Ja.«
»Ist es vorbei? Verarbeitet?«
»Ja. Im großen und ganzen.«
»Seht ihr euch noch?«
»Nein. Er lebt in Schweden.«
»Weit weg?«
»Göteborg.«
»Ist er dorthin gezogen?«
»Nein, er hat schon immer da gewohnt. Wir sind gependelt. Wir haben uns vor einem Jahr getrennt, davor waren wir sechs Jahre zusammen. Er hieß Lennart und war Fotograf wie ich. Mehr erzähle ich dir jetzt nicht. Erzähl mir lieber was von *deiner* letzten Freundin.«

Katze Sursa träumt. Da sind neue Hände über ihr, Hände, die dem neuen Weibchen des Mannes gehören. Sie duften nach Pflanzen, sie sind wie der milde Hauch, der manchmal hereinweht. Das Weibchen ist wie das Licht von dort draußen, warm und klar – doch auch wieder nicht. Mal ist sie langsam-weich, dann wieder ängstlich-rasch. Sie richtet sich empor und empor, sie wird zu einem Baum, und der Mann reckt sich hinauf zu ihr und fließt in sie hinein, wird groß und raunend, und überall sprießen Blätter aus ihm. Sursa reckt ihre Pfoten zu ihnen hinauf, so hoch sie kann, sie fährt die Krallen aus und kratzt mit aller Kraft an ihrer Rinde. Doch der Baum beugt sich nicht zu ihr herab, er wiegt sich dort oben, viel zu hoch.

25. Tag, Montag

Vielleicht ist es unklug, dachte Madeleine, während der Bus Richtung Østerbro fuhr. Vielleicht hätte ich das hier mit Jesper absprechen sollen.

Aber sie hatte nichts abgesprochen. Heute morgen war sie mit dem dringenden Gefühl aufgewacht, daß sie mit Lisa sprechen sollte. Allein. Jesper hatte gestern angerufen und ihr für den Besuch gedankt (eigentlich hätte *sie* anrufen und sich bedanken müssen) und dafür, daß sie die Abzüge für ihn gemacht hatte, und dabei waren sie wieder auf den Fall zu sprechen gekommen. Jesper hatte wieder seine misanthropische Laune gehabt, er war sarkastisch, zynisch, hatte seine Verdächtigungen und Vermutungen wiederholt und Lisa und Louis Eigenschaften unterstellt, die ihrer Meinung nach ganz und gar unbegründet waren. Es war fast zu einem Streit gekommen. Aber dann hatten sie sich beide zusammengerissen und das Gespräch mit der Versicherung beendet, daß sie sich sehen würden.

Heute vormittag war sie in der Redaktion gewesen und hatte dem Literaturredakteur die Fotos von Anders Rudme gebracht. Sie waren gut geworden. Aber hinterher auf dem Flur war sie dem Chef vom Dienst über den Weg gelaufen, der sich beschwerte, daß sie nie über ihr Handy zu erreichen sei. (Nie! Dabei war sie noch nicht mal einen Monat bei der Zeitung!) Er brauchte einen Fotografen für eine Pressekonferenz mit einem Versicherungsdirektor, der in Erklärungsnöte wegen undurchsichtiger Geldgeschäfte geraten war. Für die Wirtschaftsseite. Jetzt gleich, in einer halben Stunde. Zum Glück hatte sie die Nikon in der Tasche, nahm ein Taxi, entwickelte den Film in der Dunkelkammer der Zeitung und lieferte ihre Fotos von einem zugeschnürten Schlipsträger mit Tränensäcken unter den Augen pünktlich ab.

Es stimmte schon, sie machte sich nicht die Mühe, ihr Handy die ganze Zeit auf Bereitschaft zu schalten; die Leute konnten ja ihre Mitteilungen auch auf ihren Anrufbeantworter zu Hause sprechen. Wenn sie unterwegs war, hörte sie das Band per Fernabfrage mehrmals täglich ab. Aber wenn das nicht reichte, sollte sie vielleicht ihr Leben völlig umgestalten – ihren Anteil am Atelier aufgeben, sich mit der Dunkelkammer im Verlag begnügen, ein Auto anschaffen, eine Freisprechanlage einbauen und ständig mit eingeschaltetem Handy herumkurven, um von Auftrag zu Auftrag dirigiert zu werden und sensationelle Enthüllungen von hektischen Ereignissen aufzuschnappen.

Kommt ja gar nicht in Frage, dachte sie. Die Sorte Fotografin bin ich nicht. Das hätte sie dem Chef vom Dienst sagen sollen, als sie die Ware bei ihm ablieferte, die er innerhalb von acht Sekunden durchsah und die Fotos, auf denen die Tränensäcke am markantesten herauskamen, zum Einscannen auswählte.

Ich bin *die* Sorte von Fotografin, dachte sie, als sie nach Hause in ihr Atelier kam und die Abzüge der beiden Rudme-Fotos betrachtete, die sie nicht mitgenommen hatte. Sie waren nicht schlecht, sie waren nur durch das Raster ihrer Auswahl gefallen. Sie hatte die Serie in seinem Wohnzimmer geschossen, mit den offenen Flügeltüren zum nächsten Zimmer im Hintergrund. Sie hatte ihn tatsächlich dazu gebracht, sich auf den Fußboden zu setzen, aber nur, um die Proportionen in dem diffusen, unscharfen Raum hinter ihm richtig aufs Bild zu bringen. Sie waren harmonisch und doch spannungsvoll, das Seitenlicht war gedämpft genug gewesen – und der Film empfindlich genug –, um harte Schatten in dem großflächigen Gesicht zu vermeiden. Das Ganze war auf die richtige Art *soft*, ein rhythmischer Wechsel zwischen helleren und dunkleren Grautönen, ähnlich wie bei seinem Roman.

Und mehr war an diesem Tag heute nicht gewesen, außer diesem Gefühl am Morgen ... Sie hatte Peter Vejlands Nummer aus dem Telefonbuch herausgesucht, angerufen, mit Lisa gesprochen und erzählt, daß Jesper um Innenaufnahmen von der Wohnung gebeten habe, um sie eventuell für einen weiteren Artikel zu verwenden. Madeleine hatte in der Schwebe gelassen, ob sie selbst oder Jesper einen neuen Fototermin für nötig hielt, denn sie wollte nicht lügen; aber Lisa hatte gar nicht nachgefragt, sondern sofort eingewilligt.

Der Bus brummte auf seiner Spur dahin und stieß ab und zu kleine hydraulische Seufzer aus. Madeleine entdeckte die Haltestelle, an der sie aussteigen mußte. Der Schilderständer leuchtete gelb vor den grauen Fassaden.

»Das hier ist sein Arbeitszimmer«, sagte Lisa und öffnete die Tür, die vom Flur abging. Madeleine trat ein.

Ein großes Zimmer zur Nidarosgade hinaus. Die eine Wand fast ganz ausgefüllt von einem Regalsystem mit Büchern, Platten, Tonbändern, CDs. Ein Schreibtisch unter dem Fenster – und ansonsten ein Wirrwarr von Elektronik: Computermonitore, Lautsprecher, Stative, Keyboards, Mischpulte, hoch übereinander gestapelte Gehäuse mit unerklärlichen Knöpfen, Reglern und Skalen. Ein kleines Klavier stand fast versteckt hinter der Tür.

»Du meine Güte«, sagte Madeleine. »Hier sieht's ja aus wie in einem Plattenstudio.«

Lisa nickte. »Ich dachte auch immer, ein Komponist wäre jemand, der an seinem Flügel sitzt und etwas auf ein Notenblatt schreibt. Ich war ganz überwältigt, als er mir das hier zum erstenmal zeigte. Er *besitzt* nicht mal mehr einen Flügel, den hat er verkauft, als kein Platz mehr war.«

»Wozu braucht er das alles?«

»Das weiß ich auch nicht so genau. Aber das meiste, was ihm einfällt, spielt er direkt in den Computer ein, und dann kann er es auf den Monitoren sehen und alles mögliche ändern und abstimmen. Er kann es außerdem als Datei direkt nach den USA mailen, oder wo immer es gebraucht wird. Jedenfalls eine erste Version. Wenn es auf Qualität ankommt, wird es von einem richtigen Orchester eingespielt. Dann klingt es erst so, wie es soll, sagt er. Alles, was er hier macht, hört sich doch nur synthetisch an.«

Das Nachmittagslicht war schwach, und Madeleine probierte, alle Arbeitslampen und die flache, raumschiffartige Glaslampe an der Decke einzuschalten, aber letztere machte sie dann doch wieder aus. Die Lampen in Augenhöhe eigneten sich besser, sie erzeugten kleine Inseln aus Licht mit dunkleren Partien dazwischen. Sie suchte sich ein paar Blickwinkel und nahm sieben, acht Bilder mit der Digitalkamera auf. Sie war schon fast von ihrer selbsterfundenen Aufgabe überzeugt; das hier waren die verlassenen Werkzeuge, die auf den Menschen warteten, der sie sonst immer bedient hatte.

»Ist es hell genug hier?« fragte Lisa.

»Ja, mit diesem Ding kann man beinahe im Dunkeln fotografieren.« Madeleine klappte das kleine Display aus und zeigte Lisa, was sie eingefangen hatte. Lisa nickte beeindruckt, wenn auch vielleicht mehr von der Technik als von dem Ergebnis fasziniert.

Hinterher gingen sie durch den schmaleren Teil des Flurs, der rechtwinklig abknickte, an einer langen durchgehenden Schrankwand vorbei, dann durch die Küche, die ziemlich dunkel war und nur ein einziges Fenster zum Hof hinaus hatte, und weiter durch noch eine Tür.

»Das hier war wohl einmal ein Dienstmädchenzimmer«, sagte Lisa, »es ist ja ziemlich groß; Peter hatte es eigentlich als Gästezimmer hergerichtet, aber als Louis zu uns kam, zog Peter selbst hier ein. Es hat eine Gästetoilette mit Dusche, die benutzt er allein.«

Madeleine schaute hinein in die kleine Kammer, wo gerade eben Platz für ein Toilettenbecken, ein Waschbecken und eine Duschecke war. Alles sah ganz neu aus. Der Rest des ehemaligen Gästezimmers wurde von einem breiten Bett eingenommen, einem kleinen Sessel mit einem zierlichen runden Tisch daneben und einer Kommode gegenüber der Badezimmertür. Auf der Kommode lagen ein Handtuch und ein Buch. Madeleine nahm es in die Hand: Dänemark unter deutscher Besatzung. Namen – Orte – Ereignisse.

»Sein Vater war Widerstandskämpfer«, sagte Lisa, die Madeleines Interesse bemerkt hatte. »Das habe ich Jesper Lund auch erzählt.«

»Ja, er hat es erwähnt.«

Madeleine überlegte. Ein Arbeitszimmer, und dann diese

kleine Kammer hier mit den dunklen Vorhängen zu beiden Seiten des schmalen Fensters, das zum Hof hinausging. Mehr war Peter Vejland von seiner Fünfzimmerwohnung nicht geblieben, nachdem er zuerst die schwangere Lisa und später Louis aufgenommen hatte – jedenfalls war das alles, was ihm selbst noch geblieben war. Beengt, so mußte er sich gefühlt haben.

»Das Wohnzimmer und das Eßzimmer, nach draußen zur Straße – die nutzen Sie doch gemeinsam, oder?«

»Ja.«

»Darf ich da ein paar Fotos machen?«

»Wollen Sie hier nicht fotografieren?«

»Nein, das hier, das – sagt nichts aus.«

Es kam ihr zu anmaßend vor, das Bett des vermißten Mannes abzulichten, vielleicht sein einziges Refugium, der Platz, wo er zuletzt geschlafen hatte, bevor er sich in ein Rätsel verwandelte.

»Bitte, gehen Sie nur hinein«, sagte Lisa mit einem lauschenden Gesichtsaudruck. »Ich komme gleich nach. Cæcilie ist aufgewacht, wie ich höre.«

Madeleine sah sich in den beiden Zimmern um, an die sie sich noch von ihrem Besuch her erinnerte. Sie machte, fast mehr um des Anscheins willen, ein paar Aufnahmen von der Einrichtung. Sie wanderte hin und her durch die breite Tür zwischen den Zimmern, deren weißlackierte Flügel weit offenstanden; weiß waren auch die Rahmen und die Einfassungen der großen Fenster hinaus zur Straße. Das Licht draußen hatte merkbar nachgelassen, bestimmt hatte der Himmel sich bezogen, seit sie gekommen war.

An der Wand hing das Saiteninstrument mit Lederbezug und dem primitiven Bogen.

»Was ist das?« fragte Madeleine, als Lisa mit Cæcilie auf dem Arm hereinkam.

»Das? Das ist eine Art Geige oder so was, die Peter aus Syrien mitgebracht hat, wie er mir erzählte. Ich komme im Moment nicht auf den Namen, irgendwas mit Ra...«

»Rabab?«

»Ja, das war es wohl. Verstehen Sie was von Musikinstrumenten?«

»Nicht viel. Einer von Jespers Freunden hat es auf einem Foto gesehen und den Namen erwähnt ... Hat er Sie übrigens nach jemandem gefragt – einer Frau namens Beatrice Høst?«

»Nein, wieso?«

Gehe ich jetzt zu weit, dachte Madeleine; sollte ich mich da lieber nicht einmischen? Sie zögerte. »Neulich ... Dieses Notenblatt ...«

»Ja, das habe ich heute durch einen Boten bekommen. Was ist damit?«

»Jespers Freund meinte, daß es ihr gewidmet sein könnte. Einem Mädchen, in das Peter wohl verliebt war, als die beiden auf dem Gymnasium waren.«

»Ach, warten Sie mal ... Tina erzählte mir was darüber«, sagte Lisa gedehnt, fast so, als redete sie vor sich hin. Und dann, mit einem direkten Blick auf Madeleine: »Tina ist eine Freundin von mir, mit der habe ich zusammengewohnt, bevor ich Peter kennenlernte. Tatsächlich hat sie Peter als erste kennengelernt. In einem Café. Und dann ... Egal, jedenfalls, bei einem der letzten Male, als ich – nein, es *war* das letzte Mal, daß ich mit Tina telefonierte, irgendwann im Frühjahr, als ich noch schwanger war – sie hat Cæcilie überhaupt noch nie gesehen –, da versuchte sie, auf eine sehr nachdrückliche Art, mir etwas von einer Schulfreundin zu erzählen, zu der Peter offenbar immer noch Kontakt hat, und ich sagte, laß ihn doch, aber ... es war, als wollte sie mir noch etwas anderes damit sagen, ich weiß nicht, ich fühlte mich irgendwie angegriffen ... Ich weiß nicht mal mehr, wie es endete, aber wir haben seitdem nicht mehr miteinander gesprochen ...«

Lisa versuchte, das Kind auf ihrem Arm zurechtzusetzen, aber es klappte offenbar nicht, irgendwas störte immer noch; sie ging gedankenversunken zum Sofa und nahm

Platz. Madeleine ließ sich ohne zu fragen im Sessel gegenüber nieder und legte die Kamera vor sich auf dem Tisch ab.

»Peter hat mir gegenüber nie etwas davon erwähnt«, fuhr Lisa in demselben nachdenklichen Ton fort. »Und mir wäre es auch im Traum nicht eingefallen, nach etwas zu bohren, was er mir nicht erzählen möchte. Wir sind ja ... Sie wissen doch sicher, daß ich mit Louis zusammen bin?«

Madeleine nickte. Lisa reagierte darauf mit einem vertraulichen Lächeln, ein bißchen zu vertraulich.

»Ich weiß es von Jesper. Aber Jesper ist ein Kollege, nichts weiter«, sagte Madeleine.

»Noch nicht«, sagte Lisa. »Aber Jesper möchte auf jeden Fall gerne, daß Sie mehr sind als Kollegen. Louis hat Sie beide an dem Abend neulich im Restaurant beobachtet ... Wollen Sie denn nichts von ihm?«

Madeleine war verwirrt. Lisa betrachtete sie, und auch Cæcilie, mit großen Augen und Schnuller im Mund, sah sie an, als wartete sie auf eine Antwort.

»Ich denke nicht, daß ich ...«, sagte Madeleine gedehnt.

»Können Sie sich vorstellen, wie mir zumute ist?« sagte Lisa ruhig, aber eindringlich. »Es ist schon ein sehr seltsames Gefühl, hier zu sitzen und sein Privatleben vor irgendwelchen fremden Leuten von der Presse auszubreiten. Ich mache es, weil Sie unsere einzige Chance sind, Nachforschungen in Gang zu setzen, an denen die Polizei offenbar kein Interesse hat. Diese Ungewißheit ist schrecklich. Und ganz gleich, was Peter für mich ist oder nicht ist, so ist er doch ein Mensch, den ich gern habe. Er ist mir nicht egal. Ich kann nicht einfach *abwarten*.«

Sie schwieg einen Moment.

»Als Sie heute anriefen«, fuhr sie fort, »dachte ich erst, Jesper hätte Sie geschickt, um ein bißchen zu spionieren. Ich weiß nicht, was für einen dunklen Verdacht er gegen uns hegt. Ich glaube, ich will es auch gar nicht wissen. Aber jetzt, jetzt habe ich das Gefühl, daß Sie auf eigene Faust gekommen sind ... weil Sie sich ihr eigenes Bild machen wollen … Ist es nicht so? Das ist in Ordnung. Wir können uns gern unterhalten. Louis ist zur Arbeit. Wir sind unter uns. Sie möchten wissen, wie es zu dieser merkwürdigen Dreiecksgeschichte gekommen ist …«

Sie sah Madeleine forschend an. Madeleine wartete, unterdrückte die innere Unruhe.

»Erstens: Es ist keine Dreiecksgeschichte. Seit Louis uns das erste Mal besuchte, hat Peter mich nicht mehr angefaßt. Und ich frage ihn nicht, was er so treibt, wenn er ausgeht oder die ganze Nacht wegbleibt. Louis und ich bekamen das Schlafzimmer, Peter zog ins Gästezimmer, und alles das war sein eigener Vorschlag. Ich hätte nicht mal gewußt, wie ich es anstellen sollte, ihn darum zu bitten.

Aber es war mir sehr recht. Louis ist alles, was ich mir in meinem Leben immer gewünscht habe. Er ist aufmerksam, er *sieht* mich, genauso wie ich ihn sehe. Und wenn wir uns umarmen, ist es, als wären wir füreinander gemacht. Wir sind wie zwei Puzzlesteinchen, die zueinandergehören und genau zusammenpassen, rein körperlich. Das ist so wunderbar, daß ich gar nicht weiß, wie ich es beschreiben soll.

Peter – er ist auf eine andere Art aufmerksam, als wäre es ein Prinzip, nach dem es zu leben gilt. Und wenn wir zusammen schliefen … er war ein *guter* Liebhaber, geschickt und erfahren und alles, aber es fehlte dieser kleine Klick, wenn die Steinchen ineinanderfallen. Das war mir nur nicht bewußt, nicht bevor ich Louis traf. Peter ist auch viel größer als ich. Es war nicht … harmonisch.«

Lisa ist klein, dachte Madeleine. Louis ist klein. Das geheime Sehnen und Einvernehmen kleiner Leiber.

»Es war selbstverständlich Peter, der mich in die Klinik brachte, als die Wehen kamen. Er ist mein Mann, Cæcilies Vater, natürlich sollte er dabeisein. Aber es war Louis, nach dem ich mich sehnte – als ich wieder zu mir gekommen war. Haben Sie Kinder?«

Madeleine schüttelte den Kopf.

»Während der Entbindung gibt es nichts anderes mehr.

Es ist so schmerzhaft und so phantastisch, daß alles andere nicht mehr existiert. Aber hinterher, wenn es überstanden ist, ist alles anders und trotzdem wie vorher. Und dann kann man sich wieder sehnen.

Louis kam zu mir ins Entbindungszimmer. Peter ließ uns allein. Er ging – nicht böse, sondern verständnisvoll. Es ist diese enorme Selbstkontrolle, die mir jetzt manchmal solche Angst macht; was hat er getan? Wohin hat sie ihn geführt?«

Lisa starrte hinaus in die Dämmerung. Das Zimmer wurde mehr und mehr von Grautönen erfüllt. Madeleine wußte nicht, was sie sagen sollte, aber Lisa fuhr fort, ohne die Pause zu beachten, die entstanden war.

»Louis setzte sich an mein Bett, und ich heulte Rotz und Wasser, weil ich so froh war, ihn zu sehen. Louis küßte alle meine Tränen weg. Und Cæcilie lag in ihrem gläsernen Bettchen auf der anderen Seite meines Bettes und war so hübsch und klein und neu.«

»Wünschen Sie sich manchmal, daß es das Kind von Louis wäre?« fragte Madeleine und fand es auf einmal leicht, zu reden.

»Nein«, sagte Lisa und sah hinunter auf ihre Tochter, die sofort zu ihr hochblickte. »Sie ist die, die sie ist. So soll es auch sein. Aber mein nächstes Kind möchte ich von Louis bekommen.«

Sie schwiegen beide einige Sekunden. Wieder war es Lisa, die weitersprach.

»Ich habe in diesen letzten Wochen viel nachgedacht. Darüber, wie es zwischen Peter und mir begann. Ich habe sicher erzählt, daß ich mit einer Frau zusammenwohnte, Tina ...«

Lisa erzählte von Tinas Begegnung mit Peter in einem Café. Von dem merkwürdigen Vorschlag, daß Tina sein Kind zur Welt bringen sollte. Von dem Männertraum, der ihm zugrundelag: der fremde Jäger, der eines schönen Tages aus den Weiten der Steppe auftaucht, das Weib erobert, seinen Samen sät und dann in den Sonnenuntergang davonreitet, hin zu neuen Jagdgründen …

Madeleine lachte. Lisa lächelte und erzählte weiter, von dem Tag, an dem Peter Vejland zu Besuch kommen wollte.

»Und dann, kurz bevor er eintreffen sollte, sagt sie plötzlich zu mir, ich müsse allein damit fertigwerden, und dann rennt sie aus der Tür und ist weg.«

»Ist sie nicht zurückgekommen?«

»Nein. Und dann kam Peter, ich ließ ihn herein und sagte ihm, wer ich sei und daß Tina weggegangen war; er wunderte sich natürlich ein bißchen, aber wir warteten eine halbe Stunde und plauderten höflich bei einem Glas Wein, und dann beschlossen wir, daß wir ebensogut mit dem Essen anfangen konnten, bevor es kalt wurde, und ich servierte, und wir aßen und unterhielten uns weiter.

Natürlich kamen wir darauf zu sprechen, worüber Tina und er sich im Café unterhalten hatten, und er gab alles preis, was in ihm so vorging, schien mir. Inzwischen ist mir klar, daß auch das kontrolliert war, denn das ist auch etwas, was er kann – kontrolliert offenherzig sein, ohne das Geringste von sich zu verraten, aber das wußte ich damals noch nicht, an jenem Abend. Ich fand es einfach ungeheuer spannend, daß er so viel über sich erzählte, und wir tranken mehr Wein, ohne daß wir auch nur ein bißchen betrunken wurden, oder jedenfalls merkten wir es nicht, und ich taute auf und erzählte eine Menge darüber, wie es *mir* ging, und er hörte zu und schaute mich an mit seinen großen hellbraunen Augen, mit so einem klugen und gleichzeitig verletzlichen und melancholischen Blick.

In den ersten paar Stunden wartete ich die ganze Zeit darauf, daß Tina zurückkam. Aber dann war ich mir immer sicherer, daß sie es nicht tun würde, und ich vergaß sie ganz einfach. Und auf einmal, wohl ungefähr zur selben Zeit – da wurde mir plötzlich klar, daß ich diesen spannenden Mann, der da direkt vor mir saß, *haben* konnte, wenn ich wollte.

Ich hatte so ein seltsam benommenes Gefühl, daß, wenn

das hier eine Party wäre, oder wir irgendwo in einer Disco wären, oder wenn ganz einfach Tina hier gewesen wäre, er mich überhaupt nicht bemerkt hätte. Aber jetzt waren wir ganz allein, und ich konnte ihn haben, nichts stand dem im Weg …

Ich erhob mich und begann das Geschirr in die Küche zu tragen, und mir kribbelte der Rücken vor lauter Verlangen, daß er mir nachkommen möge. Und das tat er.

Wir landeten in meinem Bett, das nicht sehr breit war, aber das machte nichts. Wir hatten keinen klaren Gedanken im Kopf. Oder jedenfalls *ich* nicht. Es war phantastisch, sich einfach so fallenzulassen, das hatte ich noch nie vorher probiert.

Er ging früh am Morgen, aber erst nachdem wir ein Wiedersehen verabredet hatten. Ich schlief ein wenig, dann stand ich auf und brachte die Wohnung in Ordnung.

Die nächsten Tage war ich bei ihm. Mit ihm zusammen, die ganze Zeit. Es war kurz vor Sommeranfang, die Zeit der hellsten Nächte, und wir machten Nachtausflüge mit seinem Auto, und einmal liebten wir uns im Wald auf einer Decke, über den Baumkronen leuchteten schwach die Sterne, und dann fuhren wir nach Hause und liebten uns noch mal auf dem Fußboden im Flur; ich hatte in diesen Tagen meinen Verstand über Bord geworfen, aber meinem Körper tat das wirklich gut.

Das merkwürdige war, daß ich ganz genau wußte, was passieren konnte. Ich habe nie die Pille genommen, und wir taten nichts, um zu verhüten. Deshalb ging ich gleich am ersten Tag, als meine Regel ausblieb, in die Apotheke und kaufte einen Schwangerschaftstest. Ich weiß noch, daß ich dachte: Wieso bin ich nicht entsetzt und zittere vor Nervosität? Aber das tat ich nicht. Der Morgenurin sei am besten, hatten sie in der Apotheke gesagt. Also wartete ich bis zum nächsten Morgen. Und es erschien ein deutlicher blauer Strich.

Also rief ich ihn an, und er kam und holte mich.«

27. Tag, Mittwoch

Mitten auf dem Sofa, flankiert von indischen Kissen und mit einem Glas chilenischen Rotweins vor sich, saß Jesper. Madeleine hatte sich in den Korbsessel auf der anderen Seite des Tisches gesetzt, so daß sie etwas höher und gerader saß als er; er beugte sich vor und schaute zu ihr hoch, während er erzählte. Seine Wangen waren immer noch gerötet von der Radtour.

»Eigentlich war es reiner Zufall, daß ich heute hingefahren bin. Ich rief Lisa erst am Nachmittag an und fragte sie nach etwas, was mir eingefallen war, nämlich den Kontoauszügen für die Kreditkarte ihres Mannes. Ich meine, seine Brieftasche mit Kreditkarten und Führerschein und allem ist ja nicht gefunden worden. Auch zu Hause nicht. Und falls er immer noch am Leben ist – was sie glaubt, wie sie sagt –, könnte es doch sein, daß er inzwischen mit seiner Kreditkarte Geld abgehoben hat. In dem Fall erscheint das ja auf dem Kontoauszug, und da steht dann auch, wo das war, und das könnte eventuell eine Spur sein. Und solche Kontoauszüge kommen ja in der Regel ungefähr um diese Zeit im Monat.«

»Ich habe meine Auszüge noch nicht erhalten«, sagte Madeleine.

»Ja, Lisa sagte auch, daß noch nichts eingetroffen sei. Ich bat sie, darauf zu achten. Und dann fragte ich, ob sie wüßte, welche Kreditkarten er besaß … aber sie meinte, sie müsse jetzt gehen, ihre Mutter sei gerade kommen, um sie und die Kleine abzuholen, weil sie jemanden aus der Familie besuchen wollten. Sie wäre erst spät am Abend wieder zu Hause, sagte sie. Das klang plausibel. Ich konnte wirklich eine andere Frauenstimme hören. Und ich rechnete damit, daß Louis zur Arbeit war. Also fuhr ich raus, gerade weil sie nicht zu Hause waren. Um mit den Nachbarn zu sprechen.«

»Meinst du nicht, daß die Nachbarn ihnen davon erzählen?«

»Das kann gut sein. Sollen sie es doch ruhig erfahren. Aber ich wollte zu gerne versuchen, etwas rauszukriegen, und zwar ohne sie vorher um Erlaubnis zu fragen.«

»Das hört sich an, als ob du sie immer noch verdächtigst.«

»Ja! Bis ich nicht etwas Konkretes herausgefunden habe, bleibt mir doch keine andre Wahl!«

»Habt ihr gar nicht darüber gesprochen, daß ich da war?«

»Doch, haben wir. Ich bestätigte, daß ich was von Aufnahmen der Wohnung gesagt hatte, aber daß alles andere deine Idee gewesen war. Daß ich dich nicht gebeten hatte hinzufahren.«

»Bist du irgendwie sauer, daß ich es getan habe?«

Jesper trank einen Schluck Rotwein, lehnte sich zurück, das Glas immer noch in der Hand, und schaute hinauf zu den Deckenbalken. Dann seufzte er.

»Nein, ich bin nicht sauer, daß du es getan hast. Ich bin höchstens sauer, weil du es mir so lange verheimlicht hast. Warum hast du es mir erst gestern abend am Telefon erzählt? Da waren schon vierundzwanzig Stunden vergangen. Ich hab dich sogar gestern kurz in der Redaktion gesehen. Du hättest es mir da schon erzählen können.«

»Ich mußte mir selbst erst mal ein Urteil bilden, was ich von ihr halte, so ganz grundsätzlich; ob ich ihr vertraue oder nicht. Als mir klargeworden war, daß ich das tue, *da* konnte ich dich anrufen. Und außerdem habe ich ja auch nichts weltbewegend Neues herausgefunden, oder?«

»Das nicht, aber ich finde, es stört mein Vorgehen. Ich habe einen Verdacht, aber ich will nicht, daß sie sich verdächtigt fühlen. Und das tun sie ja offenbar, nach dem, was du mir berichtet hast. Vielleicht war all das, was Lisa dir erzählte, nur ein Gegenangriff, ein Versuch, sich als offen und glaubwürdig darzustellen, nachdem sie dies miteinander abgesprochen haben. Ein Täuschungsmanöver, das sie anwenden wollten, sobald sich ihnen die Chance dazu bot.«

»Das hast du gestern abend schon gesagt. Und ich glaube nicht daran!«

Jesper schaute sie an und wandte seinen Blick rasch wieder ab. Das Rot war aus seinen Wangen verschwunden, und er sah plötzlich müde aus.

»Ich habe wirklich keine Lust, mit dir darüber zu streiten«, sagte er still.

Madeleine spürte einen kleinen Stich in der Brust. Auch sie hatte keine Lust zu streiten; wie waren sie überhaupt so weit gekommen, daß das Wort *streiten* das einzig passende für das war, was zwischen ihnen stattfand? Madeleine ermahnte sich zur Geduld.

Laut sagte sie: »Du hast mir noch gar nicht erzählt, was du heute herausgefunden hast.«

»Ach ja.« Er räusperte sich, aber es war, als habe er den Faden verloren und könne die Richtung nicht wiederfinden, die das Gespräch eigentlich hatte nehmen sollen. Es dauerte einen Moment, bevor er fortfuhr: »Ich fing einfach oben an, im vierten Stock, da war jemand da, der mich ins Haus ließ, und dann drückte ich jede Klingel bis ins Erdgeschoß – außer der von Vejlands Wohnung natürlich. Es waren insgesamt zehn Wohnungen, und bei vier davon wurde geöffnet.

Drei der Nachbarn waren ganz entgegenkommend, konnten aber nicht viel erzählen. Keiner von ihnen hatte an dem Morgen, als Vejland das Haus verließ, etwas gesehen oder gehört. Sein Auto steht übrigens immer noch unten auf der Straße. Die Windschutzscheibe ist ganz dreckig. Ich glaube nicht, daß sie damit fahren.

Na, jedenfalls war die vierte Wohnung, wo jemand zu Hause war, die im ersten Stock rechts, gegenüber der von Vejland. Und das war ein Volltreffer. Da wohnt eine alte Dame, Gunhild Ringgryes, fünfundsiebzige Jahre alt. Und sie hat offenbar nichts Besseres zu tun, als die Nachbarn zu beobachten. Sie hält ›ein bißchen ein Auge darauf, wer so alles ein und aus geht‹, wie sie es nannte. Ich glaube, sie wieselt vom Türspion zu ihrem Aussichtsposten auf der

Fensterbank und wieder zurück, sobald sich nur irgend etwas auf der Treppe rührt. Auf der Fensterbank lagen Kissen. Und sie machte überhaupt keinen Hehl daraus, daß sie sich den ganzen Tag lang aus dem Fenster hängt, wenn es draußen warm genug ist.

Ich hatte kaum Zeit zu sagen, wer ich war und was ich wollte, da hatte sie mich auch schon in die gute Stube geschoben, Kaffee aus der Thermoskanne eingeschenkt und ließ sich über Vejland und Lisa und Louis und die Kleine aus – sie war mächtig empört darüber, daß Lisa und Louis händchenhaltend auf dem Bürgersteig gingen und sich auf dem Treppenabsatz sogar *küßten*!«

»Was sie durch den Türspion beobachtet hatte«, sagte Madeleine.

»Du sagst es. Denn sie war natürlich voll darüber im Bilde, daß ›Frau Martinsson‹ die Gattin von ›Herrn Vejland‹ war und ›Herr Jørgensen‹ sich erst später hinzugesellt hatte, und dabei hatte sie sich so für Herrn Vejland gefreut, als er endlich heiratete und zur Ruhe kam, anstatt sich eine kleine Freundin nach der anderen zuzulegen.«

Jesper sagte die letzten Sätze mit einer kakelnden Stimme, die lauter Anführungszeichen setzte, und Madeleine merkte, wie ihre Mundwinkel sich zu einem Lächeln verzogen.

»Leider war ihr an dem bewußten Morgen auch nichts aufgefallen«, fuhr Jesper jetzt fort, »aber natürlich hatte sie die *schreckliche* Sache über Herrn Vejland verfolgt – sie kauft unser Blatt ja nicht, aber eine Cousine hatte sie angerufen, die meinen Artikel gelesen hatte –, und als ich daraufhin fragte, ob ihr in der Zeit davor etwas Besonderes aufgefallen sei, meinte sie tatsächlich, da wäre etwas gewesen, was ihr zu denken gegeben habe. Sie sagte – nein, warte mal, das mußt du hören, wo hab ich doch gleich ...«

Er stand auf und ging in den Flur; Madeleine drehte sich in ihrem Sessel um und sah, wie er die Taschen seiner Windjacke abklopfte, die er an einen Garderobenhaken gehängt hatte. Er holte das kleine Diktiergerät aus einer Tasche und drückte daran herum, während er wieder ins Zimmer kam. Er stellte es hochkant auf den Couchtisch und ließ das Band zurückspulen, setzte sich, drückte *stop* und dann auf *play*; es erklangen ein paar Worte seiner eigenen Stimme, er spulte weiter zurück und drückte erneut *stop*. Eine alte Frauenstimme, tatsächlich etwas kakelnd und mit sorgfältiger, langsamer Aussprache, erklang hohl, aber ziemlich deutlich aus dem kleinen eingebauten Lautsprecher.

»... ja ansonsten ein sehr netter Mann, und abgesehen von den kleinen Freundinnen, die ich erwähnte, war wirklich nichts gegen ihn zu sagen. Nie gab es Lärm oder Unruhe, und er sah immer so gepflegt aus, wenn er das Haus verließ. Also, ich meine gepflegt in dem Sinne, wie es heute modern ist, denn wissen Sie, damals, als ich jung war, gingen die Herren ja mit Krawatte und Hut, das tut man heute nicht mehr – Sie ja auch nicht, junger Mann, aber deswegen kann man doch trotzdem Wert auf seine Kleidung und seine Frisur legen, nicht wahr. Na ja. Aber wo Sie mich danach fragen, es gab da wirklich etwas, das mir aufgefallen ist ...«

»Jetzt kommt's«, sagte Jesper leise.

»... drei, vier Wochen, bevor Herr Vejland verschwand. Oder wohl eher vier Wochen, denn mir fällt ein, in der Wohnung über mir hatten sie die Handwerker, die wechselten die Heizkörper aus, und das machte einen furchtbaren Lärm, das weiß ich noch, es war gerade, als meine Cousine Geburtstag hatte, ich rief nämlich an, um ihr zu gratulieren, und konnte kaum mein eigenes Wort verstehen, ein solcher Radau war das! Und so ging es mehrere Tage lang. Na, jedenfalls, an einem dieser Tage, als die Handwerker Feierabend gemacht hatten, hörte ich Herrn Vejland draußen auf der Treppe – ich stand gerade zufällig im Flur und konnte gar nicht anders, als es mit anzuhören –, und ich sah durch den Spion, wie er sich von einem Herrn verabschiedete. Sie sprachen Englisch, und ich konnte nicht alles verstehen, aber ich sah vom Fenster aus, daß der fremde Herr diesen Weg nahm, da hinunter zum Bahnhof.

Er hatte eine Aktentasche in der Hand und trug eine Goldrandbrille, und ich glaube, er hatte einen kleinen Schnurrbart, das konnte ich aber von oben nicht richtig erkennen, denn ich sah ihn ja nur von hinten.«

Frau Ringgrynes holte tief Luft und hustete ein paarmal kräftig aufs Band, dann fuhr sie jedoch fort, ohne den Faden verloren zu haben:

»Und dann, kurz danach, lief Herr Vejland die Treppe hinunter und hinaus auf die Straße, ohne Jacke, und einer seiner Schnürsenkel war aufgegangen, so daß ich schon Angst hatte, er würde darüber stolpern, und er ging sehr schnell und beinahe kopflos in dieselbe Richtung wie der fremde Herr. Aber dann blieb er stehen, drehte sich um und begann zurückzugehen, und er bemerkte den offenen Schnürsenkel und beugte sich hinunter und band ihn zu, aber anstatt wieder ins Haus zu gehen, setzte er seinen Weg auf dem Bürgersteig fort, als ob er nicht richtig wüßte, wohin. Ich hatte ihn nie zuvor so aufgelöst gesehen wie in dem Moment, und ich dachte noch so bei mir, ob vielleicht etwas passiert war, ob irgend etwas nicht in Ordnung war, aber ich habe nichts Derartiges gehört.«

Jesper fragte auf dem Band: »Ist in den Tagen darauf noch etwas vorgefallen, etwas, was Sie an diesen Besuch erinnert hat?«

»Nein, das einzige, was mir noch einfällt, ist, daß sein Auto etwas später am Nachmittag dieses Tages, als der fremde Herr ihn besuchte, weg war. Es ist dieses dunkelgrüne, das da hinten steht, drüben auf der anderen Straßenseite, aber das wissen Sie ja vielleicht. Der Wagen stand auch am Abend noch nicht wieder da, als ich zu Bett ging, und auch nicht am nächsten Morgen, als ich aufstand, aber am Vormittag kam er und parkte ihn, und da sah er nicht mehr so aufgeregt aus. Da dachte ich mir, daß wohl alles wieder seine Ordnung hatte, was immer auch vorgefallen sein mochte.«

Wieder Jespers Stimme: »Aber es passierte doch sicher häufiger, daß er nachts nicht zu Hause war, oder?«

»Ja, das kam schon vor. Aber mir fiel es besonders an diesem Morgen auf, denn ich dachte noch so bei mir, hoffentlich hat er in diesem Zustand keinen Unfall gebaut.«

Jesper schaltete das Diktiergerät ab. Er sah halb fragend, halb triumphierend zu Madeleine.

»Sie glaubt, er ist tot«, sagte sie.

»Wie kommst du darauf?«

»Sie spricht die ganze Zeit in der Vergangenheitsform von ihm.«

»Ja, ja, schon. – Aber was hältst du von dieser *Spur*? Daß er so aufgeregt wegen diesem Mann mit Aktentasche, Goldrandbrille und Schnurrbart war. Diesem mysteriösen ausländischen Typen.«

»Dessen Namen du nicht hast.«

»Das kann doch nicht schwer sein, den herauszufinden«, sagte Jesper mit Galgenhumor. »Bei der Beschreibung.«

Sie lächelten alle beide. Seltsamerweise kam das Lächeln zwanglos und ganz von allein.

Die Linde rauschte vor dem Fenster. Der Wind hatte zugenommen, nachdem Jesper gegangen war; Madeleine war in einen kurzen Schlaf gesunken, aber jetzt lag sie im Bett, das fast das ganze kleine Schlafzimmer ausfüllte, und war hellwach. Hätte sie ihn bitten sollen zu bleiben? Es war so deutlich gewesen, daß er gern geblieben wäre, aber ebenso deutlich, daß er ihr die Entscheidung überließ. Sie war diejenige, die am Zuge war.

Es war still, großstadtstill – dieses unbestimmbare, unhörbare Pulsieren, das Stillste, was eine rund um die Uhr beschäftigte Großstadt zu bieten hat; hin und wieder eine Sirene, eine rufende Stimme irgendwo auf der Straße jenseits des Vorderhauses, Geräusche, die zu einer Großstadt gehören wie knarrende Bäume und Käuzchenschreie zu einem nächtlichen Wald. Nichts, wovon man Notiz nimmt. Sie streckte den Arm aus und drückte auf die Leuchtanzeige des Weckers auf dem Nachttisch: Viertel vor zwei.

Durch die Dunkelheit konnte sie die weißen Deckenbalken und die hellblauen Zwischenräume ausmachen. Die blaue Farbe setzte sich über eine ganze Wand fort; das Zimmer war kühl, aber ihre Haut war heiß und feucht.

Sie schob die Bettdecke von sich und ließ die Kühle auf sich einwirken.

Es war keine besonders große Überraschung gewesen, als er sie anrief und sie fragte, ob er vorbeikommen könne; seine Stimme war von Verkehrslärm durchsetzt. Sie hatte damit gerechnet, daß es eines Tages passieren würde, eher noch, als daß sie ihn selbst einlud.

Und dann war daraus ein sehr improvisierter Abend geworden, aber trotzdem harmonisch – als hätten sie Schritt für Schritt abgewägt, ob sie weitermachen oder aufhören sollten, und Schritt für Schritt die gleichen Entscheidungen getroffen. Sogar am Schluß, als er auf dem Sofa saß und resolut seine Hände zwischen die Knie schob und sagte, er müsse jetzt wohl nach Hause gehen. »Nach Hause zu meiner kleinen Katze.«

Das war ihr in dem Moment ganz recht.

Hätte sie da vielleicht doch sagen sollen: Bleib hier?

Sie hatten zur selben Zeit Hunger gekriegt, sie waren hinunter zum Supermarkt gegangen und hatten eingekauft, sie hatten sich zusammen in der kleinen Küche etwas zu essen gemacht. Sie sah ihn unter der Lampe stehen, das feine Haar im Gegenlicht schimmernd, und mit seinen weißen Händen die Champignons putzen; diesen Händen, die ebensogut in Marmor gehauen im Louvre stehen könnten. Er ging zum Eßtisch, mit Gläsern, Tellern und Besteck, und hatte schon aufgedeckt, als sie mit dem Schmortopf kam. Es war, als wären sie ohne Absprache hineingeglitten in eingeübte gemeinsame Gewohnheiten, so als hätten sie es schon hundertemal vorher getan.

Und trotzdem – so neu, so wachsam, so aufmerksam.

Beim Essen und hinterher beim Wein hatten sie einander mehr über sich selbst erzählt. Sie erwähnte den Hauptmannsrang ihres Vaters und seine Ernennung zum Chef der Garnison. Sie erzählte ein bißchen von dem Leben in einer Garnisonsstadt und wieviel Sorgfalt und Pflege eine Offiziersuniform verlangt, ein bißchen über die Arbeit ihrer Mutter als Sekretärin in einer Unterwäschefabrik; aber mehr noch über die jüngere Vergangenheit, über Lennart und die Tausende von Kilometern, die sie beide zwischen Kopenhagen und Göteborg im Laufe der Jahre zurückgelegt hatten. Meistens war sie mit dem Zug gefahren.

Sie konnte immer noch viele Momentaufnahmen der Strecke vor sich sehen. Die dahingleitenden, langgestreckten Abschnitte am modernisierten Teil der Strecke, die herrlichen Küstenstreifen, vor allem in den hellen Sommernächten, und die mühselige Klettertour den Hallandsåsen hinauf, wo Wald und Felsen sich dicht an den Zug drängten und das Tempo gedrosselt war, vielleicht, weil es dort immer noch Bergtrolle gab, die Widerstand leisteten und die Tunnel sabotierten, die von den Menschen durch die grauen Bergmassive gebohrt worden waren. »Glaubst du an Trolle?« hatte Jesper mit einem Lächeln gefragt. »Nur wenn ich in Schweden bin«, hatte sie geantwortet, ohne zu lächeln.

So nah, und doch ein ganz anderes Land. Vielleicht hatten seine Bewohner auch diese steinerne Härte der Felsen tief in ihrem Inneren, während die Dänen einfach Lehm und Schlamm unter Mutterboden verbargen. Sie hatte in Lennart gegraben, um einen Grund für seine kühle und verschlossene Art zu finden, aber sie hatte nicht mehr erreicht, als sich die Finger blutig zu kratzen an dem Harten und Felsigen, auf das sie stieß.

Jesper war anders. Seine harte Schale, so wie Madeleine sie sah, war weiß, glatt, sorgfältig geschliffen und konnte Wärme und Sonne in sich aufnehmen. Vielleicht irrte sie sich, aber sie spürte eine Freude in sich, wenn sie an sein Gesicht von heute abend dachte, aufgehellt, befreit von allem Mürrischen und Verbiesterten.

Er hatte von der Reihenhauswelt seiner Kindheit erzählt, von den Nachbarn, den Schulkameraden, dem Hafen, der jetzt eng und zugewachsen war und nicht mehr offen und neu wie damals. Seine Eltern wohnten immer noch dort. Er hatte Vater und Mutter und Schwester und fühlte sich von ihrer Liebe erdrückt; was für ein bescheidenes Kreuz du doch zu tragen hast, dachte sie, aber sie sagte es nicht.

Und ein paarmal, nach kleinen geistesabwesenden Pausen, war er zur Vejland-Sache zurückgekehrt. Seine Assoziationen leuchteten ihr nicht ein, nicht ein einziges Mal; schließlich konnte sie sich die Frage nicht mehr verkneifen: »Warum beschäftigt dich diese Sache eigentlich so sehr?«

Er wurde verlegen, worauf sie nicht gefaßt gewesen war, aber dann hatte er entgegnet, daß es natürlich eine Art Leidenschaft war, die ihn trieb; er wollte das Mysterium knacken, das Rätsel lösen – das wäre doch wirklich ein Ergebnis, oder? Ein aufgeklärter Mord – oder eine entdeckte Tragödie, beeilte er sich hinzuzufügen, als er ihren Blick sah; eine Exklusivstory, eine journalistische Arbeit, von Glück gekrönt, die ganz oben auf der Rangliste der Neuigkeiten stehen würde …

Aber es gebe da auch noch etwas anderes, sagte er dann.

Fast widerwillig erzählte er von einem »grauen Mann«, den er inzwischen mehrere Male im Traum oder in einer Art Tagträumerei gesehen hatte. Ein Mann in einem grauen Lodenmantel, mit einem kleinen Hut auf dem Kopf, immer schräg vor ihm, so daß er sein Gesicht nie sehen konnte. Aber immer war da ein Gefühl von enormer Wichtigkeit gewesen, wenn er ihn sah.

Ob sie fände, daß sich dies wahnwitzig anhörte?

Sie mußte bei dem Gedanken insgeheim lächeln. Sie hatte schlicht »Nein« gesagt, mit beruhigendem Nachdruck, aber gedacht hatte sie: Nein, Jesper, du bist der Gesündeste und Zuverlässigste und am wenigsten Wahnwitzige, der mir seit langem begegnet ist. Laut hatte sie irgendwas in der Art hinzugefügt, daß alles, was man träumt, irgendwie aus einem selbst kommt und daß der graue Mann wohl nur ein Symbol für seinen eigenen Ehrgeiz sei. Jesper hatte daraufhin ganz erleichtert ausgesehen.

Vielleicht hätte sie ihn bitten sollen zu bleiben. Sie hätte am liebsten eine Hand nach ihm ausgestreckt und ihm über den Arm gestreichelt, über die Wange, über den Rücken, über irgendwas, aber das Körperliche war immer noch eine Grauzone, in der sie eine Gefahr spürte. Lennarts Grobheit, wenn er sie hart an den Oberarmen gepackt hielt und ihre Schultern auf die Matratze preßte. Nie, niemals hatte sie gelernt, sich daran zu gewöhnen und sich zu fügen. Und wenn er es auf andere Arten machte, erwartete er als Dank dafür Lob und Bewunderung. An seiner Freundlichkeit klebte ein Preisschild.

Madeleine fröstelte. Sie zog die Bettdecke wieder hoch, stopfte sie unter Arme und Beine und kuschelte sich hinein, bis sie bequem lag. Die Wärme kehrte langsam zurück. Die Linde rauschte, aber jetzt klang es beruhigend.

Ein andermal würde sie Jesper das Atelier zeigen, das wollte sie gerne, sie durfte es nur nicht vergessen.

Dunkel. Ruhig. Sie schlief.

29. Tag, Freitag

Während Jesper telefonierte, stand Madeleine an seinem Tisch. Es war zehn Uhr vormittags, und der mißgelaunte Chef vom Dienst kam vorbei.

»Mein Handy ist an!« rief sie ihm zu.

»Im Moment liegt nichts vor«, sagte er und ging schnellen Schrittes weiter, ohne anzuhalten. Verschwendete Ironie, bei so einem tüchtigen Mitarbeiter. Sie hatte außerdem schon genug für heute getan, indem sie die Fotos von der gestrigen Fahrraddemo abgeliefert hatte. Diese Art von Reportagefotos waren nicht ihre starke Seite, aber ihr waren dennoch ein paar gute Bilder gelungen, Gesichter mit Fahrradhelmen und einem bunten Gewirr von Körpern und Fahrradlenkern im Hintergrund.

»Hallo?« sagte Jesper am Telefon. »Jesper hier. Hast du heute was für mich?«

Sie sah sich in dem großen Raum um. Sie kannte bereits eine ganze Reihe der Leute, die hier vor ihren Bildschirmen saßen oder ameisenartig mit Blättern, Fotos, Kaffeebechern und Zeitungen durch die Gegend liefen. Und sie wußte, wo Jespers Platz war. Sie hatte ihn aufgesucht, um nachzusehen, ob er da war, ohne irgendeinen Vorwand; sie hatte das Gefühl, daß es jetzt okay war. Als er von seinem Bildschirm aufblickte, war ihm die Freude ins Gesicht geschrieben. Er bedankte sich für den letzten Abend und fragte, ob sie einen Moment Zeit hätte, er wollte nur eben Kaffe anrufen.

»Aha ... aha ... ja«, sagte er jetzt und notierte sich rasch etwas auf seinem Block. »Also heute morgen, wann genau?«

Noch mehr Notizen.

»Nein, das ist klar. Okay, du. Danke. Bis dann.«

Jesper legte auf. »Sie haben eine Leiche gefunden, die bei Røsnæs an Land getrieben ist. Ein Mann. Es *könnte* Peter Vejland sein. Die Leiche war in schlechtem Zustand, sagt Kaffe, und nur schwer zu identifizieren. Muß lange im Wasser gelegen haben. Und wie lange ist Vejland jetzt verschwunden? Auf den Tag genau vier Wochen ...«

Er wollte wieder nach dem Telefon greifen, aber dann verharrte seine Hand über dem Hörer. »Nein«, sagte er. »Nein, ich fahre jetzt persönlich hin und sage ihnen Bescheid. Ich will sehen, wie sie reagieren.«

»Ich komme mit«, sagte Madeleine.

Er sah sie erstaunt an. Dann änderte sich sein Gesichtsausdruck. »Gut«, sagte er, »dann los.«

Sie nahmen ein Taxi zur Nidarosgade. Der Fahrer paßte nicht auf und fuhr ein paar Hausnummern zu weit.

»Halt, halt, halt!« rief Jesper ärgerlich, und der Taxifahrer stieg abrupt auf die Bremsen. »Was ist denn los?« fragte er.

»Sie sind ja schon halb in Gilleleje«, sagte Jesper. »Wir müssen hier raus.« Er füllte einen Taxigutschein aus und reichte ihn dem Fahrer.

»Ich hasse Leute, die bei der Arbeit pfuschen«, sagte er zu Madeleine, als sie zwischen zwei geparkten Autos hindurch auf den Bürgersteig traten und sich Richtung Vejlands Wohnung wandten. Madeleine hatte keine Lust, ihn anzusehen; allein schon sein Tonfall sagte ihr, daß er wieder seine misanthropischen Stirnfalten und zusammengekniffenen Augen hatte. Sie starrte geradeaus, den leeren Bürgersteig entlang.

Plötzlich blieb Jesper wie angewurzelt stehen. Madeleine ging noch ein paar Schritte weiter, bevor sie ebenfalls stehenblieb und sich zu ihm umdrehte. Er starrte mit weit aufgerissenen Augen auf einen Punkt in der Ferne; sie schaute über ihre Schulter, aber es war nichts zu sehen, deshalb drehte sie den Kopf wieder zurück.

»Jesper?«

Er kam wieder zu sich, fing an zu laufen, gab es aber gleich wieder auf. Er drehte sich langsam zu ihr um.

»Hast du ihn gesehen?« fragte er mit einer Stimme, die zwischen Hoffnung und Verzweiflung schwankte.

»Wen?«

»Du hast ihn nicht gesehen? Den grauen Mann?«

»Nein, Jesper … Da war niemand …«

Die Röte stieg ihm in die Wangen, und er schlug sich die Hand vor den Mund. »Aber ich hab …«, sagte er undeutlich hinter der Hand; dann nahm er die Hand wieder weg.

»Aber ich hab ihm doch hinterhergerufen, damit er stehenbleibt …«

»Du hast nicht gerufen. Du hast über den Taxifahrer gesprochen.«

»Nein, danach.«

»Du hast nicht gerufen. Kein Wort.«

»Es war ganz genau wie die anderen Male. Er ging vor mir, da, dicht an der Wand, und dann bog er ab in ... in ihren Eingang.« Jesper zeigte auf die Route.

»Ich habe niemanden gesehen.«

Jesper machte ein ängstliches Gesicht, und Madeleine ging unwillkürlich zu ihm hin und legte eine Hand auf den Ärmel seiner Windjacke. Er breitete beide Arme aus und zog Madeleine an sich, erkannte, was er getan hatte, und ließ sie wieder los, aber da war bereits eine Welle von Wärme und Mitgefühl in ihr aufgestiegen und auf ihn übergegangen. Vorher war er so vergrätzt gewesen, und jetzt war er so verletzlich.

»Ich glaube, ich sehe Gespenster«, sagte er und versuchte ein Lachen. Er holte ein paarmal tief Luft, runzelte die Stirn und sagte mit veränderter Stimme: »Laß uns raufgehen.«

Er drückte auf die Türklingel. Als Louis' Stimme sich in der Gegensprechanlage meldete, beugte er sich vor und sagte: »Jesper und Madeleine. Können wir raufkommen?«

Sofort darauf kam der Summton. Im Treppenhaus hielt er Madeleine leicht am Arm zurück, stand ganz still und lauschte. »Nichts«, sagte er mit einem Achselzucken, und sie gingen weiter.

An der Wohnungstür wurden sie von einem unrasierten Louis in Jogginghosen empfangen, hinter ihm stand Lisa im Bademantel mit Cæcilie im Strampler auf dem Arm.

»Entschuldigung, wir wollten gerade frühstücken«, sagte Louis.

»Nein, wir müssen uns entschuldigen, daß wir so unangemeldet kommen«, sagte Jesper, »aber wir habe gerade eine Nachricht erhalten ... können wir das drinnen besprechen?«

Lisa und Louis nickten mit ernsten Gesichtern.

Madeleine sah, während sie hineingingen, an der weißen Wand des Wohnzimmers wieder das seltsame lederbezogene Saiteninstrument, nach dem sie Lisa gefragt hatte, als sie das letzte Mal hier war. Es hatte damit eine besondere Bewandtnis, irgendeine Unwägbarkeit, die sie im Moment nicht benennen konnte. Rhabarber. Rabab. Aus dem Nahen Osten. Was hatte das nur zu bedeuten?

Nachdem alle sich gesetzt hatten, berichtete Jesper: »Ich habe vor zwanzig Minuten mit der Polizei telefoniert. Man sagte mir, daß heute in den frühen Morgenstunden der Leichnam eines Mannes gefunden wurde, an einem Strand in der Nähe von Kalundborg. Er hat lange im Wasser gelegen, so daß es schwer sein wird, seine Identität festzustellen, aber Größe und Alter scheinen zu passen ... Es könnte sich durchaus um Peter Vejland handeln.«

Er wartete und blickte von einem zum anderen. Louis' Gesicht wurde noch ernster, Lisas Miene verzerrte sich, ihre Augen füllten sich mit Tränen, und sie begann still zu weinen. »Ich – hoffe – bloß«, sagte sie zwischen schluchzenden Atemzügen, »ich – hoffe so sehr – daß er es nicht – m-m-mit Absicht getan hat ...«

Ihre Worte gingen in Schluchzen unter. Louis setzte sich neben sie und legte einen Arm um ihre Schulter. Cæcilie begann zu schreien. Madeleine erhob sich ganz ohne nachzudenken aus dem Sessel, ging zu Lisa, nahm ihr die Kleine vorsichtig aus dem Arm und zog sie an sich. Dann setzte sie sich neben Lisa auf das breite Sofa. Cæcilie hörte auf zu schreien, schaute mit großen dunkelblauen Augen zu ihr auf, mit einem forschenden Kinderblick, und lächelte.

Das kleine Mädchen roch schwach nach nassen Windeln und saurer Milch, wie Babys es nun einmal tun, aber auch nach etwas Süßem und Starkem, das Madeleine alles andere um sich herum vergessen ließ – es gab nur noch das kleine warme Bündel in ihrem rechten Arm und diesen Blick, der immer noch an ihrem Gesicht hing. Was war das für ein Geruch, dieser andere, intensivere Geruch, fragte sie sich unwillkürlich, und von irgendwoher aus ihrem Körper kam die Antwort: Zukunft.

Madeleine hatte bis zu diesem Moment Zukunft immer mit etwas Fernem und Kosmischem verbunden; die Zukunft kam von draußen aus dem All, aus der schwarzen, eiskalten Dunkelheit zwischen den Sternen, die von glänzenden Instrumenten nüchtern registriert und vermessen wurde. Jetzt spürte sie, daß die Zukunft auch einen Geruch haben konnte – ein warmes und beinahe atemberaubendes Signal des enormen Lebenswillens, der diesem kleinen Körper auf ihrem Schoß innewohnte; ein irdischer Geruch nach den Düften aller Jahreszeiten, der strenge Duft von aufgetauter Erde, der prickelnde Duft von Badezeug und Benzin in einem Auto auf dem Weg in die Sommerferien, die modrige Süße von Herbstlaub, die hellblaue Leichtigkeit einer Schneeflocke auf der Zunge, der verheißungsvolle Duft von Weihnachtsbäumen, Erdbeeren und Kakao, und all das immer und immer wieder im Kreislauf vieler Jahre. Madeleine weitete die Nasenflügel und sog diesen tiefen Geruch ein, und irgendwo ganz hinten in ihrem Bewußtsein wurde ihr klar, daß es genau dieser Geruch war, der alte Menschen so glückselig lächeln ließ, wenn sie ein kleines Kind auf dem Schoß halten durften.

Sie blickte auf und kam wieder zu sich. Hier saßen sie zusammengedrängt auf dem Sofa, Louis, der Lisa tröstete, sie selbst mit Cæcilie, und gegenüber, im Sessel, saß Jesper und beobachtete die Szene mit hellwachem Blick.

Er räusperte sich. »Also, bisher haben sie ihn ja noch nicht mit Sicherheit identifiziert. Ich dachte nur, ich sollte Sie darauf vorbereiten …«

Louis sagte: »Auf was? Daß er tot ist? Auf den Gedanken haben wir uns weiß Gott in den letzten vier Wochen selbst vorbereitet. Natürlich möchten wir am liebsten, daß man ihn lebend findet … Aber das wichtigste für uns ist Gewißheit. Wann, glauben Sie, weiß man, ob er es ist?«

»Das dauert bestimmt nicht lange«, entgegnete Jesper. »Ein paar Tage, höchstens.«

»Und warum kommen Sie dann her und erzählen uns das? Warum hat uns die Polizei nicht informiert?«

»Sie warten wohl ab, bis sie ein sicheres Ergebnis haben.«

»Aber Sie wollten nicht abwarten.«

»Nein, ich …«

»Sie mußten unbedingt gleich zu uns fahren und uns so eine halbgare Neuigkeit ins Gesicht klatschen. Sagen Sie mal, was wollen Sie eigentlich?«

»Ich hatte doch versprochen, daß ich Bescheid sagen würde, sobald ich irgend etwas höre«, verteidigte Jesper sich.

Lisa schniefte. »Louis, bitte«, sagte sie still.

Louis sah sie an, und sein Ärger verflüchtigte sich. Er küßte sie auf die Stirn. »Ich hole dir ein Stück Küchenrolle, Schatz«, sagte er. Seine nackten Fußsohlen schmatzten leise auf dem Parkett.

Während er weg war, schwiegen die anderen. Lisa blickte in ihren Schoß. Madeleine sah hinüber zu Jesper. Jespers Blick irrte durch die Gegend.

Louis kam zurück, Lisa putzte sich die Nase und trocknete ihre Tränen, streckte die Arme nach Madeleine aus und bekam Cæcilie zurück. Immer noch sagte niemand ein Wort. Unentschlossenheit hing in der Luft, und Madeleine schaute Jesper an, der plötzlich müde und in sich gekehrt aussah und keine Anstalten machte, etwas zu unternehmen. Also ergriff sie selbst die Initiative.

»Wir wollen doch alle herausbekommen, was mit ihm passiert ist«, sagte sie entschlossen. »Es gibt eine Menge, worüber wir schon gesprochen haben und was uns nicht weiterbringt, aber es gibt auch neue Hinweise, denen wir nachgehen müssen. Jesper ist neulich hier gewesen, als Sie nicht zu Hause waren, aber er hat mit Ihrer Nachbarin von gegenüber gesprochen …«

»Frau Ringgryes?« fragte Louis mit einem deutlichen Unterton von Widerwillen. Jesper schaute überrascht zwischen Louis und Madeleine hin und her, hob eine Hand und rieb sich mit den Fingerspitzen die Stirn, direkt über der Nasenwurzel, als wäre dort etwas, was ihn störte.

»Ja«, sagte Jesper mit rauher Stimme. »Sie sind wohl nicht gerade mit ihr befreundet?«

»Sie hängt dauernd im Fenster und beobachtet uns, wenn

wir das Haus betreten oder verlassen«, sagte Louis. »Ich glaube, sie hat nichts anderes zu tun, als ihren Nachbarn hinterherzuspionieren. Man kann es ihr direkt ansehen, daß sie sich über Lisa und mich aufregt. Aber als ich kaum eingezogen war, kam sie eines Tages auf der Treppe ziemlich schleimig auf mich zu und hieß mich im Haus willkommen. Sie hat einen Händedruck wie ein Fisch!«

»Was hat sie gesagt?« fragte Lisa.

Jesper räusperte sich erneut. Als er weitersprach, war seine Stimme klar und deutlich, aber sein Gesicht hatte immer noch einen stumpfen, müden Ausdruck.

»Sie erzählte mir, daß Peter Vejland vor knapp zwei Monaten einen Besucher hatte, einen Mann, der englisch sprach und eine Aktentasche dabei hatte, eine Goldrandbrille trug und möglicherweise einen kleinen Oberlippenbart. Sie hatte ihn draußen auf dem Treppenabsatz bemerkt und hinterher gesehen, wie er in Richtung Bahnhof davonging. Aber wichtiger war, daß sie beobachtete, wie Vejland anschließend aus dem Haus gelaufen kam und wohl dem Mann hinterher wollte, es sich dann aber anders überlegte und in die Gegenrichtung ging. Er habe ›aufgeregt‹ ausgesehen, sagte sie. Das war der Grund, warum ihr der Vorfall überhaupt im Gedächtnis geblieben war.«

Die Atmosphäre im Zimmer war jetzt etwas angespannt, erfüllt von einem physischen Unbehagen, das Madeleine auf ihrer Haut spürte. Sie fühlte sich wie eine Richterin, die unfreiwillig über die beiden Menschen, die sie so unbefangen eingelassen hatten, zu Gericht saß.

»Vor zwei Monaten?« sagte Louis. »Zu welcher Tageszeit soll das gewesen sein?«

»Nachmittags«, sagte Jesper.

»Dann war ich sicher nicht da …«, sagte Louis.

»Ich kann mich gut daran erinnern«, sagte Lisa. Alle Augen richteten sich auf sie. Sie zog den Bademantel mit der freien Hand ein wenig zusammen. »Er trug eine Brille und einen kleinen Oberlippenbart, fast wie ein englischer Offizier. Peter machte uns bekannt, auf englisch. ›*This is my wife*‹, sagte er. Aber wie der Mann hieß, weiß ich nicht mehr. Ich war todmüde. Cæcilie hatte die ganze Nacht Blähungen gehabt und dauernd geschrien, so daß ich fast kein Auge zugemacht hatte. Was Peter sagte, ging mir deshalb zum einen Ohr rein und zum anderen wieder raus. Ich ging einfach davon aus, daß es was mit seiner Arbeit zu tun hatte.«

»Sie haben nicht gehört, worüber sie redeten?« fragte Madeleine.

»Nein, sie gingen in Peters Arbeitszimmer, und ich legte mich ins Schlafzimmer und schlief. Ich hörte nicht einmal, wie der Mann ging.«

»Hast du denn gehört, wie Peter die Wohnung verließ?« fragte Louis.

»Auch nicht, ich hab ja geschlafen.«

»Wann kam er nach Hause?« fragte Jesper.

»Das weiß ich nicht. Ich bin nur ein einziges Mal aufgewacht, ich hatte mir den Wecker gestellt, weil ich Cæcilie ja stillen mußte, und anschließend habe ich sie gewickelt und bin wieder eingeschlafen, bis Louis nach Hause kam.«

»Und dann warst du viele Stunden wach«, sagte Louis. »Ich kann mich noch gut daran erinnern. Die Nacht davor hatte Cæcilie die ganze Zeit geschrien und uns wach gehalten. Ich war bei der Arbeit so müde, daß ich eine Vinaigrette in die Bordelaise schüttete anstatt einen Rotwein. Da konnten wir glatt noch mal von vorne anfangen. Zum Glück war nicht viel Betrieb, und die anderen sagten später am Abend, ich könnte ruhig nach Hause gehen, sie würden den Rest schon alleine schaffen.«

»Und ich hatte jedes Zeitgefühl für Tag und Nacht verloren«, sagte Lisa. »Ich hockte vier, fünf Stunden lang im Wohnzimmer und las, bevor ich wieder schlafen konnte.«

»Und von Peter hatten Sie nichts gehört?« fragte Jesper.

»Nein. Aber ich machte mir auch keine Gedanken darüber. Es war früher auch schon vorgekommen, daß er längere Zeit wegblieb, auch über Nacht.«

»Erinnern Sie sich, ob sich etwas Besonderes unmittelbar vor dem Besuch ereignet hatte, oder in den Tagen davor und danach?« fragte Madeleine.

»Haben Sie seinen Terminkalender gefunden?« fragte Jesper.

»Nein, haben wir bisher nicht«, sagte Lisa, »wir haben alle Schreibtischschubladen durchgesucht, und wir haben sicher nichts Wichtiges übersehen. Und ich kann mich an nichts Besonderes erinnern, das vor zwei Monaten passiert sein soll.«

Im Flur klapperte der Briefschlitz, und dann plumpste etwas auf den Fußoden. »Die Post«, sagte Louis und stand auf.

Jesper drehte sich in seinem Sessel nach hinten um. Er kann durch die Flügeltür sehen, dachte Madeleine, die Tür des Nebenzimmers zum Flur muß wohl offenstehen; er kontrolliert Louis, ob er etwas verschwinden läßt, bevor er mit der Post hereinkommt.

Louis' barfüßige Schritte näherten sich zielbewußt durch das Nebenzimmer, dann trat er durch die Flügeltür ein. Bei dem Tempo konnte er nichts beiseite geschafft haben.

»Eine Musikzeitschrift«, sagte Louis und warf sie auf den Tisch, »ein Brief für Lisa von ihrer Tante aus Hjørring«, er zeigte Jesper den Absender auf der Rückseite, bevor er Lisa den Umschlag gab, »und drei Briefe für Peter.«

»Zwei von der Bank und einer von Diners«, sagte Lisa, die einen Blick darauf geworfen hatte. »Das sind die Kontoauszüge. Die Sie gerne sehen wollten, Jesper. Sie können sie ruhig aufmachen.«

»Nein, ich ...«, hob Jesper an und machte eine undeutliche Geste mit der Hand. Lisa riß die drei A5-Umschläge mit kurzen, ungeduldigen Bewegungen auf, holte die Blätter heraus, faltete sie auf und legte sie vor Jesper hin, ohne vorher selbst einen Blick darauf zu werfen. »Was steht drauf?« fragte sie.

Jesper preßte die Lippen zusammen, nahm dann aber die

Blätter auf. »Das hier ist ein Kontoauszug für seine Diners-Karte. Da steht nichts weiter drauf als die Abbuchung des Jahresbeitrags. Keine Auszahlungen. Und das hier ist von der Bank. Ein Kontoauszug – ein paar Daueraufträge, gut, die laufen ja automatisch weiter; und ein paar Eingänge von Cohen in Los Angeles und von einem Einzahler namens Adscreen, wer ist das?«

»Eine Werbefilmfirma«, antwortete Lisa.

»Und der zweite Brief von der Bank enthält eine Kontenaufstellung. Er hat ... hat er auch Visa und Mastercard?«

»Ja, das ist alles, soweit ich weiß«, sagte Lisa.

»Keine kürzlichen Auszahlungen. Ein paar Buchungen aus London, mehr als vier Wochen alt ... War er im letzten Monat dort drüben?«

»Ja, er wollte sich ein paar Musicals ansehen«, sagte Lisa. »Er war nicht gerade begeistert, als er zurückkam.«

»Also nichts aus der Zeit, seit er verschwunden ist?« fragte Louis und warf einen Blick von oben auf die Papiere.

»Nein«, sagte Jesper und hielt sie ihm hin. »Wieder eine Spur, die in der Sackgasse endet.«

Oder in der durchgeweichten Jackentasche einer Leiche, die heute morgen gefunden wurde, dachte Madeleine. Falls es seine Leiche ist.

Etwas ähnliches ging wohl auch den anderen durch den Kopf. Alle hatten den Blick gesenkt, niemand sagte ein Wort, minutenlang.

»Mir ist gerade was eingefallen«, sagte Louis und stand plötzlich auf. »Seine Briefe. Was meinst du, soll ich nicht seinen Briefordner aus dem Arbeitszimmer holen, Lisa?«

Lisa nickte, und er verschwand und kam gleich darauf mit einem dicken blauen Aktenordner zurück. »Das hier sind die Briefe, die er in diesem Jahr erhalten hat«, erklärte er. »Wir sind sie alle durchgegangen, haben aber nichts gefunden, was uns etwas sagte. Aber der Mann, der hier war – vielleicht ist etwas dabei, was mit ihm zu tun hat. Bisher wußten wir ja nichts von ihm.«

»Bei einem der Briefe war etwas auf der Rückseite notiert«, sagte Lisa und richtete sich plötzlich auf.

»Ja, richtig«, sagte Louis und setzte sich neben Jesper. Er legte den Aktenordner auf den Tisch, schlug ihn auf und begann darin zu blättern. »Hier ist er. Wir sind darüber gestolpert, aber wir wußten nichts damit anzufangen.«

»Manchmal, wenn das Telefon klingelt und er gerade keinen Block zur Hand hat, kritzelt er irgendwas auf ein Stück Papier, das zufällig auf dem Schreibtisch liegt«, sagte Lisa. »Das habe ich schon gesehen.«

Madeleine stand auf und stellte sich zwischen Jesper und Louis. Ganz unten auf der leeren Rückseite eines gelblichen Briefbogens stand mit Bleistift:

Dr. Prohaska
personal information
hier, Mittwoch 14 Uhr

»Was ist das für ein Brief?« fragte Jesper und drehte das Blatt um. Es war eine Einladung zu einer Preisverleihung. An irgendeinen Filmregisseur. Ganz unten rechts in der Ecke stand, ebenfalls mit Bleistift: *Telefonisch abgesagt. Verreist.*

»Er wollte ja nach London«, sagte Louis. Aber sehen Sie sich das Datum an. Er erhielt den Brief fünf Wochen, bevor er verschwand. Das paßt sehr gut zu dem englisch sprechenden Mann.«

»Dr. Prohaska«, sagte Jesper gedehnt. »Hört sich das nach einem Mann mit Goldrandbrille und Schnurrbart an?«

»Ich finde, das klingt osteuropäisch«, sagte Lisa von der anderen Seite des Tisches her. »Slawisch. Ungarisch. Jedenfalls habe ich nie gehört, daß Peter diesen Namen erwähnte.«

Madeleine versuchte nachzudenken. Hatte sie diesen Namen irgendwo schon mal gehört? Sie starrte ins Leere. Verschleiert, unscharf tauchte die Rabab von der Wand wieder vor ihr auf. Naher Osten. Von einer Reise mitgebracht ...

»Jetzt weiß ich's!« platzte es aus ihr heraus. Die anderen starrten sie an.

»Kennst du ihn?« fragte Jesper.

»Nein, ihn nicht, den Namen nicht – aber das da«, stammelte sie und zeigte mit dem Finger auf das Instrument. »Die da – die Rabab. Die ganze Zeit war da was an dem Ding, das mich irritiert hat. Von wo hat Peter das mitgebracht?«

»Syrien«, sagte Lisa.

»Und er begann sich für arabische Musik zu interessieren, als er in Israel war«, sagte Madeleine. Lisa nickte. »Man kann nicht«, sagte Madeleine langsam, während sie sich etwas in Erinnerung rief, was Lennart ihr einmal gesagt hatte, »man kann nicht nach Syrien einreisen, wenn man israelische Stempel in seinem Paß hat.«

»Der Paß!« rief Louis. »Der liegt in seiner Schublade!« Er lief wieder aus dem Zimmer.

»Mein Exfreund hatte einen Bekannten«, sagte Madeleine, »der war Geschäftsmann und handelte mit Waren aus dem Nahen Osten. Und der sagte, wenn man den Behörden gegenüber glaubhaft machen kann, daß man regelmäßig zwischen Staaten hin und her reisen muß, die sich im Konflikt miteinander befinden – wie Syrien und Israel –, dann kann man eine Ausnahmegenehmigung für die Ausstellung eines zweiten Reisepasses erhalten.«

Louis kam mit dem Paß zurück. Sie umringten ihn und schauten alle vier auf den Paß, obwohl Cæcilie auf dem Sofa zu zappeln begann und greinend protestierte. Er war noch nicht abgelaufen, er war noch drei Jahre gültig. Er enthielt israelische Stempel. Aber keinen einzigen arabischen, geschweige denn syrischen Stempel.

Madeleine spürte, wie sich auf ihren Armen eine harte Gänsehaut bildete. »Er könnte *zwei* Pässe haben«, sagte sie. »Er *könnte* im Ausland sein.«

Die Katze kam schläfrig in den Flur und schaute sie an, als Madeleine und Jesper eintraten. Sie ging zu Jesper und schnupperte an seinem Hosenbein, und als Madeleine eine Hand zu ihr hinunterstreckte, wich sie erst ein wenig zurück, aber dann schnüffelte sie an ihren Fingern entlang hinauf zum Handgelenk. Ihre kleine kalte Nase stupste feucht gegen die warmen Adern, ganz zart, und schließlich erschien ihre kleine Zunge und schleckte ein einziges Mal über die Haut, und es kam Madeleine vor, als streifte sie der Flügelschlag eines Schmetterlings, nur etwas rauher.

Jesper hatte sich inzwischen in seinen Sessel gesetzt. »Ich muß mich nur einen Moment ausruhen«, sagte er. »Mir platzt gleich der Schädel.«

»Willst du eine Kopfschmerztablette?« fragte Madeleine. »Wo hast du sie?«

»Im Badezimmerschrank«, sagte Jesper matt.

Die Katze folgte ihr und blickte sie unverwandt mit ihren blauen Augen an, während sie die Tablette holte und Wasser in ein Glas laufen ließ.

»Wie schön, daß du mitgekommen bist«, sagte er, nachdem er die weiße Pille geschluckt hatte. Seine geschlossenen Augen sahen aus, als hätten sie sich noch weiter als sonst in ihre Höhlen zurückgezogen, und die Augenbrauen hatten sich schmerzlich gerunzelt.

»Es wird bestimmt gleich besser«, sagte Madeleine. »Soll ich Tee machen?«

»Ja, bitte. Er steht ...«

»Ich finde ihn schon. Versuch du nur, dich zu entspannen.«

Als sie mit zwei Bechern voll dampfendem Tee aus der Küche kam, saß Jesper noch in derselben Haltung in seinem Sessel in der Ecke. Die Katze war auf seinen Schoß gesprungen und beobachtete sie aufmerksam. Gleich faucht sie mich an, dachte Madeleine. Die Pupillen der Katze weiteten sich, als sie den Becher auf das Tischchen neben Jesper stellte, aber mehr passierte nicht. Sie ging zum Sofa und setzte sich mit ihrem Becher in die entfernteste Ecke.

»Danke«, sagte Jesper mit einem schwachen Lächeln.

»Trink ihn, wenn dir danach ist«, sagte Madeleine, streifte die Schuhe ab und zog die Füße unter ihren Po.

Es war still im Zimmer. Es war nicht so aufgeräumt und sauber wie das letzte Mal, als sie hier war, aber eigentlich viel gemütlicher. Sie fühlte sich gut und erlaubte sich selbst eine entspannte, gelassene Haltung, die keine Absicht verfolgte und keine Selbstdarstellung beabsichtigte. Es war seltsam, wie leicht ihr das fiel. Sie dachte an Jespers Kopfschmerzen, die plötzlich überhandgenommen hatten, als sie unten in der Nidarosgade standen und auf das Taxi warteten, das Jesper bestellt hatte.

»Meinst du nicht, daß du lieber nach Hause fahren solltest?« hatte sie gefragt, als ihr klar wurde, wie schlimm es um ihn stand. Erst hatte er abgewehrt, aber dann konnte sie ihn überreden, in der Redaktion anzurufen und sich für den Rest des Tages krank zu melden. Und als das Taxi kam, gab sie die Adresse seiner Wohnung an und ging mit hinauf, aber erst, nachdem sie gefragt hatte, ob er lieber allein sein wollte. »Nein«, sagte er, und mit einem kleinen gequälten Lächeln fügte er hinzu: »Wie lieb von dir, daß du mitkommst.«

Sie ließ ihren Gedanken freien Lauf, trank einen Schluck von ihrem Tee und dachte an alles und nichts, während Jesper mit geschlossenen Augen in seinem Sessel hockte und nur hin und wieder einen Schluck aus seinem Becher nahm. Sie brauchten nichts zu sagen – er konnte nicht, sie mußte nicht; das stille Beisammensein war genug. Das erinnerte sie an eine Szene in Anders Rudmes Roman, wo ein Cousin und eine Cousine eine Nacht lang in einem Sommerhaus sitzen und auf den Anruf warten, daß ihr Großvater in einer entlegenen Ecke des Landes gestorben ist; sie hätten unmöglich noch vor seinem Tod dort eintreffen können – die Geschichte spielte in den Sechzigern –, und so blieb ihnen nichts anderes übrig, als auf die Nachricht zu warten, die kommen mußte, vielleicht in einer Stunde, vielleicht in acht Stunden. Als sie einander nichts mehr zu sagen hatten, schwiegen sie einfach. Es endete damit, daß sie miteinander ins Bett gingen, aber das Ganze war so zurückhaltend und still erzählt, daß es nicht aufgesetzt wirkte; da waren nur diese großen und doch schlichten Gegensätze zwischen dem unstillbaren Leben und dem unausweichlichen Tod. Dieses Kapitel hatte ihr gut gefallen.

»Jetzt geht es mir besser«, sagte Jesper nach einer ganzen Weile. »Die Tablette fängt an zu wirken.« Er bewegte sich nicht.

»Das ist gut«, sagte sie. Und nach einer Pause: »Was meinst du, wie ist das gekommen?«

»Ich glaube, es war einfach zu viel für mich«, sagte er. »Solche Kopfschmerzanfälle habe ich sonst nur selten. Nur wenn ich sehr gestreßt bin oder wenn ich mich angegriffen fühle.«

»War das heute so?«

»Mhm.«

»Wieso?«

»Na ja, ich hatte das Gefühl, daß sie mir vorwerfen, ich würde sie verdächtigen ... nicht mit offenen Karten spielen ... Und ich fand, du warst ... Egal, ich habe keine Lust, darüber zu streiten.«

Jesper schwieg eine Weile.

»Ich hatte den Eindruck, du bist auf ihrer Seite. Ich hatte den Eindruck, du übernimmst das Steuer und erzählst ihnen etwas, was ich ihnen nicht erzählen wollte. Und darüber habe ich mich mächtig geärgert«, sagte er. Noch eine Pause. Und dann: »Hast du gehört? Ich habe es einfach so gesagt.«

Er saß mit geschlossenen Augen in seinem Sessel.

»Ja«, sagte Madeleine. »Einfach so. Du meinst das mit der Nachbarin, Frau Ringgryes.«

»Ja.«

»Warum sollten sie es eigentlich nicht erfahren?«

»Das spielt ihnen weitere Karten in die Hand.«

»Und, was dann? Ich glaube nicht, daß sie pokern. Ich glaube wirklich, daß sie einfach nur Gewißheit haben wollen, was passiert ist. Ich glaube nicht, daß sie ihn umgebracht haben, Jesper. Denkst du das immer noch?«

Pause.

»Ich weiß nicht mehr, was ich glaube«, sagte Jesper. »Aber man soll nie gleich das Beste von Leuten denken.«

»Soll man denn immer gleich das Schlechteste denken?«

Längere Pause.

»Madeleine? Ich war wirklich ziemlich groggy, als wir da raufgegangen sind. Und dann diese seltsame Erscheinung, die ich hatte ... Was hältst du davon?«

»Ich weiß nicht. Vielleicht ist es ein Zeichen, daß du etwas weißt, von dem du nicht willst, daß du es weißt.«

»Hört sich rätselhaft an.«

»Ja, aber ich weiß doch auch nicht, was du woher weißt.«

»Glaubst du an übernatürliche Sachen? Daß es mehr gibt zwischen Himmel und Erde?«

»Ich glaube, daß unsere Seele mehr vermag, als wir zu träumen wagen.«

»Seele? Haben wir eine Seele?«

Jetzt sah er sie direkt an. Sein Gesicht hatte mehr Farbe bekommen. Sie zuckte die Achseln mit einem kleinen Lächeln im Gesicht. Er sah die Katze an, die schlafend in einer unmöglichen Stellung auf seinem Schoß lag, schlaff und verdreht wie ein ausgewrungener Wischlappen, den Unterkiefer in die Luft gereckt. Ihre Schnurrhaare zitterten und die Pfoten zuckten.

»Schau«, sagte Jesper. »Sie träumt ...«

31. Tag, Sonntag

Der Morgen war hell und dehnte sich leuchtend vor den Fenstern, und durch die gelb angehauchten Blätter der Linde blitzte das Blau des Himmels. Madeleine hatte sich ein Frühstück mit Kaffee und Saft und Obstsalat aus dem Kühlschrank zusammengestellt, dazu ein Ciabattabrötchen, knusprig im Ofen aufgebacken. Mit einem Tablett war sie wieder ins Bett gestiegen, hatte sich ein dickes Kissen in den Rücken gestopft und arbeitete sich nun gemütlich durch die dicke Sonntagszeitung.

Das meiste, was sie las, vergaß sie sofort wieder. Eine Abteilung nach der anderen legte sie gefaltet beiseite auf die Bettdecke, und dann starrte sie auf die blaue Wand direkt vor sich. Nachdenklich rekapitulierte sie die letzten Tage und Wochen – und den gestrigen Abend.

Jesper hatte sie geküßt. Unten im Hof, unter den Zweigen der Linde, bevor er ging. Sie hatte ihm das Atelier gezeigt, als er sie nach Hause brachte.

»Ich bitte dich nicht herauf, aber ich möchte dir gern das Atelier zeigen. Da sind wir schon.«

Sie hatte aufgeschlossen, alle Lampen angeknipst, ihm die Räume gezeigt und eine Menge ihrer Bilder. Und als sie fand, nun sei es genug, hatte sie die Bildermappen zugeklappt, sie an ihren Platz zurückgelegt, alle Lampen ausgemacht, und dann waren sie wieder auf den gepflasterten Hof hinausgegangen. Er hatte seine Windjacke mit den Hunderten von Taschen an; sie hatte ihre Jacke auf dem Treppengeländer abgelegt und fröstelte ein wenig.

»Dir ist kalt. Ich sollte jetzt besser gehen.«

Sie hatte nicht geantwortet, sondern sich dichter an ihn gekuschelt. Er war einen halben Kopf größer; sie drehte ihr Gesicht hoch zu ihm.

Er küßte sie so aufrichtig, daß ihr anschließender tiefer Atemzug nicht nur vor Verlangen zitterte, sondern auch vor Erleichterung. Sein Kuß war nicht gierig, nicht fordernd, nicht hart und dominant, nicht ängstlich und zurückweichend; er küßte einfach *wundervoll*.

»Madeleine ... ich muß die ganze Zeit immer nur an dich denken.«

Und trotzdem respektierte er die Grenzen, die sie setzte. Der Kuß unter der Linde war für diesen Abend genug, und er hatte froh und leichtfüßig gewirkt, als er ging; er drehte sich auf seinem Weg über den Hof zweimal um und winkte ein letztes Mal in der Hoftür, bevor sie hinter ihm ins Schloß fiel.

Sie war die Treppe hinaufgegangen, mit kribbelnden Lippen und einer lustvollen Wärme im Bauch. Heute würden sie sich wiedersehen, das hatten sie abgemacht.

»Ich rufe dich gegen zwei Uhr an.«

Bis zwei waren es noch drei Stunden.

Jesper bog auf den kiesbestreuten Parkplatz am Trepilelågen ein, zog die Handbremse und drehte den Zündschlüssel um.

»Du fährst gut«, sagte Madeleine.

Er wandte ihr sein Gesicht zu und lächelte verlegen. »Freut mich, daß du das findest«, sagte er. »Die Karre ist ja schon ziemlich alt. Die Gangschaltung will manchmal nicht mehr so richtig. Die reinste Känguruhschaltung.« Er hüpfte auf seinem Sitz auf und ab, um zu demonstrieren, was er meinte.

»Känguruhschaltung, also wirklich!« Sie lachte viel zu laut; aber es war so lustig, und in ihr sprudelte eine andere Art von Freude, die sie noch lustiger stimmte und die sie über sich selbst lachen ließ. Er merkte es und lachte mit.

Sie trockneten sich die Lachtränen und küßten sich in einer verdrehten, unbequemen Haltung auf ihren Vordersitzen. Er schmeckte frisch, und seine Zunge traf geschmeidig und suchend auf ihre, bis ihrer beider Atem hastig wurde und sie das zärtliche, pochende Drängen in ihrem Unterleib spürte. Sie wich zurück und schlug die Augen auf; ein älteres Ehepaar stand neben einem weißen Auto auf dem Platz vor ihnen und schaute ihnen zu.

»Jetzt gehen wir spazieren«, sagte sie, öffnete resolut ihre Tür und stieg aus, holte die Lederjacke vom Rücksitz und zog sie über ihr Sweatshirt. Er band sich sein Halstuch um und schloß den Wagen ab.

Sie gingen durch die kleine röhrenförmige Eisenbahnunterführung und durch das rote Tor. Vor ihnen erstreckte sich weit und offen der Eremitagepark mit dem Jagdschloß, das oben auf seinem Hügel thronte. Die Luft war klar, mit einem Hauch herbstlicher Spröde, und die Blätter der Bäume waren hier und da schon gelb. Leute in Anzügen und Windjacken wanderten die Wege entlang, Eltern schoben ihre Sprößlinge in Sportkarren vor sich her, Hundebesitzer führten ihre schnüffelnden Hunde an der Leine; ein Reiter kreuzte die Szenerie auf einem schimmernden braunen Pferd, und mittendrin ruhte ein wiederkäuender Rothirsch im Gras und drehte sein majestätisches Geweih bald zur einen, bald zur anderen Seite, als wäre er eine fellbezogene Radarstation, die das Terrain überwachte.

»Als ich ein Junge war«, erzählte Jesper, während sie nebeneinander zügig zum Schloß hinaufgingen, »gab es nicht weit entfernt einen kleinen Wald, nah genug, daß die ganze Familie am Sonntag mit dem Rad dorthin fahren konnte – mein Vater, meine Mutter, meine Schwester und ich. Mein Vater hatte eine Kühltasche auf dem Gepäckträger, und da drin waren Würstchen und Salat, zwei Bier und zwei Flaschen Brause. Wir fuhren in den Wald und stellten unsere Räder an einem bestimmten Baum ab, wo es auch einen Tisch mit zwei Bänken gab, an dem fast nie jemand anderes saß; und meine Eltern behielten abwechselnd die Räder im Auge, während wir herumliefen und Blumen pflückten.

Da gab es einen Abhang, wo man hinunterspringen und den Rest des Hügels hinablaufen konnte – er war so steil, daß nichts darauf wuchs, da war nur Kies und hellgelber Sand. Weiter unten lagen allerdings das ganze Jahr über welke Blätter, vor allem im Herbst, da waren es so viele, daß man bis zu den Knien darin waten konnte.

Und wenn wir dann Hunger bekommen hatten, packten wir die Kühltasche aus und aßen Würstchen mit Kartoffelsalat und tranken, was wir dabei hatten, und es schmeckte so herrlich an diesem Tisch unter freiem Himmel. Und dann ruhten wir uns aus, bevor wir wieder nach Hause radelten.«

»Hört sich toll an.«

»Das war es auch. Habt ihr keine Ausflüge gemacht, als du klein warst?«

»Nicht solche«, sagte Madeleine und sah vor ihrem geistigen Auge einen kahlen Frühlingstag auf den Feldern vor der alten Festungsruine, streng und majestätisch, das halbwelke Wintergras, den stillen See, sich selbst in der Daunenjacke und die Eltern in dunkler Kleidung, Seite an Seite, ohne sich zu berühren und ohne miteinander zu reden; diese erdrückende Feierlichkeit über allem, unerklärlich und düster.

Sie griff nach Jespers Hand, sie war warm und fremd, aber doch stark und sicher. Er sah zu ihr hinüber und hob die Augenbrauen ein wenig, wie fragend.

»Wir fuhren manchmal sonntags an die Nordsee«, sagte sie, um das Gespräch fortzusetzen. »Wir fuhren nirgendwohin, um zu spielen, ich bin ja Einzelkind. Aber an die Nordsee, alle drei, im Privatauto. Mein Vater wurde immer von einem Wagen abgeholt und zurückgebracht, wenn er zum Dienst in die Kaserne mußte, aber wir hatten auch ein eigenes Auto. Und dann fuhren wir nach Øhuse oder Torsminde und gingen in den Dünen oder am Strand spazieren. So viele Leute kennen die Nordsee von den Sommerferien her, aber ich kenne sie auch zu den anderen Jahreszeiten. Im Herbst, wenn es ordentlich stürmt. Dann ist man hinterher ganz benommen von dem Brandungsrauschen und dem Wind. Mein Vater sagte immer, es tut gut, sich das Hirn mal so richtig durchpusten zu lassen.«

Sie verstummte, ein bißchen zu plötzlich. Jesper ging eine Weile neben ihr her, ohne etwas zu sagen. »Dein Vater ist nicht alt geworden, oder?« sagte er dann. Nicht jetzt, nicht jetzt, dachte Madeleine.

»Ich erzähle dir später mehr von ihm«, sagte sie schnell. Sie spürte ein Seitenstechen. Ein Zug der Küstenbahn schnitt mit metallischem Kreischen durch all die anderen Geräusche weit unter ihnen. »Ich muß erst mal wieder zu Atem kommen«, sagte sie und blieb stehen.

Es ging schnell vorüber. Jesper legte den Arm um sie und drückte ihr einen Kuß aufs Haar. Er fragte nicht weiter.

Sie erreichten das Schloß mit den zierlichen, kugelartig geschnittenen Büschen und Bäumen und gingen auf die andere Seite, wo sie sich auf eine Bank vor der Rampe setzten, unter eine hochbusige steinerne Statue, die mit rätselhaftem Blick auf die weite Rasenfläche starrte.

Die Sonne schien warm. Ein Junge und ein Mann mühten sich damit ab, einen Plastikdrachen mit dem Aufdruck eines gelben Schmetterlings steigen zu lassen, es war ein Zitronenfalter mit den charakteristischen roten Pünktchen auf den Flügeln, ein Frühlingsbote, wie ihr Vater ihr erzählt hatte, weil er hier überwinterte und schon im Mai wieder ausflog. Der Wind war zu schwach, der Schmetterling zog enge Kreise und stieß gleich wieder auf die Erde hinab. Unverdrossen versuchten es der Mann und der Junge gleich noch einmal. Ein verschwitzter Radfahrer kam auf einem Mountainbike knirschend den Kies herauf und bog in den Weg zur Fortuna ein.

»Erzähl mir mehr von deiner Kindheit«, bat Madeleine.

»Was soll ich erzählen?«

»Erzähl mir von – deinem Zimmer.«

»Ich hatte mein eigenes Zimmer, ganz oben in unserem Haus. Es hatte ein Fenster zum Garten hinaus, wo eine große Birke steht – sie muß älter sein als das Haus, meine Eltern haben jedenfalls nie daran gedacht, sie zu fällen. Als ich noch zur Schule ging, hatte ich ein paar Regale aus Spanplatten und eine Klapptafel an der Wand für die Hausaufgaben und eine Schiffskoje, in der ich schlief. Auf dem Fußboden lag ein gestreifter Flickenteppich, und dann hatte ich noch …«

Irgendwo in einer von Jespers Jackentaschen klingelte das Handy. »Mist«, sagte er. »Soll ich rangehen?«

»Ja, natürlich.«

Er fischte es aus der Jackentasche, und bevor er das Gespräch annehmen konnte, bimmelte es noch einmal richtig laut. »Ja, Jesper hier. Was ist denn …«

Er hörte eine Weile konzentriert zu.

»Und das ist endgültig – ganz sicher? Okay ... Ja natürlich, wirklich nett von dir, daß du angerufen hast. Klar doch ... na klar, ich will alles wissen, was an relevanten Sachen reinkommt. Danke ... Ja, du, und grüß Åse. Bis später.«

Er legte auf. »Das war Kaffe«, sagte er. »Sie haben gerade die Leiche eindeutig identifiziert, die vorgestern angeschwemmt wurde. Es ist nicht Vejland. Es ist ein Schwede, der vor einem Monat im Kattegat von Bord eines Schnellbootes gefallen ist. Die schwedische Polizei hatte ihn auf ihrer Fahndungsliste, sie haben ein Fax mit seinem Zahnschema geschickt, und es paßte genau.«

»Solltest du nicht auch Lisa und Louis Bescheid sagen? Sie denken vielleicht immer noch ...«

»Ja. Ich rufe sie sofort an.«

Er drückte ein paar Tasten und lächelte sie schief an. »Ich habe ihre Nummer einprogrammiert. Nur für alle Fälle ...«

Er wartete. Dann meldete sich offenbar jemand.

»Ja, hallo, hier ist Jesper Lund ... Ich rufe an, weil ich gerade von meinem Kontaktmann bei der Polizei darüber informiert wurde, daß ...«

Während Jesper am Telefon die Sachlage erklärte, sah Madeleine hinüber zu dem Mann und dem Jungen mit dem Drachen. Sie versuchten es immer noch. Falls es ihnen gelingt, bevor wir hier weggehen, dachte sie unwillkürlich, wird alles gut zwischen Jesper und mir. Hör auf, sagte eine andere Stimme, laß es sein, leg nicht irgendwelche Zeichen auf diese Art aus. Der Junge lief mit dem Drachen los, der Mann rief, er solle mehr Leine geben, der Schmetterling stieg, kreiste, stieß herab ... und Jespers Stimme änderte sich, während er gleichzeitig aufsprang.

»WAS haben Sie? Sie haben die ...« Er wurde von einem aufgeregten Düdeln des Telefons unterbrochen. »Verdammt noch mal ... Hallo? O Scheiße! Ausgerechnet jetzt ist der Akku leer!«

»Was ist denn los?« fragte Madeleine.

»Das war Louis! Er sagt, er hat Vejlands Flamme vom Gymnasium gefunden, du weißt doch, diese Beatrice ... und dann schmiert die Verbindung ab! Kann ich mal kurz dein Handy haben?«

»Das habe ich nicht dabei«, sagte Madeleine. »Schließlich ist heute Sonntag ...«

Jesper sah enttäuscht und verzweifelt aus. Madeleine stand auf. »Laß uns gleich hinfahren«, schlug sie vor.

»Wirklich – ist das okay?«

»Ja klar.«

Auf dem Weg den Schloßhügel hinunter schaute Madeleine sich ein letztes Mal um. Der gelbe Schmetterling wiegte sich sanft am Himmel, die Schnur locker hinter sich her ziehend; dann kam das Mansardendach der Eremitage dazwischen, und sie verlor ihn aus den Augen. Sie griff nach Jespers Hand und ging weiter. Ein Zeichen war ein Zeichen.

»Wir haben uns schon gedacht, daß Sie kommen würden«, sagte Louis, als er die Wohnungstür hinter ihnen schloß. »Nichts ist ärgerlicher als ein Akku, der den Geist aufgibt.«

Im Wohnzimmer lag Lisa auf einer bunten Spieldecke zusammen mit Cæcilie, die viel zu angetan von den klingelnden Spielzeugtieren war, um auf die Gäste zu achten. Lisa schaute auf und grüßte, konzentrierte sich dann aber wieder auf das Kind.

»Was haben Sie herausgefunden?« fragte Jesper.

Louis zeigte auf eine Reihe von Aktenordnern, die halb liegend, halb stehend vor einer Fußleiste aufgereiht waren. »Lisa ist eingefallen, daß Peter fast alle seine Briefe aus den ganzen letzten Jahren in solchen Ordnern abgeheftet hat«, sagte er. »Sie standen in einem Regal im Keller.«

»Wir haben fast den ganzen Samstag gebraucht, um sie durchzusehen«, sagte Lisa von ihrem Platz auf der Spieldecke aus.

»Und das haben wir gefunden«, sagte Louis. Er übergab

ein Blatt Papier an Jesper, der es nahm und es etwas schräg vor sich hielt, so daß Madeleine mitlesen konnte.

Es war eine Einladung zum fünfundzwanzigjährigen Abiturjubiläum, mit zehn Jahre altem Datum. Namen, Adressen und Telefonnummern all der Leute, die ausfindig gemacht worden waren, standen auf der Rückseite des hellgrünen Blattes. Peter Vejland stand unten an vorletzter Stelle, mit einer Adresse in Christianshavn. Und ein paar Zeilen darüber sah Madeleine den Namen Beatrice, den Namen, nach dem sie gesucht hatten.

Beatrice Southey. Peymannsgade 2, 2100 Ø. Keine Telefonnummer.

»Wo ist die Peymannsgade?« platzte es aus Jesper heraus.

»Fünf Minuten von hier«, sagte Louis. »Sie wohnt da immer noch. Sie steht im Telefonbuch. Aber sie hat eine Geheimnummer.«

»Wir müssen hin!« rief Jesper.

»Louis war schon da«, sagte Lisa vom Fußboden herauf. »Sie war nicht zu Hause.«

»Ich habe auch bei den Nachbarn geklingelt«, sagte Louis. »Die sagten, sie sei dieses Wochenende verreist.«

»Haben Sie gesagt, worum es geht?« fragte Jesper.

»Nein«, erwiderte Louis. »Das geht schlecht, so über die Gegensprechanlage. Und was geht das alles hier eigentlich ihre Nachbarn an?«

»Southey«, sagte Madeleine. »Auf dem Zeitungsfoto hieß sie noch anders ...«

»Høst«, sagte Lisa und setzte sich auf. Cæcilie stieß einen kleinen Grunzlaut aus und steckte das Stofftier in den Mund. »Seltsam, nicht? Peter hat sie mit keinem Wort erwähnt. Und dabei wohnt sie ganz in der Nähe. Vielleicht ist Peter sogar hierhergezogen, um in ihrer Nähe zu sein, ich könnte mir das jedenfalls gut vorstellen. Nicht, daß ich eifersüchtig wäre, das war ja nicht die Art von Verhältnis, das wir hatten ... Ich finde es einfach nur merkwürdig.«

Es entstand eine kleine Pause. Madeleine blickte von Lisa

und dem kleinen Mädchen auf der leuchtend bunten Decke hinüber zu Louis und weiter zu Jesper. Was sie jetzt wohl alle denken, fragte sie sich. Wir sitzen hier, wir könnten Bekannte auf Besuch sein, so oft, wie wir in der letzten Zeit hier waren, so gut, wie wir uns inzwischen kennen; aber alles steht im Zeichen dieses verschwundenen Peter, es ist, als säßen wir im Schatten von etwas Unsichtbarem, Großem und Kaltem, das uns dazu bringt, uns vorsichtig und fröstelnd zu bewegen, wie auf einem zugefrorenen See, unter dessen Eisdecke die Wellen schlagen. Ich sehne mich danach, daß die ganze Kälte weg ist, dachte sie, aber ist es dieselbe Sehnsucht, die die anderen dazu treibt, so inständig nach neuen Spuren und Erklärungen zu suchen? Oder ist da etwas anderes, was sie sich beweisen wollen?

Madeleine und Jesper saßen in Jespers Auto in der Peymannsgade. Der Motor war abgestellt. Die Fenster der Wohnung im vierten Stock, wo Beatrice Southey wohnte, wirkten unzugänglich und ausdruckslos. Niemand hatte reagiert, als Jesper geklingelt hatte, aber er hatte bemerkt, daß nur »B. Southey« am Klingelbrett stand. Sie wohnt offenbar allein, hatte er gemurmelt.

»Könnte gut hinkommen, daß sie dieses Wochenende weg ist«, sagte Jesper, der angespannt und kerzengerade hinter dem Lenkrad saß.

Ja, genau wie so vieles andere gut hinkommen könnte, dachte Madeleine.

»Ob sie wohl morgen zu Hause ist?« dachte Jesper laut weiter. »Anscheinend kriegen wir es nicht anders heraus, als hierherzufahren. Und ich weiß nicht – ich würde sie mir am liebsten vornehmen, bevor es Louis und Lisa gelingt. Gesetzt den Fall, daß sie wirklich seine Vertraute ist, und gesetzt den Fall, daß er am Leben und irgendwohin gefahren ist, und gesetzt den Fall, daß dieser Arzt, Dr. Prohaska, ihn dazu gebracht hat, irgendeine drastische Entscheidung zu fällen – dann finden wir das entscheidende Steinchen in diesem Puzzlespiel hier bei ihr. Und falls er nicht mehr lebt, könnte es auch sein, daß sie es mit Sicherheit weiß.«

Er trommelte eine Weile mit den Fingern auf dem Lenkrad und starrte durch die Windschutzscheibe. Dann hielt er die Hände still.

»Du sagst ja gar nichts«, sagte er. »Woran denkst du?«

»Was machen wir jetzt?« fragte sie.

Er drehte den Kopf und sah ihr in die Augen. Es war, als würden ganz hinten in seinem Blick Barrieren fallen, so als ob eine Mauer in der Erde versinkt, und sie konnte spüren, wie dasselbe mit ihrem eigenen Blick passierte, es war ein sonderbar wehrloses und lustvolles Gefühl. Das Licht in der Straße war gedämpft, aber hell genug; sie saßen vielleicht eine Minute so, neugierig gefangen von dem offenen Blick des anderen.

»Zu dir?« fragte er dann, und sie nickte.

Sie waren über das Pflaster des Hofes gegangen, unter den Zweigen der Linde hindurch, die Treppe hinauf und direkt in ihr Schlafzimmer, ernst und beinahe wortlos, als seien sie auf dem Weg zu einer feierlichen Zeremonie. Mit zitternden Händen hatten sie sich und den anderen ausgezogen, nackt hatten sie sich aufs Bett gelegt, dessen Überwurf sie mit einer schnellen Handbewegung entfernt hatte, sie hatten gegenseitig ihre Körper betrachtet, aus schrägen Winkeln, und die Haut des anderen geschmeckt, und sie war bereit für ihn, noch ehe er seine Schüchternheit überwand und sein Glied in ihrer Hand warm und steif wurde. Aber als er sich auf sie senkte, war alle Schüchternheit verschwunden. Er war schwer, aber er drückte sie nicht, unter dem kleinen Fettpolster war er stark, mit langen Muskeln und stabilen Knochen, geschmeidig wie Marmor und nicht rauh wie Granit, so wie Lennart.

Am Anfang bewegten sie sich langsam, genüßlich und tastend; sie schob ihm wiegend ihr Becken entgegen, und er antwortete in demselben trägen Wellenrhythmus. Aber dann war die erste Grenze überschritten und sie befanden sich in einem anderen Land. Da herrschte nur noch die Süße angespannter Sehnen, die Kraft brennender Haut – und so stiegen und sanken sie, ließen nicht voneinander, sondern fanden sich auf jedem neuen Gipfel wieder. Und dann kam das letzte Land, das samtschwarze Dickicht, in dem seine bevorstehende Eruption ihre Lust mit sich riß, hinaufkatapultierte, hinauf und hinaus in den Sternennebel.

Sie schrien beide, als sie kamen.

Jetzt lag er neben ihr, glücklich und erlöst, mit diesem offenen, empfindsamen Gesichtsausdruck, den sie so sehr an ihm liebte. Er war hier, gleich neben ihr, nicht verschanzt hinter eingebildeten Meinungen und verschrobenen Vorstellungen. Er streckte eine Hand aus und ließ sie über ihr Haar gleiten, Nacken und Hals hinunter, über Schulter und Brust, und ließ sie auf ihren Rippen ruhen.

»Du bist wunderbar«, sagte er. »Ich glaube, ich war noch nie so laut.«

»Es ist schön, wenn du laut bist.«

»Bist du gekommen?«

»Ja. Einfach toll. Du warst phantastisch.«

Er lächelte zufrieden. Sie streckte sich, um sich dichter an ihn zu kuscheln. Zwischen ihren Beinen sickerte ein wenig von seinem Sperma hervor. Sie mußte wieder anfangen, die Pille zu nehmen, oder irgendwie anders verhüten, aber ihre Regel stand unmittelbar bevor, sie hätte eigentlich schon dasein müssen, im allgemeinen traf sie pünktlich nach achtundzwanzig Tagen ein; im Moment bestand also keine Gefahr. Oder Chance, flüsterte eine zarte Stimme in ihr.

Chance.

Seine Brust war schweißbedeckt und breit. »Halt mich fest«, sagte sie.

33. Tag, Dienstag

Der Montag hatte damit angefangen, daß Jesper von Madeleines Telefon aus die Redaktion angerufen und Bescheid gesagt hatte, daß er immer noch krank sei. Dann hatte Madeleine angerufen und gesagt, sie fühle sich nicht wohl und könne für diesen Tag keine Aufträge annehmen. Anschließend hatten sie sich angegrinst wie zwei schwänzende Schulkinder und beschlossen, daß dieser Tag ihnen allein gehören sollte.

Madeleine richtete ein Frühstück für zwei auf einem Tablett her und brachte es ans Doppelbett; sie trug inzwischen Slip und T-Shirt, und Jesper hatte sich die Unterhose wieder angezogen, die die ganze Nacht unter all dem hingeworfenen Zeug gelegen hatte. Es war, als hätten sie beide stillschweigend das Minimalkostüm der Anständigkeit angelegt – ein schüchternes Feigenblatt. Eine Stunde später warfen sie es wieder fort.

Als sie zu Jespers Auto gingen, um zu ihm nach Hause zu fahren und die Katze zu versorgen, klemmte ein Knöllchen unter dem Scheibenwischer. Sie hatten gestern abend alles vergessen, was Verkehrsregeln und ähnliches betraf. Im ersten Moment runzelte Jesper die Stirn, aber dann nahm er den Zahlschein an sich und sagte: »Was für ein Glück die haben. Das ist das erste Mal in meinem Leben, daß ich ein Bußgeld von Herzen gern bezahle.«

Madeleine lachte. Sie hätte die Strafe gerne aus eigener Tasche gezahlt, nur um diese Worte zu hören.

Inzwischen war es Dienstag morgen, und sie hatten eine Nacht in Jespers schmalem Doppelbett verbracht, die ihnen nicht sehr viel Ruhe gegönnt hatte. Sie hatten wieder miteinander geschlafen, eigentlich mehr aus genußvoller Erinnerung an das Mal davor als aus Lust, aber trotzdem hatte es sie hinweggefegt, alle beide; und hinterher hatte die Katze darauf bestanden, auf Jespers Bauch zu springen und dort zu schlafen. Wenn er sich umdrehte, kam sie herüber zu ihr, trippelte auf ihrer Bettdecke und weckte sie aus ihrem Halbschlaf, bis Jesper wieder still lag und die Katze ihren alten Platz erneut einnehmen konnte. Aber die ganze Zeit, egal, ob sie wach war oder ob sie in einen leichten, dämmrigen Schlummer versank, spürte Madeleine voller Zärtlichkeit die Nähe seines Körpers.

Am Morgen, während er tassenklappernd in der Küche rumorte, hatte sie auf seinem Klo gesessen und gepinkelt und anschließend das Toilettenpapier nach Blutspuren untersucht. Nichts. Entweder mußte sie ihm das jetzt sagen oder selbst etwas machen ... Es war nicht ihre Art, unentschlossen zu sein.

Frisch geduscht und mit nassen Haaren – seine trockneten viel schneller als ihre, und er hatte keinen Fön – tranken sie Kaffee und O-Saft, und schließlich sagte er: »Was hältst du davon, wenn wir rausfahren und diese geheimnisvolle Beatrice unter die Lupe nehmen, hm? Wir könnten doch vorher bei dir vorbeifahren und deine Kamera holen ...«

Es war ein Volltreffer. Eine Frauenstimme meldete sich mit einem scheppernden »Ja?« aus der Gegensprechanlage. Jesper beugte sich rasch an das kleine Metallgitter vor: »Guten Tag, hier ist Jesper Lund. Ich bin Journalist. Ich würde gerne mit Ihnen über Peter Vejland reden.«

»Ich habe Ihnen nichts zu sagen.«

»Es ist wegen seiner Frau«, sagte Jesper mit plötzlicher Schärfe in der Stimme. »Es könnte sein, daß sie wegen Mord angeklagt wird.«

Eine Pause, ein zögerndes Knacken in der Anlage. Und dann: »Kommen Sie herauf.« Der Summer ertönte, und Jesper stieß die schwere Eichentür mit Nachdruck auf.

Im Flur gab es einen Aufzug, der in seinem Schacht aus Glas und Holz leuchtete. Da sie in den vierten Stock mußten, wählten sie den schnellsten und bequemsten Weg. Als sie den Aufzug verließen, wurde eine Wohnungstür geöffnet, und eine schlanke Frau in den Fünfzigern, in gerader, selbstbewußter Haltung und etwas größer als Madeleine, bedeutete ihnen wortlos, in die Wohnung einzutreten.

»Ich nehme an, Sie sind Beatrice Sou...«, hob Jesper an, plötzlich unsicher, wie er den Namen aussprechen sollte.

»Southey«, sagte die Frau mit oxfordenglischer Aussprache. »Ja, das bin ich. Darf ich fragen, wer *Sie* sind?« sagte sie und sah Madeleine an.

»Madeleine Arnvad. Ich bin Fotografin.«

»Ich wünsche nicht, fotografiert zu werden. Und ich wünsche kein Interview. Ich habe Ihre Artikel gelesen, aber ich will in Ihrem Blatt weder zitiert noch erwähnt werden. Entweder dieses Gespräch bleibt streng vertraulich, oder es gibt kein Gespräch. Habe ich mich klar ausgedrückt?«

»Sie könnten Peter Vejlands Frau vielleicht retten«, begann Jesper.

»Ich glaube nicht an uneigennützige Journalisten«, erwiderte Beatrice Southey scharf. »Schon gar nicht, wenn es um Ihre Zeitung geht. Ich habe eine Bedingung geäußert, und ich verlange, daß sie eingehalten wird. Sind Sie einverstanden?«

»Ja, ich verspreche es«, sagte Jesper.

»Gut. Gehen wir in mein Büro. Und Sie, Frau Arnvad, lassen Ihren Fotokoffer bitte hier im Flur zurück.«

Beatrice Southey führte sie in einen Raum mit zwei hohen Fenstern, die zur Straße hinaus zeigten. Darin standen ein Schreibtisch mit einem hochlehnigen Lederdrehsessel dahinter sowie ein kleiner runder Tisch umringt von vier Stahlstühlen, an den Wänden hingen Originalgemälde. Die weißen Gardinen waren zugezogen. Jesper in seiner Windjacke mit den vielen Taschen, Madeleine in ihrer Lederjacke, Beatrice Southey in einem schlichten, aber eleganten Kleid aus dünnem Wollstoff, das auffallend dezent und teuer aussah – sie alle nahmen auf den Stühlen Platz und musterten sich einen Moment lang.

Was für eine schöne Frau, dachte Madeleine. Beatrice

war ungeschminkt, hatte nichts unternommen, um die Falten am Hals und um die Augen zu vertuschen, aber das blonde Haar – schwer zu sagen, ob es blond oder doch eher grau war – trug sie makellos nach hinten frisiert, glatt gebürstet und mit einer großen silbernen Spange zusammengehalten. Anderen Schmuck trug sie nicht. Ihre Schultern waren gerade, ihre Gesichtszüge regelmäßig, die Mundwinkel straff, aber beherrscht wurde ihr Gesicht von den Augen: durchdringend blau, intelligent, intensiv, wie brennendes Eis. Wenn sie diese Ausstrahlung schon im Gymnasium gehabt hatte, war es kein Wunder, daß Peter sich in sie verknallt hatte. Und daß sie damals unerreichbar für ihn gewesen war. Und seitdem …?

»Ich habe Sie beinahe schon erwartet«, sagte sie.

Jesper war merkwürdig zerstreut, er besah sich die Bilder im Raum, insbesondere ein großes Gemälde, das an der Wand hinter dem Schreibtisch hing. Madeleine drehte sich in ihrem Stuhl und schaute in die Richtung. Es war wirklich kein Bild, das man in einem Büro erwartet hätte: eine nackte junge Frau, blond und mit entrücktem Blick, die unter einer Glaskuppel mit Leitungen und elektrischen Lampen träumerisch wandelte. Im Hintergrund stand ein Mann im tadellosen Anzug und sah ihr nach.

Jesper kam zu sich. »Entschuldigung«, sagte er. »Ich dachte im ersten Moment, es könnte … daß es vielleicht … das ist echt, oder? Erinnert irgendwie an Delveaux.«

»Das ist ein Delveaux«, sagte Beatrice. »Ich habe einige Werke von ihm hier. Und einen Magritte derzeit. Das ist einer der Gründe, warum ich nicht will, daß die Presse über mich schreibt. Ein anderer Grund ist, daß ich in meinem Leben genug Publicity hatte … Ich muß mich also auf Ihr Wort verlassen, wo Sie nun schon einmal hier sind. Sie sind ja als Privatperson gekommen. Wenn Sie nur als Journalist hier wären, müßten Sie wieder gehen.«

»Ich fühle mich mittlerweile wirklich privat involviert«, sagte Jesper. »Ich kann nicht erklären, wieso, aber es ist für mich persönlich notwendig geworden, herauszufinden, was mit Peter Vejland passiert ist.«

»Ich kann mir denken, was Sie vermuten. Aber ich glaube nicht, daß Lisa Gefahr läuft, unter Mordverdacht zu geraten«, sagte Beatrice und richtete ihren Blick fest auf Jesper. »Ich habe in den letzten Wochen an sie gedacht. Es muß schwer für sie sein, mit der Ungewißheit zu leben. Insofern sind Ihre Artikel sicher eine Stütze – ich habe sie natürlich gelesen, deshalb rechnete ich damit, daß Sie früher oder später hier auftauchen würden. Wie auch immer Sie mich gefunden haben.«

»Luna, launige Mondin …«, zitierte Jesper.

Die Frau vor ihm machte ein verwundertes Gesicht. Dann hoben sich ihre Mundwinkel zu einem kleinen wiedererkennenden Lächeln. »Ja, richtig«, sagte sie. »Das musikalische Rätsel. Wodurch noch?«

»Kombinationsgabe«, sagte Jesper. »Vejlands Papiere.«

»Jedenfalls sind Sie hier. Was also möchten Sie wissen?« Sie lehnte sich in ihrem Stahlstuhl zurück, immer noch in aufrechter Haltung.

»So viel wie möglich«, sagte Jesper aufrichtig. »Was mit ihm passiert ist. Wieso er eine Vertraute wie Sie hat, deren Existenz er seiner Frau gegenüber mit keinem Wort erwähnt, einer Frau gegenüber, mit der er einen One-Night-Stand hat, dagegen schon. Warum er den Liebhaber seiner Frau in die gemeinsame Wohnung einziehen läßt. Ob er sensibel oder pervers ist. Ob er tot ist oder am Leben. Der Mann ist mir inzwischen ein Rätsel!«

»Ein Rätsel. Das ist besser als eine Sensation. Ich konnte zwischen den Zeilen Ihres Artikels lesen, daß Sie dachten, sie wären einem richtigen Knüller auf der Spur – sagt man so, Knüller?«

»So sagte man früher.«

»Aha. Aber wie ich merke, sind Sie ins Zweifeln gekommen. Das heißt, auf bessere Gedanken.«

Jesper schielte zu Madeleine hinüber. Sie konnte es sich

nicht verkneifen, ihm zuzulächeln, und er schickte ihr ein kleines Lächeln zurück.

Beatrice sah rasch und hellwach von einem zum anderen, und als Jespers Aufmerksamkeit sich ihr wieder zuwandte, fuhr sie fort: »Peter Vejland lebt. Ich sage es Ihnen Lisa zuliebe. Aber ich habe ihm versprochen, nicht zu verraten, wo er ist und was seine Gründe sind; dieses Versprechen halte ich natürlich. Es geht ihm zur Zeit nicht gut, man könnte es wohl eine Krise nennen. Aber die wird er überstehen. Sie ist in jedem Fall der, wenn ich so sagen darf, endgültigen Alternative vorzuziehen.«

Selbstmord, dachte Madeleine. Sie spannte ihre Bauchmuskeln an. »Ja, aber –«, brach es aus ihr heraus.

Beatrice richtete ihren Blick auf sie. Eisblau.

»Ja, aber es hat niemand gemerkt, daß er so ... so dicht am Abgrund steht«, sagte Madeleine.

»Peter ist schwer zu durchschauen«, sagte Beatrice nüchtern.

»Erzählen Sie uns von ihm«, bat Jesper.

Beatrice Southey beugte den Nacken und sah zum ersten Mal hinunter auf den Tisch vor sich. Sie legte ihre schlanken Arme auf die Tischplatte, mit den Handflächen nach unten, und schwieg. So verging vielleicht eine halbe Minute.

»Ich kann nichts über ihn erzählen«, sagte sie dann, »nicht, ohne unsere Vereinbarung zu brechen, nämlich die, daß wir niemandem etwas über den anderen erzählen. Diese Vereinbarung hat eine Geschichte, die etliche Jahre zurückliegt, aber ich fühle mich immer noch daran gebunden.

Was ich jedoch tun *kann*, ich kann Ihnen meine eigene Geschichte erzählen. Das beantwortet vielleicht einige der Fragen, die Sie gestellt haben, und was Sie daraus sonst noch für Schlüsse ziehen, bleibt Ihnen überlassen. Ich verlasse mich darauf, daß Sie meine Offenheit nicht mißbrauchen.«

Sie richtete ihren Blick wieder auf Jesper, nicht fragend, nicht bittend, sondern bestimmt. Dann fuhr sie fort.

»Auf dem Gymnasium war ich sehr umschwärmt. So sehr, daß ich mich gezwungen sah, meine Bewunderer auf Abstand zu halten; und ich war wohl selbst so davon überzeugt, das hübscheste Mädchen der Schule zu sein, daß ich fand, niemand wäre gut genug für mich. Auch Peter nicht, obwohl er mir mit mehr Einfallsreichtum als die meisten anderen den Hof machte – unter anderem mit der Komposition, die Sie gefunden haben. Er nennt mich auch heute noch Luna, wenn wir uns unterhalten.

Nach dem Abitur ging ich als Au-pair-Mädchen nach England. Zufällig landete ich in einer sehr wohlhabenden Familie. Meine Gasteltern waren noch recht jung, und sie hatten einen unverheirateten Freund, der sich unsterblich in mich verliebte. Er war ein Mann von Welt, charmant, gutaussehend, und er war nicht nur wohlhabend, sondern steinreich. Ich war geschmeichelt, widerstand ihm jedoch so lange, daß er schließlich keinen anderen Ausweg sah, als mich offiziell um meine Hand zu bitten. Da sagte ich ja, und noch im selben Frühjahr heirateten wir.«

Beatrices Blick entglitt in die Unendlichkeit, die sich irgendwo zwischen den Köpfen von Jesper und Madeleine auftat. Zwei senkrechte Falten erschienen zwischen ihren Augenbrauen und verschwanden auch nicht ganz, als sie fortfuhr.

»Ich brauchte all die Bildung, all das *good breeding*, das ich von zu Hause mitbekommen hatte, und noch mehr. Aber ich lernte schnell. Ich lernte, eine richtige Dame der Gesellschaft zu werden, so daß sogar meine Schwiegermutter mit mir zufrieden war. Und die Freunde meines Mannes beglückwünschten ihn. Was den äußeren Rahmen betraf, war alles in Ordnung. Unsere gesellschaftlichen Einladungen waren sehr begehrt. Wir hatten eine riesige Wohnung in Mayfair, einen Landsitz in Warwickshire, ein Apartment in Rom und eins in New York. Natürlich jeweils mit entsprechendem Personal.

Und hinter den Kulissen stand ich zu seiner Verfügung.

Ich will nicht ins Detail gehen, es muß genügen, wenn ich sage, daß ich es zwanzig Jahre aushielt – ich fasse es heute nicht mehr! – und dann einen Schlußstrich zog. Die Scheidung war ein langwieriger und widerlicher Prozeß, aber sie endete damit, daß ich nach Dänemark zurückkehrte, mit einer Abfindungssumme und einer jährlichen Unterhaltszahlung, die sicherstellte, daß ich mir jedenfalls um mein finanzielles Auskommen keinerlei Sorgen machen mußte. Ich nahm alles, was ich kriegen konnte. Ich hätte ihn ruiniert, wenn ich gekonnt hätte. Und zum Glück ergriffen nicht alle Freunde Partei für ihn, es gab ein paar anständige Menschen darunter, die mit mir sympathisierten. Einer von ihnen war Rechtsanwalt. Er und mein Exgatte sind heute Todfeinde.

Die Eltern meines Mannes waren Kunstsammler. Das war das Beste, was mir in dieser Zeit widerfuhr. Mir wurden die Augen für viele Dinge geöffnet, und ich lernte Künstler und Kunsthändler und andere Sammler kennen. Ich fungierte bei einigen Kunstverkäufen und Tauschhandeln sogar als eine Art Maklerin, und damit habe ich dann weitergemacht. Einige der Bilder hier in der Wohnung habe ich in Kommission genommen, einige sind auch meine eigenen. Ich will nicht behaupten, daß ich davon lebe, denn ich bin ja versorgt, aber es gibt meinem Leben einen Inhalt. Am vergangenen Wochenende war ich in Paris, um zwischen einem Sammler dort und einem in London zu vermitteln. Ich bin erst spät gestern abend nach Hause gekommen, Sie haben also Glück, daß sie mich angetroffen haben.«

»Wir haben es vorher schon einmal versucht«, sagte Jesper.

»Mein Nachbar sagte mir, daß jemand hier war und nach mir gefragt hatte.«

»Das war Louis Jørgensen. Lisas … Freund.«

»Oder Liebhaber, wie Sie es vorhin nannten, bleiben Sie ruhig dabei. Ich habe keine Vorurteile. Wenn ich welche hätte, dann hätte ich meine Ehe nicht so lange durchgehalten. Nun, nach der Scheidung – die sich drei Jahre hinzog –

ließ ich mich hier nieder, und eines Tages kam ein Brief mit der Einladung zum Abiturjubiläum. Einer der alten Klassenkameraden hatte mich ausfindig gemacht – er hatte in Erfahrung gebracht, daß ich nach Dänemark zurückgekehrt war. Das war wohl auch nicht besonders schwer für jemanden, der Bekannte in England hatte. Mein Exmann und ich hatten der englischen Klatschpresse reichlich Stoff geliefert, und zwar mehrmals. Diese Artikel würde ich am liebsten vergessen.

Ich fühlte mich ein wenig einsam – und hatte wohl auch ein bißchen nostalgische Gefühle, also nahm ich die Einladung an, meine alten Schulkameraden wiederzusehen. Peter war auch da, und er hofierte mich den ganzen Abend und sagte, daß er mich nie vergessen habe. Er wußte nichts von dem, was ich durchgemacht hatte, es war, als nähme er einfach den Faden wieder auf und knüpfte an unserer Abiturfeier von damals an – es war beinahe rührend. Ich willigte ein, ihn wiederzutreffen, ich lud ihn zu mir nach Hause ein, tagsüber …

Mir war klar, daß mein Exmann ohne weiteres auf die Idee kommen könnte, Detektive auf mich anzusetzen, um herauszubekommen, ob ich eine neue Beziehung einging und er einen neuen Prozeß anstrengen konnte, um die Unterhaltszahlungen an mich einzustellen. Deshalb habe ich Peter immer nur bei mir zu Hause getroffen und nur tagsüber, und er ist immer sehr diskret gekommen und gegangen. Wir versprachen uns, niemals einem Dritten gegenüber zu erwähnen, daß wir eine – Verbindung zueinander hatten, Verbindung ist das richtige Wort, denn ein Verhältnis war es nie. Das erste Mal, als er zu mir kam, war er zu allem bereit, er hätte gern gehabt, daß ich mit ihm zusammenlebe, aber ich wollte nicht, ich konnte nicht, ich wollte um keinen Preis noch einmal etwas auf diese Art mit einem Mann zu tun haben, ich war …«

Sie machte eine kleine resignierte Handbewegung und schwieg wieder eine gute Weile. Madeleine sah zu Jesper.

Sein verbissener Reporter-Gesichtsausdruck war weg, er saß da und beobachtete Beatrice Southey mit runden Augen, und sein Mund war ein wenig geöffnet. Wie unverdorben er doch trotz allem ist, dachte sie, und eine warme Freude stieg in ihr auf und löste die angespannten Bauchmuskeln.

Beatrice kehrte in die Gegenwart zurück und warf Madeleine einen schnellen Blick zu. »Diskretion«, fuhr sie fort, »war natürlich auch eine Voraussetzung für meine Arbeit hier in der Wohnung, neben einer hochsensiblen Alarmanlage und einer ziemlichen gepfefferten Versicherungsprämie. Außerdem wollte ich selbst möglichst unauffällig bleiben. *Bene vixit qui bene latuit.* Aber die Diskretion zwischen Peter und mir wurde schnell auch zu etwas anderem, einer Art Freiraum, in dem alles gesagt werden konnte und nichts nach außen drang.

Vertrauen ist vielleicht eines der grundlegenden menschlichen Bedürfnisse, über die wir selten reden. Wir sind so fixiert auf die körperlichen Bedürfnisse. Aber der Drang, sich mitzuteilen, seine Erlebnisse mit jemandem zu teilen, alle seine Siege und Niederlagen und Ängste und Freuden, der ist ebenso grundlegend. Und weil ich Peter gegenüber von Anfang an klargemacht habe, daß ich *niemals* ein sexuelles Verhältnis mit ihm eingehen würde, konnten wir über alles offen sprechen, auch über die intimsten Dinge.

Ich kenne ihn inzwischen besser als irgendein anderer Mensch. Für Peter ist das Körperliche ebenso wichtig, wie es mir fern ist. Ich habe sicher seine Phantasie angestachelt mit all dem, was ich ihm erzählte, und er hat *mich* bestätigt, indem er voll und ganz die Lebensweise akzeptierte, für die ich mich entschieden habe, und mir offen von seinen Erlebnissen erzählte. Das erregte mich *nicht*. Aber es fand in einer Atmosphäre von Respekt statt, den ich – ohne mir darüber klar zu sein – viele Jahre lang schrecklich vermißt hatte. Das hat dazu geführt, daß ich ihn auf eine ganz besondere Art liebgewonnen habe, und ich mache mir Sorgen um ihn.«

»Sollten sie deshalb nicht etwas *tun*?« sagte Madeleine. »Ihm nachreisen? Ihn finden? Ihn retten?«

»Oder uns zu ihm lassen …«, ergänzte Jesper.

Beatrice sah Madeleine direkt an. In ihren intelligenten, strahlend blauen Augen lag ein seltsam bitterer Glanz. »Ich rette niemanden mehr«, sagte sie. »Und im übrigen ist der Respekt, von dem ich sprach, beiderseitig. Bevormunden wäre das Letzte, was ich ihm antun wollte. Was ich versprochen habe, das habe ich versprochen.«

Sie sah auf ihre Armbanduhr. »Außerdem habe ich ihm versprochen, ihn jeden Vormittag zu einer bestimmten Zeit anzurufen«, sagte sie. »Er war hier, frühmorgens an dem Tag, als er verschwand. Es war eine außergewöhnliche Situation, und ich zwang ihn beinahe, mir dieses Versprechen zu geben. Ich gab ihm mein Mobiltelefon mit. Darauf habe ich ihn angerufen, jeden Tag, seit damals.«

Beatrice erhob sich aus ihrem Stuhl. Jesper und Madeleine machten ebenfalls Anstalten aufzustehen, aber sie hielt die beiden mit einer Handbewegung zurück. »Warten Sie hier«, sagte sie. »Ich hätte ihn vor fast zehn Minuten anrufen sollen, das muß ich jetzt nachholen, aber Sie brauchen deswegen nicht zu gehen. Ich werde von meinem Apparat im Schlafzimmer aus anrufen, er ist an dieselbe Leitung angeschlossen wie mein Telefon hier auf dem Schreibtisch.«

Sie zeigte auf den Apparat und ging aus dem Zimmer. Madeleine hatte nicht einmal Zeit, Jesper zu fragen, ob er über die völlig überflüssige Erläuterung der Verbindung zwischen den Telefonapparaten dasselbe dachte wie sie. Er sprang auf, kaum daß Beatrice Southey den Raum verlassen hatte, holte blitzschnell sein Diktiergerät aus der Windjacke, schaltete es ein, hob den Hörer des Schreibtischtelefons ab und hielt das Mikrofon des Rekorders an die Hörmuschel, während er gleichzeitig mit der anderen Hand die Sprechmuschel abdeckte. Seine Lippen formten ein rundes, stummes Schhhh! in Richtung Madeleine.

Dann legte er sein Ohr an den Telefonhörer und lauschte.

Die Minuten verstrichen. Madeleine wagte kaum zu atmen; Jespers Finger wurden ganz weiß vor Anstrengung, den Hörer und das Diktiergerät aneinanderzupressen, ohne ein Geräusch zu machen. Er lauschte konzentriert, mit einem völlig leeren Blick. Dann richtete er sich plötzlich auf, legte den Hörer auf die Gabel, schaltete den Rekorder ab, steckte ihn in die Jackentaschen und setzte sich wieder auf seinen Stuhl.

Beatrices Schritte waren im Flur zu hören. »Entschuldigen Sie die Unterbrechung«, sagte sie, als sie eintrat.

»Haben Sie ihn erreicht?« fragte Jesper mit übertriebener Höflichkeit.

»Ja, das habe ich«, antwortete sie im selben Ton.

»Wie geht es ihm?«

»Wie ich erwartet habe.«

Eine weitere Erklärung blieb aus, und Beatrice machte keine Anstalten, sich zu setzen. »Nun«, sagte sie. »Viel mehr kann ich dem wohl nicht hinzufügen. Haben Sie sonst noch Fragen?«

»Nicht unter diesen Bedingungen«, sagte Jesper.

»Die Sie bitte einhalten, ich verlasse mich darauf.«

»Ich verspreche es Ihnen, als Journalist und als Privatperson. Keine öffentliche Erwähnung, kein Druck.«

»Danke.«

»Darf ich Lisa Martinsson und Louis Jørgensen von Ihnen grüßen?«

»Nein.«

»Darf ich sagen, daß wir hier waren?«

»Das können Sie halten, wie Sie wollen.«

Mit einem höflichen Lächeln brachte ihre Gastgeberin sie zur Wohnungstür; Madeleine hängte sich den unbenutzten Fotokoffer wieder über die Schulter. Bevor sie die Tür öffnete, suchte Beatrice ein letztes Mal Jespers Blick: »Herr Lund – seien Sie gut zu Frau Arnvad; sie mag Sie sehr, wie ich gemerkt habe.« Die eisblauen Augen ließen zum ersten Mal einen Hauch von Milde erkennen, als ihr Blick Madeleine traf. Madeleine merkte, wie sie rot wurde.

Sie gingen hinaus auf den Treppenabsatz. Ein Nicken, dann schloß Beatrice Southey die Tür. Sie hatte ihnen nicht die Hand gegeben, weder als sie kamen, noch als sie gingen.

»Was hat er gesagt? Wo ist er?« fragte Madeleine, sobald sie auf die Straße traten.

»Leider hat er überhaupt nicht viel gesagt«, entgegnete Jesper enttäuscht. »Nichts, was uns auf seine Spur führen könnte. Wenn er es denn überhaupt war. Er hat sich nicht mit Namen gemeldet.«

»Das ist doch klar. Wer sollte ihn auch anrufen, wenn nicht sie, auf ihrem eigenen Handy.«

»Klingt einleuchtend.«

Sie setzten sich in Jespers Auto, und er zog das Diktiergerät aus der Jackentasche, spulte zurück und ließ die Aufnahme laufen.

Sie hörten beide gespannt zu. »Hallo. – Hallo, wie geht's? – Unverändert. – Also auch nicht schlechter? – Kann es noch schlechter kommen? (Pause) – Das könnte es durchaus, das weißt du. Bist du zu Hause? – Nein, ich bin auf dem Weg in die Stadt. Um ein Café zu finden. – Irgendein bestimmtes? – Ist doch wohl egal, oder! (Pause) – Hast du seit gestern mit jemandem gesprochen? – Nein. Prohaska hat eine Nachricht hinterlassen …« Madeleine hob die Augenbrauen, und Jesper nickte. »… aber ich habe nicht zurückgerufen …«

Sie hörten das Band bis zu Ende, bis zum allerletzten Klick, mit dem Jesper die Aufnahme gestoppt hatte. Das Gespräch hatte zwei Minuten und fünfundzwanzig Sekunden gedauert, konstatierte Jesper mit einem Blick auf das Display des kleinen Rekorders. Der einzige konkrete Anhaltspunkt, der in diesen fast drei Minuten genannt wurde, war der Name Prohaska. Im Hintergrund waren unbestimmbare Geräusche zu hören gewesen, Straßenverkehr, vielleicht Stimmen, aber nichts, was Aufschluß über seinen Aufenthaltsort gab.

»Hat nicht viel gebracht«, sagte Jesper enttäuscht.

»Er hat immerhin diesen Doktor erwähnt«, sagte Madeleine und legte ihre Wange an seine, um ihn zu trösten. Er gab ihr einen Kuß auf den Hals, zog seinen Kopf weg und sah sie mit einem kleinen Lächeln an.

»Es war, als versuchte sie ihn dazu zu bringen, irgendwas zu sagen, was uns weiterführt«, sagte er, »aber es hat nicht geklappt.«

»Sie hat ihm zuliebe angerufen«, sagte Madeleine.

»Aber sie ließ mich mithören, uns zuliebe.«

»Oder ihm …«

Jesper wurde wieder mutlos.

»Freu dich doch«, sagte Madeleine. »Sonst werde ich auch noch trübsinnig. Und du sollst gut zu mir sein. Du hast doch gehört, was die Dame gesagt hat.«

Jesper lachte beinahe unfreiwillig. »Was machst du mit mir, wenn ich nicht gut zu dir bin?«

Madeleine legte ihren Mund dicht an sein Ohr. »Dann packe ich deinen Schwanz in Eiswürfel. Und fotografiere ihn hinterher.«

Da lachte Jesper richtig. Sie küßten sich.

»Was machen wir jetzt?« fragte er.

»Wollen wir Lisa und Louis nicht das Band vorspielen?«

Louis war zu Hause, Lisa war für ein paar Stunden in die Bücherei gegangen. Cæcilie saß auf Louis' Schoß, brabbelte vor sich hin und ruderte mit den Armen, aber sie verstummte, als die Erwachsenen dem kleinen Kasten auf dem Couchtisch lauschten, so als verstünde sie irgendwie, daß es wichtig war.

»Das ist seine Stimme«, sagte Louis mit einem tiefen Seufzer, als würde er die viele Wochen zurückgehaltene Anspannung ausatmen. »Er ist es. Aber wie deprimiert er sich anhört.«

»Meinen Sie, er könnte krank sein?« fragte Madeleine. »Vielleicht ist er bei Doktor Prohaska in Behandlung ...«

»Das glaube ich nicht«, entgegnete Louis. »Lisa dachte auch an so etwas wie eine Krankheit und rief vergangene Wochen Peters Arzt an, aber der sagte, er habe bei seinem letzten Besuch ganz gesund und fit gewirkt, und das war erst vor ein paar Monaten. Und warum sollte er spurlos untertauchen, nur um sich von einem Arzt behandeln zu lassen?«

»Nein, es muß eine andere Erklärung geben«, sagte Jesper.

»Was ist mit diesen Geräuschen im Hintergrund?« fragte Louis.

»Hört sich an, als wäre er auf der Straße. Leute gehen vorbei, Verkehrslärm und so was.«

»Kann man die Kassette nicht auf einer besseren Anlage abspielen?«

»Doch! Haben Sie eine?«

»Sein Arbeitszimmer ist voll davon.«

Jesper sperrte die Augen auf, genauso wie Madeleine damals, als er das elektronische Aufgebot im Arbeitszimmer sah. Sie hatte ihm die Fotos gezeigt, die sie gemacht hatte, aber die Wirklichkeit war viel beeindruckender. »Ich kenne nicht einmal ein Zehntel von diesem Zeug«, sagte er.

»Ich kenne mich auch nicht mit allem aus«, sagte Louis, »aber das hier ist jedenfalls ein Tapedeck. Und das ist an einen Verstärker angeschlossen ... hier.« Er drückte ein paar Knöpfe. Einige Kontrollampen und eine Skala leuchteten auf, und in ein paar Lautsprechern, die auf Stativen in den Zimmerecken standen, knackte es.

»Wollen wir mal probieren?« Louis reichte Cæcilie an Madeleine weiter. Sie setzte sich auf den Fußboden und nahm das kleine Mädchen zwischen die Beine. Das Kind drehte sein Gesicht fragend zu ihr herauf und betrachtete sie. Aber es schien alles in Ordnung zu sein, jedenfalls kamen keine Proteste.

Jesper reichte Louis die Kassette – erst zögernd, dann entschlossen. Ein paar Klicks, ein Schnurren, ein neuer Klick, und dann ertönte das schon bekannte Gespräch erneut, diesmal lauter und klarer. Jetzt war auch deutlich eine Art singendes Geräusch zu hören, ziemlich tief, das anstieg und fiel, aber immer dieselbe Stärke hatte; ein paar entfernte Autohupen; eine Frauenstimme im Hintergrund, die in eine Pause hinein ziemlich deutlich das Wort *camera* mit amerikanischem Akzent sagte, und noch mehr, was von Beatrices Stimme übertönt wurde; und gegen Ende der Aufnahme war da noch eine Männerstimme, die etwas Längeres und Unverständlicheres sagte.

Sie hörten das Band ein zweites Mal ab. Louis spulte ein wenig zurück und ließ die Männerstimme mehrmals ablaufen. »Was ist das, was er da sagt?« fragte er angespannt.

»Hört sich fast wie Deutsch an«, sagte Jesper. »Rhabarberstraße, oder irgendwas in der Art. Das reinste Gebrabbel.«

»Eine amerikanische Frau und ein deutscher Mann«, warf Madeleine ein. »Wie soll das zusammenpassen. Und wenn, wo kann er dann sein? USA oder Deutschland?«

»Die Aufnahme ist noch nicht mal eine Stunde alt«, sagte Jesper. »In den USA ist es jetzt mitten in der Nacht. Oder zumindest ganz früh morgens.«

»New York schläft nie«, sagte Louis.

Sie sahen sich ratlos an.

»Eine bessere Anlage haben wir jetzt«, sagte Louis. »Uns fehlen nur noch bessere Ohren.«

»Ohren!« rief Jesper und begann zu strahlen. »Ich rufe Ole Berg an!«

Ole Berg kam mit dem Taxi, ungefähr im selben Moment, als Lisa zu Hause eintraf. Nachdem ihm die Sachlage erklärt worden war, gingen sie alle wieder in Peter Vejlands Arbeitszimmer, und dann warteten vier stumme Erwachsene und ein stilles Kind auf Stühlen und Bodenkissen, während Ole sich an den Apparaturen zu schaffen machte und professionell Lautstärke-, Tonhöhen- und Balanceregler hoch und runter schob. Er spielte die Aufnahme fünfmal ab und wiederholte, genau wie Louis, die Männerstimme am Schluß noch ein paar weitere Male.

Dann wandte er sich an die anderen. Seine Glatze war blank, und die Augen hinter den Brillengläsern leuchteten in der Vorfreude seines Triumphs.

»Klare Sache«, sagte er, startete das Band ein letztes Mal und nahm die Lautstärke ein wenig zurück. »Der charakteristische tiefe Ton, der unter dem ganzen liegt, dieser singende Ton – dööööiiij – das ist ein starker Elektromotor, der schneller und wieder langsamer wird. Zwischendurch kommen ein paar metallische Klicklaute, und dieses Geräusch ist während des ganzen Gesprächs konstant zu hören, es entfernt sich nicht und nähert sich nicht. Die Autohupen verraten, daß es sich um Straßenverkehr handelt, aber sie sind so schwach, daß sich eine Art Wand zwischen ihnen und dem Handy befinden muß. Nach all dem bin ich mir sicher, daß das Gespräch aus einer Straßenbahn heraus geführt wird, einer fahrenden Straßenbahn.«

Er lächelte. Die anderen lauschten gebannt. Wo fahren Straßenbahnen, dachte Madeleine.

»Und hier kommt die Amerikanerin. Sie sagt zwar *camera*, aber in fragendem Tonfall, und davor kommen drei Silben, die man fast nicht unterscheiden kann. ›Hu-ho-hu-camera?‹ Eine wahrscheinliche Deutung ist« – er drückte den Pausenknopf – »daß sie sagt: ›*You got your camera?*‹ Und hier, gleich danach, kommt eine Stimme, ein Mann, den man fast nicht hört, denn er sagt nur ›mhm‹.« Ole Berg drückte wieder auf den Pausenknopf, und alle hörten jetzt den kleinen Kehllaut.

»Also – ein amerikanisches Pärchen, ein Ehepaar möchte ich meinen, weil die beiden sich so lakonisch verständigen, sitzt dicht neben Peter Vejland in einer Straßenbahn irgendwo auf diesem Globus, und sie fragt, ob er seine Kamera dabei hat, und er grunzt bestätigend. Es erscheint mir naheliegend, daß wir es mit Touristen zu tun haben, ihre Sprache ist also kein Fingerzeig, wo wir uns befinden.«

Nun mach schon, dachte Madeleine, die gesehen hatte, wie Lisas Augen sich mit Tränen füllten, als sie Peters Stimme auf dem Band hörte; das hier ist keine Show, das hier ist lebenswichtig. Aber sie schwieg, genau wie alle anderen.

Ole Berg spulte bis kurz vor Ende der Aufnahme weiter. »Und dann haben wir hier diese kultivierte männliche Stimme mit dem leichten süddeutschen Akzent, über die wir alle gerätselt haben. Ich kann sie als Stimme des Straßenbahnführers entschlüsseln, oder wahrscheinlicher ist, daß es sich um eine Ansagekassette handelt, die der Fahrer abspielt. Die Stimme erklingt über die Lautsprecheranlage der Tram, und sie kündigt die nächste Haltestelle an. *Nächster Halt* – nicht Rhabarberstraße, sondern – *Schwarzspanierstraße*.«

Er spielte die Stelle auf dem Band ab, und jetzt konnten alle hören, daß er recht hatte.

Er stoppte das Band wieder. »Schwarzspanierstraße«, wiederholte er. »Die Straße, in der Beethoven starb. Meine Damen und Herren – Peter Vejland ist in Wien.«

Teil III

9. Tag, Samstag

Auf dem Weg Richtung Süden durch Deutschland fühlte ich mich leicht – so unfaßbar leicht wie ein Ballon, der all seine Stricke abgeworfen hat und sich stetig in den blauen Himmel hinaufarbeitet, hinauf zu der einzigen Grenze, die es dort gibt: die Höhe, in der das Volumengewicht der Luft das eigene Gewicht aufwiegt. Dort beendet er seinen Aufstieg, doch nicht seine Bewegung; keine Landesgrenze kann ihn aufhalten, er fliegt, wohin der Wind ihn treibt.

Ich war nicht nur aus Dänemark entkommen, ich war meinem Ich entkommen. Meine ganze eigene Geschichte und meine Vergangenheit, die mich definiert und festgehalten hatte, war auf dänischem Boden zurückgeblieben wie Ballast, wie Anker und schlaffe Taue. Es war das phantastischste Gefühl von Freiheit, daß ich jemals erlebt habe.

Heute morgen erwachte ich aus einem Traum, der dieselbe schwindelerregende, unglaubliche Leichtigkeit in sich trug. Ich habe schon vergessen, wovon er handelte; ich erkannte das Gefühl wieder, und die Bilder von der Fahrt hier herunter waren den ganzen Morgen hindurch lebendig. Jetzt kommt der Kellner mit meinem Frühstück. Der Kaffee duftet, der Orangensaft ist frisch gepreßt, und das Ei ist heiß; ich schlage die Spitze der Schale mit dem Messer ab und bohre den Löffel in das weiche Innere. Warmer gelber Eidottergeschmack auf der Zunge, mild und streng zugleich. Das Brötchen ist knusprig, der Kaffee, ein *kleiner Schwarzer*, so stark, daß er viel Zucker braucht, stark genug, um einen Menschen zum Leben zu erwecken, der verlorengegangen ist.

Das Café hier wird vielleicht mein Stammcafé. Es ist sehr heruntergekommen, etliche der Marmortische haben einen Sprung, die Polsterbänke sind abgewetzt, und die Federung ist mit den Jahren flachgesessen worden, die Lampen haben nüchterne runde Glaskuppeln, aber die Fensterscheiben sind sauber. Das ganze Lokal wirkt irgendwie generös. Es schenkt Ruhe und verlangt nicht viel dafür, auch nicht, was die Preise angeht.

Achtzehnter Bezirk, nicht besonders vornehm, uninteressant für Touristen. Vom Fenster aus kann ich hinübersehen zu der soliden, aber tristen und nicht sehr gepflegten Fassade des Hauses, in dem ich wohne. Meine Fenster sehen aus wie alle anderen. Ein guter Ort, um sich zu verstecken, auf das neue Leben zu warten, das sich vielleicht aus meinem ganzen überstürzten Aufbruch herauskristallisieren wird. Ich bin jetzt ruhiger, nicht mehr ganz so euphorisch; die ersten Gewohnheiten schleichen sich langsam ein, obwohl ich noch nicht einmal seit einer Woche hier wohne. Frau Meisl kommt jeden Dienstag, Donnerstag und Samstag, sie putzt, kauft ein und kocht, falls ich es möchte, genau so, wie sie es zu Lebzeiten von Schönmeister getan hat. Heute habe ich ihr gesagt, daß ich im Café frühstücke und kein Mittagessen brauche. Zur Abwechslung. Im übrigen habe ich nicht vor, etwas an dem Arrangement zu ändern, ebensowenig wie ich Schönmeisters Namen an der Klingel und an der Wohnungstür gegen einen anderen Namen austauschen möchte.

Alles lassen, wie es ist – wie eine Hülle, in die ich hineinkriechen und mich einpassen kann, wenn ich will. Oder die ich verändern kann. Kommt Zeit, kommt Rat.

Ich war mehr als drei Tage und Nächte unterwegs, geht mir plötzlich auf – nicht nur die drei Tage, die die Reise selbst dauerte. Denn Sonntag nachmittag und die ganze Nacht zu Montag verbrachte ich als Vagabund in Wien, mein bißchen Gepäck lag in einem Schließfach im Westbahnhof. Erst Montag morgen habe ich Prohaska angerufen und meinen Plan vorangetrieben. Diese mehr als siebzig Stunden zwischen Østerbro und Währing, zugebracht auf Zugsitzen,

Bänken und dem Asphalt fremder Städte, sitzend, gehend, stehend, eine Mütze voll Schlaf nehmend, wann immer es ging, und hellwach, wenn Entscheidungen zu treffen waren, diese Stunden waren weit mehr als eine Reise. Sie waren eine Reinigung, eine Verwandlung, ein glückseliges Dahintreiben in Leichtigkeit ... und Müdigkeit.

Die erste Etappe war voller Anspannung. Früh aufstehen, das Gepäck ins Auto bringen. Alles das, was ich gebraucht hätte, wenn ich wirklich ins Sommerhaus gefahren wäre. Die Wohnung war still, Lisa und Louis und die Kleine schliefen offenbar tief, und ich war so fest entschlossen, daß es mir nicht schwerfiel, an ihrer geschlossenen Tür vorbeizugehen und die Haustür leise hinter mir ins Schloß zu ziehen. Aber als ich den Autoschlüssel ins Zündschloß steckte, zögerte ich. Und auf einen plötzlichen Einfall hin machte ich zuerst einen Abstecher in die Peymannsgade, um mich von Luna zu verabschieden. Ich klingelte so lange, bis sie aufstand und öffnete – erstaunt darüber, mich zu dieser frühen Morgenstunde zu sehen.

Es dauerte nicht lange. Sie sprach nüchtern und beherrscht, aber in ihrem Blick lag ein Hauch von Sorge, ja vielleicht sogar Trauer, der mich rührte. Sie versprach mir, niemandem zu sagen, wo ich war, und ich versprach, ihr Handy mitzunehmen und es jeden Tag um fünf vor elf einzuschalten. Ein Versprechen gegen ein anderes. Sie ist die einzige aus meinem ganzen bisherigen Leben, die ich vielleicht wiedersehen möchte. Hier – oder irgendwo anders auf der Welt. Nur nicht in Kopenhagen.

An die Autofahrt nach Kalundborg kann ich mich wirklich nicht erinnern; ich muß mich wohl hundertprozentig darauf konzentriert haben, was ich als nächstes tun würde. Ich ließ alle Sachen im Auto, mit Ausnahme der Aktentasche, in der ich so sorgfältig die wenigen Dokumente, die ich mitnehmen wollte, den Jogginganzug, die Baseballkappe und die Sporttasche verstaut hatte; es war nicht leicht gewesen, eine Tasche aus so dünnem Material aufzutreiben, daß ich sie mit den anderen Sachen in der Aktentasche unterbringen konnte. Ich ging geradewegs hinauf in die Toilette und schloß mich in einer Kabine ein, wo ich meine Verwandlung vollzog. Raus aus der edlen Designer-Freizeitkleidung und rein in die Joggingklamotten. Die Schuhe hätten Laufschuhe sein müssen, aber für die war kein Platz in der Aktentasche, also hatte ich ein paar unbestimmbare schwarze Treter mit Gummisohlen ausgesucht, die alles mögliche sein konnten.

Am schwierigsten war das Einsetzen der farbigen Kontaktlinsen. Es gab keinen Spiegel in der Toilettenkabine und das Licht war nicht besonders gut, aber ich konzentrierte mich eisern und zwang mich, ganz ruhig zu sein. Ich bekam die Linsen aus ihren kleinen, mit Flüssigkeit gefüllten Kapseln, ohne daß etwas schiefging, ließ sie auf meinem rechten Zeigefinger balancieren, spreizte die Augenlider mit den Fingern und setzte sie ein, so wie die Verkäuferin in dem Brillengeschäft in London es mir gezeigt hatte. Erst die rechte, dann die linke. Ich zwinkerte ein paarmal. Sie schienen richtig zu sitzen, obwohl es sich ungewohnt anfühlte.

Vielleicht war das unnötig. Ich wollte nur absolut sichergehen, und in London hatte ich angefangen, mir den Plan auszudenken, deshalb erschien es mir wie ein Fingerzeig des Zufalls, daß der Laden für *coloured lenses* warb. Ich sagte zu der Verkäuferin, daß ich sie für ein Kostümfest brauchte. Als was ich mich denn verkleiden wollte, fragte sie im Plauderton. Als Wikinger, sagte ich spontan, so weit hatte ich gar nicht gedacht. Nun, Wikinger haben doch sicher blaue Augen, sagte sie, und so einigten wir uns darauf.

Die Kapseln wickelte ich in Toilettenpapier ein und spülte sie durchs Klo. Und dann trat – mit Peter Vejlands Kleidern, der Aktentasche und anderen Besitztümern in der Sporttasche – Herr Jogging aus der Kabine.

Es war ein bizarrer Moment. Ich erblickte mich selbst in dem langen Spiegel über den Waschbecken. Mein Blick kam mir ein wenig starr vor, aber die Kostümierung fand ich gelungen. Ich sah mir selbst kein bißchen ähnlich.

Ich saß eine Viertelstunde lang im Sessel, die Sporttasche zwischen den Füßen, während mein Herz allmählich wieder zu seinem normalen Tempo zurückfand, und stellte fest, daß niemand mich mißtrauisch ansah. Dann ging ich hinaus aufs Achterdeck. Als ich das letzte – und bisher einzige – Mal diese Strecke fuhr, war das der einzige Platz an Bord, wo man rauchen durfte, und ich erinnerte mich an die Aussicht über die aufstiebenden Wassermassen, die das Schiff nach hinten aufwirbelte, ein Anblick, der sich lohnte. Außerdem drängte es mich, eine zu rauchen, und mir schwebte da eine Art Plan vor, was ich mit meinem Feuerzeug anstellen könnte.

Ich war wirklich überrascht, wie windig es war. Im Grunde viel zu kalt, um in dem dünnen Jogginganzug da draußen zu stehen. Aber das Wetter paßte gut zu dem Eindruck, den ich hinterlassen wollte, und es war niemand außer mir draußen. Daß ich das Feuerzeug ausgerechnet in diesen Hohlraum in diesem festgeschweißten Eisendingsbums hinter der Reling warf, war eine Eingebung des Augenblicks. Ich hatte eigentlich vorgehabt, es irgendwo auf Deck fallenzulassen, sofern ich das unbemerkt bewerkstelligen konnte. Aber das hier war eine gute Idee. Ich beugte mich über die Reling, versperrte die Sicht mit meinem Rücken, konzentrierte mich und warf. Das Wasser in dem Hohlraum fing das Feuerzeug ab und ließ es auf den Boden sinken. Dort lag es gut.

Durch den Wind war meine Zigarette völlig schief heruntergebrannt, und ich nahm noch zwei Züge und schnippte die Kippe in den Kielwasserstreifen. Da geht er hin, der Peter Whyland, hilflos treibend wie eine Schneeflocke im Sturm, und weg ist er. Ich konnte es direkt vor mir sehen, wie meine fuchtelnden Arme nur einen Moment lang sichtbar waren und dann in die Schaumwirbel hinabgezogen wurden.

Ich verzog mich wieder nach drinnen, setzte mich in eine einsame Ecke und wärmte mich auf. In Århus ging ich mit den anderen Passagieren zu Fuß von Bord, schulterte die Sporttasche und ging zum Bahnhof, gerade rechtzeitig, um einen Zug nach Fredericia zu erreichen, von wo ich Anschluß in Richtung Süden haben würde. In der Tasche meiner Joggingjacke hatte ich tausend Kronen in bar. Kaufte eine Hinfahrt nach Hamburg. Einer der Augenblicke, wo ich Angst hatte, entdeckt zu werden, aufgehalten, ausgefragt. Aber obwohl die Frau am Schalter mißtrauisch aussah, bekam ich meine Fahrkarte anstandslos.

Herr Jogging setzte sich auf einen Fensterplatz und schaute von Århus bis Fredericia aus dem Fenster. In Fredericia kaufte er ein Einwegfeuerzeug, stieg in einen deutschen Zug und verschwand sofort auf der Toilette. Als der Zug sich in Bewegung setzte, trat Peter Vejland aus der Toilette, mit seiner gewohnten Kleidung auf dem Leib, seinem neuesten Paß in der Innentasche der Jacke, seiner Brieftasche mit reichlich DM-Scheinen gefüllt ... und die blauen Kontaktlinsen hatte er in Toilettenpapier eingewickelt durchs Klo gespült. Der Einfachheit halber hatte Peter Vejland die Aktentasche in die Sporttasche gepackt, aber ansonsten entsprach er seinem üblichen Aussehen und dem Bild in seinem Paß.

Ich hoffte, schnell genug untergetaucht zu sein, daß mich noch niemand suchte, und die Paßkontrolle an der Grenze war kurz und förmlich und alles andere als mißtrauisch. Danach kam die Euphorie, diese fabelhafte Leichtigkeit, auf der kurzen Strecke zwischen Padborg und Flensburg saß ich ganz still und sah alles in einem strahlenden, frischgewaschenen Licht.

Eigentlich war ich nur ein einziges Mal auf der ganzen Reise wirklich aufgeregt: als ich die österreichische Grenze überqueren sollte. Obwohl die Grenzkontrollen zwischen Deutschland und Österreich abgeschafft sind, ist es wohl immer noch vor allem die Grenze, an der man nach gesuchten Personen Ausschau hält. Ich saß im Zug aus München, und mir kribbelte es immer mehr unter den Achseln, und als der Zug in Freilassing hielt, stieg ich aus. Zuerst spazierte ich ein bißchen herum, dann beschloß ich, den Linienbus nach Salzburg zu nehmen, den die Einheimischen benutzen. Der fuhr glatt durch. Ich war in Salzburg, die Sprache klang wie Mozart in meinen Ohren, und der Weg nach Wien war frei.

Meine kleine Kaffeetasse ist leer, ich winke dem Kellner und bestelle eine neue. Der Kellner räumt beflissen das benutzte Geschirr ab und schlurft von dannen. Er hat einen großen schiefen Hängehintern in der Hose, besonders schlabbrig auf der rechten Seite, wo das Portemonnaie steckt. Er ähnelt den Sitzen hier drinnen, gräulich und zusammengesunken wie eine durchgesessene Polsterfederung. Vielleicht schläft er innerlich, während er die Gäste bedient, aber er erledigt alles mit tadelloser Korrektheit. Jetzt kommt er mit meiner neuen Tasse Kaffee und einem Glas Wasser auf einem kleinen Metalltablett zurück. Außer mir sind nur wenige Gäste hier, und im Prinzip könnte man über diesem einen Kaffee sitzenbleiben, bis die Ewigkeit anbricht.

Wird sie es eines Tages tun?

Mozart, ja. Ich wohne nur wenige Gehminuten von der Volksoper entfernt, habe ich entdeckt. In dieser Saison geben sie seinen ›Titus‹. Das habe ich noch nie auf der Bühne gesehen. Außerdem will ich mir eine Karte für die Staatsoper besorgen, falls ich Lust auf Oper bekomme. Mir hat mal einer erzählt, wie man billig an Stehplätze kommt. Man muß nur Zeit mitbringen, und ich habe nichts mehr als das.

Bisher habe ich die Zeit nur damit verbracht, ein paar Sachen zum Anziehen zu kaufen, Cafés aufzusuchen, mich an Schönmeisters große alte Wohnung zu gewöhnen ... Fünfmal bin ich nun schon in dem monumentalen Bett aufgewacht, fünfmal habe ich die Samtvorhänge zurückgezogen und den grünen Baum im Hof durch die weißen Gardinen betrachtet.

Wie viele Male noch …

Auch auf der Reise habe ich mir Zeit gelassen. Ich wollte die internationalen Züge meiden, lieber in bescheideneren Wagen auf eher zufälligen und gewundenen Strecken fahren. Ich kaufte immer nur Fahrkarten für kürzere Strecken, stieg aus und machte das nächste Fahrziel davon abhängig, welche Abfahrtszeiten es gab und was mir gerade in den Sinn kam.

Zugreisen haben etwas angenehm Anonymes. Niemand fragt nach dem Namen, es werden keine Passagierlisten abgehakt, es muß keine Bordkarte vorgezeigt werden. Die Wahl der Eisenbahn und die improvisierten Teilstrecken beruhten nicht allein auf Taktik (ich bildete mir ein, daß ich in den regionalen Streckennetzen schwerer aufzuspüren sein würde, falls jemand nach mir suchen sollte); es war auch eine gefühlsbetonte Wahl, ein Ausleben der Freude, voll und ganz verschwunden zu sein. Ich hatte keine Ahnung, wann ich am Ziel meiner Reise ankommen würde, ich wußte nur, daß es sein mußte, bevor mein Geld aufgebraucht war.

Die Kreditkarten zu benutzen war ausgeschlossen. Sie sind jetzt außerdem weg, ich habe sie am Mittwoch im Küchenspülbecken verbrannt (oder besser: geschmolzen), zusammen mit meiner Krankenversicherungskarte und all dem anderen dänischen Plastik, und die Reste in den Mülleimer geworfen. Es stank entsetzlich, aber ich lüftete ordentlich, und ich glaube nicht, daß Frau Meisl am nächsten Tag etwas gemerkt hat.

Mein Vorrat an Bargeld, den ich ein paar Tage vor meiner Abreise anonym auf dem Kopenhagener Hauptbahnhof einwechselte, hielt außerdem eine ganze Weile vor. Ich aß unterwegs billig, schlief in den Zügen, machte auf dieser oder jener Parkbank ein Nickerchen; Hotels, wo ich gezwungen gewesen wäre, verräterische Anmeldeformulare auszufüllen, waren ausgeschlossen.

Den Schlüsselbund zerlegte ich in seine Einzelteile. Der Autoschlüssel endete in einem zusammengeknüllten Pappbecher in einem Papierkorb in Hamburg, der Haustürschlüssel fiel in Stuttgart unauffällig in einen Gully, den Schlüssel zu meiner Wohnung hinterließ ich klappernd in einer leeren Bierdose im Abfallbehälter eines Zuges zwischen Stuttgart und München.

Nur der Paß und mein Führerschein liegen nun noch in der Schublade von Schönmeisters Schreibtisch. Bis auf weiteres. Vielleicht verschwinden sie auch eines Tages.

Unterwegs gab es vieles, was vor meinem inneren Auge Revue passierte, so wie jetzt – aber es gab auch diese langen Augenblicke der gedankenleeren Befreiung, gar des Glücks, die ich beim Anblick der schönen Landschaft, die draußen vorbeiglitt, oder in der geheimnisvollen Finsternis des Abends empfand. Es war wie eine Energie, die frei durch den Körper strömte, ohne Kontrolle oder Forderungen. Vielleicht war es mir anzusehen. Die Frau, die in Fulda zustieg und mit der ich bis zur nächsten Station allein im Abteil war, hat wohl irgend etwas gemerkt. Wie sprachen kein einziges Wort miteinander, aber unsere Blicke streiften sich hin und wieder kurz, gierig und ein wenig verschämt. Ansonsten betrachteten wir uns nur heimlich. Sie war um die Vierzig, blond, großer Mund, eine Lücke zwischen den Schneidezähnen. Ich hätte sie haben können, wenn ich gewollt hätte, das wußte ich. Ich schätzte ab, wieviel Zeit blieb, bis ich in Würzburg aussteigen mußte; es war Zeit genug. Zeit für ein Gespräch, Zeit für die ersten zufälligen Berührungen, die die Fremdheit zwischen den Körpern aufbrechen ... aber ich ließ es sein. Meine schwebende Freiheit war genug, ich wünschte mir in diesen Stunden nichts anderes. Sie blickte in die andere Richtung, als ich das Abteil verließ.

Es waren auch Frauen in den Cafés und auf den Straßen,

in den Stunden, als ich Vagabund in Wien spielte. Frauen in Gruppen, Frauen in lockerer Begleitung, nicht viele einzelne Frauen. Ich schaute sie an, aber ich war müde. Die Bartstoppeln kratzten, die Kopfhaut juckte, ich sah inzwischen sicher wie ein Penner aus. Ungepflegt, Ringe unter den Augen, verknitterte Jacke. Als die letzte Kneipe schloß, wanderte ich aufs Geratewohl durch die Straßen. Pinkelte hinter einen Busch im Park am Rathaus, setzte mich auf eine Bank und döste vor mich hin. Als ich aufwachte, fror ich. Aber die Nacht war nicht kalt, und ich konnte mich beim Gehen wieder aufwärmen, bis ich ein geöffnetes Frühstückscafé am Westbahnhof fand und mir dort die Zeit vertrieb, bis es kurz nach neun war und ich meinte, daß ich jetzt bei Prohaska anrufen könnte. Er war zum Glück in seinem Büro. Er wechselte sofort ins Englische, als er hörte, daß ich es war – mein Deutsch ist auch ziemlich eingerostet –, und sagte, ich solle gleich vorbeikommen.

»Ich sehe aus wie ein Penner«, sagte ich. »Seit Donnerstag habe ich nicht mehr in einem Bett geschlafen.«

Er schwieg verwundert. »Das kriegen wir hin«, sagte er dann.

Ich holte mein spärliches Gepäck und ging zu Fuß zu ihm. Es war nicht weit. Ich war schon einmal dort vorbeigegangen, am Sonntag, und hatte mir den Eingang in der Mariahilfer Straße gemerkt. Eine ziemlich unauffällige Tür zwischen zwei Geschäftsfassaden, aber sowohl das Vorzimmer als auch sein eigenes Büro im zweiten Stock waren geräumig und teuer eingerichtet.

Es gab nicht viel zu besprechen. Ich war gekommen, und er setzte mich über das Nötigste in Kenntnis und fuhr mich sogar in seinem Auto zu Schönmeisters Wohnung. Vorher hatte er Frau Meisl angerufen und sie gebeten, dorthin zu kommen. Er entschuldigte sich, daß er den ganzen restlichen Tag sehr viel zu tun habe, aber er bat mich, ihn am nächsten Tag anzurufen. Das Telefon in der Wohnung war noch angeschlossen.

»Frau Meisl hat Herrn Schönmeister den Haushalt geführt, und es war Herrn Schönmeisters Wunsch, daß sie weiterhin ihr Gehalt aus der Summe bekommen soll, die ich verwalte, bis Sie eventuell etwas anderes beschließen. Sie ist dreimal die Woche gekommen und hat geputzt und ihn versorgt.«

»Ich habe im Moment nicht vor, etwas daran zu ändern«, sagte ich. Ich konnte sehen, daß ihm das gefiel. Er kommentierte es mit nichts anderem als einem höflichen »Ausgezeichnet. Soll ich sie anrufen und sie bitten, gleich zu kommen?«

Prohaska schloß die Wohnung für mich auf und übergab mir dann die Schlüssel, aber es war Therese Meisl, die mir alles zeigte. Sie kam um Viertel nach elf, nachdem ich gerade mit Luna telefoniert und zu beschreiben versucht hatte, was ich sah. Alles war gediegen, gepflegt, schien aber viele Jahre aus der Mode zu sein. Vielleicht hatte Schönmeister die Möbel geerbt, vielleicht hatte er einen sehr konservativen Geschmack – und deshalb, wie es ja oft bei alten Menschen ist, die ganzen letzten Jahre nichts Neues mehr gekauft. Ein Kristallkronleuchter. Eine goldgerahmte Alpenlandschaft an der Wand.

Der schöne alte Bösendorfer-Flügel stand schwarz und glänzend und ohne jeden Kratzer in der Ecke des Zimmers; ich klappte den Deckel über der Klaviatur auf und hörte das schwache Echo der Saiten im Innern, aber der D-Dur-Akkord, den ich anschlug, klang verstimmt und mißmutig.

Luna gratulierte mir. Vielleicht meinte sie es sogar ehrlich. Ein fester Aufenthaltsort, nachdem sie an den beiden vorangegangenen Tagen Bahnhofsgeräusche und rumpelnden Straßenbahnlärm im Hintergrund gehört hatte.

Dann kam Therese Meisl, eine energische, resolute Dame um die Siebzig, schätze ich, die grauen Haare zu einem strammen Knoten zusammengefaßt, mit roten, zupackenden Händen. Keine Spur von Schminke. Sie erklärte mir, wo die Sachen lagen, Handtücher, Bettzeug, Tischwäsche, zeigte mir Schubladen mit Silberbesteck und Geschirrschränke und erzählte mir zu allem etwas in ihrem langsamen, deutlichen Deutsch, das ich gut verstehen konnte. Sie rollte das R, sprach aber ansonsten eher Hochdeutsch als Wienerisch. Ich antwortete und stellte mehrere Fragen in einem Deutsch, das ebenso langsam war, wenn auch aus anderen Gründen. Sie hörte mit unerschütterlicher Geduld zu, und am Ende gefiel sie mir viel besser, als ich erwartet hatte.

Sie zeigte mir die drei ineinander übergehenden Wohnräume, das Schlafzimmer, das Herrenzimmer, die Küche, das geräumige altmodische Fliesenbad mit direktem Zugang zum Schlafzimmer, das Dienstmädchenzimmer, das als eine Art Archiv mit lauter leeren Regalen eingerichtet war. Sie erzählte, daß »der alte Herr« ausdrücklich darum gebeten hatte, alle persönlichen Sachen, Kleidung, Bilder, Briefe, Dokumente aus der Wohnung zu entfernen und zur Müllverbrennung zu bringen; ihr Neffe habe das erledigt, unter Aufsicht von Dr. Prohaska. Es sollte nichts in der Wohnung bleiben als die Gebrauchsgegenstände.

Ich müsse müde von der Reise sein, fuhr sie fort. Sie werde jetzt erst einmal das Schlafzimmer für mich herrichten, und dann wolle sie einkaufen und Mittagessen für mich machen, falls ich es wünschte. Ich bat sie, Brot und Aufschnitt und Getränke einzukaufen, den Rest wollte ich selbst besorgen; aber ansonsten einigten wir uns darauf, daß alles so bleiben sollte wie zu Zeiten »des alten Herrn«. Dieselben Tage, dieselben Aufgaben, dasselbe Haushaltsgeld von siebzehnhundert Schilling pro Woche, ausgezahlt direkt von Prohaska.

Sie würde nachher die Einkäufe noch in der Küche einräumen und dann nach Hause fahren, sagte sie. Ich sollte mich nicht weiter um sie kümmern. Ich könnte baden und schlafen, wie es mir paßte, und morgen um acht werde sie wiederkommen. Mein Körper war plötzlich bleischwer vor Müdigkeit, das mußte man mir wohl angesehen haben. Ich dankte ihr aufrichtig.

Während sie mit Laken und Bettbezügen im Schlafzimmer hantierte, inspizierte ich den Badezimmerschrank. Neue Seife, Shampoo und Zahnpasta in ungeöffneten Verpackungen, aber keine Zahnbürste und kein Rasierzeug. In dem Moment beschloß ich, mir einen Bart stehen zu lassen. Und nachdem ich ein langes erfrischendes Duschbad unter der großen alten, spendierfreudigen Brause genommen hatte, ging ich ins Schlafzimmer, legte mich in das glatte, frische Weiß des Bettzeugs – und schlief sofort ein. Ich hörte weder, wie Frau Meisl zurückkam, noch wie sie ging, aber als ich aufstand, war der Kühlschrank eingeschaltet, und ich fand alle Sachen auf ihrem Platz.

Das war nicht das einzige, was ich fand.

Ich bezahle den Kellner und denke daran, die richtige Summe Trinkgeld draufzulegen. Er bedankt sich überschwenglich und automatisch: »Vielen Dank, ich danke Ihnen, danke vielmals, vielen Dank.« Die Worte kommen von selbst aus seinem Mund, die Gedanken hinter den hängenden Augenlidern sind ganz woanders, aber er begleitet mich mit kleinen dienernden Kopfbewegungen und devoter Körperhaltung zur Tür.

Die Luft draußen ist mild, noch ist der Herbst nicht gekommen.

Als ich nach einigen Stunden Schlaf in dem fremden Bett aufwachte, das so lange hier gestanden und auf mich gewartet hatte, mußte ich dieselbe schmuddelige Reisekleidung wieder anziehen, in der ich angekommen war. Ich hatte nichts anderes. Ich beschloß, rasch etwas zu essen und mir etwas Neues zum Anziehen zu kaufen – aber erst mußte ich schnell noch mal ins Wohnzimmer und den Flügel berühren. Man konnte ihn wohl stimmen, sofern die Nägel es noch aushielten. Ich setzte mich auf die Klavierbank und improvisierte etwas à la Schubert; es klang falsch, doch ansonsten nicht schlecht.

Aber als meine linke Hand sich der Kontraoktave näherte, gab es plötzlich einen seltsam dumpfen und klirrenden Ton. Ich war überrascht, hielt inne, versuchte es wieder – dasselbe Ergebnis. Ich nahm den Tischläufer und die leere Blumenvase vom Flügel, schlug den Deckel auf und fand etwas, das vielleicht mit dem Rest von Schönmeisters Hab und Gut hätte entfernt werden sollen. Ich erkannte das Ding sofort, obwohl es über dreißig Jahre her war, daß ich so etwas in der Hand gehabt hatte.

Eine Neunmillimeter-Walther. Mit acht Patronen im Magazin.

13. Tag, Mittwoch

Palmen rechts im Bild. Links ein angedeutetes viereckiges Kastell, oder vielleicht eine Stadtmauer. Im Vordergrund bewundernde oder neugierige Menschengestalten. Im Mittelgrund Jesus mit kreisrundem hellem Glorienschein um das Haupt, feldherrenartig auf einem Esel reitend. Hinter ihm sein Gefolge; Arme, die Palmenwedel emporrecken.

Schönmeisters einziges Bücherregal hat nicht viel zu bieten. Ein paar deutsche Klassiker, einige Nachschlagewerke, ein paar Reihen mit Romanen, von denen ich nie etwas gehört habe – aber im untersten Regal, zwischen den großformatigen Bänden, fand ich eine Bibel mit Illustrationen von Doré.

In der blättere ich nun, hier am Couchtisch, immer noch im Bademantel, dem billigen blauen Frotteemantel, den ich an einem der ersten Tage gekauft habe. Frau Meisl kommt heute nicht, ich brauche mich nicht anzuziehen und höflich zu sein. Ich kann tun und lassen, was ich will, mich anziehen oder auch nicht, Kaffee trinken oder es bleiben lassen. Essen oder nicht essen. Im Kühlschrank steht immer noch ein Rest von dem Tafelspitz, den sie gestern für mich gekocht hat. Fühle mich an das Resteessen meiner Kindheit erinnert, wenn es am Tag zuvor Rindfleischsuppe gegeben hatte: Suppenfleisch mit Meerrettichsoße.

Dorés Bilder hatten wir zu Hause auch, als ich noch ein Kind war. Ein kleines Buch im roten Ledereinband mit Goldschnitt; keine Bibel, nur ein Bilderbuch, wohl mit etwas Text, ich weiß nicht mehr genau. An die Bilder kann ich mich gut erinnern, jedenfalls an einige; ich spüre einen leisen Schauer der Bewunderung, in die mich die leuchtenden Himmel versetzten, die riesigen Tempelsäulen, die Schwerter tragenden Engel. Die Drucke waren klein und etwas undeutlich, die Wiedergabe ist hier besser; besonders die Bilder voller Figuren und Details kommen hier besser zur Geltung. Ich kam ins Grübeln über das hier. Es hat nichts mit Erschauern zu tun, im Grunde weckt es nicht mal Erinnerungen in mir, aber ich halte trotzdem beim Blättern inne und betrachte das Bild. Die Palmen. Der Einzug in Jerusalem.

Na ja. Ich klappe das schwere Buch zu und stelle es wieder ins Regal. Vielleicht sollte ich versuchen, in Schönmeisters nachgelassenen Romanen zu lesen, aber sie sind auf deutsch, und es würde mir schwerfallen, ich kann mich nicht richtig dazu überwinden. Lieber kaufe ich mir ein paar englische Paperbacks in der Stadt. Das kann ich mir wohl noch leisten.

Ich muß mich daran gewöhnen, ein bißchen weniger Geld zur Verfügung zu haben als in meinem früheren Leben. Ich muß nicht knausern, aber doch sparen. Peter Whyland hat so viel verdient, daß er sich kaufen konnte, wonach ihm der Sinn stand; hier bin ich Schönmeisters Erbe, und der Erbe muß ein bißchen sparsamer sein. Prohaska war gestern hier und versprach, mir jede Woche einen Kontoauszug zu schicken, damit ich weiß, wieviel ich zur Verfügung habe. Das war die erste Änderung des Status quo; der Alte bekam nur monatliche Auszüge.

Was ich zur Verfügung habe, sind die Renditen der Wertpapiere, mit denen irgendein beauftragter Bankmensch jongliert. Sowohl die Bank als auch Prohaska bekommen, was ihnen für ihre Arbeit zusteht, aber es bleibt immer noch genug zum Leben für einen Erben übrig. Und dann habe ich ja die Wohnung, die eine Menge wert ist, dazu noch fast schuldenfrei. Ich weiß nicht, ob es sich hierzulande so gehört oder ob es eine Reminiszenz an die Prinzipien des verblichenen Schönmeister ist: Niemandem etwas schuldig sein. Allen Forderungen nachkommen. Als er seine Firma verkaufte und alle Geschäfte abgewickelt hatte, investierte er seine Gewinne in Wertpapiere und lebte fortan als Privatier – ein Wort, das nach Mottenkugeln riecht, ein Leben wie in vergangenen Zeiten, aber immerhin so real, daß ich weiter davon leben kann, in diesem sorgsam gereinigten Vakuum, das er hinterlassen hat.

Prohaska fragte vorsichtig, ob wir nicht bald zusehen sollten, alle juristischen Formalitäten unter Dach und Fach zu bringen. Ich gab ihm eine hinhaltende Antwort; schon damals in Kopenhagen hatte er mir versichert, daß der Nachlaß noch einige Zeit als juristische Person weiterexistieren könnte, unter seiner Verwaltung und Verantwortung. Dabei möchte ich es am liebsten erst mal belassen. Ich habe ihm nur ein einziges Dokument unterschrieben, ein Papier, das seine Kanzlei nicht verlassen wird – eine vorläufige Vollmacht an ihn, in der ich als Alleinerbe einwillige, daß er den Nachlaß weiterhin nach dem Willen des Erblassers verwaltet, einschließlich der laufenden Ausgaben. Laufende Ausgabe, dazu gehöre unter anderem ich.

Er kann nicht verstehen, warum ich dermaßen zögere. Und ich habe bisher noch keine Lust gehabt, ihm das alles zu erklären. Die jetzige Regelung funktioniert, und das genügt.

Es ist bereits Nachmittag. Ich habe mir schon angewöhnt, die Zeit verstreichen zu lassen. Ich dachte immer, die Zeit als Rentner würde mir lang werden. Was habe ich all die vergangenen Tage gemacht? Bin herumgefahren mit Straßenbahn und U-Bahn, habe mir einen Eindruck von der Geographie der Stadt verschafft, in verschiedenen Cafés gesessen, an nächtlichen Bartresen gestanden, bin durch die mondänen Straßen der Innenstadt geschlendert, habe mir den Stephansdom von innen angesehen, alles Sachen, die ich auch als Tourist gemacht hätte; aber als Tourist wäre ich viel planvoller und effektiver vorgegangen. Jetzt ist es fast so, als stünden mir die Erlebnismöglichkeiten der Stadt nur zur Verfügung, um sie wieder in Erinnerung zu rufen, sie aufzufrischen, damit sie nicht verblassen. Ich war erst ein einziges Mal hier, ist schon einige Jahre her, und es war nur eine Woche, von der ich immer noch zehre.

Ein Tourist ist umgeben von einer unsichtbaren Haut, die ihn daran hindern soll, das zu beeinflussen, was er betrachtet. Er schlägt keine Wurzeln, er geht keine Symbiose mit der Umgebung ein, er hat seine Erlebnisse und zieht sich mit intakter Haut daraus zurück, wie ein Penis in einem Kondom. Keine territorialen Ansprüche, kein Widerstand, den es niederzukämpfen gilt, keine Siegespalme, die gewonnen werden muß.

Palme. Palmsonntag! Ich stehe hier in dem kühlen Arkadengang der Oper, in der Schlange am Eingang und in der Schlange für die billigen Stehplätze der Abendvorstellung, und ich weiß auf einmal, warum ich gerade bei diesem Bild in Schönmeisters Doré-Bibel hängengeblieben bin.

Der Einzug in Jerusalem. Palmsonntag.

Am Palmsonntag wurde Cæcilie geboren. Acht Uhr morgens, nach einer langen Nacht. Wie es ihr wohl jetzt gerade geht? Sicher ist sie bei Lisa und Louis in guten Händen.

Sie ist ein Sonntagskind geworden, sie ist sogar an dem einzigen Sonntag des Jahres geboren, der nach dem Symbol des friedlichen Sieges benannt wurde. Ich weiß noch, daß mir das durch den Kopf ging, als ich vom Rigshospital nach Hause fuhr. Daß es mein Sieg war, oder der Sieg des seltsam dunklen Triebes, der Lisa und mich in den hellen Juninächten vereint hatte. Der Sieg, die Krönung der langen

Wartezeit: ein hübsches kleines Mädchen, ein quicklebendiges Kind, in dem ich nun weiterleben werde. Die Kette war durch mich nicht gebrochen worden.

Und Louis saß bestimmt auf Lisas Bettkante. Louis, der kleine, willensstarke Mann, im selben Alter und von gleicher Statur wie sie. Ich war einen Kopf größer und eine Generation älter als die zwei, ich hätte der Vater der beiden sein können. Cæcilie hätte ihr Kind sein können. Cæcilie könnte ihr Kind werden.

Es war kein Triumph, den ich auf der kurzen Fahrt durch die stillen Straßen empfand. Es war eine sonderbar hohle Ruhe, wie nach einer gut erledigten Arbeit: Es war vollbracht, ich konnte gehen. Ich parkte das Auto in der Nidarosgade, ging nach oben, setzte mich ins Wohnzimmer und zündete mir eine Zigarette an. Das Haus war genauso still wie die schwebende blaue Wolke, die sich in der Luft über meinem Kopf formte.

In dem Augenblick, als die letzte Preßwehe Lisas Schoß öffnete, als die Hebamme die letzten anfeuernden Rufe ausstieß und der kleine Kopf heraustrat, die Augen fest geschlossen, verklebt von Schleim und Blut, und der Körper wie ein kleiner glatter Fisch folgte – in dem Augenblick fühlte ich mich ganz fern. Nicht kurz vor einer Ohnmacht, wie es das Klischee von Vätern, die bei einer Geburt dabei sind, immer behauptet, auch nicht benommen von dem großen Wunder, sondern fern. Ich stand daneben und beobachtete Lisa, die verschwitzt und hohläugig das kleine Wesen in Empfang nahm, das man ihr auf den Bauch legte. Sie hielt es in ihren Händen und sah es mit einem Ausdruck an, der nichts von Glück oder Rührung hatte, sondern eine Art abgrundtiefe, erschöpfte Zufriedenheit widerspiegelte, die für mich unfaßbar war. Ich stand daneben und war außen vor, sie nahm mich nicht einmal wahr.

Als die Hebamme fragte, ob ich die Nabelschnur durchschneiden wolle, schüttelte ich den Kopf. Sie schnitt, und der kleine knirschende Laut der Schere blieb in meinen

Ohren hängen als das Geräusch, das Cæcilie von mir trennte. Nicht von Lisa, obwohl es rein physisch das war, was passierte. Nun war das Kind da, nun war die Rolle des Erzeugers ausgespielt.

Als Cæcilie gebadet und gemessen, gewogen und in das erste Stück Stoff ihres Lebens eingehüllt worden war und in einem Bett mit Plexiglaswänden lag, drückte ich Lisas Hand und sagte: »Jetzt hole ich Louis.«

Und das tat ich. Louis saß mit geschlossenen Augen, den Nacken auf die Rückenlehne des Sofas gelegt, im Wartezimmer; er war gegen zwei Uhr nachts im Krankenhaus erschienen, eine Krankenschwester war ins Entbindungszimmer gekommen und hatte Bescheid gesagt, daß da ein Mann sei, der mich sprechen wolle. Lisa hatte es zwischen zwei Wehen gehört, und ich sah, daß sie sich denken konnte, wer es war. Sie bedeutete mir, daß ich ruhig zu ihm gehen sollte. Hinterher sagte ich nur: »Louis ist hier«, und sie sagte »Ja« und runzelte die Stirn, weil die nächste Wehe einsetzte.

Ich war weniger als eine Minute weg. Louis hatte nur zwei Sätze gesagt: »Ich konnte nicht einschlafen. Ich werde hier warten.« Aber seine Anwesenheit da draußen änderte viel. Ich stellte mir vor, daß Lisa glücklich war, ihn hier zu wissen, und ich selbst fühlte mich – entlastet. Ruhiger und entfernter.

In den nächsten Tagen, bis Lisa und das Kind nach Hause kamen, besuchten wir sie abwechselnd.

Jetzt kommt Bewegung in die Schlange. Ich gehe mit, die ganze Menschenschlange wird durch eine unauffällige Seitentür in das Opernhaus eingelassen und in einem Korridor wieder zum Stehen gebracht, der rechtwinklig abknickt und in dessen Mitte eine Eisensäule steht. Jetzt müssen wir wieder ein paar Stunden warten, dann wird die Abendkasse geöffnet. In der Zwischenzeit warten die Leute ruhig und gesittet. Man hört gedämpfte Gespräche in verschiedenen Sprachen, aber nicht auf dänisch; meine Angst, wiedererkannt zu werden, sitzt mir im Nacken, aber es ist nicht sehr wahrscheinlich, daß ich gerade hier und jetzt auf Landsleute oder andere Bekannte stoße. Und sollte das passieren, werden sie mich mit meinem graugesprenkelten Zweiwochenbart und meiner neuen Sonnenbrille hoffentlich nicht erkennen.

Ich lehne in wechselnden Stellungen an der Eisensäule. Vor mir in der Schlange sitzt ein junger Japaner, langhaarig, sicher ein Student; jetzt steht er auf, bietet mir den kleinen Klappstuhl an, auf dem er gesessen hat. Ich muß wohl alt und müde aussehen. Aber ich nehme sein Angebot an. »*Thank you*«, sage ich. »*It is very tiring*«, sagt er in deutlichem Englisch mit dem raschen, keuchenden Lachen, das ein Ausdruck japanischer Höflichkeit ist.

Als ich an jenem Palmsonntag in meinem Wohnzimmer in der Nidarosgade saß, dachte ich in erster Linie daran, daß ich meine Pflicht erfüllt hatte. Ich war Ehemann gewesen. Hatte Lisa ins Krankenhaus gefahren, als die Wehen häufig genug kamen, hatte sie gestützt, ihre Stirn gekühlt, ihr ein wenig das Becken massiert – seit vielen Monaten die intimste Berührung zwischen uns, aber keusch und pragmatisch in der grauen Atmosphäre des Kreißsaals –, hatte sie beruhigend angelächelt, nachdem die Wehen ihren Höhepunkt überschritten hatten.

»Möchtest du, daß ich bei der Geburt dabei bin?« hatte ich gefragt. Lisa hatte ja gesagt. Ich hatte nicht gefragt, ob sie lieber Louis dabeigehabt hätte, aber sie hätte es ruhig sagen können, wenn sie gewollt hätte. Ich bliebe ja der Vater des Kindes. In den Tagen nach der Entbindung wurde mir klar, daß es völlig egal gewesen wäre. Der ganze Personalapparat der Entbindungsklinik, die Hebammen, Krankenschwestern, Empfangssekretärinnen, all die Zimmer, Entbindungsbetten, Instrumente und alles Können dreht sich nur um die werdende Mutter. Wenn sie möchte, daß ein Mann bei der Entbindung dabei ist, dann ist es egal, ob es der Ehemann, ein Lebensgefährte, ein heimlicher Geliebter oder ein Marsmännchen ist. Louis hätte sicher an meiner Stelle dabeisein können.

Aber ich hatte meine Pflicht getan.

Damals, als ich Luna von Lisas Schwangerschaft berichtete und ihr die ganze Vorgeschichte erzählte, wurde sie richtig wütend auf mich. So wütend, wie ich sie noch nie vorher gesehen hatte. Sonst hatten wir immer in unserer offenen und abstrakten Art über meinen Drang gesprochen, meine Gene weiterleben zu sehen. Aber als es konkrete Realität geworden war, machte Luna mir das zum Vorwurf.

Nicht aus Eifersucht, nein. Das hätte ich früher vielleicht mal gehofft, aber ich weiß es besser. Sie sah in Lisa eine ausgenutzte Schwester (sie hat Lisa nie kennengelernt) – eine Frau, die geringschätzig behandelt worden war. Ob ich mir einbildete, daß ich mich freikaufen könnte? Ob ich auch nur eine Ahnung hätte, was für eine große Veränderung eine Schwangerschaft für eine Frau bedeutete? Ob ich daran gedacht hätte, Lisa und das Kind abzusichern, damit sie nicht eine ungewisse Anzahl von Jahren auf meine bereitwilligen – oder widerwilligen – Unterhaltszahlungen angewiesen sein müßten?

Ihr Zorn und ihr Sarkasmus trafen mich völlig unvorbereitet. »Was soll ich denn tun?« fragte ich. »Heirate sie!« sagte Luna. »Heirate sie, und sorge dafür, daß sie in jeder Hinsicht abgesichert ist. Du brauchst sie nicht zu lieben, aber erweise ihr wenigstens diesen Respekt!!«

Ich verließ ihre Wohnung ganz unglücklich, was sonst nie vorkam. Unsere freimütigen Treffen waren sonst immer harmonisch verlaufen. In derselben Nacht – Lisa schlief in ihrer Wohnung, die sie mit einer Künstlerfreundin teilte – kämpfte ich mit meinem Stolz und stellte meine Vernunft auf den Kopf. Am Ende dieser Nacht sah ich klar. Ich rief Luna an und sagte ihr, ich sei zu demselben Ergebnis gekommen.

So verhielt es sich. Luna, leuchtende Mondin, du bist auch mein Leitstern, und ich konnte doch mein voriges Leben nicht hinter mir lassen, ohne mich von dir zu verabschieden. Das Kind ist geboren, es hat liebevolle Eltern, sie sind abgesichert. Ich habe meine Pflicht getan, Luna.

Ich stehe auf, strecke den Rücken und gebe dem Japaner seinen Stuhl zurück. Er lehnt erst ab, ihn anzunehmen, mit dem höflichsten Lächeln, aber ich lächle zurück und nötige ihn stumm, worauf er eine fast unmerkliche Verbeugung macht und sich setzt. Er liest in einem Buch mit unverständlichen japanischen Schriftzeichen auf dem Einband, aber das Umschlagbild ist ein Portrait von Tschaikowsky, also bereitet er sich wohl auf die abendliche Vorstellung vor. Es gab einmal eine Zeit, da habe ich den *Onegin* geliebt, ich besaß drei Einspielungen davon und hatte auch ein paar Aufführungen besucht. Die heute abend hier in diesem Haus gegeben wird, habe ich bisher nicht gesehen.

Und hinterher, was soll ich hinterher machen? Ich habe keine Pläne, ich habe nur ein Bild von mir selbst vor Augen, wie ich an einem Bartresen stehe. Glasspiegelungen. Rauch. Chrom. Frauenlachen. Mir fehlt weibliche Gesellschaft.

Wer hätte voraussehen können, daß Louis auftauchen würde? Ich merkte nichts, wirklich nichts, an dem Abend, als ich meine schwangere Frau zu diesem Geschäftsessen mitnahm und Louis so virtuos mit seinen Tranchierbestecken hantierte.

Aber ich merkte, daß Lisa immer wieder auf diesen Abend zurückkam und darüber sprach. Über ihn. Um ihr eine Freude zu machen, lud ich ihn zu uns nach Hause ein. Ich sah, wie beide unter ihren gegenseitigen Blicken aufleuchteten, und ich ahnte eine andere Zukunft als die, mit der ich bisher gerechnet hatte.

Es lag so nahe, ihm anzubieten, bei uns einzuziehen,

nachdem mir erst mal klargeworden war, daß sie sich trafen. Es war einfacher als eine ganze Scheidungsprozedur und was weiß ich noch alles. Lisa war sehr angespannt, zum einen wegen ihres anschwellenden Bauches, der sie natürlich sehr beschäftigte, zum anderen wegen ihrer Gefühle für Louis. Ach ja, dieser Nachmittag, als ich nach einer Besprechung mit den Adscreen-Leuten nach Hause kam und sie mich frisch geduscht begrüßte, tipptopp angezogen und geschminkt, als wollte sie ausgehen. Sie sagte: »Peter, da ist etwas, was ich dir sagen muß.«

Ich wußte natürlich, was es war. Sie sagte es. Ich wollte nicht einmal so tun, als wäre ich überrascht.

Es war leicht, jedenfalls viel leichter, als ich befürchtet hatte. Das ist zum Teil Lisa und ihrer Ehrlichkeit zu verdanken, aber auch Louis und seinem offenen Wesen. Was war das nur, als ich eines Abends nach Hause kam, ein paar Wochen vor der Geburt ...

Louis saß über einem Glas Wein in der Küche und »dampfte aus«, wie er es nannte, nach einem hektischen Abend im Restaurant. Ich goß mir ebenfalls ein Glas ein. Lisa schlief.

Es war spät, und die Stimmung war angenehm offen. »Es gibt etwas, worüber Lisa sich manchmal Sorgen macht«, sagte Louis. »Ob du dich scheiden lassen willst. Oder wie lange das noch so weitergehen soll.«

»Was ist mit dir? Macht dir das keine Sorgen?«

»Es läuft doch«, sagte Louis. »Ich liebe Lisa, du liebst sie nicht. Wir sind keine Rivalen. Aber den Rest des Lebens so wie jetzt verbringen ... ich glaube nicht, daß ich dazu Lust habe. Ich will gerne mit Lisa zusammenwohnen, allein. Aber jetzt frage ich ihretwegen, weil sie sich sorgt. Und weil sie es nicht über sich bringt, dich zu fragen.«

»Sie kann jetzt jeden Tag niederkommen. Und das Kind ist meins, ich möchte für es sorgen. Wozu die Eile? Wollen wir nicht mit einem Entschluß warten, bis das Kind geboren ist und wir wissen, ob alles so ist, wie es sein soll?«

»Lisa sagt, es ist alles in Ordnung.«

»Ist es auch. Nichts deutet auf etwas anderes hin.«

Er sah hinunter in sein Weinglas.

»Könntest du so weiterleben wie jetzt, Peter?«

»Im Prinzip schon«, sagte ich. Aber er rührte da an etwas, das ich ansonsten immer wegschob. »Falls wir uns scheiden lassen«, sagte ich, »und Lisa dich heiratet, kann ich ihr nicht den Unterhalt zahlen, den sie sonst bekommen würde. Und ihr könntet nicht hier wohnen. Was ist euch lieber, ohne Trauschein auf meine Kosten zusammenzuleben oder euch mit einem geringeren Einkommen einzurichten, was ihr sicher müßtet? Könnt ihr ebensogut für das Kind sorgen? Ich bin schließlich der Vater.«

»Und Lisa ist die Mutter.«

»Ist das nicht ein merkwürdiges Gefühl für dich, Louis? Daß deine Geliebte das Kind eines anderen Mannes bekommt?«

»Das Kind gehört zu Lisa, schon seit dem Tag, als ich sie kennenlernte. Natürlich möchte ich selbst gern ein Kind von Lisa. Aber ich glaube«, dabei sah er mich an, »daß ein kleines Kind immer eine eigene Persönlichkeit ist, vom Moment der Geburt an. Es ist ein Fremder, der einzieht. Und man muß sich nicht selbst darin wiedererkennen, um es liebzuhaben. Ich liebe Lisa so sehr, daß ich glaube, ich werde das kleine Kind schon deshalb lieben, weil es ihres ist.«

Er sagte das so aufrichtig, daß ich verstummte.

Wir einigten uns schnell auf den Namen, es war Lisa, die ihn vorschlug. Ich glaube, sie hatte vorher schon mit Louis darüber gesprochen.

Jetzt waren wir vier. Die Augen meiner Tochter ruhten unergründlich auf mir, wenn ich sie hielt; ich wartete ab, hoffte darauf, daß der Blick des kleinen Fremdlings Vaterliebe in mir wecken würde, aber das, was sich in mir rührte, war so sporadisch und diffus, daß ich es nicht einordnen konnte.

Und diese Freude unter den dreien … und die Besorgtheit, Fürsorge, Müdigkeit in den Gesichtern von Lisa und Louis, wenn Cæcilie eine unruhige Nacht gehabt hatte und sie abwechselnd mit ihr im Schlafzimmer auf und ab gegangen waren, in dem ihre Wiege stand, diesem Schlafzimmer, das ich ihnen überlassen hatte … Diese ganze Nähe, das war etwas, was mir das Gefühl gab, daß ich nicht das Recht hatte, dazwischenzutreten und zu stören.

Sie *war* ein kleiner Fremdling, eine Fremde in guten Händen, in den Händen anderer.

Ich war frei zu gehen.

Ich laufe durch die dunklen Straßen. Die Aufführung war hervorragend. Gesungen auf russisch, aber ich kenne die Handlung ja in- und auswendig. Ich fühlte mich fast zurückversetzt in meine ersten Begegnungen mit dieser Musik, so strahlend war das Orchester, so überzeugend waren die Sänger; es war beinahe eine Wiederholung des unglaublichen Freiheitsgefühls während der Zugfahrt fort von allem.

Die Begeisterung hielt bis zum dritten Akt an. Bis der Fürst die Bühne betrat. Diese Rolle ist vielleicht die dankbarste Opernnebenrolle der Welt, wenn man sie singen kann. Er kommt einfach herein, er singt seine Arie, und das Publikum liebt ihn sofort. Fürst Gremins Liebe zu seiner jungen Frau, derselben Tatjana, von der Onegin nichts wissen will, ist so lebensklug, so bewegend, daß der Mann dasteht und als goldumrandeter Ehrenmann und Retter erstrahlt.

Plötzlich merkte ich, wie die Sympathie in mir in eine Art Verachtung umschlug. Das war zu einfach, zu billig; womit hatte er das verdient? Und Onegins Verzweiflung am Schluß, die mir immer wie eine gerechte Strafe vorgekommen war, wenn auch vielleicht ein wenig übertrieben, biß sich so tief in mir fest, daß ich sogar jetzt noch nicht richtig durchatmen kann, während ich in einem feinen Nieselregen, der den Asphalt glänzen läßt, vor mich hin gehe.

Ein dunkler, zerrissener Bariton, der die erschreckende Leere seines Lebens heraufbeschwört, das ist es, was mir jetzt noch in den Ohren klingt, und kein Gedanke an einen Kneipenbesuch kann diese Stimme zum Schweigen bringen. Ich muß einfach gehen, mich auf den langen Weg machen hin zu der soliden Fassade, der breiten Treppe, meiner Haustür, meinem Bett.

Morgen geht es mir besser.

17. Tag, Sonntag

Piano, nein, noch mal. Piano, piano. Mein Forte ist gut, aber mein Piano ist schlecht; ungeübt, schlaff und unsicher, das ist überhaupt kein *Anschlag*, ich drücke nur die Tasten. Habe wohl zuviel auf elektronischen Keyboards gespielt. Habe keine Ahnung mehr von richtiger Klaviermechanik.

Ich habe den Flügel stimmen lassen. Mitte der Woche bat ich Frau Meisl, einen Klavierstimmer zu bestellen. Sie stand in der Küche und bügelte ein paar meiner Hemden, die sie am Dienstag in der betagten Waschmaschine gewaschen hatte, die im Badezimmer steht. Mein Blick fiel plötzlich auf ihre Unterarme, sie hatte die Ärmel der Kittelschürze aufgekrempelt. Die lose Haut einer alten Frau, aber darunter erstaunlich kräftige, bewegliche Muskeln. Und sie hob ohne Anstrengung den kleinen Wachstuchtisch beiseite und stellte das alte Bügelbrett so leichthändig auf, als wäre es aus Blumendraht und nicht aus schwerem, harten Holz.

Gestern morgen kam dann der Klavierstimmer, während sie hier war. Ein blinder Mann, der ein paar Akkorde anschlug und fragte, ob das nicht ein Bösendorfer sei. Er konnte es am Klang hören; ich bin nicht mal sicher, ob ich ihm dieses Kunststück nachmachen könnte.

Offenbar war er vorher noch nie hier gewesen, und ich

habe keine Noten in der Wohnung gefunden, deshalb frage ich mich, wozu Schönmeister das Instrument überhaupt brauchte. Ich fragte Frau Meisl danach, und sie sagte, Herr Schönmeister habe nicht selbst gespielt, sondern Freunde von ihm. Welche Freunde, fragte ich. Das wisse sie nicht, antwortete sie kurz.

Ich fuhr in die Stadt und kaufte in einem Antiquariat ein paar Notenhefte. Stücke, die ich früher mal gespielt hatte, Schubert und Chopin. Jetzt sitze ich an Schuberts Impromptu – das in As-Dur, bei dem die linke Hand so schön singt. Nur daß es sich kein bißchen schön anhört. Es klingt entweder hart oder schlaff.

Wenigstens liegt da drin keine Pistole mehr und klappert. Ich habe sie in der Schreibtischschublade versteckt.

Luna hat eben angerufen. Sogar jetzt, wo alles langsam anfängt, zu zerfließen und zu verstreichen – Zeit hat keine Bedeutung für jemanden, der nicht mehr da ist –, vergesse ich nicht, was ich jeden Tag tun *muß*: kurz vor elf das Handy einschalten und darauf warten, daß sie anruft. Ich kontrolliere auch den Akku. Er reicht noch, ich habe das Ladegerät bisher nicht gebraucht, das sie mir ebenfalls mitgegeben hat.

Keine neuen Zeitungsartikel seit dem letzten, und der war vergangenen Sonntag erschienen. Die Neugier der Medien hat sich also wohl erledigt. Die Spur ist kalt, die Geschichte ist nicht mehr aktuell genug.

Unsere Telefonate sind kurz, beschränken sich auf Informationen. Wenn wir uns leibhaftig gegenübersaßen, tauschten wir Blicke, Körpersignale, vielsagendes Schweigen. Diese Nähe kann ein Telefongespräch nicht vermitteln

Sie bittet mich auch nie, sie von Schönmeisters Telefon aus anzurufen, falls ich hier in der Wohnung bin, und ich rufe sie nicht selbst an, weil ich nicht weiß, in welcher Situation sie gerade steckt; aber ich weiß, daß sie immer ein paar Minuten Zeit abzweigen wird, um mit mir zu sprechen, zur ausgemachten Zeit am Vormittag. Hinterher schalte ich das Handy ab. Ihr Anruf ist der Fixpunkt, um den sich die Tage drehen.

Der Rest des heutigen Tages ist eine Wüste.

Als ich jünger war, glaubte ich noch, die Wüste wäre ein romantischer Ort. Öd und leer, aber sauber und ästhetisch, wie ein bis zur Unendlichkeit vergrößerter Badestrand oder Sandkasten. Ein Ort, den ich mir am liebsten in Mondlicht getaucht vorstellte, als ein Rahmen für ungestörte Meditation und einsame Erkenntnis.

Erst in Syrien begriff ich, was eine Wüste ist. Daniele zeigte sie mir, auf unserer waghalsigen Fahrt nach Palmyra. Was ein Nordeuropäer erst durch eigene Anschauung versteht, ist das allgegenwärtige Gefühl von Lebensgefahr, das die Landschaft vermittelt. Die trockene, sengende Hitze, die unschönen Haufen von grobem Sand und zerbröckelndem Gestein. Daß es hier und da gepeinigte Pflanzen gibt, die aus der Erdkruste aufragen und an den Tropfen Feuchtigkeit erinnern, den sie in dem ansonsten ausgedörrten Terrain gefunden haben, unterstreicht nur noch die Warnung: Wenn man dort hinausgeht, hinaus zwischen die Hügel und die niedrigen Berge, die die ganze Zeit ein Geheimnis vor einem zu verbergen scheinen, wenn man ohne Vorsichtsmaßnahmen dort hinausgeht, ohne Wasser und Schatten, kommt man schnell an den *point of no return*, wo es auch kein Vorwärts mehr gibt, nur Tod. Eine Wanderung in der Wüste ist kein besinnlicher Spaziergang; das ist ein Kampf gegen einen allgegenwärtigen Feind, eine unfaßbare Trockenheit.

Wir fuhren von Aleppo in einem Landrover los, Daniele saß am Steuer. Sie war französische Staatsbürgerin, stammte aber aus einer Familie christlicher Araber; ihr Großvater war zwischen den Weltkriegen von Aleppo nach Paris ausgewandert, ihr Vater war zu Wohlstand gekommen, und Daniele selbst hatte an der Sorbonne einen Abschluß in Musikwissenschaft gemacht. Sie hatte mandelförmige dunkle Augen und fast schwarzes Haar, das in der Sonne honigbraun aufglühte. So viel wußte ich, als sie mich nach dem Symposium in Israel einlud, das Institut für Arabische Musik in Aleppo zu besuchen, wo sie Stipendiatin war.

Wir erreichten Palmyra am Nachmittag und schauten uns die berühmten Ruinen an; wir aßen in einem kleinen Restaurant und fanden ein kleines Hotel, wo wir zwei Einzelzimmer nahmen; aber während der ganzen langen Fahrt in dem gleißend scharfen Licht und während wir zwischen den wenigen anderen Touristen durch die Stadt spazierten, hatte sich zwischen uns eine enorme Hitze entwickelt. Es war, als seien alle Umschweife und Erklärungen verdunstet, und als ich an ihre Zimmertür klopfte, wußte ich, daß jedes Wort überflüssig war. Sie hatte einen Bademantel an, als sie die Tür öffnete, sie trat stumm zurück und sah mich mit ihren Mandelaugen an; ich drückte die Tür hinter mir ins Schloß, und wir standen beide abwartend da. Ich hatte ein frisches weißes Hemd angezogen, das am Hals offenstand, und ich knöpfte den zweiten Knopf auf, griff nach ihrer Hand und legte sie sanft auf meine Brust. Sie machte die restlichen Knöpfe auf, langsam, während sie mich unablässig ansah, und zog mir das Hemd aus.

Unter dem Bademantel war sie nackt.

Als ich zurück nach Dänemark kam, ging sie mir nicht aus dem Kopf – mein Wüstensturm, meine Feuersäule. Wir hatten uns noch zwei weitere Nächte geliebt, in meinem schäbigen Hotelzimmer in Aleppo, und es war fast so feurig gewesen wie in der Nacht in Palmyra. Ich rief sie ein paarmal von Kopenhagen aus an, und zwei Monate später fuhr ich wieder nach Syrien.

Das Feuer war erloschen. Sie war freundlich, aber sie ging nicht auf meine Annäherungsversuche ein. Unerwiderte Berührungen, plausible Absagen, wenn ich sie zum Essen einlud. Eine Erklärung bekam ich nicht. Der Name Palmyra ließ sie lächeln. Gedankenverloren.

Um den Anschein zu wahren, gingen wir ein paar Blätter aus dem Archiv des Instituts miteinander durch, und am Tag meiner Abreise schenkte sie mir die einsaitige Rabab, die ich später in Kopenhagen an die Wohnzimmerwand hängte. Sie war echt, gekauft bei einem Dorfmusiker in der Gegend von Damaskus. Luna lachte mich aus, als ich ihr erzählte, daß ich sie so aufgehängt hatte, daß ich sie jeden Tag sehen konnte. »Manchmal bin ich wirklich überzeugt, daß du es genießt, unglücklich zu sein«, sagte sie. »Die Wollust am Tragischen.«

Ich habe versucht, auf dem Instrument zu spielen. Die Technik ist nicht besonders schwierig, aber in meinen Händen klingt es wie ein heiseres Tier, das in der Wüste klagt.

Ist es jetzt schon so weit, daß ich die Dinge nicht mehr im Griff habe? Ich bin nun seit ein paar Wochen in der Stadt, und zwei-, dreimal war ich unterwegs in den Bars und Kneipen, um »was aufzureißen«, wie es heutzutage heißt. Das Ergebnis war gleich null, abgesehen davon, daß ich mir hastig einen runterholte, wenn ich unter der Dusche stand. Frauen, die auf der Suche sind, erkenne ich überall auf der Welt; doch hier spähen sie über meine Schulter hinweg, wenn ich mit ihnen rede, oder sie unterhalten sich konzentriert mit ihrer Freundin, wenn ich mich an den Nebentisch setze.

Der mehr als flüchtige Blickkontakt, die kleine wachsame Neugier – das bleibt aus.

Gibt es in dieser Stadt Rituale, die ich nicht kenne? Bin ich plötzlich jenseits irgendeiner geheimen Altersgrenze?

Jedesmal, wenn die Straßenbahn an der Endstation Schottentor zur unterirdischen Wendeschleife hinabtaucht, dem Knotenpunkt, von dem aus man entweder zur U-Bahn gehen kann oder wieder hoch zu den Bus- und Straßenbahnlinien am Ring, sehe ich die Votivkirche, strahlend weiß mit ihren neugotischen Zwillingstürmen, luftig und zerbrechlich wie das Werk eines Zuckerbäckers. Jedesmal denke ich daran, hineinzugehen und sie mir anzusehen, und jedesmal wieder verschiebe ich es. Ich habe ja Zeit genug. Nichts anderes als Zeit.

Ich steige aus der Straßenbahn. Wohin jetzt? Seit einigen Tagen habe ich mir abgewöhnt, mir ein Ziel für meine Ausflüge vorzunehmen. Ich habe eine Monatskarte, ich setze mich einfach in ein öffentliches Verkehrsmittel und fahre durch die Gegend, planlos und auf plötzliche Eingebungen hoffend. Steige aus, steige wieder ein, fahre in die entgegengesetzte Richtung, steige um in eine andere Linie. Der Weg ist das Ziel. Nicht mal das. Der Weg ist der Weg. Ich fahre an Museen vorbei, Kirchen, Restaurants, Plätzen, Geschäften – einfach vorbei. Alles kann auf später verschoben werden. Die Welt ist für mich ebenso überflüssig geworden, wie ich es für sie bin.

Es sitzen nicht viele Leute im Wagen; ein junges Mädchen mit langen braunen Haaren schräg gegenüber von mir, auf der anderen Seite des Mittelgangs. Ihre Wangen sind hektisch gerötet, sie atmet unruhig, ihr Blick wandert herum und nimmt nichts wahr. Ist sie unterwegs zu ihrem Freund? Kommt sie gerade von ihm? Ist sie erwartungsvoll oder ängstlich? Wenn ich mich doch nur hinübersetzen und ihre Wange streicheln könnte, die Wärme des Blutes unter der zarten Haut spüren könnte. An der Station Volkstheater steigt sie aus.

Vielleicht hätte ich die Frau berühren sollen, die in Fulda zugestiegen ist. Sie scheinbar zufällig mit einem Fuß oder einem Knie streifen und mich sofort entschuldigen, sie etwas fragen, ihr eine Zigarette anbieten sollen ... Vielleicht war das meine letzte Chance, vielleicht werde ich diese Ausstrahlung nie wieder zurückbekommen. Mal angenommen, ich rasiere mir den Bart ab, und darunter ist nur ein erloschenes, kraftloses Gesicht ... Vielleicht war die Frau aus Fulda diejenige, die mich hätte erlösen können mit dem vollkommenen, alles auslöschenden Orgasmus, so daß ich danach für alle Ewigkeit ein keusches und stilles Einzelgängerdasein in Schönmeisters Zimmern hätte leben können, verloren für die Welt und fromm über mein letztes Erdenstündlein meditierend, das unerbittlich näher rückte und doch niemals käme …

Wohl kaum. Sie hatte zu viel Alltag an sich.

Ich habe viele außergewöhnliche Frauen gekannt. Schöne, extravagante, geheimnisvolle, auf anziehende Art häßliche, introvertierte, hemmungslose, vulgäre, aristokratische. Seltsam, daß ausgerechnet die kleine unscheinbare Lisa mein Kind zur Welt bringen sollte, Lisa, die niemals Leidenschaft in mir wecken könnte, in keiner Hinsicht.

Und die mir hinterher, ohne es zu wissen und ohne es zu wollen, eine allzu große Lektion erteilt hat. Sie und Louis und das Kind – die heilige, normale Familie, zu rührend anzuschauen. Und das mir, der ich seit meiner Jugend mit dem Wissen gelebt habe, daß die Familie eine Lüge ist.

Karlsplatz. Hier muß ich raus. Endstation.

Irgendwie habe ich es geschafft, den Sonntag totzuschlagen. Jetzt liegt nur noch der Abend vor mir, mehr nicht. Ich sitze in dem Raum, der einmal sein Arbeitszimmer gewesen sein muß. Die kleine Stube, wo der Schreibtisch steht. Ihm gegenüber stehen zwei lederbezogene Armsessel mit einem kleinen Tisch dazwischen, sicher für Besucher gedacht, während der Gastgeber sich hinter dem schweren Büromöbel verschanzen kann. Plötzlich irritieren mich die Sessel, es ist, als könne ich darin Leute sitzen sehen; vielleicht Schönmeisters Freunde, die auf dem Klavier gespielt haben …? Die Sessel wollen etwas von mir, etwas, worauf ich nicht vorbereitet bin, und um dieses Gefühl loszuwerden, setze ich mich selbst dort hinein. Der Schreibtischstuhl wirkt nicht auf dieselbe Art herausfordernd, er hat eine hohe Rückenlehne und ist abgenutzt und schaut mich beinahe mit einer Art bekümmertem Wohlwollen an. Hinter ihm ist ein leeres

Regal, das einzige Möbelstück, das sonst noch im Raum steht.

Hier sitze ich nun, in einem kleinen, unbequemen Besuchersessel, und verbringe den Abend mit meinen Zigaretten und einer Flasche Rotwein, die ich drüben im Supermarkt unter der Hochbahn gekauft habe. Groß ist die Auswahl nicht in den engen Regalreihen, die regelmäßig unter den Zügen erzittern, aber ich habe dort vorgestern ein paar Flaschen von einer Sorte gekauft, die vertrauenerweckend aussah und nicht allzu teuer war. Ein österreichischer Wein, die Traube heißt Portugieser. Man kann sich bestimmt daran gewöhnen.

Als Prohaska mich damals anrief, stellte er sich höflich und deutlich in einem fast akzentfreien britischen Englisch vor. Er wirkte sofort vertrauenerweckend. Aber er wollte nicht so recht mit der Sprache heraus, was sein eigentliches Anliegen wäre, er sagte nur, daß er mir im Auftrag eines Klienten einige persönliche Informationen überbringen wollte, und deshalb fragte er, wo und wann er mich in Kopenhagen treffen könnte.

Erst als er mir auf dem Stuhl in meinem Arbeitszimmer gegenübersaß und mir in die Augen sehen konnte, erst da erwähnte er Schönmeisters Namen. Den hörte ich zum ersten Mal in meinem Leben. Und dann diese sonderbare posthume Geste – dieses Erbe –, wie ein Versuch, Abbitte zu leisten, wie eine Bitte um Vergebung und Verständnis, ein Flüstern aus dem Jenseits. Ich hatte nicht die leiseste Ahnung, was ich sagen sollte.

Prohaska kann nicht gewußt haben, daß er damit Gedanken anfachte, die in einem Winkel meines Bewußtseins schon zu glimmen begonnen hatten. Er gab mir seine Karte, die ich in meiner Brieftasche versteckte. Er ging, und ich lief ihm plötzlich hinterher, in einer Art kopfloser Verwirrung, aber er war weg.

Und jetzt sitze ich hier und fülle mechanisch mein Rotweinglas auf. Zünde eine neue Zigarette an. In der Schublade da drüben liegen die wenigen Dinge, die wichtig sind, die wenigen Dinge, die etwas über meine Identität aussagen.

Und Schönmeisters Pistole, die gepflegte Walther.

Zum Glück hatte ich an jenem Abend damals noch was vor. Ich fuhr einfach drauflos und kam gegen sieben Uhr bei der Blockhütte an, um wie verabredet Vibe R. R. zu treffen. Sie hatte so viel abzuladen über ihre Scheidung, daß sie nicht merkte, wie unaufmerksam ich eigentlich war, und danach fanden wir zum üblichen Spiel. Ein einfaches, aber romantisches Essen im Schein weniger Kerzen, während die Sommernacht sich herabsenkte, und dann begaben wir uns in das Schlafzimmer von ihr und ihrem Exmann.

Es wurde eine gemeinschaftliche Teufelsaustreibung, und am nächsten Morgen konnten wir in der gegenseitigen gelassenen Erkenntnis, daß wir uns nicht mehr brauchten, auf der Veranda frühstücken. Es passiert nicht oft, daß man sich so leicht und elegant trennen kann – aber Spiel ist Spiel, und es ist am besten, man hält sich an die Regeln.

Das hat Luna mich gelehrt. Nein, richtiger: Ich habe es von Luna gelernt. Diese Qualen möchte ich nicht noch einmal durchmachen. Als wir uns wiedertrafen, nach all den Jahren, war ich kurz davor, wieder in dieselbe Falle zu tappen, aber sie war klüger als ich. Unsere offenherzigen Bekenntnisse voreinander sind ein anderes Spiel, aber ebenso intensiv. Wir beziehen nur unsere Körper nicht mit ein.

Ist nun Schluß mit dem Einbeziehen, was meinen Körper angeht? Bekomme ich Lunas kühle Nähe zurück? Oder bin ich erledigt, wie ein Lachs, der sich fortgepflanzt hat und nun keine andere Aufgabe mehr hat als die zu sterben?

Ich habe schon vor langer Zeit aufgehört, die Frauen zu zählen, mit denen ich zusammen war. Es sind viele. Aber ich habe mir nie eine Krankheit geholt, und ich habe nie eine Frau geschwängert – da bin ich mir sicher. Ich habe immer einen sechsten Sinn dafür gehabt, wann ich für Schutz sorgen mußte, wann ich es nicht brauchte, wann die Frau für Verhütung gesorgt hat, wann ich zeigen mußte, daß ich selbst dafür Sorge trug. Und derselbe sechste Sinn meldete sich, als Lisa plötzlich auftauchte, nur geschah das unter umgekehrten Vorzeichen. Sie war fruchtbar, ich wußte es; die Freundin war nur eine Vermittlerin, ich wußte es; die alten Muster des Balztanzes waren gesprengt, ich wußte es; und Lunas Zorn sagte mir, daß auch sie wußte, wie neu und entscheidend das war. Ich lebte weiter wie bisher, aber auf einem beschädigten Fundament, ein Beben in der Tiefe hatte mein ganzes Leben mit Ausläufern der Erschütterung durchzogen.

Vielleicht war das der Anfang vom Ende, und Schönmeisters Geschenk von der anderen Seite des Daseins war die Öffnung, der unterirdische Tunnel, den ich in dem Moment brauchte, um darin zu verschwinden.

Ich gewöhne mich langsam an den Gedanken, an sein Geschenk.

Ich sitze ja hier, in diesem stillen Zimmer, das seines war. Ich fülle mein Glas zum letzten Mal auf. Bald ist mein Kopf schwer genug, der Rauch wabert durch das schwache Licht der Lampe. Bald kann ich schlafen gehen.

21. Tag, Donnerstag

P 38. Pistole, Modell 38. So lautete in der deutschen Wehrmacht die Kurzbezeichnung für die Walther, »einen Klassiker unter den Handfeuerwaffen«, wie mein Soldatenkamerad Erik mit beinahe ehrfürchtiger Stimme gesagt hatte. Erik Wie-hieß-er-doch-gleich ... Ich habe es vergessen.

Er war der fleißigste auf der Stube, wenn es ums Putzen ging. Alles, was an seiner Ausrüstung putzfähig war, glänzte immer tipptopp. Er reinigte und putzte sein Gewehr, als wäre es eine seltene Kostbarkeit, die nicht durch die Realität des Daseins beschmutzt werden darf. Er war in einem Maße verrückt nach Schußwaffen, wie man es sonst nur von amerikanischen Flintennarren kennt. Und er hatte eine kleine Sammlung zu Hause – ohne Waffenschein natürlich –, mit einer P 38 als der absoluten Perle; einmal brachte er sie mit, im Originalholster und eingeschlagen in einen Lappen.

Sie sei echt, beteuerte er, ein feines Exemplar aus den ersten Kriegsjahren; die aus den späteren Kriegsjahren seien gröber gearbeitet, könnten aber natürlich immer noch schießen. Wir schauten uns die Waffe an, ein bißchen angesteckt von seiner Begeisterung. Eine Trophäe, eine Feindpistole, ein Ding mit dämonischer Aura. So was bekam man im dänischen Heer nicht jeden Tag zu sehen. Sie ging von Hand zu Hand, und wir versuchten alle, damit umzugehen, das Magazin herauszunehmen, es wieder einzusetzen, sie zu entsichern, den Abzug durchzudrücken … Erik polierte sie mit dem Lappen, bevor er sie schließlich wieder in das Holster steckte. »Die beste Pistole, die die Deutschen gemacht haben«, sagte er. Ich nutzte die Gelegenheit, um über meinen Freiheitskämpfervater zu reden, und ich merkte, wie ich in der Achtung der anderen stieg: Der Student, der mit den weichen Klavierhänden, hatte doch noch was, womit er prahlen konnte.

Ich konnte gleich mit Schönmeisters P 38 umgehen, nachdem ich sie im Flügel gefunden hatte. Im Gegensatz zu Eriks Pistole war sie geladen. Jetzt sitze ich damit da.

Die Pistole ist schwer und schwarz. Gut gewartet, gut geölt, soweit ich das beurteilen kann. Das Magazin gleitet mühelos an seinen Platz; die spitznasige Munition schlummert im Inneren. Ist die Waffe wirklich so alt, wie sie zu sein scheint? Funktioniert sie noch?

Es ist mir ein Rätsel, was der alte Mann damit wollte. Sich gegen jemanden verteidigen? Wen? Oder war sie bloß ein sentimentales Souvenir, das er voller Ehrfurcht all die Jahre hindurch gepflegt hatte – aus seiner kurzen Zeit in Kopenhagen vielleicht? Hatte er sie in den Flügel gelegt, damit ich sie dort fand?

Ich habe gerade noch Zeit, mir etwas Wasser ins Gesicht zu spritzen, mich anzuziehen, auf einen Morgenkaffee in mein Stammcafé zu gehen und dort auf Lunas Anruf zu warten. Frau Meisl kommt erst morgen; sie muß heute irgendwo anders für einen Geburtstag kochen, deshalb hat sie darum gebeten, tauschen zu dürfen.

Auf dem Weg die breite Treppe hinunter sehe ich die Pistole vor mir: Ich habe sie auf dem Sofatisch vergessen. Was soll's, kommt ja eh keine Menschenseele vorbei, bevor ich zurück bin.

Heute ist mein Lieblingskellner da, der mit dem Hängearsch und dem nichtssagenden Blick. Er schlurft davon und kommt mit Ei, Kaffee und Brötchen zurück, gerade als das Handy in meiner Tasche klingelt.

Wir unterhalten uns gedämpft, Luna und ich. »Ich komme klar«, höre ich mich selbst sagen. Es ist das erste Mal in all diesen Ferngesprächen, daß sie eine Spur besorgt klingt. Ich wische es weg.

Das Wetter ist ziemlich gut, gut genug, daß man auf einer Parkbank sitzen kann, obwohl es etwas windig ist. Ich glaube, es war nicht ein einziges Mal windstill, seit ich hier bin. Der Park – ich weiß nicht, wie er heißt, bin einfach losgegangen, und dann war er da – ist staubig-grün und wirkt ein wenig müde. Ein Stück entfernt spielen Kinder. Ich sitze auf einer Bank an einem Kiesweg.

Lunas Stimme, mit ihrem leichten Unterton von Besorgnis, klingt mir immer noch im Ohr. Aber vielleicht ist es gar keine Teilnahme, sondern die Sorge, daß ich beschwerlich werden könnte, weil sie vielleicht gezwungen wäre, irgendwas für mich zu tun – Sorge um ihr eigenes Wohlbefinden, kurz gesagt. Sie hat immer diese undurchdringliche Aura um sich herum gehabt, diese Unnahbarkeit.

Schon auf dem Gymnasium. Alle spürten das, zumindest alle männlichen Wesen. Sogar manche Lehrer zeigten ihr Entzücken in unbeobachteten Momenten – zu meiner Verzweiflung und Eifersucht. Die Eifersucht war nicht geringer, wenn die anderen Jungen der Klasse oder der Parallelklasse mit ihr sprachen oder ein seltenes Lächeln von ihr geschenkt bekamen, aber sie waren immerhin Rivalen auf der gleichen Ebene wie ich. Die Lehrer waren machtvolle Wesen von höherem Rang, und ich ahnte schon damals die Anziehung, die Macht und Status auf Luna ausübten, den Drang zu Höherem, der ihr später so viel Kummer bereiten sollte.

Damals passierte nichts, wie ich heute weiß. Sie versteckte sich vor sich selbst, bewachte sich selbst, während ich heimgesucht wurde von Phantasien, in denen sie in den Armen derer lag, die älter, mächtiger, stärker, klüger waren als ich ... und doch wußte ich instinktiv, daß ihre Selbsteinschätzung wie eine Schicht Glas war, die sie einschloß, so lange der richtige Moment noch nicht gekommen war. Das war ein Paradoxon; sie war hellwach, sogar schlagfertig, überhaupt nicht fern oder abwesend, und doch lag etwas Schneewittchenhaftes über ihrer Schönheit, Schneewittchen im Glassarg, Schneewittchen im Tiefschlaf, auf den Prinz wartend, der sie zum Leben erwecken würde.

Sie war das hübscheste Mädchen der Schule, vor allem aufgrund ihrer Ausstrahlung; das Abiturfoto, das ich anläßlich der Einladung zum Jubiläum wiedersah, gab nicht mal einen Bruchteil davon wieder, nur ihre regelmäßigen Gesichtszüge. Die Schönste der Schule. Und meine Verliebtheit war die größte und unglücklichste der ganzen Schule.

Ich versuchte in jeder Pause in ihrer Nähe zu sein, ich tanzte mit ihr auf Schulbällen und Klassenfesten, und sie teilte mir freundlich die mir zustehende Portion ihrer Aufmerksamkeit zu, genauso freundlich, wie sie ihren anderen Verehrern gegenüber war; sie stieß niemanden zurück, aber sie sorgte dafür, daß auch niemand sich bevorzugt oder gar wiedergeliebt fühlte, und so blieb auch ihr Innerstes unzugänglich, das, was zählte.

Die meisten der anderen Jungs gaben nach einiger Zeit auf, sie verliebten sich in eine andere oder sahen ein, daß sie eher bewunderten oder aus Ehrgeiz begehrten, statt wirklich zu lieben. Demjenigen, der Beatrice Høst abgeschleppt hätte, wäre mehr Respekt als irgendeinem anderen Jungen an der Schule sicher gewesen; aber seltsamerweise hörte man im Zusammenhang mit den ansonsten florierenden und in der Regel stark übertriebenen Jungsprahlereien niemals ihren Namen. Das wäre so etwas wie Gotteslästerung gewesen, und der Prahler hätte sich zutiefst lächerlich gemacht, wenn seine Behauptung nicht nachweislich wahr gewesen wäre. Aber Beweise gab es nicht: Niemand wurde händchenhaltend mit Beatrice im Schulgarten gesehen, niemand wurde je bei einem Fest in einer dunklen Ecke beim Knutschen mit Beatrice gesichtet.

Nur ich blieb standhaft. Für mich gab es keine andere als sie. Sie verfolgte mich in meinen wachen Gedanken, ihr Bild setzte sich in allen möglichen Verkleidungen und Verzerrungen, bald bösen, bald glückseligen, in meinen Träumen fest. Einmal träumte ich, daß sie mir entgegenkam, die Hände an meine Wangen legte und sagte: »Ich war nicht nett zu dir, Peter« – und dann küßte sie mich. Ich war bis weit in den Vormittag hinein glücklich, lange nachdem die Vision verflogen war; ich ging in seliger Stille umher und spürte ihren Kuß immer noch auf meinen Lippen, spürte dieses nie erlebte Gefühl.

Ich lud sie ein, mit mir auszugehen. Sie lehnte dankend ab, so wie bei allen anderen. Ich schickte ihr einen glühenden Liebesbrief. Sie antwortete darauf, sie sei sehr gerührt gewesen, könne ihn aber nicht erwidern, und ich dürfe ihr nicht mehr schreiben. Ich tat es trotzdem, kurze Mitteilungen, Gedichte, Gefühlsausbrüche. Manchmal sagte sie freundlich »Danke für den Brief«, wenn wir uns in der Schule sahen, aber mehr nicht – und manchmal verlor sie kein Wort darüber. Auf einer Party bei einem Schulkameraden, dessen Eltern ein Klavier hatten, spielte ich ein kurzes

Stück, das ich selbst komponiert hatte, und anschließend sagte ich theatralisch: »Für Beatrice!« – einige kicherten, und Luna selbst lächelte nur ihr bekanntes Danke-für-den-Brief-Lächeln.

Luna. Launige Mondin. Das Luna-Gedicht fand ich irgendwann im letzten Winter auf dem Gymnasium in einem Buch, das wohl auf einem Präsentationsregal in der Bibliothek ausgestellt war, sonst hätte ich sicher nie darin geblättert. Aber das war der Volltreffer. Ich komponierte eine Melodie dazu, sang sie (für mich, zu Hause, nie vor ihr), schickte ihr das Notenblatt mit der rätselhaft-kryptischen Andeutung, daß ihr Name darin verborgen sei. Ausnahmsweise wurde sie neugierig, brachte das Blatt mit in die Schule und fragte, wie und wo. Ich zeigte es ihr. Sie bedankte sich und gab mir das Blatt zurück. Ich bestand darauf, daß sie es behielt, es wäre doch für sie, aber sie sagte nur, es gehörte mir. Und schon war sie weg, bevor mir eine passende Antwort einfiel.

Ich versteckte es. Aber den Namen Luna, den hatte sie immerhin akzeptiert.

Als das Abiturexamen näherrückte, war ich kurz davor, durchzudrehen. Ich wußte, daß Luna und mich nichts mehr zusammenhalten würde, wenn wir das Gymnasium erst hinter uns hätten, und ich beschloß, einen letzten Versuch zu unternehmen, sie zu erobern: Ich wollte das beste Abitur meines Jahrgangs schreiben. Ich paukte bis zur Erschöpfung, ich trainierte wie ein Sportler vor seinem Weltrekordversuch, und es klappte. Es beeindruckte sie nicht. Ich brach nach den Strapazen beinahe zusammen, ging nur auf das erste der zahlreichen Schulabschlußfeste, betrank mich sinnlos an drei Gläsern Wein, kroch nach Hause und legte mich sterbenskrank zu Bett. Nach einem Monat der Rekonvaleszenz, mit dem besorgten Schatten meiner Mutter Tag und Nacht um mich herum, hatte ich acht Kilo an Gewicht verloren und war klapperdürr. Und Luna war nach England abgereist.

Da stehen zwei dunkeläugige Kinder und starren mich an. Ich sitze wohl auch merkwürdig schief auf der unbequemen Bank. Eine Frauenstimme ruft sie in einer Sprache, die ich nicht verstehe. Sie laufen weg.

Ich stehe auf, angle mir eine Zigarette aus der zerdrückten Packung in der Jackentasche und zünde sie an. Ich mache ein paar Schritte auf den Kiesweg zu. Mein rechter Fuß ist eingeschlafen. Wie lange habe ich dagesessen, auf dieser elenden Bank? Mir ist auch kalt. Sollte mir einen Mantel kaufen. Oder ist das nur wieder mein inneres Frösteln ...?

Wer hätte gedacht, daß Luna mit all ihrer kühlen Unnahbarkeit ihrem Aristokratengatten wie eine billige Hure zu Diensten sein mußte. Alles mitmachen mußte. Sie habe ihn retten wollen, sagt sie. Den armen, armen Richard.

Als wir uns wiedertrafen, nach einer Unterbrechung von fünfundzwanzig Jahren, war ich berauscht davon, ihr Gesicht wieder vor mir zu sehen. Fältchen in den Augenwinkeln, schmalere Lippen, die Andeutung eines bitteren Zuges um die Mundwinkel – ja, und doch dasselbe Gesicht. Dieselben strahlend blauen Augen. Dasselbe blonde Haar. Ich begehrte sie immer noch, genauso, wie ich sie früher begehrt hatte – meine Anbetung damals auf dem Gymnasium war durchaus keine Madonnenverehrung gewesen, die Andeutung ihrer Körperkonturen unter dem dünnen Sommerkleid, das sie trug, hatte genügt, um sie in Tag- und Nachtträumen nackt vor mir zu sehen, erregt, willig –, aber es überraschte mich nicht, daß sie in diesem einen Punkt noch unerreichbarer für mich geworden war.

Der Zustand von Ehrlichkeit und hemmungsloser Offenheit, den wir später in unseren Gesprächen erreichten, wurde auf gewisse Weise noch kostbarer für mich als der Triumph, den eine sexuelle Verführung bedeutet hätte. Da waren diese Vibrationen zwischen uns; der Schauer, sich auf nie zuvor betretene Wege hinauszuwagen, war so anders, so neu und verlockend ...

Noch nie hatte ich einer Frau so offenherzig von meinen

Erlebnissen mit anderen Frauen erzählt. Und sie hatte garantiert noch keinem Mann, vielleicht keinem Menschen, das erzählt, was sie mir erzählte.

Vermisse ich das? Ja, aber ich weiß nicht, wie es weitergehen soll. Nicht über diese Entfernung …

Die Schwelle wurde in lauter kleinen Schritten überquert. Wir begannen damit, uns all die normalen, akzeptablen Handlungen zu berichten, die wir ein Vierteljahrhundert lang voneinander getrennt ausgelebt hatten. Dann kamen die ersten Andeutungen, die ersten Fragen, die ersten Konkretisierungen …

Richard hatte sich in der Hochzeitsnacht bewundernd verhalten, fast anbetend. Hatte ihre Schönheit gerühmt, ihren Körper liebkost, war aber gleichzeitig seltsam zurückhaltend gewesen. Erst als sie beide fast eingeschlafen waren, hatte er sich auf sie geworfen, mit einer beinahe geistesabwesenden Heftigkeit, hart und drängend. Sie wunderte sich, freute sich aber auch darüber, daß er danach so befriedigt und erlöst war und in tiefen Schlaf fiel, den Kopf auf ihre Schulter gebettet.

Das erzählte sie. Das war allerdings erst der Anfang. Harmlos. Aber dabei blieb es nicht.

Oft, wenn ich von meinen Erlebnissen erzählte, war irgendeine banale Nebensächlichkeit, eine Bemerkung, eine Örtlichkeit, eine kleine Angewohnheit einer meiner Freundinnen, für Luna der Anlaß, etwas zu erzählen. Manchmal fiel es mir wirklich schwer, den Zusammenhang zu erkennen, der vielleicht nur als eine ganz private Assoziation in ihrem Kopf existierte – aber ich zweifelte nie daran, daß sie über alle diese Dinge sprechen mußte, sie herausbringen mußte …

In diesen zehn Jahren, die wir nun als Vertraute miteinander Umgang hatten, habe ich mir ein Bild gemacht. Das erste Jahr von Lunas Ehe muß sowohl vielversprechend als auch unerfüllt gewesen sein; ersteres, weil sich ihr eine neue Welt eröffnete, und letzteres, weil Richard im Bett unberechenbar blieb. »Ich war immer so einsam, wenn er mit mir zusammen war«, sagte sie einmal.

Sie bekamen keine Kinder. Erst war Luna nicht sicher, ob sie bereit für ein Kind war, später hatte sie andere Gründe, die Pille zu nehmen. Ihr Mann begann nach einiger Zeit, sie zu Sexspielen zu drängen, die immer abartiger wurden. Er fesselte ihre Füße an die Bettpfosten, so daß sie mit gespreizten Beinen dalag und sich nicht rühren konnte. Er befahl ihr, sich bäuchlings auf ein Fell vor dem Kamin zu legen, nackt, und verband ihr die Augen – so ließ er sie dann unerträglich lange liegen, bis er plötzlich und lautlos von hinten in sie eindrang. Er bettelte sie an, ihm und seinen Freunden Drinks am Swimmingpool zu servieren, oben ohne, die Brustwarzen mit Lippenstift angemalt – und als sie es tat, folgte er ihr ins Haus und fickte sie hastig und grob am Kühlschrank.

Als er das erste Mal einen seiner Freunde mit ins Bett nahm, tat er es unter dem Vorwand, sie sei in den Freund verliebt und würde sich nur nicht trauen. Aber obwohl die beiden Männer einander nicht berührten, sondern sich nur darin abwechselten, *sie* zu bumsen, spürte sie klar und deutlich, daß die beiden sich aneinander aufgeilten, nicht an ihr. Der Freund ejakulierte als erster, und Richard mischte sein Sperma mit dem des Freundes in ihrer Scheide, wobei sein Gesicht vor Erregung glühte.

Später kamen andere Freunde, und Richard versuchte nicht mehr, ihr einzureden, er tue es doch nur ihr zuliebe, weil sie sich in den Mann verguckt habe. Dem war auch nicht so, vielleicht allerhöchstens ein- oder zweimal. *»Be nice to him«*, war das Codewort, wenn die anderen Gäste gegangen waren und ein einzelner Mann zurückblieb, mit diesem schmierigen, lüsternen Blick, den sie kennen und hassen lernte.

»Warum habe ich all das bloß mitgemacht?« sagte sie oft, so vor sich hin, an niemanden gerichtet. Aber sie versuchte auch, sich diese Frage selbst zu beantworten. Viele Jahre lang glaubte sie, daß sie Richard »retten« könnte, indem sie ihn sich austoben ließ, ihm Erlösung verschaffte von einer Menge verdrängter und verkorkster Dinge, die sich in ihm angehäuft hatten. Und das glitzernde Leben, die großen Gesellschaften, auf denen sie gefeiert und bewundert wurde, die unbeschwerten Reisen überall dorthin, wo das Wetter am schönsten oder das Leben am interessantesten war ... alles das hatte seine Reize. Das gab sie ohne weiteres zu.

Richard war manchmal am Boden zerstört, nachdem er sie zu einem mehr oder minder bizarren, miesen Sexspiel gezwungen hatte. Er bereute und gelobte Besserung, sprach sanft und bittend auf sie ein, kaufte ihr teuren Schmuck, und mehr als einmal glaubte sie ihm. Aber mit jedem Rückfall dachte er sich schlimmere Sachen aus.

Sie konnte sich nicht dazu durchringen, mit ihrer Schwiegermutter darüber zu sprechen. Die Freundinnen in ihrem Bekanntenkreis spielten es entweder herunter oder gaben zu verstehen, daß sie von solchen Dingen nichts hören wollten. Das Intimleben besprach man nur mit seinem Psychiater, und Luna wollte – heroische Sturheit! – zu keinem gehen. Nicht zu einer Patientin werden, sagte sie.

Die Episode, die schließlich den Anstoß zur Scheidung gab, hat sie mehrfach berichtet. Jedesmal habe ich es lebhaft vor mir gesehen, und jedesmal deutlicher – obwohl Gesichter, Details, Einrichtung, überhaupt das meiste allein meiner Vorstellung entsprang.

Sie hatten begonnen, sich immer öfter zu streiten, über Dinge, die eigentlich nur ein Vorwand waren. Eines Tages hatten sie einige Investitionen besprochen, die Richard mit einem neuen Geschäftspartner tätigen wollte, und Luna hatte gesagt, der Geschäftspartner sehe aus wie ein *nincompoop* – ein anderes Wort für Idiot, das sich hervorragend dazu eignet, in vornehmstem Englisch höhnisch und verächtlich ausgesprochen zu werden. Richard war vor Wut geplatzt und hatte sie beschimpft, sie mißtraue seiner Urteilskraft und so weiter, und so weiter ... und dann hatten sie sich plötzlich besonnen und beschlossen, Waffenstillstand zu schließen.

Am nächsten Abend gaben sie ein Essen, und alles verlief in Harmonie und eleganter Leichtigkeit. Als die letzten Gäste gegangen waren, dankte Richard ihr dafür, daß sie eine so strahlende Gastgeberin gewesen war, betrachtete sie bewundernd und sagte, wie schön und schlank sie doch immer noch aussehe, so schlank, daß sie sicher noch in ihr Brautkleid paßte – hatte sie es nicht noch irgendwo im Schrank hängen? Ob sie es wohl noch einmal anziehen würde, ihm zuliebe?

Luna, müde und überrascht, wie sie war, freute sich und war gerührt über diesen plötzlichen romantischen Einfall, und sie willigte ein. Während er unten im Salon wartete, ging sie in ihr Ankleidezimmer, wo das Brautkleid immer noch in einen Kleiderschutz eingeschlagen hing, vergilbt, aber seit dem Hochzeitstag unberührt. Sie paßte tatsächlich noch hinein, und nachdem das Dienstmädchen ihr beim Anziehen geholfen hatte, schickte sie es weg und ging allein zurück in den Salon, seidenraschelnd, das Herz voller dunkler, süßer Erinnerungen an all die Hoffnungen, die sie gehabt hatte, als sie dieses Kleid zum erstenmal trug.

Richard empfing sie mit einem Ausruf des Entzückens. Er stellte das Whiskyglas ab, kam zu ihr und küßte sie auf die Stirn, sagte, wie zauberhaft sie aussehe, trat hinter sie und küßte ihren Nacken im Rückenausschnitt des Kleides, während er von hinten die Arme um sie legte und nach ihren Händen griff.

Und dann hielt er sie fest wie in einer Schraubzwinge und sagte mit einer völlig veränderten Stimme dicht an ihrem Ohr: »John ist hier. Du hast ihn beleidigt. *Be nice to him.*«

John, den neuen Geschäftspartner, der an der Abendgesellschaft nicht teilgenommen hatte, sehe ich vor mir als einen feisten, speckigen, abstoßenden Mann. Ich sehe ihn aus einem Nebenzimmer durch die Tür kommen, in

Hemdsärmeln und mit aufgerichtetem Glied, das ihm aus dem offenen Hosenschlitz ragt. Ich sehe, wie er grob ihr Brautkleid hochrafft, ihr den Slip herunterreißt und mit wenigen, brutalen Stößen in sie eindringt, während Richards fitneßgestählte Arme Luna unerbittlich festhalten und er ihre Füße auf den Boden zwingt, so daß sie weder weglaufen noch treten kann, und ich sehe ihren Unterleib umklammert von den Händen des anderen Mannes, ausgeliefert seinem stoßenden Becken. Ich sehe Richards rotes Gesicht, keuchend, als er hinter ihr stehend kommt, aufgegeilt von der Geilheit des anderen; ich sehe Luna zusammenklappen vor Scham und heulendem Schmerz, und ich bin so wütend und verzweifelt, daß ich die beiden Scheißkerle umbringen könnte, wenn sie nur hier wären.

Aber sie sind nicht hier, ich bin allein und stehe mit leeren Händen an einem Zaun vor einem Wiener Park. Autos fahren draußen auf der Straße vorbei, und ich habe Tränen in den Augen hinter meiner überflüssigen Sonnenbrille. Zum Glück sind hier keine Kinder, die mich in diesem Moment anstarren, ich kann die Sonnenbrille abnehmen und mir die Augen reiben, als ob ich bloß müde wäre, und gleich da hinten ist eine Bushaltestelle; es wird sicher bald ein Bus kommen, der mich von hier wegbringt, irgendwo anders hin.

Ich gehe die breite Treppe hinauf. Ich weiß nicht genau, wie lange ich unterwegs war. Das Haus ist still, niemand regt sich, obwohl es schon so spät nachmittags ist, daß die Leute langsam nach Hause gekommen sein müssen. Ich habe keine Ahnung, wer hier sonst noch wohnt. Es ist mir auch egal.

Ich schließe die Tür auf, gehe hinein. Auf dem Sofatisch in der Stube liegt immer noch die Pistole. Muß zusehen, daß ich sie verstecke. Nehme sie in die Hand und denke: Ob die noch geht? Funktioniert die Munition noch, die ganze Mechanik?

Schaue die Wand über dem Sofa an. Da hängt das Alpenpanorama im Goldrahmen. Weiße Gipfel, blaue Schluchten, keine Menschenseele in der öden Schneelandschaft. Die Wand dahinter ist die Wand zum Flur. Die Wand am anderen Ende des Flurs ist eine Außenwand, bestimmt ganz solide gemauert.

Ich nehme die Alpenlandschaft von der Wand. Ein schwacher Staubgeruch macht sich bemerkbar, braune Spinnweben zittern an der Stelle, wo das Bild hing. Es ist schwer, ich muß beide Arme weit ausstrecken, um den Rahmen halten zu können. Ich steige vom Sofa und stelle das Bild an die Tür. Nehme die Pistole wieder in die Hand und gehe zum Flügel. Das deutliche Rechteck, wo das Bild hing und wo das Muster der Tapete farbenkräftiger ist, zieht meine Aufmerksamkeit an, als wäre es ein Testfeld für irgendeine wichtige Entscheidung.

Ich entsichere die Pistole, halte sie am ausgestreckten rechten Arm in der klassischen Schußstellung, nicht mit dem polizeimäßigen Zweihandgriff, und ziele auf den Punkt, an dem die unsichtbaren Diagonalen des Rechtecks sich schneiden.

Der Knall ist ohrenbetäubend. Der Rückstoß wie ein Schlag gegen die Hand. Der Geruch beißend. In meinen Gehörgängen dröhnt es, während ich das gezackte Loch in der Wand betrachte, wo das Projektil eingeschlagen ist. Offenbar sitzt es noch in der Zwischenwand und ist nicht durchgedrungen.

Die Waffe funktioniert einwandfrei.

Halbtaub hänge ich die Alpenlandschaft wieder auf.

25. Tag, Montag

Der Portugieser ist leicht, kann aber schwer zuschlagen. Bin ziemlich groggy nach meinem gestrigen Kampf, einen totenstillen, todlangweiligen Sonntag herumzubringen. Eigentlich sollte meine Umgebung keine Rolle spielen, so wenig, wie ich mit ihr zu tun habe, aber es macht mir zu schaffen, wenn ich den Herzschlag der Stadt nicht um mich herum spüren kann. Das Paradox des Großstadtbewohners: Man braucht Lärm, um sich entspannen zu können.

Ich raffe mich zu einem Duschbad auf. Muß mich in die Badewanne setzen, mitten beim Einseifen. Schönmeisters seltsame Sitzbadewanne, unnötig platzsparend in dieser Wohnung, in der es überall so geräumig ist. Aber vielleicht war das ein Ausdruck seiner Arbeitsamkeit oder Genügsamkeit: kein wollüstiges Liegen in warmem Wasser, nur nüchternes Befeuchten und Waschen im Sitzen.

Meine Füße sehen alt aus. Sie sind bleich und die Adern dick geschwollen.

Ich fahre auf der Rolltreppe hinauf ins Freie. Der Dom liegt groß und kompliziert vor mir – ausnahmsweise habe ich mir für meine trivialen Ausflüge mit Tram und U-Bahn ein Ziel gesetzt. Ich weiß gar nicht genau, was ich hier will, aber vielleicht zieht es mich ins Herz der Stadt, ins Herz der Wiener Geschichte, ins Herz von Schönmeisters wechselvollem Leben. Er muß hier gewesen sein, vielleicht selten, vielleicht viele Male.

Er hat im Saal gesessen, als ich damals vor vielen Jahren mit *Quatuor Funèbre* hier war, wie ich erfahren habe. Ich habe angestrengt versucht, mich an einen älteren Mann mit verunstaltetem Gesicht im Publikum zu erinnern, aber die Erinnerung läßt mich im Stich, wie sehr ich sie auch beschwöre. Was für ein merkwürdiger Gedanke, daß unsere Wege sich damals kreuzten – oder es beinahe getan hätten – und ich nichts davon ahnte.

Es ist dämmrig und kühl hier drinnen, Gemurmel von Touristen, ein katholischer Geruch von Kerzen und Weihrauch. Ich gehe in dem widerhallenden gotischen Gemäuer herum, ohne zu wissen, wonach ich suche; es ist verwirrend, und wieder packt mich Mutlosigkeit. Vor einer Weile dachte ich, es wäre eine gute Idee, hierherzukommen, und jetzt weiß ich nicht mehr, warum sie gut gewesen sein soll.

Man kann für vierzig Schilling eine Karte für eine Führung durch die Katakomben kaufen. Ich tue es – und warte am Treppenabstieg zusammen mit einer kleinen Gruppe anderer Besucher. Manche sind zu zweit, andere sind allein. Die, die allein sind, vermeiden so wie ich jeden Blickkontakt. Nach kurzer Zeit kommt ein verhutzeltes Männchen und bringt uns unter die Erde.

Die Wände in den labyrinthischen Gängen haben Öffnungen, so daß man in die Kammern hineinsehen kann, in denen alte braune Schädel und Knochenreste mehr oder weniger unordentlich gestapelt liegen. Das unterirdische Beinhaus, die letzte chaotische Ruhestätte der Toten. Wenn sie am jüngsten Tag auferstehen müssen, wie sollen sie dann ihre eigenen Gebeine wiederfinden können? Hier der Kopf, dort der Oberschenkelknochen, und Rippen und Fußwurzelknochen verstreut in alle Winde. Der Touristenführer leiert seine Erläuterungen herunter. Ich höre nicht zu.

Nach einer Weile, die mir sehr kurz vorkommt, werden wir zu einer Treppe geführt, über die wir wieder ans Tageslicht kommen. Draußen vor dem Dom. So als ob der Besuch nun vorbei ist und man uns höflich, aber bestimmt vor die Tür setzt. Wir blinzeln ins Licht, die Paare unterhalten sich angeregt, schütteln sich die Kälte von den Schultern.

Ich gehe ziellos weiter, fort vom Stephansplatz. Ich bin in Wien, umgeben von sehenswürdigen Gebäuden und hervorragenden Museen, aber ich habe nicht genug Energie, mir etwas anzusehen. Jeden Tag, jeden Abend gibt es Aufführungen und Konzerte, aber ich habe keine Kraft, sie mir anzuhören. Ich bin nur hier, weil Schönmeister in dieser Stadt lebte und starb.

Mein ganzes Leben lang war ich insgeheim stolz auf mein Freiheitskämpfererbe, auf die heldenhaften Gene, die ich in mir trug. Jetzt ist es egal. Oder doch nicht? Das Gefühl ist da und auch wieder nicht, wie ein eingeschlafener Arm oder ein Fuß, der vor Kälte taub ist. Ist es nicht auch albern, sich einer Sache zu rühmen, die ein anderer getan hat, sei es nun der Vater oder nicht? Aber ich habe den Namen Aage Rasmussen wie ein Kleinod mit mir getragen, wie einen Schatz hinter der grauen Fassade der Familie gehütet, und ich habe das kleine Schwarzweißfoto verdrängt, daß ich auf dem Boden des Schmuckkästchens meiner Mutter gefunden habe, nachdem sie gestorben war, das Bild von ihr und einem jungen Mann im Trenchcoat, einem selbstbewußten Mann, einem tatkräftigen Burschen. Der Freiheitskämpfer, der Saboteur, der junge Tote, gefallen für eine gerechte Sache. Ich war überzeugt gewesen, daß er es war, es sein mußte, obwohl nichts auf der Rückseite des Fotos stand, kein Name, kein Datum.

Eltern sterben immer zu früh. Man bleibt immer mit Fragen zurück, auf die man gern eine Antwort gehabt hätte, und dann ist es plötzlich zu spät. Das haben mir mehrere meiner gleichaltrigen Bekannten bestätigt. Und meine Mutter starb, als ich noch sehr jung war, erst zweiundzwanzig. Ich konnte sie nicht mehr fragen, warum sie sich entschlossen hatte, mich in ihr Geheimnis einzuweihen, an jenem Sonntag, in jenem Herbst, kurz bevor ich neun Jahre alt wurde.

Es war so seltsam. Mein Vater verkündete nach dem Frühstück beinahe feierlich, daß er jetzt einen Spaziergang im Park von Fredriksberg machen werde. Das tat er sonst nie, schon gar nicht allein. Nachdem die Tür hinter ihm ins Schloß gefallen war, strich meine Mutter mir übers Haar und sagte, daß sie mir jetzt was erzählen wolle. »Du bist ja nun schon ein großer Junge, Peter«, sagte sie. »Du gehst zur Schule. Und wenn da mal einer in der Schule ist, der sagt, daß dein Vater gar nicht dein richtiger Vater ist, dann gehst du gar nicht drauf ein. Aber ich will dir erzählen, wie es wirklich war.«

Hatte es Andeutungen gegeben? Getratsche im Treppenhaus? Unwillkommenes Wiedersehen mit Bekannten von früher? Ich habe keine Ahnung. Das hätte ich sie gern gefragt. Heute weiß ich nur noch, daß sie mit einer halbherzigen Erklärung darüber begann, wo die kleinen Kinder herkommen, einer blumigen Umschreibung, die ich wohl besser durchschaute, als sie sich hätte träumen lassen. Daß meine Spielkameraden und das heimliche Treiben »der Großen« in den Kellergängen, von dem man mehr hörte als sah, meine Aufklärung schon mehr oder weniger übernommen hatten, war ihr sicher nicht bewußt.

Wie auch immer. Ich sollte jedenfalls eines wissen: Auch wenn es unserer kleinen Familie sehr gut ging und auch wenn mein Vater ein wunderbarer Mann wäre und der beste Vater, den ich mir nur wünschen könnte, wäre doch mein *richtiger* Vater ein Mann namens Aage. Und das dürfte ich keinem Menschen sagen, denn das wäre ein Geheimnis, das meine Mutter und Aage teilten, und wenn ich noch mehr Fragen dazu hätte, wäre es am besten, daß ich sie danach fragte, wenn wir alleine wären, denn mein Vater würde am liebsten nicht darüber sprechen wollen. Sagte sie.

Hatte ich mit ihm darüber geredet? Nein, ich glaube wirklich nicht, daß ich es ihm gegenüber jemals erwähnte, höchstens nach ihrem Tod, als wir beide voller Schmerz und Verzweiflung darüber waren, wie schnell der Krebs sie dahingerafft hatte. Es war, als hätte sie keinerlei Widerstand geleistet, sondern ihn als ihr persönliches Schicksal akzeptiert. Und als sie gestorben war, viel zu schnell und viel zu dramatisch, als daß man sie mit Details nach Abstammungsfragen hätte behelligen können, fragte ich meinen Vater – den Mann, der den Papieren nach mein Vater war –, ob er von der Geschichte mit Aage Rasmussen gewußt habe.

Das hatte er. Gleich von Anfang an, sagte er. Schon von dem Moment an, als sie mit mir schwanger war. Er hatte gewußt, worauf er sich einließ. Und er hatte meine Mutter geliebt, zwanzig Jahre lang.

Er sagte die Wahrheit. In den folgenden drei Jahren

schwand er vor meinen Augen dahin. Nicht spektakulär, er soff nicht, er ließ sich nicht gehen. Er schrumpfte einfach in sich zusammen und alterte, bis sich in einem Winter eine simple Erkältung zu einer Lungenentzündung ausweitete, die ihm den Rest gab. Er wurde nur sechsundfünfzig, und doch schien es so, als habe er schon zu lange gelebt.

Ich habe ein Café gefunden, sicher eines der berühmten. Hier gibt es Gewölbe, Säulen, neubezogene Stühle im Thonet-Stil, kleine, runde Marmortische. Gleich hinter dem Eingang sitzt eine Figur an einem Tisch, eine bemalte Skulptur in Lebensgröße, ein trauriger Mann mit Halbglatze, üppigem Schnurrbart und einer braunen Fliege unter dem schwarzen Jackett. Eine Anekdote? Der ewige Stammgast, den das Personal jeden Morgen abstaubt?

Mir ist es egal, ich brauche einen Kaffee. Und ein Sandwich. Hauptsache, ich kann allein an meinem kleinen runden Tisch sitzen, dann kann die Welt sich meinetwegen so sonderbar geben, wie sie will.

Die Kellnerin kommt mit meiner Bestellung, rasch und effektiv.

Aage Rasmussen war ein mutiger Mann. Meine Mutter hat mir ein kleines bißchen von ihm erzählt, aber ich merkte schnell, daß sie nicht besonders gern über ihn sprach. Jetzt verstehe ich besser, wieso. Aber damals versuchte ich um so mehr, selbst etwas über ihn herauszufinden. Als Halbwüchsiger las ich alle möglichen Bücher über die Besatzungszeit, auch Bücher, die eigentlich für Erwachsene gedacht und viel zu schwer für mich waren. An manchen Stellen war er mit Namen erwähnt, an anderen Stellen wurde von den Aktionen berichtet, an denen er, wie ich wußte, irgendwie mitgewirkt hatte. Einen Teil des Sprengstoffs für die große Sabotageaktion gegen das Gewehrsyndikat hatten er und ein paar Kameraden durch einen Überfall auf ein deutsches Militärdepot besorgt. Das war mehr als dummdreist gewesen, aber es hatte geklappt.

Auch später habe ich mir immer wieder Bücher über jene Zeit gekauft. An eins davon erinnere ich mich plötzlich ganz deutlich: Dänemark unter deutscher Besatzung. Namen – Orte – Ereignisse. Es lag auf der Kommode in meinem Schlafzimmer in der Nidarosgade. Das habe ich zurückgelassen …

Aber was mich am meisten faszinierte, besonders nachdem ich selbst etwas von der unwiderstehlichen Anziehung der Geschlechter zu ahnen begann, war der Gedanke an den geheimen Kellerraum in Professor Rasmussens Villa, diesen kleinen Verschlag, in dem ich mir meine Mutter und Aage Rasmussen in heißer Umarmung auf einem Feldbett vorstellte.

Diese Vorstellung von meiner Mutter in den Armen eines fremden Mannes fand ich abstoßend und anziehend zugleich. Zum einen war ich eifersüchtig auf den Unbekannten, zum anderen aber sagte ich mir, daß sie den jungen Freiheitskämpfer in jener schwierigen Zeit getröstet hatte und eins mit ihm geworden war, und die Frucht ihres zweifellos leidenschaftlichen Verhältnisses war ich.

Es erfüllte mich mit Stolz, der Sohn eines Helden zu sein, auch wenn es nicht offen erwähnt werden durfte; ich verriet es nur wenigen Freunden nach großer Geheimnistuerei und der Abnahme von Schweigegelübden.

Merkwürdige Akustik hier drinnen; das muß an den pseudogotischen Gewölben des Cafés liegen, die die Stimmen unberechenbar zurückwerfen. Da ist eine amerikanische Stimme, die sich in den letzten paar Minuten hervorgedrängt hat, ein Mann, der etwas über die Figur an der Tür sagt; sie stellt irgendeinen toten Dichter dar, der oft hierherkam, erklärt der Mann, und seine Stimme kommt mir seltsam bekannt vor.

Ich bin herausgerissen aus meinen Vergangenheitsträumen. Aber es dauert eine Weile, bis ich die Stimme lokalisieren kann. Dann sehe ich den Mann, überraschend weit weg, wenn man bedenkt, wie deutlich ich ihn höre; er liest einer Frau laut aus einem Reiseführer vor, sie sitzen beide an einem Fenstertisch, und bei der runden Stirn und der lockigen Mähne gibt es keinen Zweifel, um wen es sich handelt: Das ist Bill Cohen, und die Frau ihm gegenüber ist seine schwarzäugige Frau Hannah.

Ich muß zusehen, daß ich hier verschwinde, bevor sie mich entdecken. Er ist mir ein guter Agent gewesen, aber ich kann nicht auf seine Verschwiegenheit bauen, dazu tratscht er viel zu gern. Teufel aber auch – er hat mir sogar mal erzählt, daß seine Vorfahren aus Wien kamen, *a very musical city*, und jetzt macht er mit Hannah offenbar eine Reise in das Heimatland seiner Familie.

Ich habe so oft mit ihm in Hotels und Restaurants zusammengesessen, daß ich seine Stimme wiedererkenne, ohne hinzusehen, und ich war bei ihm und Hannah zu Hause in Santa Monica, nein, es gibt keinen Zweifel.

Als ich aufstehe, sieht er zu mir herüber. Ich setze mich wieder hin. Ich kann ja auch nicht gehen, ohne zu bezahlen, das würde erst richtig für Aufsehen sorgen. Ich winke der Kellnerin. Bill schaut wieder her – aber oberflächlich, wie ich plötzlich merke. Ohne zu registrieren, was ich tue.

Ich zahle den Kaffee und das halb aufgegessene Sandwich, und ich bemerke seinen flüchtigen Blick mehrere Male. Vielleicht ziehe ich ihn durch mein Starren erst recht auf mich.

Dann stehe ich wieder auf, stecke die Hand in die Jackentasche und fühle das zerknüllte Zigarettenpäckchen; ein tollkühner Impuls läßt mich zu ihm hingehen, mit einer Zigarette im Mund, ich klopfe mir suchend auf beide Jackentaschen und frage: *»Have you got a match?«*

Er sieht mich an und nickt. *»Yeah, sure.«* Er gibt mir bereitwillig Feuer. Hannah schaut zu mir auf und lächelt freundlich und zerstreut, dann sieht sie wieder aus dem Fenster. Ich gehe zur Tür, vorbei an dem versteinerten Dichter, trete auf die Straße hinaus. Die Zigarette in meiner Hand zittert.

Habe ich mich so sehr verändert? Sie haben mich nicht erkannt. Sie haben mich wirklich nicht wiedererkannt.

Die Einsamkeit senkt sich auf mich wie eine Taucherglocke.

Ist das eine Anweisung des Alten, daß nichts über seinen Bekanntenkreis erzählt werden darf? Ein paar Leute *muß* er doch gekannt haben. Aber er hat alle ihre Spuren ausgelöscht, so wie er seine eigenen Spuren gänzlich verwischt hat. »Gibt es wirklich keine Fotos von ihm, die ihn im Alter zeigen?« habe ich Frau Meisl gefragt. »Ich kann ihn mir überhaupt nicht vorstellen!«

Ich glaube, sie hat trotz meines mangelhaften Deutsch verstanden, wie wichtig es für mich ist, einen Anhaltspunkt zu haben. Etwas mehr als den bloßen Namen und dieses Erbe, diesen im Grunde rührenden Versuch, irgendein Unrecht wiedergutzumachen, den krummen Verlauf der Vergangenheit wieder geradezubiegen. Sie hörte einen Moment lang auf, im Besenschrank herumzuhantieren, und ich rechnete schon halb mit einem Einlenken. Aber sie begnügte sich damit zu sagen: »Ich glaube nicht.« Und dann schaltete sie den Staubsauger ein.

War es eine Gesellschaft alter Nazis, die hier in der Stube beisammensaß und die jetzt so widerwärtigen und damals so aufmunternden Lieder ihrer Jugend sang, während einer von ihnen – nicht Schönmeister – den Flügel bearbeitete? Das Bild der Schädelhaufen in den Katakomben taucht wieder auf und vermischt sich mit den schockierenden Bildern meiner Kindheit, Bildern von Leichenhaufen in Konzentrationslagern.

Heilt die Zeit alle Wunden? Soll ich Schönmeister die ideologische Naivität vergeben, die ihn 1944 nach Kopenhagen führte? Ist es das, was sein Geschenk erreichen will – Vergebung? Was ich über seine eigentliche Tätigkeit in jener Zeit erfahren habe, ist so ungenau. War er bei der Gestapo? Schreibstube oder Straßenkampf?

In den letzten Tagen hat mich eine Art Tagtraum verfolgt: Drei junge Männer in wehenden hellen Mänteln auf wilder Flucht über ein Fabrikgelände, verfolgt von einem großen schwarzen Auto. Einer der Männer erreicht als erster das Gittertor und rüttelt daran, es ist zu, aber nicht abgeschlossen; ein anderer zieht eine Pistole und feuert drei Schüsse auf die Windschutzscheibe des schwarzen Autos ab. Das Auto bremst scharf, vier Männer springen heraus und schießen auf die Fliehenden; Schönmeister, halb in Deckung hinter dem gewölbten rechten Kotflügel zielt mit seiner P 38 und trifft den Mann am Tor, der in sich zusammensinkt. Das ist Aage Rasmussen, in die rechte Lunge getroffen, tödlich verletzt; aber die anderen können ihn durch das nun teilweise geöffnete Tor ziehen, und im selben Moment bremst auf der Straße ein anderes Auto mit quietschenden Reifen und sammelt die Freiheitskämpfer auf. Hinter dem Steuer sitzt der Vierte der Gruppe, der lange unten an der Straße gewartet hat. Sie entkommen, aber für Aage Rasmussen ist es zu spät.

So könnte es gewesen sein.

Es fällt mir leicht, allzu leicht, mir das bildlich vorzustellen.

Oder ist Schönmeister nach seinen Erlebnissen in den Kriegsjahren fromm geworden? Hat er sich von all dem Bösen distanziert? Hat er in seiner Bibel gelesen, oder hat er sich nur die Bilder angesehen?

Ich habe die Vorhänge zugezogen und sitze vor dem Bücherregal auf dem Fußboden, die Doré-Bibel aufgeschlagen. Wie ein Kind, das keine Lust hat, das schwere Buch zu einem Tisch zu tragen. Ich habe bei einem Bild innegehalten, das mich wirklich wie damals als Junge erschauern läßt: Jesus hoch oben auf einem Berggipfel mit Satan neben sich, Jesus schlank und rank, im knöchellangen Gewand und mit Heiligenschein über dem Haupt, der Teufel kniend, gestikulierend, nackt, mit dem muskulösen Körper eines jungen Mannes und kleinen Hörnern auf der Stirn und unheimlich steifen Flügeln auf dem Rücken. Der Böse zeigt mit der Hand in die Tiefe unter ihnen, er will, daß der Gute sich vom Berg stürzt und darauf vertraut, daß die Engel kommen und ihn retten werden; aber der Gute weigert sich, man soll Gott nicht auf die Probe stellen.

Ich erinnere mich gut an die Geschichte. Vielleicht hat meine Mutter sie mir erzählt, vielleicht war es die Lehrerin im Religionsunterricht. Jesus wandelte vierzig Tage in der Wüste, und erst als der Teufel von ihm abgelassen hatte, kamen Engel und kümmerten sich um ihn.

Das furchtbare, das erschreckende an diesem Bild ist die Intimität zwischen den beiden. Sie stehen sich nicht als Feinde gegenüber. Der Böse legt appellierend eine Hand auf den Arm des Guten, und obwohl er höchst gefährlich ist, ist er auch ein schönes Wesen, ebenso wie der ranke Jesus mit Bart und Heiligenschein. Der Teufel ist schön wie ein Sportsheld. Jesus ist schön wie ein Popidol. Sie sind zwei Seiten derselben Medaille, und sterbliche kleine Jungen können nur fasziniert darauf warten, wie dieser Wettstreit in Scharfsinnigkeit und Standhaftigkeit zwischen den beiden Supergestalten ausgeht.

Und doch, ich weiß noch, daß ich mich mit dem Guten identifizierte. Es war ein schäbiger Trick des Teufels, Jesus aufzufordern, sich hinabzustürzen. Der Teufel hat gut reden, er hat Flügel, er kann einfach wegfliegen. Jesus hat keine Flügel, er würde in den Tod stürzen, falls keine Engel kommen und ihn retten. Er handelt klug.

Aber ich hätte lieber die Engel auf dem Bild dabeigehabt.

29. Tag, Freitag

Prohaska hat keine neueren Bilder von Schönmeister, und er weiß auch keine Erklärung für die große Dokumentenvernichtung. Ich hatte ihn ausnahmsweise vom Telefon in der Wohnung aus angerufen. Aber er bot mir an, das Video in seinem Büro anzusehen, er habe dort ein Abspielgerät. Es wurde eine Enttäuschung.

Ich war gespannt und direkt ein bißchen gerührt, als Frau Meisl gestern mit einer Videokassette kam und erklärte, die habe ihr Neffe aufgenommen, als er damals seine neue Videokamera bekam; er habe sie gefilmt, aber zwischendurch auch mal kurz »den alten Herrn«, draußen auf der Straße ... Prohaska und ich sahen uns die kurze Sequenz an, aber man konnte das Gesicht nicht sehen, man konnte überhaupt nicht sehr viel sehen. Nichts, was weiterhelfen würde. Ich vergaß, die Kassette wieder mitzunehmen, als ich ging.

Er war auch so emsig, der gute Prohaska. Fragte, ob ich nicht gleich die Dokumente unterschreiben wollte, die er für mich vorbereitet hatte, die Formalitäten, die ich hinter mich bringen müßte, bevor ich das Erbe antreten könnte. Ich weiß noch nicht, wann ich Lust habe, mich damit auseinanderzusetzen, im Moment jedenfalls nicht.

Es ist schon Nachmittag, der Tag ist so dahingeflossen. Ich stehe vor einer langen Mauer. Wie sich herausstellt, schirmt sie den Belvedere-Park ab.

Belvedere. Noch ein Museum, das ich nicht zu sehen bekomme. Es schließt bestimmt bald, aber allein der Gedanke, jetzt hineinzugehen und sich die Bilder anzusehen, ist unerträglich.

Der Park ist annehmbar. Das Wetter auszuhalten. Der Kies knirscht auf den schmalen geschwungenen Wegen.

Plötzlich stehe ich vor einer Sphinx, einer der beiden, die den Mittelteil des niedrigen Schlosses flankieren. Ein liegender Löwenkörper mit Frauenkopf und üppigen Brüsten. Der Frauenkopf trägt Zöpfe unter der seltsamen ägyptischen Kopfbedeckung, und in einer Art Sattel, der auf dem Löwenrücken liegt, sitzt ein kleiner Junge. Das Gesicht der Sphinx ist unergründlich, beinahe hochmütig, siegesstolz.

Aber das seltsamste sind die muskulösen Arme. Frauenarme oder Löwenpfoten, schwer zu sagen. Man kann das Muskelspiel in dem weißen Stein sehen. Das erinnert mich an Frau Meisl am Bügelbrett …

Ich setze mich auf die Steintreppe. Niedrige, abgeschliffene Stufen. Die Bügelszene in Schönmeisters Küche rief mir das Bild meiner Mutter am Bügelbrett in Erinnerung – die kleinen Gluckser der Sprühflasche, das Zischen des Bügeleisens, der Geruch von Dampf und sauberer Wäsche. Ich liebte es zuzusehen, wie die weißen Hemden meines Vaters, leicht verknittert vom Trockenboden kommend, unter der Sohle des Bügeleisens glatt und schön wurden. Das Bügeleisen ähnelte einem Eisbrecher, der sich unermüdlich durch kantiges, krachendes Eis schob und es in glattes, stilles Wasser verwandelte.

Dann wurden die Hemden auf einen Bügel gehängt und im Kleiderschrank aufgereiht, so daß Vater alle zwei Tage ein sauberes Hemd fürs Büro anziehen konnte. Mein Stiefvater, Rikard Vejland, der Mann, dessen Name auf meinem Taufschein steht. Dünnhaarig schon damals, sanftmütig und gebeugt, nur eine Idee größer als meine Mutter; sehr früh schon sollte ich ihn als den Schwachen erleben, den, der jeden Morgen von zu Hause fortgeschickt wurde, außer sonntags, und der spät am Nachmittag wieder heimkehrte, sich ausruhte und dann sein Essen bekam. Er war nicht wie die anderen Väter in unserer Straße, die manchmal barsch und bullig daherkamen und nicht zögerten, Ohrfeigen zu verteilen.

Rikard schlug mich nie. Kaum, daß er mich zurechtwies. Erziehung und Disziplin waren Sache meiner Mutter – noch etwas, das wohl dazu beitrug, mir schon früh das Gefühl zu geben, daß ich ihr Kind war und nichts seines. Erst nach seinem Tod ging mir so richtig auf, wie beliebt er trotz allem auf seiner Arbeitsstelle gewesen war; die Kollegen und sogar der Direktor kamen zu seiner Beerdigung, und der Direktor kondolierte, deutlich bewegt, und nannte Rikard Vejland einen stillen, verläßlichen Menschen, einen, auf den man immer bauen konnte. Es war ihm noch vergönnt, fünfundzwanzigjähriges Jubiläum in der Firma zu feiern, in der er Briefe über Garne und Textilien in drei Sprachen schrieb. Er wurde nie befördert, bewarb sich nie auf einen anderen Posten, bekam nur von Zeit zu Zeit seine kleinen Gehaltserhöhungen und ernährte meine Mutter und mich, und er hatte sogar Geld dafür übrig, ein Klavier für mich anzuschaffen, als mein Gesangslehrer in der Schule entdeckte, daß ich musikalisches Talent hatte.

Ich kann es jetzt noch hören, das Hornung & Møller, gebraucht gekauft. Es klang ein bißchen dünn und spröde, aber unsere Dreizimmerwohnung hatte ja auch keine Konzertsaalakustik. Ich spielte viele Jahre darauf, von acht bis siebzehn, bis ich von zu Hause auszog. Die Proteste der Hausbewohner verstummten mit der Zeit, und einmal kam der Nachbar, der unter uns wohnte, sogar hoch und fragte, ob ich nicht ein bißchen öfter spielen könnte, es klänge so wunderbar durch den Fußboden. Meine Mutter strahlte vor Stolz.

Das Klavier hatte seinen Platz in der Stube, in der auch die Sofagruppe und der Eßtisch standen. Die Stube, ach ja, das einzige öffentliche Zimmer in der Wohnung; man mußte sich im Zickzack durch die engen Passagen zwischen den Möbeln bewegen, alle ihre bürgerlichen Ambitionen waren in dieses eine Zimmer gequetscht worden. Das Elternschlafzimmer und mein Zimmer – so lange ich zurückdenken kann, hatte ich mein eigenes Zimmer, ein Luxus, den nicht wenige meiner Klassenkameraden mir neideten – waren Rückzugsräume, zu denen die anderen Familienmitglieder keinen Zutritt hatten, ausgenommen meine Mutter, wenn sie den Kopf durch meine Tür steckte und kontrollierte, ob ich auch Hausaufgaben machte, oder mich bat, schnell mal zum Kaufmann zu laufen und etwas zu besorgen.

Ich steckte meinen Kopf nie durch ihre Schlafzimmertür – jedenfalls nicht, als ich größer war –, und ich weiß auch nicht, ob ich sie bei etwas hätte überraschen können. Vielleicht war Rikard wirklich einer der Menschen, die keine Sexualität haben, und vielleicht war meine Mutter so gründlich erschrocken über das eine Mal, wo sie sich so weit vorgewagt hatte, daß sie es vorzog, ihre kleine Familie zu hüten und die brave Fassade zu pflegen, anstatt sich zu irgend etwas hinreißen zu lassen, das auch nur entfernt an erotisches Verlangen erinnerte.

Aber sie hatte das Feuer in sich, und ich auch – ich konnte es manchmal aufblitzen sehen, ich erkannte es an manchen ihrer spontanen Reaktionen wieder, und ich empfand eine diffuse Zufriedenheit, als ich erfuhr, daß mein richtiger Vater ein Held gewesen war, ein leidenschaftlicher Mensch und kein ältlicher Büroangestellter mit schütterem Haar.

Hätte ich doch nur mit Aage Rasmussen sprechen können, dann hätte er mich ermuntern, mir den Weg zeigen, mich lehren können, stark und mutig zu sein – so dachte ich. Statt dessen bekam ich, wenn das Leben sich mir in den Weg zu stellen schien, Rikards ausweichende Antworten und sanftmütige Versicherungen zu hören, daß sich schon alles wieder einrenken würde, und dabei strich er mir mit zögerlicher Hand übers Haar. Er liebte meine Mutter und mich, daran zweifle ich nicht, aber er liebte uns, weil wir sein sicherer Hafen waren, seine Rettung aus der Lächerlichkeit des Junggesellendaseins, sein Pfand auf die Normalität.

Ich glaube, es waren die Eltern meiner Mutter, die die Ehe arrangierten. Sie besaßen ein kleines Textilgeschäft in Valby, und vielleicht kannten sie Rikard von früher, zumindest aber kannten sie die Firma, in der er arbeitete – das bekam ich durch einzelne Bemerkungen bei den wenigen Besuchen mit, die wir ihnen abstatteten. Großmutter und Großvater waren distanzierte Leute; es lag in der Luft – vielleicht hatte meine Mutter es auch direkt ausgesprochen –, daß sie die zwei älteren Geschwister vorzogen, die es beide gut getroffen hatten und sich ordentlich benahmen. Erna, die jüngste und leichtsinnigste, war kurz davor gewesen, Schande über die Familie zu bringen, und nur durch entschlossenes Eingreifen und große Opferbereitschaft gelang es, die Ehre zu retten. Wahrscheinlich gingen die gesamten Ersparnisse (und noch mehr) der Großeltern dafür drauf, dem jungen Paar Möbel und eine Wohnung zu besorgen, ich weiß nicht, wie sie es sonst hätten schaffen sollen, sich so schnell und so komplett einzurichten; meine Großmutter väterlicherseits war eine verschlossene, wortkarge Witwe und alles andere als wohlhabend.

Es war ein regelrechter Kuhhandel. Ein Gebot gegen das andere. Ein Zuhause für Rikard gegen einen Trauschein für Erna. Für meine Mutter war es eine schreckliche Alternative: Skandal oder Vernunftehe. Heute verstehe ich es noch besser, warum sie sich für letzteres entschied, aber ihre Bitterkeit und Enttäuschung zog sich manchmal durch unsere Wohnung wie der Gestank von Angebranntem aus der Küche.

Wenn sie in dieser Stimmung war, knallte sie Töpfe und Pfannen auf den Gasherd, so heftig, daß Rikard sich in dem Ohrensessel duckte, in den er sich nach seinem Arbeitstag verkroch. Und als ich noch ganz klein war, noch bevor ich wußte, daß Rikard nur mein Stiefvater war, verachtete ich ihn schon dafür, daß er meine Mutter nicht dazu bringen konnte, wieder fröhlich zu sein.

Später war sie es, die ich in meine großen Pubertätsprobleme einweihte, die damit endeten, daß ich schon mit siebzehn von zu Hause auszog. Aus dem Wohnviertel mit seinen langen, tristen Fassaden in eine Villa am Dronning Marias Vej, wo ich ein Zimmer zur Untermiete nahm – nicht weit von zu Hause gelegen, aber in meiner Wahrnehmung doch meilenweit davon entfernt. Mutter fing an, mich als respektierten Gast zu behandeln, wenn ich »zum Essen nach Hause kam« – aber ich sehe noch heute ihre feuchten Augen vor mir, wenn sie meinte, ich sei zu abweisend und arrogant.

Meine Mutter war Sternzeichen Löwe, sie hätte stark und großzügig sein sollen, wie sie selbst manchmal sagte. Heute, aus der langen zeitlichen Entfernung, sehe ich, daß sie stark und großzügig genug gewesen war, ihr Herz und ihren Körper an einen Mann zu verschenken, den sie liebte, allen Konventionen und Vorsichtsmaßregeln zum Trotz. Ihr einziger Lohn war ein borniertes Leben.

Und ein Kind. Ich.

Sie ließ niemals durchblicken, nicht ein einziges Mal, daß sie ihre Schwangerschaft bereut oder versucht hätte, sie abzubrechen. Niemals. Ich glaube, daß sie mich aus ganzem Herzen gewollt hatte.

Ich sehe hinauf zu den weißen Armen der Sphinx, die starken, muskulösen Arme, die in etwas enden, das entweder Hände oder Löwenpfoten sind. Abnorme, deformierte Kompromisse.

Als ich den Treppenabsatz erreiche, steht die Tür zur Nachbarwohnung offen. Eine orangerote langhaarige Katze steht mitten auf dem Absatz und beobachtet mich mit gelassenen grünen Augen. Als ich mich auf meine eigene, also Schönmeisters Wohnung zu bewege, huscht sie vor meine Füße, stellt sich direkt vor meiner Tür auf und miaut auffordernd. Sie will mit hinein. Ich weiß nicht recht, was ich tun soll.

Dann sind im Korridor der Nachbarn Schritte zu hören. Eine ziemlich dicke Frau in den Vierzigern mit Dauerwelle kommt auf den Absatz herausgeschossen, reißt die Katze in ihre Arme, schimpft mit ihr und erklärt mir eine Menge auf deutsch, wovon ich nichts verstehe. »*Sorry*«, sage ich, »*I don't …*«

Sie verstummt abrupt und überlegt; dann erklärt sie in unsicherem Schulenglisch, daß die böse Katze immer aus der Wohnung laufe, aber Herr Schönmeister habe Katzen so sehr gemocht, und sie sei schon oft in seiner Wohnung gewesen. Ich versuche zu sagen, daß es in Ordnung ist, aber sie entschuldigt sich nur weiter mit mechanischen

Formulierungen. Drinnen in der Nachbarwohnung ruft ein Mann etwas Fragendes zu ihr hinaus, und sie antwortet in demselben Dialekt, den ich nicht verstehe. Dann zieht sie sich zurück, steif und höflich lächelnd und mit einer unbeeindruckten Katze im Arm. Deren grüner Blick ist das letzte, was ich sehe, bevor die Tür ins Schloß fällt.

Das waren also meine Nachbarn. Nicht sehr aufmunternd.

Und Schönmeister war ein Tierfreund. Das hat mir noch keiner gesagt.

Drinnen in der Wohnung erwartet mich Stille in allen Räumen. Sie brütet im Arbeitszimmer, verdichtet sich in der Dunkelheit des Korridors, lauert in der Stube, wo die Alpenlandschaft das Loch in der Wand verdeckt. Sie ruht auf dem Flügel mit einer solchen Schwere, daß ich nicht die Kraft aufbringe, die Klappe über der Tastatur aufzuschlagen. Da war einmal, vor einigen Jahrzehnten, ein anderer Flügel in einer anderen stillen Stube, vor den ich mich mit erwartungsvollem Herzklopfen setzte, die Hände hob und meinen ersten Akkord anschlug.

Mein Zimmer im Dronning Marias Vej lag im Parterre, zum Hof hinaus, neben der Küche. Es war nicht groß, aber es war mein erster Fixpunkt außer Reichweite der Familie. Es hatte Zugang zur Küche, zum Bad – und zum Flügel.

Anton, mein Vermieter, besaß irgendwo in der Innenstadt ein Antiquariat. Er konnte sich die Villa eigentlich nicht leisten, deshalb hatte er sich entschieden, ein Zimmer unterzuvermieten, aber ich glaube, er hatte außerdem auch gern jüngere Leute im Haus. Er war zweifelsohne schwul – Seidenkimono und eine gewisse schleppende und gezierte Sprechweise –, aber ich machte mir damals keine großen Gedanken darüber, und er unternahm niemals irgendwelche Versuche, mir zu nahezutreten. Derartige Bedürfnisse, denke ich, befriedigte er anderswo; oft war er zu den unmöglichsten Zeiten unterwegs, manchmal tagelang, ob nun auf der Jagd nach irgendwelchen Empire-Kommoden oder fleischlichen Eroberungen.

In der ganzen Villa herrschte eine Atmosphäre von Freiheit und sinnlicher Toleranz, verkörpert durch viele Dinge, die er eine Zeitlang bei sich stehen hatte, bevor sie zum Verkauf ins Geschäft gebracht wurden – Bronzefiguren nackter Körper beiderlei Geschlechts, Jugendstillampen mit erotisch geschwungenen Formen –, und ich durfte mich in seinen Salons aufhalten, wenn er nicht zu Hause war. Seine privaten Gemächer im ersten Stock waren tabu, genauso, wie es mein Zimmer für ihn war, was er stets respektierte; ich konnte meine Tür abschließen, was wir zu Hause nicht getan hatten, und ich konnte auf meinem Sofa liegen und in Ruhe onanieren, manchmal als Höhepunkt tagelanger Träumereien von Luna und all den Heldentaten, die ich vollbringen würde, während sie bewundernd zusah und schließlich erkannte, daß ich der Mann ihres Lebens war.

Aber der Flügel, Antons Flügel – das war ein richtiger Konzertflügel, ein Steinway in voller Länge, mit Ringen von Cocktailgläsern und Brandflecken von Zigaretten, die kein noch so liebevolles Nachpolieren ganz entfernen konnte, und ich habe keine Ahnung, welcher frühere Besitzer das gute Stück so mißhandelt hatte oder wie Anton daran gekommen war; aber sein Innenleben war intakt, und ich fühlte mich wie ein weltberühmter Pianist, wenn ich in die Tasten griff, daß es in der leeren Villa nur so dröhnte. Hin und wieder bat Anton mich auch, etwas für ihn zu spielen, aber nur, wenn ich Lust hätte, das fügte er immer ausdrücklich hinzu.

Mein Spiel verbesserte sich in den wenigen Jahren beträchtlich. Ich hatte es Antons Flügel zu verdanken, daß ich die Aufnahmeprüfung am Konservatorium so problemlos bestand. Und Monat für Monat bezahlte Rikard Vejland meine Miete per Überweisung, und Woche für Woche kam ich heim und aß mich satt und brachte meine Schmutzwäsche mit, einschließlich der spermafleckigen Taschentücher, die meine Mutter kommentarlos für mich wusch und bügelte.

Nur nach dem famosen Abiturfest, in jenem Monat, als ich mich von meinem Zusammenbruch zu erholen versuchte, wohnte ich wieder zu Hause in meinem alten Zimmer. Anton hatte mich in seiner Küche gefunden, wo ich mich ins Spülbecken erbrochen hatte und zusammengekauert auf dem Boden lag; er hatte mir nur kurz in die Augen geblickt und gesagt: »Das geht schief«, und dann hatte er meine Eltern angerufen.

Das Zimmer bei Anton wartete auf mich, so lange ich meinen Wehrdienst ableistete, es war meine Basis, wenn ich Urlaub hatte, und es war mein Sprungbrett für die Aufnahmeprüfung. Und dann machte Anton mit seinem Geschäft Konkurs und mußte das Haus verkaufen, und ich fand ein Zimmer in einem Studentenwohnheim und mußte mich mit den Übungsstunden auf dem Konservatorium zufriedengeben – und selten mal, wenn es gar nicht anders ging, mit dem kleinen Hornung & Møller in Mutters und Rikards Wohnzimmer.

Wenn sie nicht so früh gestorben wären, hätte ich ihnen ihre Geduld später vielleicht vergelten können, ihnen etwas Gutes tun können. Ihre Kleinkariertheit, über die ich damals so gar nicht hinwegsehen konnte, *die* zahlte ich ihnen heim – mit Trotz und schlecht kaschiertem Überlegenheitsgefühl. Ich, der Sohn des Freiheitskämpfers. Zu etwas Größerem geboren.

Heute bin ich klüger. Kann man überhaupt jemals klug werden?

33. Tag, Dienstag

Das Plätschern von Wasser. Ungeschickte Bewegungen. Wieso dröhnt das so … Weiß. Emaille.

Plötzlich wird mir bewußt, was da vor sich geht, und ich

merke, wie mein Gesicht vor Scham feuerrot wird. Ich sitze in der unbequemen Sitzbadewanne, ich bin nackt; Frau Meisl stützt mich mit einer Hand unter der Achsel, mit der anderen wäscht sie mich mit einem Lappen im Schritt. Der Wasserhahn läuft. Kleine braune Klumpen treiben Richtung Abfluß und verschwinden.

Der ganze gestrige Abend und die Nacht fallen mir plötzlich wieder ein. Ich winde mich. Frau Meisl hält inne und sieht mir direkt in die Augen. Ich mache ein Zeichen, daß ich alleine weitermachen will. Sie nickt kurz, drückt mir den Waschlappen in die Hand und läßt mich los; sie betrachtet mich forschend, als wollte sie sich überzeugen, daß ich nicht umkippe, und dann steht sie auf und zieht den Duschvorhang zu.

Wie bin ich in die Wanne gekommen? Ich wasche mich langsam mit Lappen und Seife unter dem fließenden Wasser ab, bevor ich vorsichtig aufstehe und den Wasserhahn auf Handbrause umstelle. Sie muß mich auf dem Fußboden gefunden, mir die Sachen ausgezogen und mich in die Wanne bugsiert haben, und ich muß unbewußt, wie ein Schlafwandler, mitgeholfen haben. Ich versuche mich daran zu erinnern, aber da ist nichts. Dafür fällt mir all das andere wieder ein, das gestern passiert ist. Ich lasse das Wasser sehr lange über meinen Körper strömen, spüle alles von mir ab.

Als ich die Hähne zuschraube und aus der Wanne steige, höre ich das Telefon klingeln. Das Telefon in der Wohnung, das altmodische, das wirklich klingelt und nicht piept oder düdelt. Frau Meisl nimmt ab, ich höre undeutlich ihre Stimme. Ich angle nach dem großen sauberen Badehandtuch, das sie mir hingehängt hat, und trockne mich ab. Die Waschmaschine läuft. Da drinnen in der Trommel dreht sich mein eingesautes Zeug.

Ich muß raus, weg aus der Wohnung, hinaus in das Getümmel, ich halte es hier drinnen nicht mehr aus. Von der Küche her rieche ich schon Kaffeeduft, egal, ich halte es nicht mehr aus. Ich ziehe mich im Schlafzimmer an, kann die Schuhe nicht finden, die ich gestern getragen habe, ich nehme die schwarzen, mit denen ich aus Dänemark gekommen bin.

Ich nehme die Windjacke vom Haken und greife in die Taschen, alles ist noch da, Brieftasche und Schlüssel, wenigstens habe ich nichts verloren. Gehe ins Arbeitszimmer und hole das Handy, gehe wieder in den Flur. In meinem Kopf hämmert es, aber das ist nichts gegen das innere Unbehagen.

Frau Meisl kommt aus der Küche. Sie sieht mich in Straßenkleidung stehen, verkneift sich aber jeden Kommentar zu Frühstück und gleich fertigem Kaffee. Sie geht nur auf mich zu, streicht sich eine Haarsträhne aus der sonst so strammen Frisur hinters Ohr und sagt, daß Herr Prohaska angerufen und um meinen Rückruf gebeten habe. Ich nicke und mache Anstalten zu gehen.

Sie legt eine Hand auf meinen Oberarm. »Denken Sie nicht weiter darüber nach«, sagt sie freundlich. »Das ist dem alten Herrn auch manchmal passiert.«

Denken Sie nicht weiter darüber nach. Die Worte verfolgen mich auf meinem Weg die Treppe hinunter. *Das ist dem alten Herrn auch manchmal passiert.* Dem alten Herrn. Als ob ich nach ihm kommen würde. Ist das Schönmeisters Erbe, das in meinem Körper sein Recht fordert?

Draußen auf dem Bürgersteig atme ich ganz tief durch – zum ersten Mal, seit ich heute zu Bewußtsein gekommen bin.

An der Haltestelle sehe ich an der großen runden Uhr, daß es fast elf ist. Ich schalte das Handy ein und stecke es wieder in die Innentasche der Jacke.

Warte.

Es war eine Art Verzweiflung, die mich gestern abend gepackt hat. Der Sonntag war unerträglich lang gewesen, und der Montag begann mit grauem Himmel und Regenschauern; ich saß im Arbeitszimmer und versuchte, versuchte wirklich, die Dokumente durchzulesen, die schon am Samstag als Kopien von Prohaska mit der Post gekommen waren. Es waren nicht viele Seiten, aber ich konnte meine Gedanken nicht zusammenhalten, sie glitten in alle möglichen Richtungen davon, bald in langen Erinnerungsketten, bald in morbiden Phantasien.

Wenn ich dem Ganzen schon vor einem Monat ein Ende gemacht hätte, wenn Peter Whyland wirklich über Bord gegangen und in den Schaumwirbeln verschwunden wäre, dann hätte ich jetzt diese dumpfen Beklemmungen nicht, diesen Druck ums Herz. Aber auch jetzt klammert sich das Herz an seine Schläge, an die kleinste Frist, sogar an diesen kleinen Winkel des Daseins, in den ich mich manövriert habe. Da ist eine Schwelle zu überschreiten, und dieser Schritt erfordert Entschlossenheit, eine Entschlossenheit, zu der ich mich nicht durchringen kann.

Ich bin ausgezogen, etwas anderes zu finden. Bestätigung. Aufmunterung. Trost. All das, was ich nicht gefunden habe.

Ich hatte zuerst apathisch in einem Sessel gesessen und war anschließend stundenlang die langen Gänge der Wohnung auf und ab gelaufen, bevor mir einfiel, aus dem Fenster zu schauen: es hatte aufgehört zu regnen, der dunkle Abendhimmel war klar. Wo war die Zeit abgeblieben? Ich wußte es nicht.

Ich ging in die Abendkühle hinaus, ich hatte alles Bargeld eingesteckt, das ich in der Schublade deponiert hatte, ich mußte einfach irgend etwas unternehmen ... so wie ich jetzt auf einen unbekannten Ort zusteuere, einfach irgendeinen Ort, an dem ich noch nicht war, einen Ort, wo ich verschwinden kann ...

Ich ging die breite Straße entlang, die von der Hochbahn zweigeteilt wird, zwei parallele Adern, von denen die eine mit Wegweisern zu den Autobahnen nach Graz und Linz bestückt ist und die andere mit Wegweisern zu den Autobahnen nach Prag und Brno. Ich ging mit dem Verkehrsstrom nach Westen, im Lärm und Benzingestank, aufs Geratewohl den tristen Bürgersteig entlang.

An einem Schaukasten vor einem der schäbigen Pornokinos, die die Straße säumen, blieb ich stehen. Die drei, vier harmlosen Standfotos im Schaukasten konnten kaum jemanden aufgeilen, aber die Brüste und nackten Schenkel der Darstellerinnen weckten eine Art Hunger in mir. Ich ging in das kleine Foyer, wo ein dicker Mann in einem Glaskasten mir sofort eine Eintrittskarte hinschob. Ich schüttelte verneinend den Kopf und fragte auf Englisch nach *the real thing*. »Real thing? Real ladies? Real, friendly ladies?« fragte er, und ich nickte. Er machte ein skeptisches Gesicht. Ich zückte meine Brieftasche und legte ihm einen Schein hin. Er betrachtete ihn erstaunt, schien ihn aber als Bezahlung für Informationen zu akzeptieren, legte die Hand darauf und beugte sich vor. Vertraulich teilte er mir eine Hausnummer mit, während er gestikulierte und den Weg zeigte, aus dem Kino hinaus, die Seitenstraße hoch, dann links.

»Studio Venus«, sagte er. »Klingeln. Press the button.«

Ich folgte seinen Anweisungen, klingelte und wurde eingelassen.

Ich war vorher noch nie bei einer Hure gewesen. Ich habe immer das Spiel genossen, die Jagd, die Verführung, die eigentliche Kunst ... und insgeheim hatte ich immer ein gewisses triumphierendes Mitleid mit den Männern empfunden, die für Sex bezahlen müssen. Jetzt war ich selbst einer von denen. Ich hätte nie geglaubt, daß es einmal so weit mit mir kommen würde. Aber es gab ja so viel anderes, das ich nie geglaubt hätte.

In der Parterrewohnung, vor deren Fenstern undurchdringliche Gardinen hingen, kam eine kleine grauhaarige, stark geschminkte Dame auf mich zu. Sie lächelte servil und musterte mich dabei von oben bis unten. Offenbar war sie für das Geschäftliche zuständig, aber ihr Englisch war, wie sich herausstellte, noch schlechter als mein Deutsch. Irgendwie gelang uns trotzdem eine Verständigung: »Halbe Stunde. Tausend Schilling.« Im voraus.

Dann führte sie mich in einen lächerlichen Salon mit roter Velourstapete und goldbronzenen Sesseln in nachgemachtem Rokokostil. Zwei Mädchen saßen parat, jede in einem Armsessel, und sie präsentierte sie mir mit einer ausladenden Armbewegung, als wäre es ein ganzer Harem. Während sie mir aus einer offenen Flasche, die auf einem Tisch in der Ecke stand, ein Glas lauwarmen Sekt einschenkte, betrachtete ich die Mädchen. Sie waren jung, blond die eine, dunkelhaarig die andere, und sahen mich mit Schmollmund und neckisch seitwärts geneigtem Kopf an. Was für eine jämmerliche Inszenierung.

Ich wählte die Blonde.

Mit dem Sektglas in der Hand folgte ich ihr ein kleines Stück den Gang hinunter in ein Zimmer. Hier war die Tapete ebenfalls rot, aber schlichter, und die ganze Möblierung bestand aus einer breiten Pritsche, einem Stuhl sowie einem kleinen Nachttisch mit Schublade und darauf einer Lampe mit goldenem plissiertem Schirm. Auf dem Fußboden neben dem Nachttisch stand eine prosaische Küchenrolle. Ich trank das Glas aus und stellte es neben der Lampe ab.

Das Mädchen ging sofort an die Arbeit. Sie wand sich aus dem superkurzen Rock und zog sich die Bluse über den Kopf, und dann stand sie in knapper schwarzer Spitzenunterwäsche vor mir und begann, nachdem sie mir routinemäßig zweimal den Rücken unter der Windjacke gestreichelt hatte, die hinderlichen Teile meiner Kleidung zu öffnen. Gürtelschnalle. Hemdknöpfe. Den Knopf im Hosenbund. Den Reißverschluß.

Ich versuchte sie zu bremsen und ein wenig mit ihr zu reden, aber sie verstand nicht, was ich sagte. Nur die Frage *»What's your name?«* ließ sie antworten: »Sascha« – mit einstudiertem Augenaufschlag unter den getuschten Wimpern hervor. Wie immer sie in Wirklichkeit auch heißen mochte, Sascha jedenfalls nicht. Sie kaute die ganze Zeit Kaugummi, und ihre Konversation beschränkte sich auf *»Come on«* und *»Oh yes«*, mit verschleierter Stimme, in regelmäßigen Intervallen mechanisch angebracht, während sie mich routinemäßig bearbeitete.

Dann hielt ich ihre Hände fest, bedeutete ihr, daß sie sich einfach auf die Pritsche setzen sollte, und zog mich aus. Ich legte meine Kleider auf den Stuhl. Als ich mich umdrehte, lag sie rücklings auf der Pritsche und wand die Hüften, während sie langsam ihren Slip herunterzog und eine glattrasierte Möse enthüllte.

Sie war so jung. Und so dumm. Und so billig. Keine Ahnung, wo sie herkam, sicher aus irgendeinem osteuropäischen Land, in mehr oder weniger gutem Glauben nach Wien gelockt. Und abgesehen von einem jungen, festen Körper hatte sie nichts zu bieten. Nicht mal das geringste bißchen Schauspielbegabung. Das Zimmer war frei von jeglicher erotischen Atmosphäre; ich kam mir vor, als sei ich beim Arzt und nicht in einem Bordell, und ich fühlte mich selbst billig. Die nackten Wände, der schiefe plissierte Lampenschirm und der runde Lichtklecks, den die Lampe an die Decke warf, so daß man die Risse in der vergilbten Farbe sehen konnte, bereiteten mir Unbehagen.

Zudem keimte in mir Entsetzen auf – wegen meines eigenen Körpers. Die Erregung, auf die ich mich gefreut hatte, war total ausgeblieben. Mein Penis lag wie betäubt zwischen meinen Schenkeln, und wie sehr ich ihn auch selbst bearbeitete, wieviel Mühe sich auch das Mädchen gab (wenigstens nahm sie das Kaugummi aus dem Mund, bevor sie an ihm saugte), er rührte sich nicht.

Das war mir noch nie passiert. Lust hatte mir immer noch mehr Lust verschafft, bis zum Höhepunkt; ich war stolz darauf gewesen, selbstsicher, mir meines Selbstvertrauens gewiß. Nie zuvor hatte ich erlebt, daß das Selbstvertrauen in sich zusammenbrach wie ein morscher Turm. Impotent – nie zuvor hatte dieses Wort Bedeutung für mich gehabt, aber jetzt spürte ich die Bedeutung, und die ständig wachsende

Angst des Ohnmächtigen vor der Macht, vor dem Fremden und Feindlichen, das den eigenen Willen beiseite zwingt, ohne daß man dem etwas entgegenzusetzen hat.

Alle Stellungen, Berührungen, Versuche und Phantasien hinter geschlossenen Augen, alles war umsonst. Ich keuchte und tropfte vom klammen Schweiß der Frustration, als ich auf meine Uhr sah. Meine halbe Stunde war um.

Ich stieg hastig und zitternd in meine Kleider und floh. »Auf Wiedersehen«, sagte die Grauhaarige höflich; ich sagte kein Wort.

Wieder draußen auf der Straße, begann ich einfach in eine zufällige Richtung zu gehen, ich ging und ging, wie ein Roboter; ich konnte meinen Unterleib nicht spüren, es kam mir vor, als wären ein paar dicke Nervenbahnen mit einem sauberen Schnitt plötzlich durchtrennt worden. Alle Straßen sahen gleich aus. Für lange, lange Zeit.

Ich lief endlos vor mich hin. schließlich wußte ich wieder, wo ich war. Nicht sehr weit von Schönmeisters Viertel entfernt, ich kannte die Richtung und konnte nach Hause finden; aber ich war ganz und gar nicht bereit, in der stillen Wohnung zu sitzen und mich der Übermacht der Gedanken zu unterwerfen, ich wollte Leben um mich herum.

Da war ein Wirtshaus, das geöffnet hatte, ein Lokal, das ungefähr dieselbe Atmosphäre zu haben schien wie mein Stammcafé. Ich war noch nie dort gewesen, aber es zog mich an, denn das Licht fiel durch die großen Fenster nach draußen, und es waren Leute drinnen; ich fand einen freien Tisch und setzte mich, ließ mich erleichtert sinken in das diffuse Dickicht aus lautem Stimmengewirr, klirrenden Gläsern und düdelnden Spielautomaten irgendwo in der Ecke. Die im Hintergrund leiernde Schlagermusik kam wohl nicht aus einer Jukebox, sondern aus einem Radio hinter dem Tresen.

Ich bestellte etwas zu essen. Würstchen und Kartoffelsalat. Zum Einstieg einen ungarischen Obstler, und gleich danach noch einen. Bier zum Essen, dunkles Bier in einem

Halbliterkrug. Ich fühlte mich inwendig so hohl und leer, daß ich die Leere mit fetten, schweren, streng schmeckenden Sachen füllen mußte.

Keine Ahnung, wie lange ich dort saß. Ich blieb, bis sie dicht machten. Trank zügig von dem dunklen Bier. Zum Glück hatte ich Geld genug, um alles zu bezahlen; der Kellner half mir fürsorglich, mich in den Geldscheinen zurechtzufinden und das Wechselgeld einzustecken. Ich schob ihm einen Schein zu, ich weiß nicht, wieviel es war, aber offenbar war es genug.

Und dann ging ich durch die nächtlichen Straßen, behaglich gesättigt durch Essen und Bier. Eine dumpfe, vergessenmachende Zufriedenheit erfüllte mich, doch je näher ich meiner Haustür kam, desto mehr verflüchtigte sich das Vergessen und machte einer chaotischen, schwindelerregenden Verzweiflung Platz. Der Turm stürzte erneut in sich zusammen, und während ich mich verbissen die letzten paar hundert Meter die Straße entlangkämpfte, begannen die Beine unter mir nachzugeben, und ich mußte mich an der Mauer abstützen, um das Gleichgewicht nicht zu verlieren.

Ich bekam den Schlüssel ins Schloß, zog mich mit Hilfe des Geländers die Treppe hinauf, schaffte es auch, die Wohnungstür aufzuschließen und die Windjacke auszuziehen.

Im Wirtshaus war ich mehrere Male austreten gegangen, aber nun drängte es schon wieder. Mit Watteknien und Gummibeinen schwankte ich den Flur entlang und bekam den Türgriff zu fassen. Dann fiel ich. Mir kam es so vor, als stünde ich noch, aber das Badezimmer war es, das kenterte, und der Fliesenfußboden kam mir in voller Breite entgegen und klatschte mir ins Gesicht.

Ich nahm das alles wahr, nur konnte ich die Füße nicht mehr unter meinen Körper bringen. Ich hatte mir nicht mal weh getan, aber Füße und Beine gehorchten nicht mehr. Ich preßte mit aller Macht meine Blase zusammen, aber nach einer Weile konnte ich dem Druck unmöglich länger standhalten; als erstes kamen ein paar große Spritzer, und dann ergoß sich ein ganzes Meer aus Pisse in meine Hose.

Die Erleichterung, das Aufgeben, das Hingeben war so überwältigend, daß ich auch dem dumpfen Drängen des Darms nachgab, der sich unbedingt entleeren wollte. Und dann war aller Widerstand gebrochen und die Erniedrigung komplett, das Schlimmste war passiert und die Schande vollkommen, es war nichts mehr da, gegen das angekämpft werden mußte, und ich registrierte das und schaltete ab.

Ich muß so plötzlich eingeschlafen sein, als hätte jemand mit den Fingern geschnippt.

Das nächste, an das ich mich erinnere, ist das Geräusch von Wasser. Frau Meisl mit dem Waschlappen.

Das ist dem alten Herrn auch manchmal passiert. Wieder spüre ich, wie mir die Schamesröte ins Gesicht steigt.

Die Straße hinunter, Richtung Ring. Stecke mir eine neue Zigarette an, jetzt darf ich rauchen; inhaliere gewaltsam, sauge eine so dichte Wolke Rauch in die Lunge, daß ich für den Bruchteil einer Sekunde beinahe blind bin.

Der Kater ist verschwunden. Die Scham ist es noch nicht. Aber ich weiß, während ich gehe und die Sonne dort oben dünn durch ihren Schleier blinzelt, daß ich nicht länger die Augen vor dem verschließen kann, was ich weiß.

Mein Leben wird weniger und weniger.

Mein Selbstbild wird mürbe und zerfließt, wie eine Tuschezeichnung, die jemand in eine Pfütze geworfen hat.

Ich habe meine Schuldigkeit getan, ich kann gehen.

Denn auch ich bin hier nur ein Durchreisender. Und gehöre woanders hin …

Bin ich überhaupt irgendwo zu Hause?

Ich sitze auf einer Parkbank, in demselben Rathauspark, in dem ich einen Teil der Nacht verbrachte, als ich gerade angekommen war. Inkognito, die Reste meiner Identität in einem Schließfach deponiert.

Schönmeister hat mir meinen Freiheitskämpfervater genommen. Manche Dinge verstehe ich jetzt, Dinge, die ich nie richtig begreifen konnte. Die Weigerung meiner Mutter, über die Zeit damals zu reden. Die verwunderte, abweisende Haltung von Aage Rasmussens Familie. Rikards treuherzige Unwissenheit. Das unerträgliche Familienleben unter dem Zeichen der Verschwiegenheit.

Meine Freiheitskämpfergene, mein biologisches Erbteil, all das, was ich ein halbes Jahrhundert lang für die dunkle, heroische Grundlage meiner Person gehalten habe, das habe ich hinter mir gelassen. Meine kleine Tochter trägt nicht das Erbe in sich, das ich voll heimlichem Stolz glaubte, ihr mitgeben zu können. Laß sie aufwachsen mit zwei lieben Menschen um sich herum. Zur Hölle mit den Genen.

Wie war er, der junge Mann, in den meine Mutter sich verliebte? Hat er nicht auch getan, was seine Schuldigkeit war, nach all den Jahren? Ich wurde nicht in einem geheimen Kellerverschlag gezeugt, sondern sicher im Gästezimmer einer Fabrikantenvilla, nach dem Eintreten der Sperrstunde. Es war kein Freiheitsheld, sondern ein vermutlich charmanter Vertreter der Besatzungsmacht, mit dem meine Mutter sich in heißer Umarmung vereinigte. Mit ihrer Notlüge bewahrte sie sich vor Hohn und Verachtung – und mich vor einer Verletzung der Seele, die mich erst jetzt getroffen hat.

Aber er, der junge Mann, er hat es nie vergessen, und er stand mit bemerkenswerter Treue zu seiner Verpflichtung, die er zu Lebzeiten nicht hatte erfüllen können.

Der junge Mann. Der junge Österreicher. Stephan Schönmeister, der Nazi, mein Vater.

Teil IV

34. Tag, Mittwoch

Jesper trägt Madeleines Koffer und seinen eigenen zum Abfertigungsschalter. Sie will ihre Fotografentasche mit in die Kabine nehmen und er seine Schultertasche; sie enthält die meisten seiner Aufzeichnungen über den Vejland-Fall und den kleinen Kassettenrekorder. Madeleine sieht ein kleines bißchen müde aus, aber ihre Augen sind wach, und er selbst spürt eine Art Munterkeit im Gesicht, so als würde er gespannt und voller Urlaubsfreude lächeln.

Madeleine möchte einen Fensterplatz. Den bekommt sie. Sie sagt, daß sie es liebt, die Wolken zu betrachten. Ihrer beider Koffer entschwinden auf dem Transportband, und die Frau hinter dem Schalter reicht ihnen ihre Boardingkarten. »Business Class!« sagt Madeleine, als sie auf ihre Karte schaut. »Wie hast du ihn denn dazu gekriegt?«

»Den Chef? Ich habe ihm gesagt, daß ich nicht weiß, wie lange es dauert. Er gibt uns höchstens eine Woche. Und nur Business-Class-Tickets kann man umbuchen.«

»Eine Woche? Er muß sich ja wirklich was von der Story versprechen. Was hast du ihm erzählt?«

»Ich habe ihm die Aufnahme vorgespielt. Ich sagte ihm, daß ich den Verdacht hätte, Vejland sei in Wien untergetaucht, weil er in den internationalen Terrorismus verstrickt sei.«

»Wie bitte?«

»Ich habe ihm von Vejlands zwei Pässen erzählt. Und von seinem Adreßbuch, in dem unter einer Kopenhagener Nummer eine ›Middle East Connection‹ eingetragen ist und zudem eine syrische Telefonnummer steht. Ich sagte, daß beide Anschlüsse stillgelegt seien. Das stimmt, jedenfalls was die Kopenhagener Nummer betrifft, ich habe dort versucht anzurufen. Und ich sagte, daß dies unsere einzige

Chance wäre, Vejland zu finden und ihn mit unserem Verdacht zu konfrontieren. Man kann nie wissen, ob er nicht seinen Aufenthaltsort erneut wechselt und dort wieder untertaucht, habe ich dem Alten gesagt.«

Jesper windet sich ein wenig, als er das erzählt. Aber man darf ja wohl noch eine Hypothese haben, und wer will einem einen Strick daraus drehen, wenn die sich im weiteren Verlauf als unzutreffend erweist ... Sie befinden sich auf der Rolltreppe nach oben, Richtung Sicherheitskontrolle und der ganzen Wartezone dahinter. Sie können in die Lounge für Passagiere mit teuren Tickets gehen.

Madeleine hat keine Lust, irgendwas Zollfreies einzukaufen, deshalb verzichtet er ebenfalls darauf. Sonst versäumt er es nie, sich eine Flasche Whisky oder etwas Derartiges zu besorgen – wenn man schon mal die Möglichkeit hat. Er überlegt, ob es vielleicht daran liegt, daß sie mehr Reiseerfahrung hat als er. Es gibt immer noch so vieles, was er nicht von ihr weiß.

Endlich haben sie Zeit, nach all den hektischen Reisevorbereitungen. Ihr Flug steht schon auf dem Monitor, aber immer noch ohne Flugsteignummer.

»Was möchtest du?« fragt er, nachdem sie sich in einer Ecke der Lounge niedergelassen haben. »Tee«, sagt sie. Er holt einen Kaffee für sich selbst und einen Becher mit heißem Wasser für sie, zögert etwas bei den verschiedenen Teebeuteln und entscheidet sich dann für einen Earl Grey. Er weiß nicht einmal, welche Teesorte sie am liebsten trinkt.

Sie nippen an ihren Bechern. Eine kleine, schweigsame Pause.

»Es muß dir wirklich wichtig sein«, sagt Madeleine.

»Ist es auch. Ich kann es immer noch nicht richtig erklären. Es ist wirklich ... magnetisch.«

»Du hast mich nicht mal gefragt, ob ich mitkommen will. Du hast einfach alles arrangiert, als wäre ich ein Teil deines Gepäcks.«

Jesper verschlägt es die Sprache. Aber es stimmt. Er hat

es für selbstverständlich gehalten, daß sie zusammen reisen. Er hat alle Kräfte mobilisiert, um den Alten davon zu überzeugen, daß Madeleine mitkommen muß.

»Wolltest du denn nicht mit?« sagt er schließlich.

»Doch, natürlich wollte ich mit. Ich wollte nur gerne *gefragt* werden, verstehst du das nicht?«

»Doch. Das nächste Mal frage ich vorher. Und das übernächste Mal auch. Und das überübernächste. Und das Mal danach. Und das darauf. Und das nä...«

Sie lächelt leicht und legt ihm die Hand auf den Mund. Schlanke Finger, die ein ganz klein wenig nach parfümiertem Tee duften, nach salziger Haut und Glück. Er küßt sie genau in dem Moment, als sie die Hand wegzieht, und er fühlt sich ziemlich idiotisch, wie er da seine gespitzten Lippen in die Luft hält – aber dann kommt die Hand zurück und holt sich den Kuß ab.

»Was willst du tun, wenn du ihn findest?« fragt sie.

»Weiß nicht. Die Geschichte schreiben, vielleicht. Ihm sagen, daß er nach Hause kommen soll. Oder wenigstens ein Lebenszeichen von sich geben soll. Aber das ist mir nicht so wichtig. Ich weiß nur, daß ich mich danach *sehne*, die ganze Sache aufzuklären, wirklich *sehne*, so wie damals, als man noch Kind war und Heimweh hatte, wenn man im Ferienlager war.«

»Ich hatte kein Heimweh. Nicht daß ich wüßte.«

»Dann etwas anderes. Du mußt doch irgend etwas *vermißt* haben.«

Sie antwortet nicht.

Er versucht, das Thema zu wechseln: »Ich bin froh, daß wir diese Chance hier bekommen haben, zusammen zu verreisen. Man kann sich doch so viel besser kennenlernen, wenn man von zu Hause weg ist, oder? Du hast mir so vieles noch nicht erzählt. Dein Leben ist für mich irgendwie – eine Landkarte mit weißen Flecken. Ich möchte sie so gerne entdecken.«

»Ich habe dir doch schon so viel erzählt«, sagt sie.

»Aber ich möchte gerne mehr wissen. Ich will alles von dir wissen.«

»Hör auf, mich unter Druck zu setzen«, sagt sie in einem Ton, der keinen Zweifel daran läßt, daß sie sich genervt fühlt. Völlig zu Unrecht. Er meint es doch gar nicht so.

»Es ist doch nur, weil ich dich liebe«, sagt er still.

»Und weil du mich liebst, hast du das Recht, deine Nase in *alles* zu stecken und Antworten auf alles zu verlangen? Wie? Du benutzt deine Liebe wie einen Presseausweis.«

»Nein, ich ...«

»Nicht daß ich irgendwelche schrecklichen Geheimnisse hätte. Es gibt einfach Dinge, da will ich selber entscheiden dürfen, wann die Zeit gekommen ist, sie offenzulegen. Es gibt Sachen, da will ich, daß andere sie IN RUHE LASSEN!«

Letzteres sagt sie so laut, daß sich einige Zeitungen in der Lounge raschelnd senken. Jesper schaut sich verstohlen um und bemerkt ein paar mißbilligende Blicke über den Rand von Børsen und Financial Times hinweg. Er merkt, wie er rot wird. Diese Reise fängt ja wirklich gut an.

Madeleine betrachtet seine Wangen. »Keine Sorge«, sagt sie, nun wieder ganz ruhig. »Ich bin manchmal so, ich rede einfach Klartext, wenn es notwendig ist.« Sie sucht seinen Blick. »Ich liebe dich doch auch, Jesper.«

Der Flug nach Wien dauert knapp zwei Stunden. Es ist angenehm still im vorderen Teil der Maschine, sie bekommen warmes Essen serviert, in kleinen Schälchen mit dicker Alufolie darüber, es dampft, als sie die Folie abziehen. Und sie trinken Rotwein dazu, obwohl es erst Nachmittag ist. Nachdem sie gegessen haben, schaut Madeleine hinaus auf die Wolken.

Er lehnt sich in seinem Sitz zurück und schließt die Augen. Das Flugzeug brummt und vibriert ab und zu schwach, aber davon abgesehen ist es fast so, als säße er zu Hause in seinem Sessel und würde an eine gelöste Aufgabe zurückdenken.

Nach seinem Triumph gestern beim Chefredakteur – grünes Licht für alle Bereiche – hatte er sofort das Reisebüro angerufen, bei dem die Redaktion alle Reisen buchte, und die Flugtickets und die Hotelreservierung in Auftrag gegeben.

Den größten Teil des heutigen Vormittags hatte er dafür gebraucht, Sursa zu seinen Eltern zu bringen. Seine Mutter hatte ihm am Telefon versprochen, auf die Katze aufzupassen, und unterwegs auf der Autobahn sprach er mit ihr, als sie in ihrer Transportbox, die neben ihm auf dem Beifahrersitz stand, vorwurfsvoll zu miauen begann. »Jetzt geht's zu Oma, da sollst du ein paar Tage wohnen«, sagte er mit der Stimme, mit der er nur zu der Katze spricht, und auch nur, wenn sie alleine sind.

Sie miaute trotzdem die meiste Zeit der Fahrt, auch als er sie aus dem Auto hob und ins Haus trug. Aber als er sie im Flur aus ihrer Box ließ, war wieder alles in Ordnung. Sie schnupperte lange an der Hand seiner Mutter, rieb den Kopf an ihrem Arm und machte sich mit hoch aufgerichtetem samtbraunem Schwanz daran, die Zimmer zu inspizieren.

Seine Mutter drängte ihn zu einer Tasse Kaffee, obwohl er eigentlich gleich wieder gehen wollte, und in den knapp fünf Minuten ihrer Unterhaltung entschlüpfte ihm prompt eine Andeutung über Madeleine. Seine Mutter reagierte darauf sofort mit der vieldeutigen Bemerkung, sie hoffe, daß er sich mit der Fotografin ein paar nette Tage dort unten mache. Er ging nicht darauf ein.

Als er wieder gehen wollte, saß Sursa in ihrer wohlgeordneten Positur vor der Haustür, die Vorderbeine schön gerade ausgerichtet und den Schwanz dekorativ um die Pfoten gelegt. Sie sah ihn mit großen blauen Augen an und miaute mit ihrer volltönenden Siamkatzenstimme, als wollte sie ihn an irgend etwas erinnern. »Was ist denn, Sursa?« fragte er, und sie stand auf und miaute wieder, aber nicht auf eine fordernde Art. Es klang fast, als würde sie singen, einen einzigen klaren Ton. Er beugte sich hinunter und nahm sie auf den Arm, aber sie zappelte sich frei; das war nicht das, was sie wollte. Wieder auf dem Fußboden, nahm sie Kurs auf die Küche, wo ihr Fressen und ihr Wasser stand, aber dann überlegte sie es sich anders und kam mit langsamen Schritten zurück zu Jesper. Sie stieß mit dem Kopf an sein Bein, mit diesem kleinen liebevollen Knuff, der in der Regel »danke« oder »alles in Ordnung« oder etwas in der Art bedeutete, bevor sie endgültig in die Küche spazierte.

»Was war denn das eben?« sagte Jesper.

»Ich glaube, sie wollte dir ›gute Reise‹ wünschen«, sagte seine Mutter. »Paß gut auf dich auf, Jesper.«

Der Fiesta klapperte, als er wieder nach Kopenhagen hineinfuhr, knapp unter der erlaubten Höchstgeschwindigkeit, aber er mußte noch die Flugtickets und die Hotelbelege aus dem Reisebüro holen und ein bißchen Bargeld in Schillinge umtauschen. Er war gebadet, rasiert und reisefertig, als Madeleine um fünf nach halb eins mit dem Taxi vor der Haustür hielt.

Er war effektiv gewesen. Außerordentlich effektiv. Wie hatte er da nur vergessen können, sie zu fragen, ob sie einverstanden war?

Er macht die Augen auf und sieht zu ihr hinüber. Der abgewandte Kopf im Gegenlicht, das durch das Flugzeugfenster fällt, das Ohr, das unter den blonden Haaren zu erahnen ist. Er legt vorsichtig seinen Hand auf ihre. Sie wendet ihm langsam das Gesicht zu und lächelt.

»Schau mal«, sagt sie und zeigt hinaus auf eine Fläche aus kleinen, knolligen Wölkchen und einer gewaltigen Kumuluswolke, die sich mittendrin auftürmt. »Sieht aus wie der Palast des Kaisers, der über alle Blumenkohlköpfe der Welt herrscht.«

Sie sind in Schwechat gelandet, sie haben ihr Gepäck bekommen, und jetzt sitzen sie in einem österreichischen Taxi auf dem Weg in die Stadt, nachdem Jesper dem Fahrer Namen und Adresse des Hotels auf dem Beleg gezeigt hat.

Er hat zwei Einzelzimmer bestellt; ein Doppelzimmer würde den Chef wohl stutzen lassen.

Das Wetter ist trübe. Links von der Autobahn ragt eine große Chemiefabrik auf, mit einem Labyrinth aus Rohrleitungen und turmartigen Konstruktionen. Bisher ist von Wiener Walzerromantik noch nichts zu sehen.

Langsam tauchen immer mehr Häuser auf, die Stadt nimmt Gestalt an. Der Fahrer schweigt, Madeleine kommentiert ab und zu ein bestimmtes Bauwerk oder eine Besonderheit im Straßenbild. Aber es ist, als würde sie sich zusammenreißen, eine Verärgerung vertuschen, die er nicht bemerken soll. Er würde gern fragen, ob etwas nicht in Ordnung ist, aber es ist vielleicht besser, damit zu warten …

Das Taxi ist eine Zeitlang an einem kleinen Fluß entlanggefahren, der zwischen hohen Mauern eingebettet liegt; jetzt biegt es nach links auf eine Brücke ein, überquert den Fluß und kurvt durch schmale Gassen, bis es vor dem Hotel hält. »Hotel Lanner« steht an der schmucklosen Fassade, und hinter einer Glastür ist ein Empfangstresen aus dunkelbraunem Holz zu erkennen. Jesper bezahlt und erhält vom Fahrer eine Quittung. Dann steigen sie aus.

Zum Glück ist alles in Ordnung, das Hotel weiß Bescheid, ihre Zimmer sind bereit. Ein Mann in Hemdsärmeln und uniformartiger Weste nimmt ihre Koffer und fährt mit ihnen in dem etwas engen Fahrstuhl hinauf in den zweiten Stock; er betrachtet Madeleines rechteckige Tasche und fragt, ob sie Fotografin sei, und mit wenigen Sätzen erklären sie, daß sie für eine Kopenhagener Zeitung arbeiten und einen Auftrag in Wien zu erledigen haben. Ein Konzert? fragt der Mann, und Jesper verneint und sagt etwas von *a difficult case*, und der Mann fragt nicht weiter.

Das eine Zimmer ist klein, mit einem einzelnen Bett, und geht hinaus auf einen Hof, der still und ruhig wirkt. Das andere Zimmer ist, wie Jesper insgeheim gehofft hat, ein Doppelzimmer – zur Straße hinaus, größer, mit zwei nebeneinander stehenden Betten. Die Zimmer liegen jeweils an den

Enden des rechtwinklig abknickenden Korridors, aber sie befinden sich auf derselben Etage, und der Abstand ist nicht groß. Diskret überläßt der Page ihnen die Entscheidung, wer welches Zimmer nimmt, er bedankt sich mit einer knappen Verbeugung für den Geldschein, den Jesper ihm in die Hand drückt, und geht. Es war sicher zuviel Trinkgeld, aber man hat nie Wechselgeld zur Hand, wenn man gerade in einem fremden Land eingetroffen ist.

Sie stehen in dem großen Zimmer. Die Koffer stehen direkt hinter der Tür und drücken sich ängstlich aneinander, als wäre ihnen die neue Umgebung nicht geheuer. Madeleine geht zu einem der beiden Fenster, zieht die Tüllgardine zur Seite und schaut hinunter auf die Straße.

»Willst du dieses Zimmer?« fragt Jesper. »Ich meine, wir könnten gut beide hier schlafen, aber ...«

»Aber es kann auch sehr schön sein, wenn man hin und wieder allein ist«, führt Madeleine seine Gedanken zu Ende. »Ja, danke. Das ist lieb von dir. Reicht dir das andere Zimmer?«

»Sicher. Ich stelle nur eben meinen Koffer dort ab. Oder möchtest du dich erst mal ausruhen?«

Madeleine setzt sich nachdenklich auf eines der beiden Betten. Es federt weich unter ihr. »Nein, bring deinen Koffer rüber, und komm wieder her«, sagt sie, »wir müssen gleich einen Plan machen, wie wir weiter vorgehen.«

Jesper nimmt den Schlüssel zu dem kleinen Zimmer, schnappt sich seinen Koffer und geht.

Nachdem er den Koffer auf die Ablage neben dem kleinen, an der Wand montierten Schreibtisch gelegt, ihn geöffnet und festgestellt hat, daß der Inhalt die Reise anscheinend gut überstanden hat, hängt er die Windjacke in den Kleiderschrank und stellt seine Schultertasche unten auf den Schrankboden. Er fühlt sich verschwitzt und benommen, geht ins Badezimmer (mit Duschecke; der Vorhang ist weiß und sauber), pinkelt plätschernd in die Toilette (eine der Arten, ein Hotelzimmer in Besitz zu nehmen) und wäscht sich Hände und Gesicht gründlich mit dem kleinen Stück Hotelseife, das dort bereitliegt. Anschließend sitzt er einen Moment auf der Kante des Einzelbettes und läßt die Stille des Zimmers auf sich einwirken. Das Fenster ist ein graues, durch Sprossen unterteiltes Rechteck; er hat kein Licht gemacht, es ist schon nach sechs Uhr, und draußen im Hof mit dem gelben Baum ist es fast schon schummerig, heute können sie ihre Spurensuche nicht mehr aufnehmen. Er hat sich darauf gefreut, mit Madeleine zu verreisen, er hat sich darauf gefreut, der Auflösung des Vejland-Rätsels ein Stück näher zu kommen – und jetzt, jetzt stellt sich dieses Ankunfts-Vakuum ein, das er manchmal auch auf anderen Reisen gespürt hat. Ich bin angekommen, aber was mache ich eigentlich hier? Vielleicht ist wirklich etwas dran, daß die Seele nicht folgen kann, wenn man fliegt. Es geht zu schnell, zu glatt.

Mit einem kleinen Seufzer steht er auf, steckt den Schlüssel in die Tasche seiner Jeans, zieht seine Zimmertür zu, geht um die Ecke zu Madeleines Zimmer und klopft an. Sie öffnet die Tür, steckt aber nur ihren Kopf durch den Türspalt; als er eintritt, sieht er, daß sie in Unterwäsche ist.

»Ich muß unter die Dusche«, sagt sie. »Willst du mit?«

Sein Herz hüpft vor Freude. Er zieht sich aus und legt seine Sachen auf einen Stuhl; sie ist inzwischen ins Bad gegangen, und die Brause legt mit einem knurrenden Niesen los. Als er ins Bad kommt und sich nackt zu ihr hinter den Vorhang stellt, ist sie schon dabei, Shampoo auf ihren Haaren zu verteilen. Der Schaum läuft ihr die Brüste hinunter auf den glatten Bauch und wird von dem Kraushaar in ihrem Schoß gebremst; sie versucht, ihn zwischendurch anzusehen, und bekommt Schaum in die Augen. »Gib mir bitte mal ein Handtuch«, prustet sie, während sie sich vorbeugt und die Haare ausspült. Er tritt aus der Dusche, nimmt das weiße Frotteehandtuch vom Haken und reicht es ihr. Sie trocknet sich das Gesicht außer Reichweite des Brausestrahls ab und gibt ihm das Handtuch. Er hängt es zurück an den Haken.

Als er wieder in den Dampf und das strömende Wasser tritt, legt sie die Hände auf seine Hüften, schiebt ihn unter den Brausestrahl und fängt an, ihn einzuseifen. Die Seife muß ihre sein, sie riecht anders als die Hotelseife, stärker und würziger. Sie massiert seinen Rücken, seine Brust, seine Waden und Schenkel und zum Schluß seine Pobacken mit dem Schaum, dann nimmt er die Seife und macht es bei ihr ebenso. Ihr Gesicht ist jetzt anders, wo ihre Haare naß und nicht mehr so füllig sind – schärfer, intensiver; ihre Lippen finden seine, sie sind nur ein klein wenig wärmer als das warme, strömende Wasser. Sein Schwanz hebt sich mit diesem freien, federnden Gefühl, das vollen Genuß verspricht. Sie reibt ihn sanft mit Seifenschaum ein und spült ihn mit Wasser aus ihren hohlen Händen ab, und das ist herrlich; er faßt ihr zwischen die weichen Schenkel und spürt eine andere Art Feuchtigkeit in dem warmen Spalt. Sie küssen sich, sie schmiegen sich aneinander, die Seife ist längst abgespült, sie sind sauber wie nach einem Wolkenbruch im Paradies, und er will in sie hinein, in sie hinauf – aber sie sagt leise: »Nicht hier«, und stellt mit einem raschen Druck auf die Armatur das Wasser ab.

Dann nimmt sie ihn an die Hand, führt ihn aus dem Bad ins Zimmer, sie legt sich tropfnaß aufs Bett und zieht ihn zu sich hinunter. Ihre nassen Haare streifen seine Wangen, wenn sie sich bewegt, ihre Arme umklammern seinen Rükken, sie hält ihn einige lange, wirbelnde Minuten zurück und läßt ihn dann dort eindringen, wo er um alles in der Welt hin will; je mehr Wasser verdampft und ihre Haut kühlt, desto brennendheißer fühlt sie sich innen an, und sie beantwortet seine Stöße hart und schnell. Wieder kommen sie gleichzeitig, wunderbar einfach und völlig losgelöst in einem Schweben ohne Oben oder Unten.

Als sie gelandet sind, küßt er ihren feuchten Hals und legt sich, auf einen Ellbogen gestützt, neben sie. Die Bettdecke ist durchgeweicht, sie merken es und grinsen leicht. Dann überziehen sich ihre Brüste mit einer Gänsehaut. Er will sie küssen, aber sie sagt, daß ihr kalt sei. Er springt auf und holt beide Badehandtücher, und sie trocknen sich gründlich ab, während sie in dem halbdunklen Zimmer auf dem Teppich stehen. Ihr Körper leuchtet weiß. Die dichten Vorhänge sind nicht zugezogen.

»Ich hatte solche Lust auf dich«, erklärt sie ziemlich überflüssig.

»Und ich dachte, du wärst sauer auf mich«, sagt er.

»Nein, überhaupt nicht.«

Wohlbehagen und Befriedigung pulsieren durch Jespers Adern. Es ist, als ob sein Körper von einer dünnen, undurchdringlichen Haut befreit wäre, die es ihm vorher unmöglich machte, zu atmen. Er denkt, daß es vielleicht die offenen Poren der Haut sind, durch die die Seele eintritt, wenn sie den Körper wiedergefunden hat.

Madeleine bürstet ihre Haare vor dem Spiegel. »Ich habe Hunger«, sagt sie.

Das nächstliegende Restaurant in der Straße ist ein Italiener. Sie essen Pasta alla carbonara und trinken dazu einen Rotwein aus dem Friaul.

»Also, was machen wir?« sagt Madeleine beim letzten Glas Wein. »Was für Anhaltspunkte haben wir ...«

»Wir haben eigentlich nur den Doktor, diesen Prohaska«, sagt Jesper. »Und wir können mit einiger Wahrscheinlichkeit davon ausgehen, daß Vejland in der Nähe einer Straßenbahnlinie wohnt, die eine Haltestelle in der Schwarzspanierstraße hat. Ich habe einen Stadtplan gekauft ... aber der liegt jetzt natürlich oben im Zimmer.«

»Wir könnten versuchen, Prohaska im Telefonbuch zu finden.«

»Genau. Ich habe gesehen, daß in meinem Zimmer ein Stapel Telefonbücher neben dem Telefon liegt. Bei dir auch?«

»Ja. Ich habe sogar schon ein bißchen darin geblättert. Ist dir klar, daß sich Prohaska auf acht verschiedene Arten schreiben kann? Prohaska so wie gesprochen, Prohazka mit z, Prohaszka mit sz, Prohacka mit c, Prohaczka mit cz – und dann Prochaska mit ch, Prochazka mit ch und z, Prochaczka mit ch und cz. Wir haben den Namen nur einmal geschrieben gesehen, und das war eine Notiz, die Vejland sich gemacht hat, nachdem er das erste Mal mit ihm gesprochen hat. Tatsache ist, daß wir nicht wissen, ob das die richtige Schreibweise war.«

»Ach du Scheiße. Acht Schreibweisen. Aber wir brauchen wohl nur unter den Ärzten zu suchen.«

»Wenn man hier in Wien *Doktor* ist, kann man genausogut Rechtsanwalt sein. Davon gibt es auch eine ganze Menge. Wir haben wirklich viele Prohas-z-sz-c-kas, die wir abklappern müssen«, sagt Madeleine und versucht, alle Varianten auf einmal auszusprechen.

Jesper ärgert sich einen Moment lang darüber, daß er nicht an die Sache mit den Doktortiteln gedacht hat. Aber plötzlich weicht der Ärger einem Gefühl der Spannung angesichts der neuen Steinchen im Puzzlespiel. Er bedenkt noch einmal Madeleines Bemerkung. In ihrer Stimme war nicht der leiseste Hauch von Besserwisserei.

»Ich habe schon ans Einwohnerregister gedacht, oder wie das hier heißt«, fährt er fort. »Aber ich glaube nicht, daß wir damit anfangen sollten. Falls Vejland sich hier verstecken will, hat er sich unter Garantie nirgendwo angemeldet, und schon gar nicht unter seinem eigenen Namen.«

»Muß man das denn nicht?«

»Eine Zeitlang geht es auch so. Es ist erst etwas mehr als einen Monat her, daß er untergetaucht ist.«

»Wir nehmen uns die Prohaskas morgen vor.«

»Der richtige spricht Englisch.«

»Ja. Aber trotzdem. Es hat was von einer Nadel im Heuhaufen.«

»Wir haben eine Woche. Wir haben uns. Ich liebe dich.«

»Ich dich auch.«

35. Tag, Donnerstag

Madeleine wacht im Dunkeln auf und weiß, daß sie eingetreten ist. Sie tastet nach dem Schalter, knipst die Bettlampe an und kneift die Augen vor dem plötzlichen Licht zusammen. Sie schlägt die Bettdecke zur Seite und sieht, daß sie auf das Laken geblutet hat.

Während sie sich im Badezimmer wäscht, einen sauberen Slip anzieht und eine Binde einlegt, zählt sie rückwärts. Ein, zwei ... *fünf* Tage zu spät. Das ist viel, sogar bei ihrem manchmal unregelmäßigen Zyklus. Fünf Tage, die sich ihr Körper zurückgehalten hat, aus Streß oder Hoffnung – oder ganz einfach Verwirrung. Vor einem Monat hatte sie noch keinen Liebhaber, alle Gedanken an Männer waren auf beinahe unbestimmte Zeit verschoben; und dann kam der neue Job und mit ihm Jesper, der beinahe sofort angefangen hatte, sie mit diesem interessierten Blick anzusehen, wobei ihm anzumerken war, daß ihm sein Interesse selbst noch gar nicht bewußt geworden war.

Ihre Uhr zeigt kurz vor drei. Mitten in der Nacht. Jesper schläft sicher tief und fest drüben in seinem kleinen Zimmer. Wie gut, daß sie vorgeschlagen hat, daß nachts jeder in seinem eigenen Zimmer schlafen soll. Sie kann sich in das andere Bett legen, das unblutige, sie kann sich alle vier Kopfkissen in den Rücken stopfen, sie kann das Licht noch eine Weile brennen lassen und die Ruhe genießen, die sich einstellt, wenn die Menstruation richtig eingesetzt hat und die Stimmungsschwankungen vorbei sind; es löst sich, es fließt, es geht voran, obwohl es auch ein bißchen weh tut. Sie kann im Bett liegen und in aller Ruhe an die Wand starren, ohne auf etwas antworten zu müssen, ohne sich für etwas entschuldigen zu müssen, ohne sich Gedanken zu machen, ob die Person neben ihr durch ihr Wachsein gestört wird oder nicht.

Der Schatten von Lennart gleitet durch ihre Gedanken. Er hätte jetzt mißbilligend geknurrt und sich mit übertriebener Heftigkeit auf die andere Seite herumgeworfen, um ihr klarzumachen, daß man gefälligst nicht nachts um drei mit Kissen im Rücken und eingeschaltetem Licht die Wände anstarrt. Und Jesper? Jesper hätte sie wohl angesehen, verschlafen, abwartend ... und gefragt, was denn los ist.

Er fragt so viel. Aber seine grundlegende, beinahe naive Freundlichkeit ist wohltuend. Es braucht nicht viel, damit sie durch die Fassade bricht, durch die zähe Journalistenhaut. Man könnte sie leicht mit Gewöhnlichkeit, mit Bedeutungslosigkeit verwechseln, aber in Wirklichkeit ist sie überhaupt keine gewöhnliche Eigenschaft, sie ist nur nicht so hervorstechend. Wenn er ihr nicht seine halbbewußten Signale gesandt hätte, dann wäre er ihr überhaupt nicht aufgefallen; aber jetzt ist er da, vermittelt schon ein Gefühl von Geborgenheit, ohne die zitternde Ahnung, daß jederzeit Schluß sein kann, die so zermürbend und verlockend an den aufregenden Männern, den verhängnisvollen Männern ist. Denen, die zu meiden sie gelernt hat.

Seine früheren Freundinnen haben ihn als selbstverständlich hingenommen, denkt Madeleine. Sie haben nach und nach vergessen, ihn wahrzunehmen. Und er selbst nimmt mehr wahr, als man denkt. Nein, falsch. Er nimmt mehr wahr, als ihm selbst bewußt ist.

Ja, was ist mit den seltsamen »Gesichten« mitten in seinen beinahe pedantischen Ausführungen über die Geschichte des verschwundenen Mannes? Sie haben ihn erschreckt, sie haben ihn verblüfft, und er hat sie sich selbst nicht erklären können, also hat er sie beiseite geschoben.

Sie sieht ihn vor sich, wie er mit starrem Blick auf dem Bürgersteig der Nidarosgade steht. Er hat wirklich etwas *gesehen*, was sie nicht gesehen hat. Er dachte, er hätte etwas gerufen, aber sie hatte ihn nicht rufen hören.

Hat er vielleicht eine Macke, eine psychische Krankheit, die ihre Beziehung bedrohen könnte? Ihr wird beinahe schwindelig bei dem Gedanken, und gleichzeitig protestiert alles in ihr dagegen. Er war ja so erschrocken, das war für ihn selbst etwas völlig Fremdes! Ihre Intuition sagt ihr, daß das den Unterschied ausmacht. Psychisch kranke Menschen haben ja auf irgendeine Art einen Pakt mit ihrer Krankheit geschlossen, ob einen konfliktgeladenen Pakt oder einen beschwichtigenden Pakt, einen stummen Pakt oder einen redseligen Pakt – immer im Einvernehmen ...

Die Worte steigen in ihren Gedanken hoch. Einvernehmen. Konfliktgeladen. Die Worte wölben sich und gleiten vorbei, so wie die großen Wolkenlandschaften draußen vor dem Flugzeugfenster. Intuition. Weiblich. Weibliche Intuition. Ein himmelschreiend blöder Ausdruck. Männer denken doch auch intuitiv, sie tarnen es nur. Vielleicht sind die Erscheinungen einfach Jespers Intuition, die von angelernter Logik unterdrückt wird und zu krassen Mitteln greifen muß, um sich bemerkbar zu machen.

Sie glaubt an ihn. Nicht nur, weil ihr ein Mann gefehlt hat oder weil der Sex mit ihm gut ist. Mit ihnen beiden könnte es etwas werden, etwas richtig tief Verankertes, etwas, was ihr bisher immer außer Reichweite zu liegen schien.

Im Grunde ihres Herzens ist sie vielleicht sogar ein ganz klein wenig enttäuscht, daß sie nicht schwanger ist. Es ist praktischer, es ist vernünftiger, es ist besser so, wie es jetzt ist, aber trotzdem. Sie kann noch in ihrer rechten Hand spüren, wie es war, sie schützend um Cæcilies Nacken zu legen; die Wärme des kleinen Kopfes, die feinen blonden Haare. Wieder sieht sie die großen dunkelblauen Augen des Kindes vor sich – als ob sie etwas von ihr erwarten. Nicht zuletzt Cæcilies wegen passiert das alles hier.

Madeleine wird plötzlich von einem jäh aufflammenden Zorn auf Peter Vejland erfüllt. Ganz gleich, wie er sich Cæcilies Zukunft vorgestellt hat, man verschwindet nicht einfach Hals über Kopf aus dem Leben seines Kindes! Ganz gleich, wie klein das Kind ist, man hat eine Verantwortung dafür. Wer weiß denn schon wirklich, wieviel ein sechs Monate altes Kind begreift?

Leute, die verschwinden ... Man kann sich viel Mühe geben, sie zu verstehen, man kann sich viel Mühe geben, ihnen zu vergeben – rational gesehen. Aber in Wahrheit haben diese Leute kein Recht, so etwas zu tun.

Sie schiebt die Gedanken beiseite, erhebt sich über sie, so als würde sie in höhere Luftschichten aufsteigen, rein wie blauer Kristall. Sie konzentriert sich auf das einzig Positive, das einzig Friedliche und Geduldige, das sich inmitten des Zorns verbirgt: den Wunsch, Cæcilie zu helfen, die Lawine aufzuhalten, die ins Rollen gekommen ist, den Zusammenbruch, der zu einem schwarzen Loch in ihrer Kindheit werden könnte.

Und dies bedeutet wohl auch: Peter Vejland zu helfen.

Sie legt drei der Kopfkissen auf das Bett nebenan und klopft sich das vierte zurecht. Dann löscht sie das Licht.

Die Geräusche der Stadt draußen sind gedämpft und diffus. Ein einzelnes Auto gleitet mit leise schnurrendem Motor unter ihrem Fenster vorbei. Bevor das Geräusch ganz verklungen ist, schläft sie.

Am Frühstückstisch ist Jesper gut gelaunt. Er wirkt ausgeruht, er wirft ihr heiße Blicke über den Rand seiner Kaffeetasse zu, er sägt die Brötchen energisch auf, daß die Krümel nur so auf Teller und Tischtuch rieseln.

»Heute finden wir ihn«, sagt er.

Er hat sie geweckt, indem er an ihre Tür klopfte und fragte, ob sie wach sei. Aber das war ganz gut so, denn jetzt beginnen die Kellner schon, das Frühstücksbuffet abzuräumen.

»Erst müssen wir mal den richtigen Prohaska finden«, sagt sie.

»Den meinte ich. Ich schlage vor, daß wir von unseren Zimmern aus anrufen. Ich habe mir die Telefonbücher angesehen, als du dich angezogen hast, und es sind offenbar in allen Zimmern dieselben. Wenn du die mit ›ch‹ übernimmst, übernehme ich die mit ›h‹. Dann sehen wir ja, wie weit wir kommen.«

»Sollten wir nicht gleich bei den Ärzten und Anwälten anfangen?«

»Ja. Falls er nicht eine dritte Art von Doktor ist. Doktor der altgriechischen Philosophie oder so was in der Art. Aber Arzt oder Rechtsanwalt ist am wahrscheinlichsten.«

»Okay. In den Gelben Seiten ist alles nach Stadtteilen geordnet, und die Ärzte sind noch mal nach Allgemeinmedizinern und diversen Fachärzten unterteilt. Aber wir können ja einfach an einem Ende anfangen. Wie sollen wir uns vorstellen? Und können wir englisch sprechen?«

»Ja, wenn *unser* Prohaska gut englisch spricht, dann wird seine Sekretärin das sicher auch tun. Sag seiner Sekretärin oder wem auch immer einfach, daß du Madeleine Arnvad from Copenhagen bist und important news über Peter Vejland für ihn hast.«

»Und wenn es nicht der Richtige ist, soll ich wohl hören, wie sie verständnislos den Kopf schüttelt?«

»Ja. Wenn sie lange Ohrringe trägt, klingeln die.«

»Na gut. Fangen wir an?«

»Gleich, ich will nur noch –«, sagt er und kriegt den letzten Schluck Kaffee beinahe in den falschen Hals.

Okay. Also sitzt sie nun hier an dem kleinen braunen Hotelschreibtisch, neben sich das aufgeschlagene Telefonbuch und ein Blatt Papier, auf dem sie die Nummern notieren will, die sie jeweils anruft. Sie will mit den Rechtsanwälten anfangen. Im 1. Bezirk gibt es keinen, der Prohaska heißt, weder so noch anders geschrieben. Im 2. Bezirk gibt es einen Dr. Paul Prochazka. Sie holt tief Luft und wählt die Nummer. Ist schon ein bißchen ungewohnt, das hier.

Die Frau, die sich meldet, spricht Englisch mit starkem Akzent und trägt keinen klingelnden Ohrschmuck, aber sie ist sehr freundlich. Es muß sich um ein Mißverständnis handeln. Dr. Prochazka hat keine Verbindungen nach Kopenhagen. Vejland? Nein, nie gehört. Madeleine entschuldigt sich höflich und legt auf.

Dr. Paul P., schreibt sie auf das Blatt, dahinter die Nummer und ein deutliches Minuszeichen.

Der nächste heißt mit Vornamen Olga und kann übersprungen werden. Der übernächste heißt Joseph Prochaska und erweist sich ebenfalls als Fehlschlag.

Als Madeleine alle Rechtsanwälte und die Hälfte der Ärzte durchtelefoniert hat, von denen bei einigen nur der Anrufbeantworter eingeschaltet war, klopft es leise an der Tür. Es ist das Zimmermädchen, das sofort den Kopf zurückzieht und eine Entschuldigung murmelt. Aber Madeleine winkt sie herein und gibt ihr zu verstehen, daß sie ruhig das Zimmer in Ordnung bringen soll. Eine Pause kann jetzt ohnehin nichts schaden.

Sie zieht die Lederjacke an und verläßt das Hotel. Es weht eine schwache Brise, und die Luft ist herbstlich rauh, aber es ist schön, draußen zu sein, es erfrischt. Sie geht ein paar Schritte die Straße entlang und bleibt zerstreut vor einem Schaufenster stehen. Kleider, Blusen, Röcke. Alles für die Dame.

Plötzlich ist ihr, als ob sie ein Detail im Schaufenster heranzoomt und gleichzeitig unendlich weit in die Vergangenheit eintaucht. Ein dunkelblaues Kleid mit Goldknöpfen. Es sitzt auf einer grauweißen Schaufensterpuppe ohne Gesichtszüge, die nur einen dunkelblauen Strohhut auf dem kahlen Kopf hat, aber es ist das Kleid, das Kleid und die Knöpfe, die sie gefangennehmen. Der Kleiderstoff. Eine Art matter, rauher Crêpe. Sie spürt förmlich, wie er sich anfühlt. Ein wenig widerspenstig, ein wenig abweisend, ein wenig vornehm, obwohl die Farbe so tief und still und lockend ist; und der goldene Glanz der Knöpfe, das glatte Licht, das sich so einfach in den Mund stecken läßt ... Es ist die feine Bluse ihrer Mutter, die Sonntagsbluse, blau und nicht weiß, wunderbar nahe, so als säße sie auf ihrem Schoß, und es geht ein Glanz von Glück und Feierlichkeit davon aus, ein Gefühl, daß man still sein muß ...

Die Vision ist verschwunden, bevor sie sie näher bestimmen kann. Wann? Wo? Nicht zu sagen, nur ein kühler, freudiger Tropfen aus dem Kindheitsbrunnen. Mit ihrem Verstand, nicht mit dieser tiefen, unwillkürlichen Intensität, erinnert sie sich an Cæcilies Augen, die groß und ernst alles in sich aufnehmen. Und sie erinnert sich wieder daran, in welcher Sache sie gerade steckt.

Sie beginnt Jespers Entdeckerdrang zu verstehen. Auch sie verspürt jedesmal einen Kitzel, wenn sie sich vorstellt und auf die Reaktion am anderen Ende wartet; aber sie zweifelt auch immer noch am Gelingen. Voller Grauen denkt sie an die vielen Namensspalten und Nummern. Doch vielleicht hat sie den richtigen ja schon erwischt, ohne es zu wissen, vielleicht hat der richtige Prohaska seiner Sekretärin strenge Anweisung gegeben, sich nichts anmerken zu lassen, falls jemand anruft und etwas von einem Peter Vejland sagt.

Vielleicht und falls. Man kann auch vor lauter Spekulationen ganz paranoid werden. Sie schaut auf ihre Uhr. Es ist ungefähr eine Viertelstunde vergangen, das muß reichen.

Als sie auf ihrer Etage den Korridor entlanggeht, steht Jesper vor ihrer Zimmertür. »Da bist du ja! Wo warst du denn? Ich hab ihn!« Er wedelt triumphierend mit einem Blatt Papier. »Doktor Felix Prohaska, mit ›h‹ und ›s‹. Er ist tatsächlich Rechtsanwalt, wie du gesagt hast. Ich habe einen Termin mit ihm vereinbart, morgen um zwei.«

»Und was machen wir bis dahin?«

»In der Stadt spazierengehen? Irgendwo was essen?«

Während sie den Bürgersteig entlanggehen, erzählt Jesper, wie er den Rechtsanwalt erreicht hat. »Ich konnte gleich hören, daß ich ins Schwarze getroffen hatte. Die Stimme der Sekretärin war ganz verändert, als sie sagte *One moment, please.* Ich hatte aber auch wirklich Druck gemacht. *I must speak to Doctor Prohaska about this. It's very, very important.*« Jesper parodiert sich selbst; er sprudelt beinahe über vor Siegestaumel. »Ich mußte ziemlich lange warten, bis ich durchgestellt wurde. Und dann habe ich ein bißchen gepokert. Ich tat so, als wäre es vollkommen klar, daß er Peter Vejland kennt. Und ich erklärte ihm, daß Peters Frau sehr unter seinem Verschwinden leidet, daß es lebenswichtig sei, die ganze Sache aufzuklären, daß niemand mit einer solchen Ungewißheit leben könne, und so weiter ...«

Jespers Hände fegen durch die Luft. Er geht mit weit ausgreifenden Schritten.

»Und da zögerte er etwas und sagte, das seien alles Privatangelegenheiten und vertrauliche Dinge, und er müsse auf die Interessen seines Klienten Rücksicht nehmen. Als er sagte ›my client‹, da war ich endlich sicher, daß ich den Vogel abgeschossen hatte. Und dann gab er mir diesen Termin morgen. Er will unter Garantie erst mit Peter Vejland Kontakt aufnehmen.«

»Und was ist, wenn Vejland wieder abtaucht?«

Jesper verlangsamte seine Schritte. »Daran habe ich auch schon gedacht. Aber dann können wir nichts machen. Ohne Prohaska finden wir Vejland nicht, also muß es nach Prohaskas Spielregeln ablaufen. Er klang übrigens ganz sympathisch.«

»Aber er nimmt mehr Rücksicht auf seinen Klienten als auf uns.«

»Ja, das muß er ja auch.«

»Können wir nicht gleich etwas unternehmen? Zu ihm hinfahren?«

»Und ihn anbetteln, daß er uns sofort zu Vejland führt? Oder ihn beschatten?«

»Ich weiß ja auch nicht. Aber wir haben keine anderen Termine ...«

»Jetzt bist du beinahe so eifrig wie ich, was? Der Jagdhund wittert die Beute!« Jesper lächelt schief.

Madeleine winkt ein Taxi heran, das ihnen gerade entgegenkommt.

Dann stehen sie auf dem Bürgersteig der Mariahilfer Straße und betrachten eine Glastür zwischen einem Fotogeschäft und einer Boutique. Dr. Prohaskas Name steht auf einem Türschild sowie neben einem Klingelknopf, aber niemand meldet sich. Jesper klingelt mehrere Male, aber ohne Ergebnis. Durch die Glastür kann man eine leere Treppe sehen.

»Mittagspause vielleicht ...«, sagt Jesper. »Oder sollen wir es als ein Zeichen nehmen?«

»Wir haben es versucht«, sagt Madeleine. Ein sanfter Windstoß läßt die Plastikwimpel an der Fassade des Fotogeschäfts flattern. Sie schaut die schräg abfallende Straße hinunter und fühlt sich plötzlich unbeschwert, wie im Urlaub. »Jetzt haben wir uns ein Glas Wein verdient.«

In einer Seitenstraße finden sie ein langes, schmales Café. Sie bestellen ein *Viertel* für jeden und bekommen kleine, hübsche Glaskännchen, aus denen man sich selbst einschenken kann. Der Wein ist kühl und grüngolden und würde besser zu einem warmen Sommertag passen, aber irgendwie trägt Madeleine einen verspäteten Sommer in sich; eine heitere Faulheit, die es ihr erlaubt, den lieben langen Tag nichts anderes zu tun, als was ihr gerade einfällt. Bummeln, etwas besichtigen oder auch nicht, reden. Doch da taucht plötzlich ein sehr konkreter Gedanke auf.

»Jesper, sollten wir nicht Lisa und Louis anrufen und ihnen sagen, daß wir Prohaska gefunden haben?«

Jesper angelt sein Handy aus einer Jackentasche. Er drückt ein paarmal auf die Tasten und hält das Telefon ans Ohr.

»Hallo, Jesper hier. Es gibt Neuigkeiten. Wir haben ...«

Madeleine ist unkonzentriert, das ist eine der kleinen Menstruationsnebenwirkungen. Sie schaut zum Fenster hinaus, an dem sie sitzen, über die Pflanzen auf der niedrigen Fensterbank hinweg. Ein kleiner Lieferwagen fährt die Straße entlang. Passanten gehen vorbei, senkrechte Schattengestalten, deren Gesichter man kaum wahrnimmt und die nicht hereinsehen. Angenommen, Peter Vejland würde hier vorbeikommen – würde sie auf die Straße hinausstürzen und ihm hinterherlaufen, würde sie ihn überhaupt erkennen? Seine Gesichtszüge hat sie klar vor Augen, von den Fotos her, die sie gesehen hat, aber wäre sie so geistesgegenwärtig, eine Verbindung zwischen seinem Anblick und der Erinnerung an die Fotos herzustellen?

Jesper kämpft mit Handy, Papier und Stift; er will etwas auf dem Blatt notieren, auf dem Prohaskas Adresse steht, aber das Blatt rutscht weg, er kann das Handy nicht zwischen Ohr und Schulter festklemmen; sie hält das Blatt für ihn fest und sieht, wie er ein paar Zahlen hinkritzelt. »Ja … ja … ja …«, sagt er schnell und wiederholt die Ziffern. »Ja … ja. Okay. Ich melde mich wieder, sobald ich mehr weiß. Ja. Schöne Grüße zurück. Bis dann.«

Er legt auf und sieht sie an. »Das war Lisa«, sagt er. »Sie hat sich gefreut, daß wir ein kleines Stück weitergekommen sind. Aber sie waren selbst auch nicht untätig. Sie haben Peters Adreßbuch durchgesehen – und die Nummer des Handys gefunden, das er jeden Tag gegen elf einschaltet. Das Handy, auf dem Beatrice ihn anruft. Sie haben die Nummer unter *Luna* gefunden. Warum zum Teufel bin ich nicht selbst darauf gekommen?«

»Na ja, nun sind sie es eben. Haben sie angerufen?«

»Lisa hat es heute vormittag dreimal versucht. Beim ersten Mal kriegte sie keine Verbindung. Beim zweiten Mal war besetzt. Beim dritten Mal keine Verbindung. Er schaltet es anscheinend nur einmal am Tag ein. Er will ja auch nur mit Beatrice sprechen … Was würdest du tun, wenn du an seiner Stelle wärst und plötzlich eine andere Stimme hörst als die, mit der du rechnest?«

»Auflegen, nehme ich an.«

»Genau. Und wieder fliehen?«

»Das weiß ich nicht …«

Jesper runzelt die Stirn. »Louis hat ihr geraten, es sein zu lassen, sagte sie. Sie könnte ja doch nichts tun, selbst wenn sie ihn wirklich erreichen sollte.«

»Das ist nicht gesagt …«

»Nein, das ist nicht gesagt.« Jesper legt die Finger auf den beschriebenen Zettel und schiebt ihn auf dem Tisch leicht hin und her. Dann nimmt er sein Handy wieder aus der Jakkentasche und tippt Beatrice Southeys Handynummer ein.

»Nur für alle Fälle«, sagt er.

Sie wollen heute nacht zusammen schlafen, im Doppelzimmer. Es ist spät, sie sind satt, sie liegen unter der Bettdecke. Madeleines Nachtlampe ist das einzige Licht im Zimmer, das noch brennt.

»Jesper? Was ist deine früheste Erinnerung – die allerfrüheste aus deiner Kindheit?«

Er verändert seine Lage. Das Bettzeug raschelt. Ein Hauch seines Geruchs weht zu ihr herüber.

»Ich weiß nicht.«

»Versuch zurückzudenken. Versuch, deinen Kopf ganz leer zu machen, und achte darauf, was dann kommt ...«

Er liegt lange mit geschlossenen Augen da, aber sie kann an seinem Atem hören, daß er nicht schläft. »Ich erinnere mich an eine Katze«, sagt er schließlich mit beinahe träumerischer Stimme. »Eine ganz weiße Katze, die in einem Flekken Sonnenlicht auf dem Boden liegt und schläft. Meine Augen sind fast auf Fußbodenhöhe, der Sonnenschein ist so stark, daß er die Katze nahezu aufleuchten läßt, in so ganz gleichmäßigen dünnen Lichtstrahlen, wie ein Fächer aus Garn ... ich weiß, daß sie warm und weich und schön ist, ich will hin zu ihr ... es wäre so wunderbar, sie anzufassen ...«

Er lächelt mit geschlossenen Augen.

»Ich glaube, wir hatten eine weiße Katze, als ich noch ganz klein war«, sagt er langsam. »Sie starb, bevor ich drei wurde. Ich hatte keine Ahnung, daß ich mich an sie erinnern könnte.«

36. Tag, Freitag

Die Mariahilfer Straße ist heute noch belebter als gestern, so als würde der hektische Feierabendpulk dem Wochenende entgegenfiebern. Die Autos lärmen, die Leute gehen mit schnellen, stakkatoartigen Schritten den Bürgersteig entlang. Madeleine und Jesper haben diesmal die U-Bahn genommen und sind das letzte Stück zu Fuß gegangen. Auf Madeleines Uhr ist es exakt eine Minute vor zwei.

Sie bemerkt, daß Jesper vor der Haustür einen Moment innehält, so als würde er tief durchatmen. Dann drückt er auf den Klingelknopf neben Prohaskas Namen. Als der Summer ertönt, geht er voran, ertappt sich selbst dabei, hält die Tür mit dem Rücken auf und zieht ungeschickt-galant den Bauch ein, um Madeleine vorbeizulassen. »Geh du ruhig vor«, sagt sie und stößt ihn sanft vorwärts.

Im zweiten Stock betreten sie ein Vorzimmer, wo eine Frau mit kastanienbraunem Haar und makellosem Make-up von ihrer Tastatur hinter einem kleinen Tresen aufblickt. Sie wirft einen schnellen Blick in ihren Terminkalender und fragt: »Herr Lund?« Jesper bejaht, und sie geht zu einer Tür und klopft, steckt den Kopf hinein und sagt etwas. Dann begleitet sie Jesper und Madeleine höflich hinein. Prohaska erhebt sich hinter seinem Schreibtisch und geht ihnen entgegen.

Er ist groß, sein Haltung ist etwas gebeugt, und er trägt eine Brille mit schmalem Goldrand und einen kleinen gepflegten Oberlippenbart. Madeleine schätzt ihn auf etwa Mitte Vierzig. Jesper stellt sich vor, präsentiert Madeleine als »meine Fotografin« und entschuldigt sich dafür, daß er gestern so sehr auf einen Termin gedrängt habe.

Prohaska unterbricht ihn mit einer freundlichen Handbewegung. »Ich verstehe Ihre Ungeduld«, sagt er in ausgesuchtem Englisch. »Sie werden jedoch verstehen, daß ich Sie ohne Rücksprache mit meinem Klienten nicht empfangen konnte. Aber bitte, setzen Sie sich doch.«

Das Büro ist groß, es ist sogar Platz für einen Konferenztisch mit einer dicken Glasplatte und sechs zierlichen Stühlen. Prohaska bedeutet ihnen, dort Platz zu nehmen. Alle Möbel, auch der Schreibtisch, sind neu und sehen nach italienischem Design aus. Ein Regal gegenüber dem Konferenztisch enthält Nachschlagewerke und einen Fernseher mit einem Videorekorder darunter. Den einzigen Stilbruch in dem ganzen Raum stellt ein großer alter Kelim in roten und braunen Farbschattierungen dar, der an einer ansonsten kahlen Wand hängt. Der Fußboden besteht aus nacktem, glänzendem Parkett.

»Vielleicht einen Kaffee?« fragt Prohaska. Jesper sieht Madeleine an, sie schüttelt den Kopf, er lehnt ebenfalls dankend ab. Prohaska nötigt sie nicht weiter. »Kommen wir gleich zur Sache«, sagt er. »Sie sind Journalist, Sie wollen einen spannenden Bericht über einen Mann schreiben, der untertauchen möchte. Ich bin Anwalt, ich vertrete seine Interessen, aber ich bin zu dem Ergebnis gekommen, daß ich seine Interesse am besten dadurch vertrete, daß ich Ihnen die Geschichte liefere, so weit *ich* sie Ihnen erzählen kann.«

Jesper zieht sein Diktiergerät hervor und sieht Prohaska fragend an; Prohaska macht eine Geste in Richtung Tischplatte, als wollte er sagen: nur zu. Jesper schaltet das Gerät ein; die kleine schwarze Schachtel schwebt auf der Glasplatte, durch die Madeleine Jespers und Prohaskas Hosenbeine sehen kann.

»Mr. Vejland scheint mir derzeit etwas ... wenig stabil zu sein«, sagt Prohaska. »Als Rechtsanwalt bemühe ich mich nach besten Kräften, seine Anweisungen zu befolgen; als Privatmann bin ich ernstlich besorgt, daß diese Geheimniskrämerei ihn in den Abgrund zieht, und ich weiß, daß andere meine Besorgnis teilen.«

Er sieht Jesper an, als erwarte er eine Antwort.

»Sie meinen Mrs. Southey«, sagt Jesper. Intuition, denkt Madeleine. Sie fühlt, daß dies der richtige Name war, aber er hätte ebensogut Lisa nennen können. Prohaska nickt, mehrmals, als wäre damit ein Punkt auf der Liste abgehakt.

»Es ist mir gestern gelungen, Mr. Vejland zu erreichen, und er hat mich gebeten, Ihnen auszurichten, daß er nicht daran denkt, nach Dänemark zurückzukehren, und daß hier in Wien für ihn gesorgt ist, so daß niemand sich seinetwegen Gedanken zu machen braucht.« Prohaska wartet erneut.

»War das alles, was er sagte?« fragt Jesper.

»Nein. Er hat mich außerdem bevollmächtigt, Ihre Fragen nach bestem Wissen zu beantworten, er wünscht jedoch nicht, Sie zu treffen.«

»Inwiefern ist hier in Wien ›für ihn gesorgt‹?« fragt Jesper beinahe brüsk.

»Er hat eine Wohnung und ein bescheidenes Vermögen von seinem Vater geerbt.«

»Seinem Vater?« Jesper macht ein verdutztes Gesicht. »Seinem gesetzlichen oder seinem leiblichen Vater?«

»Seinem leiblichen.«

»Ja, aber der ist doch 1945 gestorben – wie kann er ...«

»Nein, Mr. Vejlands leiblicher Vater war nicht der, den er dafür hielt. Sein leiblicher Vater hieß Stephan Schönmeister, er starb vor einigen Monaten im Alter von fast achtzig Jahren. Er war Österreicher, geboren in Wien, und er starb auch hier in Wien.«

Jesper und Madeleine wechseln einen Blick. Dann sehen sie beide Prohaska an. Sie brauchen ihn nicht einmal zu bitten; er lehnt sich in seinem Sessel zurück und beginnt zu erzählen.

»Herr Schönmeister war mein Klient. Davor war er der Klient meines Vaters. Ich habe die Kanzlei von meinem Vater übernommen, und mein Vater und Schönmeister waren gute Bekannte, ungefähr im gleichen Alter; da war es nur natürlich, daß er mich zu seinem Anwalt bestimmte – und später zu seinem Vermögensverwalter –, es gab ein Vertrauensverhältnis, das viele Jahre zurückreichte. Ich habe ihn schon gekannt, als ich selbst noch ein kleiner Bub war.

Schönmeister war von Herbst 1944 bis Frühjahr 1945 in Dänemark. Ich kann Ihnen die exakten Daten nicht nennen, aber es handelte sich um ein halbes Jahr. Er war im Büro des deutschen Reichsstatthalters in Kopenhagen angestellt und bekleidete einen ziemlich unbedeutenden Posten. Seine

Arbeit hatte irgendwas mit der Polizei zu tun, ich glaube, die Deutschen setzten zu dieser Zeit ihre eigenen Polizeikräfte ein. Ich kenne mich mit der dänischen Geschichte nicht so gut aus.

Er war ein junger Mann damals, um die fünfundzwanzig, gesund und aufgeweckt – ich habe mich immer wieder gefragt, warum er nach Kopenhagen beordert wurde, auf einen Schreibstubenposten in einem relativ ungefährlichen Land, anstatt an die Front geschickt zu werden. Ich habe ihn sogar einmal danach gefragt, aber er sagte nur ausweichend, es sei eine dieser Ungereimtheiten gewesen, die in einem Krieg vorkommen.

Ich glaube, er wurde protegiert. Ich weiß – denn das hat er offen zugegeben –, daß er beim Anschluß Österreichs ans ›Großdeutsche Reich‹ 1938 begeistert in die NSDAP eingetreten und schnell zum Privatsekretär eines ranghohen österreichischen Parteigenossen aufgestiegen war, der ihm dann vielleicht einen sicheren Posten in diesen unsicheren Zeiten verschafft hatte.

Er hat sein Leben lang das denkwürdige Talent gehabt, allen Gefahren und Risiken aus dem Weg zu gehen und das Beste aus seiner Situation zu machen. Mit einer Ausnahme, und die sollte zu einem Meilenstein in seinem Lebens werden.

Aber lassen Sie mich zunächst seine Geschichte in Dänemark fertig erzählen. In jenen Monaten verschaffte er sich natürlich auch Zutritt zu den dänischen Häusern, die ein freundschaftliches Verhältnis zu Deutschland unterhielten. Und in einem solchen Haus lernte er ein Dienstmädchen kennen, mit dem er etwas anfing. Sie wurde schwanger; das Kind aus dieser Verbindung ist Mr. Vejland.

Wie er mir erzählte, erfuhr Schönmeister bald, daß sie ein Kind von ihm erwartete. Er wußte nicht, was er tun sollte. Der Krieg hatte ein Stadium erreicht, in dem Deutschlands Niederlage absehbar war, es gab nicht mehr viele, die sich darüber noch irgendwelche Illusionen machten, und Schönmeister beschloß – man kann es gut verstehen, er war jung und unerfahren, und die Welt um ihn herum begann unterzugehen –, nach Hause zu fahren. Heim nach Wien.

Irgendwie konnte er es so arrangieren, daß er Urlaub bekam, oder vielleicht wurde er auch einfach nach Wien zurückbeordert, so genau weiß ich das nicht. In Hamburg – er war gezwungen, über Hamburg zu reisen – wurde er auf der Straße irgendwie als Parteimitglied erkannt und von einer Gruppe Leute überfallen, die Nazis haßten und sich an ihm rächen wollten. Sie mißhandelten ihn. Es waren die letzten Tage vor dem Zusammenbruch, die Alliierten hatten Deutschlands Grenzen bereits überschritten. Diese Leute schlugen auf ihn ein und verprügelten ihn so entsetzlich, daß sein Gesicht für den Rest seines Lebens entstellt war und, schlimmer noch, daß er nie mehr ein Kind zeugen konnte. Das war der einzige Moment, in dem das Glück ihn wirklich verließ.

Er überlebte, weil er in ein Hamburger Lazarett gebracht wurde und weil er eine gute Konstitution, einen kräftigen jungen Körper hatte. Vielleicht hätte man ihn gefangengenommen, wenn er in dem Lazarett geblieben wäre, aber es gelang ihm, sich eines Nachts davonzuschleichen, als er wieder imstande war zu gehen. Und anschließend setzte er seinen Weg nach Wien fort.

Ich selbst bin ein Nachkriegskind, ich habe also keine eigenen Erinnerungen an die Zeit unmittelbar nach dem Mai 1945. Mir erscheint es beinahe unfaßbar, daß ein geschwächter, zerschundener Mensch in der Lage ist, sich Hunderte von Kilometern durch verschiedene Besatzungszonen durchzuschlagen, unter unglaublich schwierigen Bedingungen; es war ja nicht nur das Verkehrsnetz zusammengebrochen, sondern überall gab es auch Kontrollen und Durchsuchungen. Aber innerhalb weniger Monate schaffte er es tatsächlich, sich nach Österreich durchzuschlagen; und das nächste, was mir unfaßbar erscheint, ist, daß er als ehemaliges Parteimitglied sofort Wien ansteuerte, wo die Russen saßen. Wie Sie vielleicht wissen, war Österreich ebenso wie Deutschland in vier Besatzungszonen aufgeteilt, und Wien lag in der sowjetischen Zone.

Schnell war bekanntgeworden, daß die Russen ehemalige Nazis weitaus erbarmungsloser behandelten als Amerikaner, Briten und Franzosen. Aber Schönmeister war Wiener, und Wien war der einzige Ort auf der ganzen Welt, wo er sein wollte. Irgendwie überstand er die Besatzungszeit und die Entnazifizierung; er hatte schließlich nie einen leitenden Posten in der NSDAP bekleidet, hatte lediglich untergeordnete Arbeiten innerhalb des Parteiapparats ausgeführt, und er hatte sich der Partei angeschlossen, als er noch blutjung war. Vielleicht war das der Grund, warum er einer Haft und anderen Strafen entging, vielleicht auch, weil er mit den Russen auf eine Weise zusammenarbeitete, die mir nicht bekannt ist.

Jedenfalls, und das weiß ich von ihm selbst, hatten ihn der Überfall in Hamburg und der Zusammenbruch des Dritten Reiches tief erschüttert und ihn glauben lassen, daß dies die gerechte Strafe für seine Ausschweifungen gewesen sei. Er wollte nie wieder etwas mit Politik und Ideologien zu tun haben, und so gab er nie seine Stimme bei irgendwelchen Wahlen ab und konzentrierte sich darauf, an dem Platz nützlich zu sein, den er nun einnahm.

Er war allein. Als er nach Wien zurückkam, erfuhr er, daß seine Eltern und seine Schwester bei dem Versuch, vor den Russen in den Westen zu fliehen, ums Leben gekommen waren. Das Elternhaus war beschlagnahmt worden, die entfernteren Verwandten wollten nichts mehr von ihm wissen, also begann er als Schustergehilfe zu arbeiten. 1955, als Österreich ein souveräner Staat wurde und die Besatzungsmächte das Land verließen, kaufte er den Laden des Schuhmachers.

In diesen Jahren dachte er jeden Tag an das Kind, das inzwischen in Dänemark zur Welt gekommen sein mußte. Er brachte in Erfahrung, wo sich die Mutter seines Kindes jetzt aufhielt, und schrieb ihr einen Brief. Sie antwortete ihm daraufhin, sie habe einen Jungen namens Peter zur Welt gebracht, sie sei inzwischen verheiratet und trage, so wie der Junge, den Namen ihres Mannes. Schönmeister solle ihr nie wieder schreiben und niemals versuchen, Kontakt zu dem Jungen aufzunehmen, niemals, solange er lebe.

Das mußte er akzeptieren, und er hielt sich daran. Aber natürlich vergaß er den Jungen nie.

Nun, die Zeit verging, und Schönmeister war fleißig. Aus der Schuhmacherwerkstatt wurde eine Schuhfabrik, und Schönmeister kam zu Wohlstand. Die entfernten Verwandten meldeten sich wieder, aber nun war es an *ihm*, ihnen den Rücken zu weisen. Er sagte zu meinem Vater, der inzwischen sein Anwalt und Ratgeber geworden war, daß die Familie seinetwegen zur Hölle gehen könne und daß er einzig an diesem fernen Sohn hänge, über den er fast nichts wußte.

Eines Tages, ich weiß nicht mehr genau, wann, aber es muß Ende der Sechziger gewesen sein, entdeckte Schönmeister in einer Zeitung eine Notiz über ein Kammerkonzert, das in Wien stattfinden sollte. Unter anderem sollte ein Streichquartett von einem dänischem Komponisten zu Gehör gebracht werden, die erste Aufführung außerhalb Dänemarks. Der Komponist hieß Peter Vejland, und er würde selbst nach Wien kommen, stand dort.

Schönmeister ging in das Konzert und setzte sich in eine der letzten Reihen. Er ging ansonsten selten aus, er scheute sich, sein entstelltes Gesicht in der Öffentlichkeit zu zeigen. Von der Musik verstand er nicht viel, und der Beifall war auch eher spärlich, aber er war zutiefst bewegt, als der Komponist auf die Bühne kam und sich vor dem Publikum verbeugte. Er erkannte in ihm viele seiner eigenen Züge wieder, so, wie sie früher einmal gewesen waren. Er hatte seinen Sohn gesehen. Er gab sich ihm nicht zu erkennen.

Seitdem fiel es Schönmeister leichter, der Karriere seines Sohnes zu folgen. Er hatte noch Bekannte in Dänemark, die ihm Zeitungsausschnitte schickten, und ich konnte ihm erzählen, was in englischen und amerikanischen Film- und

Musikzeitschriften über seinen Sohn berichtet wurde. In späteren Jahren wurde Mr. Vejland in internationale *Who-is-who*-Lexika aufgenommen, die uns bestätigten, was wir bereits über sein Geburtsjahr und andere wichtige Details zu wissen glaubten.

Schönmeister hielt das Versprechen, das sein Schicksal ihm abverlangt hatte – niemals Kontakt zu seinem Sohn aufzunehmen, solange er lebte. Aber vor etwa sechs Jahren verkaufte er sein Unternehmen und zog sich zurück. Er investierte den Erlös in Aktien und Obligationen und lebte von den Zinsen. Er bat mich, ein Testament aufzusetzen, in dem alles, was er besaß, nach seinem Tod an seinen Sohn fallen sollte. Und er bat mich, nach seinem Ableben nach Kopenhagen zu fahren und Mr. Vejland die Sachlage persönlich zu erläutern.

In diesem Sommer war der Zeitpunkt gekommen. Nachdem alle Formalitäten hinsichtlich Bestattung und Nachlaß geklärt waren, rief ich Mr. Vejland in Kopenhagen an. Kurz darauf besuchte ich ihn in seiner Wohnung und erzählte ihm die ganze Geschichte.

Er bat sich eine Bedenkzeit aus. Ich konnte mir gut vorstellen, daß mein Bericht ihm einen Schock versetzt hatte, deshalb sagte ich ihm, er habe genügend Zeit zu überlegen. Und dann, ungefähr vor einem Monat, war er plötzlich hier, in Wien. Den Rest der Geschichte kennen Sie sicher besser als ich.«

Nach diesem letzten Satz ist es eine lange Zeit still. Nur das Diktiergerät auf dem Tisch schnurrt leise vor sich hin.

Jesper räuspert sich. »Und die Wohnung, wo ist die?«

Prohaska steht auf und geht zu seinem Schreibtisch. Er nimmt ein Blatt, das er Jesper reicht. »Die Adresse ist Arthurgasse 5. Nicht weit von der Volksoper. Ich habe auch die Telefonnummer der Wohnung für Sie notiert. Aber Mr. Vejland nimmt keine Anrufe entgegen, ich kann nur Nachrichten für ihn hinterlassen oder ihn um Rückruf bitten, wenn seine Haushälterin Frau Meisl gerade dort ist. Am

Klingelbrett steht der Name Schönmeister. Aber er öffnet auch nicht.«

»Kann man ihn sonst nirgendwo antreffen?«

»Frau Meisl hat mir erzählt, daß er manchmal im Café gegenüber ist, im Café Arthur. Aber nicht regelmäßig. Die meiste Zeit wandert er einfach durch die Straßen.«

Jesper fragt: »Dürfen wir ein Foto von Ihnen machen?«

Prohaska zuckt die Achseln. »Wenn Sie meinen, es nützt ...«

Madeleine bückt sich hinunter zu ihrer Tasche und holt die Nikon hervor. Sie bittet den Anwalt, sich vor seinen Schreibtisch zu stellen. Das Licht hier drinnen ist schwach, aber sie braucht auch keine großartige Tiefenschärfe. Blende 2 reicht vollkommen. Sie geht ein paar Schritte seitwärts zum Fenster, er folgt ihr mit seinem Gesicht, so ist es gut, sie stellt scharf, geht ein wenig in die Knie, das ist es, er steht ganz frei da, nur sein Gesichtsausdruck ist etwas steif.

»Ihr Englisch ist wirklich perfekt, Mr. Prohaska«, sagt sie.

Sein Gesicht leuchtet auf. Sie drückt auf den Auslöser. Er erzählt, daß sein Vater so klug gewesen sei, ihn als jungen Mann in London studieren zu lassen. An der London School of irgendwas. Das habe ihm sehr geholfen. Heute habe er viele Mandanten aus dem Ausland ... ein schiefes Lächeln unter dem Oberlippenbart. Sie macht ein halbes Dutzend Aufnahmen in schneller Folge, eine davon paßt bestimmt. Sie hat ein gutes Gefühl.

Jesper runzelt die Stirn. Als er sieht, daß sie fertig ist, fragt er: »Hätten Sie vielleicht ein Bild von Herrn Schönmeister?«

»Leider nicht«, antwortet der Rechtsanwalt. »Er hat sich nie fotografieren lassen, und er hat veranlaßt, daß nach seinem Tod die wenigen Fotos, auf denen er abgebildet war, vernichtet werden. Er haßte den Anblick seines entstellten Gesichts. Er sah nur in den Spiegel, wenn er sich den Bart stutzte. Ich glaube, er hat auch alle Bilder aus seiner Jugend vernichtet – alle, bis auf eines. Ein Foto, das ich Mr. Vejland geben sollte. Was ich auch getan habe, bei meinem Besuch in Kopenhagen.«

»War es eine Porträtaufnahme?« fragt Jesper.

»Ich weiß es nicht. Es befand sich in einem verschlossenen Umschlag, den ich natürlich nicht geöffnet habe.«

Jesper macht ein resigniertes Gesicht.

»Merkwürdigerweise fragte Mr. Vejland mich auch, ob es noch mehr Bilder von ihm gebe«, sagt Prohaska. »Deshalb fragte ich Frau Meisl. Und sie gab mir« – er mustert suchend das Regal – »sie gab mir eine Videokassette mit ein paar Filmaufnahmen von sich selbst, auf denen Herr Schönmeister zufällig auch drauf ist. Interessiert Sie das? Viel ist allerdings nicht zu sehen.« Er hält die Kassette hoch.

»Ich würde sie gerne sehen«, sagt Jesper.

Prohaska schaltet den Fernseher und den Videorekorder an und schiebt die Kassette ein. Spult vor. Gestalten und Gebäude flimmern hastig auf dem Bildschirm vorbei.

»Das ist er, glaube ich.«

Man sieht eine ältere Frau, die etwas in eine Kamera hinein sagt. Der Ton ist leise, man kann nichts hören außer ein paar undeutlichen Silben. Sie hat ein energisches Gesicht, graue Haare, die streng unter einen kleinen Hut zurückgekämmt sind; ihre dünne braune Jacke ist zugeknöpft, der Gürtel zugeschnallt, so daß sie eher schlank als pummelig wirkt. Hinter ihr verjüngen sich Häuserfassaden.

»Frau Meisl. Arthurgasse«, sagt Prohaska.

Dann kommt ein Mann von rechts ins Bild. Er dreht der Kamera den Rücken zu, geht an ihr vorbei, und passiert nun Frau Meisl mit einem kurzen, flüchtigen Nicken. Die Kamera schwenkt nach links und folgt ihm, während er an der Hausfassade entlanggeht.

»Schönmeister«, sagt Prohaska.

Der Mann hat einen grauen schmalkrempigen Filzhut auf und einen grauen lose herabhängenden Mantel aus Wollstoff an, und er dreht der Kamera immer noch den Rücken zu, so daß man nicht mehr von seinem Gesicht sehen kann als die Wangenknochen und die Nasenspitze. Er spreizt den rechten Arm beim Gehen etwas ab, es wirkt fast wie eine ärgerliche Aufforderung, ihm zu folgen; dann biegt er nach links in die Haustürnische ein, und man kann ihn nicht mehr sehen. Die Kamera schwenkt zurück zu Frau Meisl, die noch an ihrem Platz steht und dem Mann hinterherschaut.

Madeleine spürt plötzlich das kompakte Schweigen, das von Jesper ausgeht, und sieht zu ihm hinüber. Sein Gesicht ist auf den Bildschirm gerichtet, die Augen sind kugelrund, die Haut bleich und die Stirn glänzt vor Schweiß. Sein Mund steht offen.

Prohaska stoppt das Video, dreht sich um und will gerade etwas sagen, als sein Blick auf Jespers Gesicht fällt. »Geht es Ihnen nicht gut?« fragt er und bittet die Sekretärin, ein Glas Wasser zu bringen.

Jesper kommt wieder zu sich; er sieht zu Madeleine hinüber, seine Augen sind von einem feuchten Film blanken Entsetzens überzogen. »Das war er«, flüstert er tonlos auf dänisch, »der graue Mann. Den ich gesehen habe …«

Madeleine setzt sich rasch zu ihm, zieht seinen Kopf an ihre Brust und streicht ihm über das dünne Haar. Jesper sagt nichts mehr. Dann kommt die Sekretärin mit dem Wasserglas in der Hand und hält es ihm hin. Er starrt es an, bevor er die Situation begreift, dann sagt er »Thank you« und nimmt es mühsam entgegen, legt den Kopf weit in den Nacken und trinkt das Glas in einem Zug leer. Prohaska, die Sekretärin und Madeleine starren auf seinen Adamsapfel, der sich auf und ab bewegt.

Jesper liegt rücklings auf dem Doppelbett, zugedeckt mit einer Wolldecke. Sein Gesicht hat wieder Farbe bekommen. »Wie fühlst du dich?« fragt Madeleine.

»Besser. Sogar erstaunlich gut. Irgendwie … leicht. Aber das alles ist mir immer noch schleierhaft.« Sein Blick wird glasig, und dann fährt er fort: »Jedes noch so kleine Detail an ihm paßte. Es war genau so wie in meinem ... Traum ... Glaubst du, man kann Erinnerungen an etwas haben, das man noch gar nicht gesehen hat?«

»Wie meinst du das?«

»Glaubst du, daß es Wellen in der Zeit gibt, so daß man in extremen Fällen etwas wiedererlebt, bevor man es überhaupt erlebt hat? So eine Art Déjà-vu?«

»Ich weiß nicht ...«

Er grübelt noch eine Weile weiter. Dann fragt er ganz sachlich: »Was hat Prohaska gesagt? Wirkte es merkwürdig, als wir gingen?«

»Du hast dich prima zusammengerissen. Du hast dich entschuldigt und gesagt, daß es dir nun wieder gutginge, und ich erklärte, das Video habe dich an etwas erinnert, was du geträumt hattest. Du hast gelächelt. Alles war in bester Ordnung, als wir gingen, und Prohaska sagte nur, daß wir ruhig anrufen sollten, falls es noch etwas gäbe, was er für uns tun könne.«

»Und dann? Du hast ein Taxi gekriegt, oder?«

»Ja, unten auf der Straße. Aber erst nach einer Viertelstunde.«

»Daran kann ich mich überhaupt nicht erinnern.«

»Du warst auch auf der ganzen Fahrt ins Hotel stumm wie ein Fisch. Und dann hast du zwei Stunden geschlafen. Hast du was geträumt?«

»Nichts.« Wieder der grübelnde Blick. »Glaubst du, es war ein Spuk? Glaubst du, es war Schönmeisters Gespenst, das sich in meine Gedanken gedrängt und uns dazu gebracht hat hierherzufahren?«

»Ich habe noch nie von Spukerscheinungen auf einem Video gehört.«

»Ja, aber irgend etwas muß mich doch dazu gebracht haben, so überzeugt von der Wichtigkeit dieser ganzen Geschichte zu sein, daß ich alles tun müsse, um ihr auf den Grund zu gehen ... Es ist einfach nur so völlig unerklärlich ...«

Sie greift nach seinem bestrumpften Fuß, der unter der Wolldecke herausragt, und liebkost ihn. Es wird still. Die Worte kommen auf irgendeine Weise aus der Stille zu ihr:

»Wenn man dem Unerklärlichen wirklich Auge in Auge gegenübergestanden hat, kann man nur noch schweigen.«

Wärme strömt von seiner Fußsohle in ihre Hand.

37. Tag, Samstag

Jesper erwacht. Ungeduldig, aber nicht ruhelos, eher voll Vorfreude auf den neuen Tag und alles, was er bringen wird.

Sie haben es nicht geschafft, die schweren Vorhänge ganz zuzuziehen, deshalb sickert ein Streifen graues Morgenlicht in das Zimmer – genug, daß er Madeleines Gesicht auf dem Kissen neben sich erkennen kann. Eine wellige Strähne ihres Haares fällt ihr über Auge und Wange, ihr Mund steht ein wenig offen und sieht weich und kußbereit aus, weil alle Gesichtsmuskeln entspannt sind. Verlangen steigt in ihm auf, aber gleichzeitig weiß er, daß er lieber hundert Jahre mit einem Ständer hier liegen will, als ihren Schlaf zu stören. Einen so weichen Mund, einen so ruhigen Atem, das muß man beschützen.

Er muß dann doch wieder eingenickt sein, denn plötzlich ist sie wach und sitzt auf der Bettkante. Als sie seine geöffneten Augen sieht, biegt sie sich geschmeidig nach hinten, dreht den Oberkörper herum und gibt ihm einen Kuß auf die Wange, stößt sich mit den Händen von der Matratze ab und steht auf, während die Matratze unter ihm leicht wippt. Dann geht sie ins Badezimmer.

Wieder: diese erwartungsvolle Ungeduld. Plötzlich erinnert er sich an das Gefühl damals in jenem Kindersommer, als unendlich lange Zeit herrliches Wetter war und er jeden Morgen ganz früh hinaus in den Garten lief, nichts als eine Badehose an, und unter seinen nackten Füßen den Morgentau auf dem Rasen spürte. Alles glänzte und strahlte unter der Sonne, die schon hoch oben zwischen den Bäumen stand. Jauchzender Beginn: Anlauf nehmen für einen ganz neuen, unendlichen Tag, angeführt von herrlicher Luft und Vogelgezwitscher noch vor dem Frühstück.

Hier zwitschern keine Vögel, und draußen erwartet sie grauer, beginnender Herbst – aber trotzdem ist die Freude da, vielleicht hervorgerufen von Madeleines schon vertrauten Morgengeräuschen im Bad, vielleicht von seinen Kindheitsempfindungen und den Erinnerungen, die in den letzten paar Tagen hochgekommen sind.

Heute wollen sie einen ersten Versuch machen, Peter Vejland auf eigene Faust aufzuspüren. Jesper weiß, daß es ihnen schnell gelingen wird; er hat dasselbe Gefühl, wie er es ein paarmal auf dem Fußballplatz hatte, als er schon zwei Ballabgaben im voraus wußte, wohin der Ball gespielt werden würde, und auf die Lücke zu sprintete, die noch kein anderer bemerkt hatte – sein Körper hat die richtige Bahn gefunden.

Die Arthurgasse liegt tatsächlich in der Nähe der Volksoper, was auch der Name einer U-Bahn-Station ist. Madeleine setzt ihren Finger auf das kleine blaue Quadrat mit dem weißen U auf der Karte. Wenn man einen kleinen Umweg in Kauf nimmt, braucht man nur einmal umzusteigen. Sie beschließen, es so zu machen.

Sie sitzen sich in der Bahn gegenüber und lassen sich durchschaukeln. »Es ist immer noch eine Nadel im Heuhaufen, nicht?« sagt sie zu ihm.

»In einem sehr viel kleineren Heuhaufen.«

»Aber die Nadel ist selten zu Hause.«

»Das ist das Problem. Die Nadel will nicht gefunden werden.«

»Finden wir sie?«

»Selbstverständlich. Bei all dem Magnetismus zwischen uns. Plingplingplingpling!« Jesper deutet mit den Händen an, wie alle möglichen metallischen Gegenstände angesaust kommen und sich an ihnen festsetzen. Madeleine lacht. Er liebt es, sie zum Lachen zu bringen.

Die Linie 6, in die sie umsteigen, ist eine Hochbahn. Sie saust auf einer Art Brücke mitten durch eine breite Ringstraße. Auf der einen Seite fließt der Verkehr in dieselbe Richtung, auf der anderen Seite kommt er entgegen. Die Fassaden und Dächer haben etwas unbestimmbar Großstädtisches an sich. Es könnte Østerbro sein, es könnte jede europäische Großstadt sein. Dann kommt ihre Station.

Sie steigen aus und gehen die Treppe hinunter, und Jesper bleibt stehen und dreht den Stadtplan, bis er richtig ausgerichtet ist. Dann zeigt er schräg über die Straße, wo sie die Fortsetzung der Währinger Straße sehen: »Wir müssen da drüben hin.«

Gerade als sie um die Ecke in die Arthurgasse einbiegen, fängt es an zu regnen. Einzelne Tropfen erst, die schnell dichter werden. Sie sehen das Café mit den roten Schildern, und sie sehen die Zahl 5 über der Haustür auf der anderen Straßenseite, aber es bleibt nicht viel Zeit, die Fassade zu betrachten. Madeleine macht sich an den Schnallen und Schnappverschlüssen ihrer Fototasche zu schaffen, um den Taschenschirm herauszuziehen, den sie bei sich hat, aber Jesper sagt: »Laß uns gleich Nägel mit Köpfen machen.«

Die zweiflügelige Haustür von Nummer 5 ist verschlossen. Die Klingelanlage ist altmodisch, nur Klingelknöpfe, keine Gegensprechanlage. Die kleinen Messingschilder neben den Knöpfen sind angelaufen und die Namen mehr oder weniger verwischt – Schönmeisters ist einer der undeutlichsten. Jesper drückt den Klingelknopf einmal, zweimal ... und wartet ohne große Hoffnung.

Plötzlich ertönt ein kräftiger Brummton vom Türschloß her. Jesper drückt gegen den Knauf, und die Tür geht auf. So einfach kann es doch gar nicht sein! Er hält Madeleine die Tür auf und läßt sie dann los. Sie fällt ziemlich schnell und heftig hinter ihnen ins Schloß.

Er merkt, daß er unter den Achseln schwitzt, als sie zu der Tür hinaufkommen, an der ein Emailschild mit dem verschnörkelten Namenszug *S. Schönmeister* befestigt ist. Er ist vorbereitet auf schnelle, überredende Worte – aber bevor er den Knopf neben dem Türrahmen drücken kann, geht die Tür auf.

In der Türöffnung steht eine Frau, eine ältere Frau mit einem Kopftuch, aber er erkennt Frau Meisl gleich an dem energischen Zug um den Mund wieder. Er fragt auf englisch nach Peter Vejland, sie runzelt die Augenbrauen, aber dann hellt sich ihr Gesicht auf, und sie antwortet langsam und deutlich auf deutsch: »Der Herr ist nicht zu Hause.«

Pause.

»Der Herr ist wirklich nicht zu Hause«, wiederholt sie etwas freundlicher und fragt, ob sie die Presseleute aus Kopenhagen sind. Jesper nickt, und Frau Meisl scheint einen Moment zu überlegen. Dann winkt sie Jesper und Madeleine hinein.

Als die Tür geschlossen ist, fragt sie zuerst, ob sie Deutsch verstehen, und die beiden nicken zögernd: ja, ein bißchen. Sie gibt ihnen die Hand und stellt sich als »Meisl Therese« vor, worauf sie ihre Namen sagen. Sie bittet sie jedoch nicht weiter herein in die Wohnung, dabei platzt Jesper beinahe vor Gier, den Korridor entlangzugehen, Türen zu öffnen, etwas zu finden, was ihm einen deutlicheren Eindruck von Vejlands Aufenthaltsort verschafft, einen Ersatz …

Zum Glück versteht Madeleine sie besser als er. Sie hilft mit Vokabeln, wenn er verständnislos die Augenbrauen hochzieht. Alles in allem wird daraus ein Gespräch, in dem Frau Meisl erklärt, daß Doktor Prohaska ihr gegenüber von ihnen gesprochen habe, daß er meint, es sei gut für den Gemütszustand »des jungen Herrn«, wenn die ganze Geschichte an die Öffentlichkeit komme und nichts mehr verborgen bleibe, und daß sie, Frau Meisl, gerne dabei behilflich sein wolle, denn sie habe sich selbst schon so ihre Gedanken über das Befinden des jungen Herrn gemacht.

»Auf gewisse Weise schickt Sie der Himmel«, sagt sie und tätschelt Madeleines Hand.

Und dann der letzte Bescheid, bei dem Madeleine ihm wieder helfen muß: Sie möchten hinübergehen ins Café und dort warten, denn sie sei bald mit der Hausarbeit fertig, und in einer halben Stunde komme ihr Neffe und hole sie ab, dann könnten sie bei ihr zu Hause ein bißchen ungestörter reden.

Sie haben Kaffee bestellt, einen »großen Schwarzen«, der ist sehr stark. Jesper hat mit gespannten Blicken die wenigen Gäste in dem Café gemustert, aber es ist kein einziger darunter, der auch nur entfernte Ähnlichkeit mit dem Bild Peter Vejlands hat. Sicher alles Stammgäste, das heruntergekommene Lokal zieht bestimmt niemanden außer Stammgästen und Nachbarn an. Draußen gießt es in Strömen. Sie sind klatschnaß geworden, obwohl sie nur eben die Straße überquert haben.

Madeleine beginnt begeistert über Frau Meisl zu reden, eine Frau mit einer Menge Integrität, sagt sie. Ihre Körpersprache zeige das, es wirke so, als würden ihre Bewegungen harmonisch um den natürlichen Körperschwerpunkt kreisen. Die meisten Menschen bremsten oder übertrieben ihre Gesten mehr oder weniger. Madeleine redet sich warm.

Jesper macht sich keine großen Gedanken über Körpersprache. Er habe trotz allem doch gehofft, Vejland zu finden, sagt er. Das komme schon noch, tröstet Madeleine, er werde schon sehen.

Und die halbe Stunde ist vorbei, bevor sie es richtig merken. Frau Meisl steht in der Tür und sieht zu ihnen herüber. Sie zahlen rasch und gehen. Es hat aufgehört zu regnen. Der Neffe, der schon graue Schläfen und Falten im Gesicht hat und sich als »Sepp« vorstellt, führt sie zu einem älteren, geräumigen Opel. Und dann fahren sie los, hinaus ins Ungewisse, Madeleine und Jesper auf dem Rücksitz mit den Taschen zwischen sich.

Sie sitzen in Frau Meisls Zweizimmerwohnung um den kleinen Eßtisch herum, und Frau Meisl bietet ihnen mehr Kaffee und selbstgebackenen Kuchen an (»leider von gestern«). Jesper hat keine Ahnung, in welchem Teil der Stadt sie sind, er weiß nur, daß sie eine ganze Weile gefahren sind und daß die Mietshäuser in diesem Viertel offenbar in den zwanziger oder dreißiger Jahren gebaut wurden. Ihm war eine pompöse Inschrift an der Mauer über dem großen Hauseingang aufgefallen, durch den sie eingetreten sind, rote Buchstaben, die irgend etwas über die Stadt Wien und Bürgermeister Soundso mitteilten. Er fragte Sepp, ob es ein besonders geschichtsträchtiges Gebäude sei, und Sepp hat geantwortet, nein, solche Inschriften gebe es an Unmengen von Wohnblocks in Wien. *»Social housing«*, sagte er. Er spricht ziemlich gut englisch. Er ist Lehrer.

Jesper hat eine Art Interview mit Schönmeisters – und nun Vejlands – Haushälterin begonnen. Sie sitzt ihm entspannt gegenüber, die grauen Haare stramm zu einem Knoten im Nacken zurückgebunden und die roten, saubergeschrubbten Hände flach auf das Tischtuch gelegt.

Sie habe Schönmeister fast vierzig Jahre lang den Haushalt geführt, erzählt sie. Sie sei mit einem der ersten Mitarbeiter, die Schönmeister in seiner Schuhfabrik anstellte, verheiratet gewesen, aber ihr Mann sei früh gestorben, und Schönmeister habe ihr angeboten, ihm den Haushalt zu führen, damit sie ihr Auskommen hätte. Zehn Jahre später einigten sie sich darauf, daß sie nur noch dreimal die Woche zu kommen brauchte, so konnte sie an den anderen Tagen woanders putzen oder kochen gehen, Hauptsache, sie kochte und servierte weiter bei ihm, wenn er seine Abendgesellschaften hatte. Und das war nicht sehr oft.

»Es war statt einer Lohnerhöhung«, sagt sie. »Er zahlte mir denselben Lohn weiter. Der alte Herr sorgte immer so gut es irgend ging für die Leute, die er um sich hatte.«

Therese Meisl gibt sich unerschütterlich. Sie läßt sich nicht im geringsten davon aus der Ruhe bringen, daß das

Gespräch immer wieder seltsame Umwege über Dänisch und Englisch machen muß, sondern wartet geduldig, bis der fehlende Ausdruck gefunden oder ein schwerer Satz gedolmetscht worden ist. Das gibt Jesper auch Zeit, hinter den Fragen und Antworten immer stärker eine ungewöhnliche gegenseitige Treue, vielleicht geradezu Ergebenheit, zwischen »dem alten Herrn« und ihr herauszuspüren. Sie müssen über vieles miteinander gesprochen haben. Vielleicht haben sie sich sogar auf irgendeine Art geliebt, denkt er. Er würde es gerne wissen wollen, aber das ist ein sehr privates Feld ...

Sie erzählt von Schönmeisters Erben, dem unbekannten Sohn in Dänemark, von dem sie das erste Mal erfuhr, als Schönmeister ihr mitteilte, daß er ein Testament aufgesetzt habe. »Er sagte zu mir: ›Frau Meisl, dieser Mann ist mein Sohn, mein einziges Kind. Alles, was ich besitze, gehört ihm. Er weiß es noch nicht, aber er wird es erfahren, wenn der Tag gekommen ist.‹ Es war ihm das Wichtigste in den letzten Jahren seines Lebens.«

Frau Meisl schweigt eine Weile. Sie warten.

»Und dann, vor einem Monat, kam er hierher. Nach Wien. Der junge Herr – Herr *Vejland*.«

Sie spricht zum ersten Mal den Namen aus, mit einer etwas eigentümlichen Betonung und hartem Schlußlaut. Vejlant. Jesper kann sich nicht recht erklären, was in der Betonung mitschwingt. Er versucht, sich dem Privaten auf einem Umweg zu nähern. »Sehen Sie eine Ähnlichkeit zwischen den beiden?« fragt er.

Sie lächelt ein klein wenig. »Der junge Herr trägt einen Bart«, sagt sie, »den hat er wohl nicht immer gehabt, aber jetzt hat er einen Vollbart. Und der alte Herr, den habe ich nur – so gekannt ...« Sie macht eine unbestimmte Handbewegung vor ihrem Gesicht. Die Narben, denkt Jesper. Das entstellte Gesicht. »Wie sah er aus?« fragt er unwillkürlich.

Frau Meisl antwortet ganz sachlich. »Er hatte eine große, tiefe Narbe über dem Nasenrücken und der linken Wange, wo der Knochen gesplittert war. Und seine linke Augenbraue war irgendwie über den Augenwinkel heruntergewachsen. Ein Wunder, daß das Auge nicht zerstört worden war. Sein ganzes Gesicht war schief. Sie wissen sicher von Doktor Prohaska, wie es passiert ist ... Ja. Aber viele dachten, er wäre Soldat gewesen und verwundet worden, und er ließ sie in dem Glauben. ›Eine Kriegsverletzung‹, pflegte er zu sagen.«

Sie starrt einen Moment vor sich hin.

»Davor muß er ein fescher Mann gewesen sein«, sagt sie.

Jesper denkt an die anderen Schäden, die Schönmeister davongetragen hatte. Er ist sich beinahe sicher, daß Madeleine, Sepp und Frau Meisl es insgeheim auch tun.

»Also, über die äußere Ähnlichkeit kann ich nicht viel sagen«, fährt sie fort. »Aber in seinem Innern trägt der junge Herr leider wohl auch eine ... Verbitterung. Der alte Herr war verbittert, aber er hatte gelernt, damit zu leben. Ich glaube, der junge Herr muß das auch noch lernen, oder aber die Verbitterung hinter sich lassen. Er hat ja Frau und Kind in Kopenhagen, soweit ich weiß ... Was ist eigentlich mit ihnen?«

Jetzt ist Jesper an der Reihe zu erklären. Frau Meisl wiederholt manche der Sätze für sich selbst, so als wolle sie sich diese einprägen: »Es war keine Liebesheirat ...« »Er hat vorher nie ein Kind gehabt ...« »Louis zog ein ...«

Sie nickt sachte und kneift die Augen ein wenig zusammen, so daß die Falten um sie herum noch deutlicher werden. »Aber er hat sich nicht scheiden lassen ... Ja, die Verbitterung!« sagt sie mit hochgezogenen Augenbrauen und ernstem Mund.

»Es ist keine Eifersucht«, sagt Madeleine.

»Nein, nein, er ist über das Leben verbittert«, sagt die alte Frau. »Das war der alte Herr auch. Aber er hatte gelernt, damit zu leben, er hatte jemanden, mit dem er es teilen konnte. Wenn Sie den jungen Herrn treffen«, sagt sie, direkt an Jesper gewandt, »dann sorgen Sie dafür, daß er seine Einwilligung zu einer Veröffentlichung der Geschichte gibt. Sie dürfen sie nicht ohne seine Zustimmung drucken. Er hat sich in den Kopf gesetzt, daß ihn diese Sache ganz und gar überwältigt hat. Das ist gar nicht der Fall, aber er *selbst* muß sie mit anderen teilen. Er muß *selbst* die Tür einen Spalt öffnen, sonst wächst seine Verbitterung nur noch mehr.«

»Ja, aber wie soll ich das anstellen?« fragt Jesper.

»Das ist Ihre Sache«, antwortet sie. »Aber manchmal muß ein Mensch über seine Grenzen hinausgehen, um sich öffnen zu können.«

Sie sehen sie an, alle drei, in Erwartung einer Erklärung.

»Der alte Herr hatte seine *Abtrünnigen*«, sagt sie. Das Wort erfordert einige Erklärungen von Sepp, bevor Madeleine die richtige dänische Vokabel dafür einfällt.

»Abtrünnige, so nannten sie sich selbst«, fährt Frau Meisl fort. »Sie waren vier Freunde. Ich glaube, andere Freunde hatte der alte Herr gar nicht. Sie hatten sich nach dem Krieg über Geschäfte kennengelernt, und auf irgendeine Weise fanden sie heraus, daß sie alle vier Abtrünnige waren, daß sie ihre früheren Ideale aufgegeben und nie wieder neue gefunden hatten.

Der eine von ihnen war früher Nazi gewesen, genau wie Herr Schönmeister, und er verabscheute alles, was damit zusammenhing, ebenso wie der alte Herr. Er war der Leiter einer kleinen örtlichen Abteilung des Nationalsozialistischen Kraftfahr-Korps gewesen – ja, das hatte es wirklich gegeben –, deshalb nannten sie ihn ›den Kraftfahrer‹. Der alte Herr war ›der Diplomat‹, weil er im Ausland gedient hatte.

Dann war da noch ›der Kommunist‹, der so hieß, weil er sich in seiner Studentenzeit für die kommunistischen Ideale begeistert hatte. Er verkehrte in illegalen Studienkreisen, hatte in seinem Zimmer unter dem Fußboden Bücher versteckt. Aber er wagte nicht, in die Partei einzutreten. Vielleicht war das sein Glück, wer weiß, ob er sonst überlebt hätte. Dann kamen die Russen nach Österreich, und da hörte er auf, Kommunist zu sein.

Der letzte war ›der Pfarrer‹. Er war ein frommer junger Mann gewesen, der auf einem Priesterseminar studierte, bis er plötzlich den Glauben verlor. Er floh aus dem Seminar und fuhr heim zu seinen Eltern. Dort prügelte sein Vater ihn windelweich, und so floh er von zu Hause und ging nach Venedig, wo er sich sein erstes Geld als Gigolo verdiente.

Im Laufe der Jahre lernte ich auch die anderen drei Herren ziemlich gut kennen. Ich bereitete die Speisen und servierte bei den Abendessen, die der alte Herr für sie veranstaltete. Die Gesellschaften fanden immer bei ihm statt. Alles elektrische Licht mußte gelöscht sein, auf dem Tisch mußten zwei große silberne Kandelaber stehen, jeder mit sechs Kerzen, und dann aßen sie und plauderten ein wenig über Geschäfte – sie waren keine Geschäftsfreunde, glaube ich, denn ihre Branchen waren ganz verschieden: der Kraftfahrer handelte mit Autos, der Pfarrer mit Radio- und Fernsehgeräten und der Kommunist mit Zement.

Hinterher setzten sie sich ins Wohnzimmer und hörten Musik. Der Pfarrer spielte sehr schön auf dem Klavier. Der alte Herr hatte das Klavier extra gekauft, damit er für sie spielen konnte. Auch im Wohnzimmer brannten ausschließlich Kerzen. Mehr als einmal habe ich sie im Kerzenschimmer weinen sehen. Und wenn die Musik vorbei war, erzählten sie sich Geschichten aus ihrem Leben und tranken. Sie tranken viel. Ich ging hin und her und trug Flaschen hinein und heraus, und obwohl ich nicht an der Tür lauschte, hörte ich im Laufe der Jahre genug, um zu wissen, daß die Geschichten ebenso roh und unbarmherzig waren, wie die Musik schön war. Sie schütteten all ihre Bitterkeit und all ihr Entsetzen voreinander aus, jeder hatte seinen ganz eigenen Kummer, jeder seine eigenen Gewissensqualen. Manchmal erbrachen sie sich sogar auf dem Teppich. Sie tranken, bis sie nicht mehr konnten.

Wenn ich sah, daß es so weit gekommen war, holte ich den Chauffeur. Der Kommunist war der reichste von ihnen, und er hatte ein großes schwarzes Auto mit uniformiertem

Chauffeur. Der Chauffeur saß den ganzen Abend in der Küche und las Zeitung. Ich sagte dem Chauffeur Bescheid, und zusammen brachten wir die drei Gäste die Treppe hinunter und ins Auto.

Jetzt sind sie alle tot. Der Kommunist und der Kraftfahrer starben vor zehn, vielleicht elf Jahren. Der Pfarrer lebte noch fünf Jahre länger, dann war auch er weg. Und der alte Herr ...

Wenn die anderen gegangen waren, trank er weiter. Er trank, bis er umfiel. Ich ließ ihn auf dem Fußboden im Flur liegen, oder wo immer er gerade lag. So hatte er es angeordnet.

In solchen Nächten blieb ich immer in der Wohnung. Ich lag auf einem Feldbett im Mädchenzimmer, das als Archiv eingerichtet war, aber es war Platz genug auf dem Fußboden. Jede Stunde stand ich auf und sah nach Herrn Schönmeister, um mich zu vergewissern, daß er noch lebte. Am nächsten Morgen mußte ich für gewöhnlich in seiner Firma anrufen und sagen, er sei krank. Und er ließ sich von mir pflegen. Aber am Tag darauf war ihm nichts mehr anzumerken.

Dann verging vielleicht ein halbes Jahr, vielleicht auch mehr, und dann wiederholte sich das ganze. ›Übermorgen kommen die Abtrünnigen, Frau Meisl‹, sagte er zu mir, und dann besprach er mit mir das Menü.

Es war wie ein Gewitter. Wochenlang konnte man ihm ganz deutlich anmerken, daß er sich ausgetobt hatte. Die Luft war wieder rein.«

Die letzten Minuten ist es nicht nötig gewesen, ihre Erzählung zu unterbrechen. Jesper hat jedes Wort verstanden. Sie sitzen alle drei lauschend ihr zugewandt – sogar Sepp hat die Geschichte offenbar noch nie vorher gehört.

Jesper räuspert sich, setzt an, muß sich mit seinem Deutsch dann aber wieder von den anderen helfen lassen: Ob sie damit sagen wolle, daß er Peter Vejland unter den Tisch trinken soll, falls er ihn zu fassen kriegt?

»Das weiß ich nicht«, antwortet sie. »Vielleicht, vielleicht auch nicht. Ich weiß nur, daß ich nicht mit ihm reden kann. Ich komme nicht an ihn heran. Vielleicht können es seine Landsleute.«

Madeleine fragt Frau Meisl, ob sie sie fotografieren darf. Das haben sie und Jesper abgesprochen, und Jesper kann an ihrer Stimme hören, daß es nicht nur eine berufsmäßige Pflicht für sie ist. Therese Meisl kann es offenbar auch spüren, sie bejaht mit freundlichem Blick, steht auf und streicht sich das gepunktete Kleid glatt.

Im Flur fragt Jesper ein letztes Mal, wo und wann man Peter Vejland am besten treffen könne. Im Café Arthur, sagt die Haushälterin, er trinke wohl immer seinen Morgenkaffee dort, wenn sie nicht da sei. Sie komme dienstags, donnerstags und samstags. Aber das Kommen und Gehen des jungen Herrn sei nicht vorhersagbar.

Sepp begleitet sie hinaus auf die Straße. Er bedauert, daß er sie nicht zurückfahren könne, er müsse nach Hause, und er wohne weiter draußen – er deutet in eine Richtung, die Jesper nichts sagt. Aber, und jetzt zeigt er die Straße hinunter, wenn sie bis zu der größeren Straße dort unten gingen und dann ein Stück nach links, könnten sie die Straßenbahn nehmen, Linie J, die fahre durch bis zum Ring.

Sie geben sich die Hand und gehen auseinander.

»Ach«, sagt Madeleine, als sie nebeneinander auf einer Holzbank in der Straßenbahn sitzen. »Jetzt habe ich ganz vergessen, mir die Adresse aufzuschreiben.«

»Welche Adresse?«

»Die von Frau Meisl. Für den Fall, daß ich ihr ein Foto schicken möchte. Ich glaube, sie sind ganz gut geworden.«

»Schick es doch an Prohaska.«

»Ja, das kann ich machen. Findest du sie nicht auch unglaublich? Sie hat es ihr Leben lang nie leicht gehabt. Und trotzdem ist sie so ausgeglichen …«

Jesper nickt unkonzentriert. Er denkt zum einen daran, was sie gerade erlebt haben, und zum anderen, daß sie sofort wieder in das Café gehen und Ausschau halten sollten. Aber er braucht eine Ruhepause. Die Vorstellung des weichen Hotelbettes ist verlockend.

»Wirklich merkwürdig«, sagt er eine Weile später, nachdem er das Ganze noch ein paarmal hat Revue passieren lassen. »All die plötzlichen Umschwünge in den Schicksalen, von denen wir hier gehört haben. Schönmeister, der in Hamburg zusammengeschlagen wird, und peng! ist sein ganzes Leben verändert. Peter Vejland, der plötzlich erfährt, daß sein Vater gar nicht sein Vater ist, und peng! muß er sich ein ganz anderes Bild von sich machen. Frau Meisl, die verheiratet ist und sicher mit der Karriere ihres Mannes rechnet, und peng! ist er tot, und sie wird Haushälterin und bindet ihr Leben an einen anderen Mann, auf eine ganz andere Art und Weise.«

»Hast du nie etwas erlebt, das plötzlich in dein Schicksal eingegriffen hat, Jesper?«

»Nee. Nicht richtig. Du?«

Madeleine starrt einen Moment vor sich hin, während die Straßenbahn durch eine Kurve quietscht

»Ja, habe ich«, sagt sie. »Ich werde dir davon erzählen. Aber nicht hier.«

38. Tag, Sonntag

Morgenkaffee im Café Arthur; es ist, als wären sie Großwildjäger, die sich an einem Wasserloch auf die Lauer gelegt haben, wo das Wild früher oder später hinkommen muß, um zu trinken. Madeleine sieht hinüber zu Jesper, der sich so plaziert hat, daß er die Haustür von Nummer 5 durch die dünne Halbgardine beobachten und gleichzeitig die Eingangstür zum Café im Auge behalten kann. Seine Finger trommeln ganz sachte auf die Tischplatte. Sie könnten in einer Stunde die Plätze tauschen, hat sie vorgeschlagen; in der Zwischenzeit versucht sie so auszusehen, als wäre sie in eine Zeitung vertieft, die sie aus dem Zeitungskasten am Eingang genommen hat. Die Fototasche steht versteckt unter dem Tisch. Sie versuchen, sich zu tarnen.

Sie waren eine Viertelstunde nach Öffnung des Cafés hier; sie hatten vom Hotel aus ein Taxi genommen, um schnell an Ort und Stelle zu sein. Er kann kaum schon hiergewesen und wieder gegangen sein. Also können sie nichts anderes tun als warten. Sie beißt noch einmal vorsichtig in das halbe Croissant, das auf ihrem Teller liegt. Es erinnert an Sparsamkeit, an Cafés in anderen Städten auf ihren ersten Reisen, als es darum ging, so lange wie möglich für so wenig Geld wie möglich sitzenzubleiben, die Füße auszuruhen und Postkarten zu schreiben; aber sie müssen kein Geld sparen, sie müssen nur stundenlang frühstücken. Und es gibt Grenzen, man kann nicht unendlich viel Brot verdrücken.

Als sie wieder zu Jesper hinüberschaut, kann sie sehen, daß sein Blick ganz abwesend ist. »Woran denkst du?« fragt sie.

Er kehrt in die Gegenwart zurück, beinahe schuldbewußt. »Daran, was du mir gestern erzählt hast«, sagt er.

Das hat Eindruck auf ihn gemacht, sie hat es gemerkt. Es war auch nicht leicht, darüber zu sprechen; sie hat es in ihrem Leben nur drei Menschen erzählt. Jette, zu der sie keinen Kontakt mehr hat. Lennart, zu dem sie keinen Kontakt mehr hat. Und Jesper. Hoffentlich dauert es noch sehr lange, bis er Vergangenheit ist.

Sie hatte es ihm gestern abend erzählt, im Doppelzimmer, in dem nur eine einzige Bettlampe brannte. Sie hatte begonnen, während sie am Fenster stand, aber schon während sie von dem kühlen, jedoch nicht lieblosen Umgang der Eltern miteinander und mit ihr sprach, von der ganzen Atmosphäre zu Hause, noch vor dem so wichtigen Satz hatte sie sich auf den Fußboden gesetzt und den Rücken gegen das Fußende des Bettes gelehnt. Manchmal, wenn man in tiefere Kammern der Seele hinabsteigen muß, ist es besser, wenn man dabei auf dem Fußboden sitzt. Jesper blieb auf seinem Stuhl hocken, weit vornübergebeugt, die Ellbogen auf die Oberschenkel gestützt und die Hände gefaltet, und sah sie die ganze Zeit an.

Dann kam der wichtige Satz.

»Mein Vater hat Selbstmord begangen.«

Ein Satz, den man nüchtern und schnell sagen kann, als hätte man ihn auswendig gelernt – den man aber mühsam aus der Tiefe holen muß, wenn seine Tragweite bewußt werden soll.

»Ich war zwanzig. Ich wohnte noch bei meinen Eltern. Und ich kam eines Nachmittags nach Hause und sah ein Polizeiauto vor dem Haus stehen. Als ich die Haustür öffnete, kam Frau Mogensen – das war eine der anderen Offiziersfrauen – aus dem Wohnzimmer und führte mich dort hinein, während sie mir sagte, daß mein Vater tot sei. Meine Mutter saß im Zimmer und weinte.«

Wieder erinnert Madeleine sich an das Geräusch. Es war kein richtiges Weinen, es war eine Art gedämpftes, schluchzendes Ringen nach Luft und ein vibrierendes, winselndes Ausatmen. Mit langen Pausen dazwischen. Ihre Mutter zitterte am ganzen Körper; ihre Augen waren rot. Frau Mogensen nahm ihre Hand und hielt sie, während sie Madeleine leise das Wenige erzählte, was man wußte.

»Die Tür zum Arbeitszimmer meines Vater war geschlossen. Die Polizei war dort drinnen und sicherte die Spuren. Er war in einem Krankenwagen weggebracht worden, er war nicht mehr dort, als ich zu Hause eintraf. Meine Mutter hatte ihn gefunden, als sie aus der Stadt heimkam.«

Das Arbeitszimmer. Der nüchternste Raum im Haus; er roch anders als die anderen Zimmer, er roch nach den Zigaretten ihres Vaters, nach Bücherstaub und altem Holz und irgendwie nach Schuhcreme. Die wenigen Möbel standen rechtwinklig angeordnet. Keine Bilder, nur eine große Europakarte an der Wand über dem Schreibtisch. Keine anderen Stühle als der altmodische drehbare Schreibtischstuhl.

»Ich habe viele Male darüber nachgedacht, wie es mir

heute gehen würde, wenn ich ihn gefunden hätte. Er hat sich mit seiner Pistole erschossen, während er an seinem Schreibtisch saß. Durch ein Auge. Hinter seinem Stuhl war ein Regal mit einigen Büchern darin. Als wir ein paar Tage später in unser Haus zurückkehrten, waren das Regal und die Bücher weg; ich habe sie nie wiedergesehen. Ich glaube, meine Mutter hat darum gebeten, daß man das entfernt, und dann ist jemand aus der Kaserne gekommen und hat es erledigt. Ich habe manchmal versucht mir vorzustellen, wie das Regal und die Bücher aussahen, nachdem … nachdem er …«

Ein Satz, den sie nicht zu beenden brauchte.

»Der Rest des Arbeitszimmers war geputzt worden. Aber wir nahmen nichts von den Sachen dort drinnen mit, als wir wegzogen; wir zogen ziemlich bald zurück nach Kopenhagen, meine Mutter und ich. Nach dreizehn Jahren in Viborg.«

Das rote Ziegelhaus. Die Hecke und der kleine Rasenstreifen zur Straße hin. Der Garten hinter dem Haus mit seiner gefliesten Terrasse und den Wäschepfählen. Das Gras des Rasens und die dunkle Erde im Küchengarten. Alles zusammen plötzlich versperrtes Land, vorbei, verboten.

»Das erste, was meine Mutter tat, war, auf die Straße hinauszulaufen und um Hilfe zu rufen. Unser Nachbar war zu Hause. Er rief sofort die Polizei an und Frau Mogensen. Sie wohnte in der Nähe. Viborg war eine kleine Stadt, jeder kannte jeden.«

Madeleine kann sich an ihre eigene erste Reaktion nicht mehr erinnern. Da ist ein schwarzes Loch, wie nach einem Blitzeinschlag. Schrie sie? Weinte sie? War sie gelähmt vor Entsetzen? Sie erinnert sich nur an die Szene im Wohnzimmer, Frau Mogensen mit der Hand der Mutter in ihrer eigenen, die leise Stimme, die versuchte, das Unfaßbare so nüchtern wie möglich zu erzählen.

»Offiziell hieß es, es sei ein Unfall beim Reinigen der Schußwaffe gewesen. Aber mein Vater hatte uns einen Abschiedsbrief hinterlassen – auf dem Eßtisch. Es gab keinen Zweifel. Es stand nicht viel drin, nur daß er uns um Vergebung bitte und uns alles Gute wünsche, aber er habe versagt und stecke so tief fest, daß ihm keiner mehr helfen könne.«

Versagt. Er habe das Wort schon einmal gebraucht, sagte ihre Mutter, aber sie habe nicht begriffen, was er damit meinte. Madeleine hatte nie gehört, daß er es sagte, nicht im Zusammenhang mit sich selbst. Katastrophal, dieser Abstand, der sich plötzlich zwischen ihm und ihnen aufgetan hatte; so als sei er vor langer Zeit an einer unsichtbaren Weiche auf einen Schienenstrang geraten, der tiefer und immer tiefer in einen dunklen Tunnel hineinführte, während sie auf einem geraden Gleis weiter durch langweilige, aber normale Alltagslandschaften gefahren waren und geglaubt hatten, er sei bei ihnen.

»Mein Vater war ehrgeizig. Er war schnell aufgestiegen, und als er Hauptmann wurde, Kompaniechef in Viborg, glaubte er, das sei nur eine weitere Sprosse auf einer Leiter, die viel höher reichte. Aber er wurde ein ums andere Mal bei Beförderungen übergangen. Ich habe keine Ahnung, ob die, die darüber zu bestimmen hatten, seine dunkle, schwache Seite erkannt hatten und ihn deshalb übergingen – einem hochrangigen Offizier darf niemals die Hand zittern, niemals, unter keinen Umständen –, oder ob sich diese Seite erst durch all die Absagen entwickelte und verstärkte. Man konnte ihm nichts anmerken, nicht äußerlich. Aber er muß seine Enttäuschung auf uns projiziert haben, muß geglaubt haben, daß wir auf ihn herabsahen, so wie er selbst auf sich herabsah.«

Oder gab es andere, härtere Knoten in seinem Leben? Etwas, das nicht zum Vorschein kommen durfte? Ihre Mutter hatte nie richtig über ihre Ehe sprechen wollen, weder davor noch danach. Diese kühlen Sonntagsausflüge. Diese zurückhaltende Liebe zu ihr, von beiden Eltern; nicht zu wenig, überhaupt nicht, aber auch nicht zu viel. Genug. Ein guter Vater, eine gute Mutter. Zuspruch und Trost zur rechten Zeit am rechten Ort, immer, aber keine spontane Familienfröhlichkeit wie die, von der Jesper erzählen kann.

»Wir schliefen die nächsten zwei Nächte bei Hauptmann Mogensen. Sie hatten ein Gästezimmer mit zwei Betten. Frau Mogensen kümmerte sich um uns, und sie half meiner Mutter mit der Beerdigung und all dem anderen, was erledigt werden mußte. Gute Menschen mit Sinn fürs Praktische sind wirklich Gold wert. Aber danach fühlten wir wohl beide, meine Mutter und ich, daß wir weg mußten. Je eher, desto besser. Das Haus wurde verkauft, obwohl es lange dauerte ... Die Leute hatten wohl die Gerüchte über den Tod meines Vaters gehört, über Umwege, trotz der offiziellen Erklärungen, und wer will schon ein Haus kaufen, in dem so etwas passiert ist ...«

Madeleine sieht die Hecke vor sich, nicht grün, sondern braun, zusammengerollte welke Buchenblätter zwischen steifen Zweigen. Und genau zwischen Pforte und Garagentor ein Schild an einem Pfahl: Zu verkaufen. Das mußte da schon gestanden haben, als sie wegzogen, als die Kisten und die ausgewählten Möbel in den Umzugswagen hinausgetragen wurden; die Reste ließen sie für den Trödler stehen. Seitdem hat sie das Haus nur einmal wiedergesehen, aus einem Auto heraus, zusammen mit Lennart. Sie fuhren langsam vorbei und hielten vielleicht zwanzig Sekunden lang an. In der Zeit hatte sie alles gesehen. Neue Dachrinnen, neue braune Farbe an den Fensterrahmen, ansonsten dasselbe Haus. »Fahr weiter«, hatte sie zu Lennart gesagt.

Madeleine schaut zu Jesper, der seine Augen auf die Straße und die Flügeltür auf der anderen Seite gerichtet hat. Er merkt es und sieht sie fragend an.

»Es ist nichts«, sagt sie. »Ich bin nur froh, daß du gestern so ... so einfühlsam zugehört hast.«

Erst als sie keine Lust mehr hatte, weiterzusprechen, hatte er angefangen zu fragen. Und er fragte, um sie zu verstehen, nicht um noch weitere quälende Details zu hören. »Vermißt du deinen Vater?« fragte er schließlich.

»Ja und nein«, antwortete sie. »Ich habe so viel daran gearbeitet, daß ich glaube, ich bin damit durch. Ich glaube, ich habe ihm verziehen. Aber es war hart mitanzusehen, daß meine Mutter nicht darüber hinwegkam. Das hat uns beide einander entfremdet, obwohl es vielleicht das Gegenteil hätte bewirken sollen.«

Sie schwiegen ein paar Minuten.

»Viele Jahre danach«, sagte sie dann, »träumte ich immer wieder, daß es ein Irrtum war. Daß er zurückgekommen und gar nicht tot war. Und das war sowohl ein Gefühl von Glück als auch von Belastung, im Traum ... Es war eine große Angst, die zusammen mit ihm zurückkam.«

Jesper setzte sich neben sie auf den Fußboden und legte den Arm um sie. Unbeholfen, aber eng beisammen, blieben sie so sitzen, als hätten sie sich bei Sturm in einen Unterstand verkrochen.

Jetzt sitzt Jesper da und starrt hellwach, mit leicht zusammengekniffenen Augen, durch die Gardine hinaus. Plötzlich schiebt er den Stuhl zurück und steht auf, um besser sehen zu können. Madeleine beugt sich vor und hebt die Gardine an, damit sie auch etwas sehen kann. Ein Taxi hält vor Nummer 5. Sie kann gerade noch einen Mann sehen, der dabei ist einzusteigen, ein bärtiger Mann mit Sonnenbrille. Jesper läuft hastig auf die Tür des Cafés zu. Das Taxi fährt weg.

Jesper kommt zurück; er ist nicht einmal bis zur Tür gekommen. »Verdammter Mist!« sagt er. »Das war er, da bin ich sicher. Die Größe paßt, das Alter paßt, der Bart paßt ... Er muß ein Taxi bestellt haben, um uns zu entwischen. Muß sich gedacht haben, daß wir in der Nähe sind. Scheiße!«

Er stößt den Stuhl hart auf dem Boden auf. Dann ertappt er sich dabei und setzt sich still hin. Sie wollen ja kein Aufsehen erregen.

»Was machen wir jetzt?« fragt er mehr sich selbst.

»Es kann lange dauern, bis er zurückkommt«, sagt Madeleine. »Wir haben ja keine Ahnung, wo er hinfährt.«

»Ich hatte damit gerechnet, daß er hierherkommt. Oder

aus der Tür kommt und die Straße hinuntergeht, so daß man ihn hätte einholen können. Aber damit nicht. Wie blöd kann man eigentlich sein?«

»Vielleicht hatte er gar nicht vor, uns zu entwischen. Es kann doch sein, daß er es eilig gehabt hat.«

»Aus welchem Grund? Na, jedenfalls habe ich keine Lust, noch länger hier zu sitzen. Sollen wir zahlen?«

Jesper winkt dem älteren Kellner mit den hängenden Schultern, der aussieht wie die Zerstreutheit in Person, aber trotzdem sofort reagiert. Er nimmt das Geld und Jespers Der-Rest-ist-für-Sie-Geste mit einer kleinen Verbeugung entgegen und begleitet sie unter einer Flut von gemurmelten Dankesformeln zur Tür.

Sie gehen zu Fuß zur Haltestelle unter der Hochbahn und nehmen die erste Straßenbahn Richtung Zentrum. Sie beratschlagen, was sie jetzt machen sollen, und Madeleine schlägt vor, daß sie ebensogut für den Rest des Sonntags Touristen sein und sich einfach einige der berühmten Museen anschauen können. Vejland ein paar Stunden lang vergessen. Jesper lächelt wieder.

Sie haben sich unterhalten, ohne auf die Lautsprecherstimme im Waggon zu achten, aber als die Straßenbahn das nächste Mal langsamer wird, hören sie zu und wechseln einen Blick.

»Nächster Halt – Schwarzspanierstraße.«

»Die Straße, in der Beethoven starb«, sagt Jesper, Ole Bergs Stimme mehr schlecht als recht imitierend, und hebt die Augenbrauen.

Das ist ein Zeichen, denkt Madeleine. Wir kriegen ihn. Bald.

Das Kunsthistorische Museum ist riesengroß, breit und pompös wie ein Palast. Drinnen Marmor und Ornamente ohne Ende. Sie sind durch unzählige Räume im ersten Stock gewandert, wo die Gemäldesammlung hängt; die berühmten Brueghel-Bilder, ein ganzer Saal voll, massenhaft andere Meisterwerke, aber trotzdem will es ihnen nicht richtig gelingen, sich wie Touristen zu verhalten und die Sehenswürdigkeiten in sich aufzunehmen.

»Ich kann mich nicht darauf konzentrieren«, sagt Jesper. »Und du?«

»Ich wünschte, wir könnten einmal nur als Privatpersonen hierherkommen, nicht auf der Jagd nach Neuigkeiten.«

»Ja.«

»Es fehlt – es fehlt die eine, entscheidende Sache«, sagt Madeleine; sie sind wieder auf dem Weg die breite Treppe hinunter.

»Was für eine Sache?«

»Wenn ich in ein Museum gehe, in dem ich vorher noch nie war, stelle ich mir immer vor, daß irgendwo da drinnen eine Sache auf mich wartet und mich einfangen will. Vielleicht ist es ein berühmtes Gemälde, vielleicht ist es ein Handschuh, der einer Königin gehört hat, vielleicht ist es eine kleine, bescheidene Vase, aber es ist eine Sache, ein Gegenstand, der speziell für mich da ist, genau an dem Tag, und den ich finden muß. Es ist wie ein Versteckspiel. Das hilft die Spannung zu bewahren und nicht einfach die Exponate abzuhaken, die man laut Reiseführer unbedingt gesehen haben muß.«

»Findest du den Gegenstand denn immer?«

»Nein, nicht immer. Heute habe ich ihn nicht gefunden.«

Sie haben den Fuß der Marmortreppe erreicht.

»Geben wir ihm noch eine Chance«, sagt Jesper. Er schließt die Augen und dreht sich langsam um sich selbst; dann zeigt er mit dem rechten Zeigefinger über seine linke Schulter nach hinten: »Da!«

Er bleibt mit geschlossenen Augen stehen, starr und steif wie ein Wegweiser. Aber in seinen Mundwinkeln erscheint ein kleines Lächeln. Madeleine lacht – aus Freude über seine Freude, den Clown für sie zu spielen. Dann legt sie die Hand auf seinen Arm und schaut über seine Schulter in die Richtung, die er anzeigt. »Okay«, sagt sie.

Kurz darauf gehen sie unter einer tonnenförmig gewölbten Decke mit einem Musterexemplar von Geier entlang, der mit ausgebreiteten Flügeln über ihnen schwebt. Sie sind in der ägyptischen Sammlung des Museums. »Die warten darauf, daß wir in der Museumswüste umkommen«, sagt Jesper und zeigt auf den stilisierten Vogel.

»Nein«, sagt Madeleine. »In Ägypten war der Geier ein heiliger Vogel, ein Beschützer.«

Im selben Augenblick, als sie die Worte sagt, ist sie plötzlich wieder im Klassenzimmer der Kathedralschule, wo Kirsten, ihre rothaarige Geschichtslehrerin, Dias von den Tempeln in Ägypten zeigt. Ein Bild zeigt eine Decke mit gemalten Geiern auf den steinernen Balken; das phantastische daran ist, daß die Farben mehrere Tausend Jahre hindurch erhalten geblieben sind; Kirstens gebieterische Stimme, die jedesmal bei diesen Bildern sagt: »Der Geier, der seine beschützenden Flügel ausbreitet.«

Madeleine war von Kirstens tiefer Begeisterung für das alte Ägypten angesteckt worden: die fremde, unbegreifliche Götterwelt und die geheimnisvollen Tempel und Pyramiden. Sie lieh sich alles aus, was die örtliche Bibliothek dazu bereithielt, und konnte den Bibliothekar sogar dazu bewegen, noch mehr Bücher zu dem Thema zu besorgen. Tief über die Abbildungen gebeugt, lernte sie schwere Namen auswendig. Die Faszination hielt viel länger an als die Themenwoche dauerte, die dem Ganzen gewidmet war; und sogar jetzt geht sie hin und wieder in die Glyptothek und betrachtet die Statuetten und Reliefs und Grabfunde in dem geheimnisvoll beleuchteten Keller.

Und hier – jetzt ist der Funke da. Sie geht durch die Sammlung und schaut sich das alles an, ohne etwas Bestimmtes zu sehen, die Aufmerksamkeit soll von ganz allein kommen ... Und auf einmal ist er da – der eine, besondere Gegenstand: Eine kleine Figur in einem Schaukasten wird zum Zentrum des Raumes.

Sie winkt Jesper zu sich heran und zeigt darauf: »Schau!«

Es ist eine Katze, eine kleine Katze aus Bronze. Sie ist nur wenige Handbreit hoch, aber sie sitzt ruhig und doch gespannt, mit gestreckten Vorderbeinen und den Schwanz im Bogen um die runden Vorderpfoten gelegt. Kleine Vertiefungen in dem graugrünbräunlichen Metall deuten die Haare des Fells an, tiefere Rillen zeigen, daß der Schwanz gestreift ist, die Ohren sind groß und dreieckig und offenbar innen behaart. Ihr Gesichtsausdruck ist würdevoll und unergründlich, und die Augen – die Augen bestehen aus einem klaren Bergkristall oder Quarz, und es wirkt fast, als würde sich ein Blick darin verbergen, ein Blick, der sich entzieht, wenn man versucht, ihn einzufangen.

»Sie sieht aus wie Sursa«, sagt Jesper leise. »Wenn sie dasitzt und in die Luft schnuppert. Sieh mal die Nasenlöcher – gleich reckt sie die Nase in die Luft und macht die Augen zu und schnüffelt.«

»Oder sie meditiert. Das ist keine gewöhnliche Katze. Das ist Bastet«, sagt Madeleine.

Jesper macht ein fragendes Gesicht.

»Die Katzengöttin Bastet«, erklärt sie mit gedämpfter Stimme dicht an seinem Ohr. »Sieh dir die Brust an – das ist der Brustschmuck einer Göttin, angedeutet durch diese Striche. Bastet war die sanfte und glückbringende Variante einer Löwengöttin mit Namen Sakhmet. Sakhmet hatte einen Frauenkörper und einen Löwenkopf, und mit ihr war nicht zu spaßen. Aber Bastet wird fast immer als Katze dargestellt, als freundliche Katze. Es gab eine Stadt, die hieß Bubastis, wo Bastet die wichtigste Gottheit war; dort wurde ein ganzer Friedhof voller einbalsamierter Katzen gefunden.«

»Warum haben sie gerade die Katze zu einer Gottheit gemacht?« fragt Jesper still; es sind noch andere Besucher im Raum, und vielleicht fühlt er ebenso wie sie, daß die Bronzekatze nicht gestört werden darf; ein Wohlwollen strahlt von der kleinen Figur auf sie beide aus, aber es kommt ihnen gnädig vor, nicht zärtlich, wie eine Gunst, die ihnen wieder entzogen werden kann.

»Es gibt ja auch viele andere Tiergötter. Aber so eine Katze hat doch was – etwas Geheimnisvolles, als wüßte sie etwas, das wir nicht wissen.«

»Ja ... manchmal, wenn Sursa mich ansieht, würde ich auch gerne wissen, was sie denkt. Da ist etwas in diesen Augen ...«

Sie schauen beide auf die kleine Bronzekatze, die unbeweglich hinter dem Glas sitzt und mit ihrem klaren Blick an ihnen vorbeisieht, durch sie hindurchsieht. Dann richten sie sich auf, gleichzeitig, als hätten sie miteinander abgesprochen, daß es Zeit ist zu gehen.

Draußen unterhalten sie sich weiter, während sie über die Kieswege der Anlage schlendern.

»Ich glaube, es hat etwas mit Weisheit zu tun«, sagt Madeleine, »daß die Löwengöttin zu einer Katze wurde. Sie besitzt ein Wissen, zu dem Menschen keinen Zugang haben. Die ägyptischen Katzen sind nicht einfach Schmusetiere, dazu sind sie zu vornehm, das kann man an den Figuren sehen. Und woher kommt der Respekt? Eine Katze ist ja nicht so furchteinflößend wie ein Löwe ... Mein Exfreund übrigens erzählte mir mal eine Geschichte von einem italienischen Fotografen, der ein paar Fotos von der Sakhmetstatue in einem kleinen Tempel gemacht hatte, in Karnak, glaube ich, wo sie immer noch ihren Platz hat. Drinnen im Allerheiligsten ist es stockfinster, also bestach er den Wächter und schleppte etliche Batterielampen hinein und brachte den Wächter dazu, alle anderen Besucher eine halbe Stunde lang nicht einzulassen, und dann fotografierte er sie von vorne und von hinten und betatschte sie und benahm sich sicher reichlich unanständig. Die Fotos gelangen ihm gut, aber er selbst wurde hinterher schwer krank, bekam hohes Fieber und ein paar rote, nässende Flecken, die aussahen wie Bißspuren ... Die Ärzte hatten keine Ahnung, was es war ... Na ja, das ist wohl ein Ammenmärchen.«

Jesper hebt die Augenbrauen und macht »Huah«, als ob es ihn schaudert. Aber vielleicht ist es nicht nur Komödie;

er beeilt sich ein bißchen sehr, das Gespräch wieder in allgemeine kulturhistorische Bahnen zu bringen. Sie erzählt ihm von ägyptischen Tempeln. Von Kirsten und der Kathedralschule.

Der Kies knirscht unter ihren Füßen, und langsam bekommen sie Hunger. Schließlich gehen sie in ein Steakhaus in der Nähe der Oper.

Madeleine liegt im Doppelbett und wartet auf Jesper, der darauf bestanden hat, noch einmal zurück in die Arthurgasse zu gehen. Nutzlos, dachte sie sofort. Aber er wollte unbedingt; das ist jetzt ein paar Stunden her. Sie hat die freie Zeit damit verbracht, langsam zu sein: sich auszuziehen, zu baden, sich die Haare zu trocknen, nachzudenken, sich ins Bett zu legen.

Sie haben ja die ganze Geschichte herausgekriegt, denkt sie. Aber die Begegnung mit dem rätselhaften Peter Vejland selbst ist ihnen noch nicht geglückt. Es ist wie bei den ägyptischen Tempeln, wo man von den großen, öffentlichen Säulenhallen in die immer kleineren, immer niedrigeren Räume mußte, zu denen immer weniger Auserwählte Zutritt hatten, um ins Allerheiligste zu gelangen, wo sich das Götterbild befand. Dorthin durften nur die Priester, die Eingeweihten. Weil es gefährlich war, das, was da drinnen in der engen Dunkelheit herrschte. Es hatte Macht.

Es klopft leise an der Tür. Sie steht auf und öffnet leicht verwirrt. Draußen steht Jesper. Sie ist wohl kurz davor gewesen einzuschlafen …

»Nichts«, sagt Jesper und zieht die Windjacke aus. »Seine Fenster waren dunkel. Ich habe erst unten an der Tür geklingelt. Nichts passierte. Dann habe ich mich gegenüber ins Café gesetzt – ich habe dort drinnen auch nach ihm Ausschau gehalten, natürlich, aber er war nicht da. Und dann habe ich gedacht: Warum in aller Welt sitze ich eigentlich hier. Ohne dich.«

39. Tag, Montag

Jesper kommt es so vor, als ob er das Café Arthur bald in- und auswendig kennt. Vom Spiegel an der einen Stirnwand bis zu dem gelblichen Waschbecken auf der Toilette. Auch heute hat sich nichts gerührt. Die einzige Abwechslung war, daß er und Madeleine die Plätze tauschten, nachdem sie die erste Stunde der Wache übernommen hatte. Heute ist ein anderer Kellner da, dunkelhaarig, jünger und größer. Der mit den hängenden Schultern hat heute wohl seinen freien Tag.

Nichts rührt sich rund um die Haustür auf der anderen Straßenseite. Die Straße glänzt von dem kalten Nieselregen. Autos fahren vorbei, anonym und gleichgültig. Aber der Bürgersteig ist und bleibt leer. In Vejlands Fenstern ist nichts zu sehen, kein Licht, nichts rührt sich.

Warten, nur warten, jahraus und jahrein, worauf wartest du noch? Wartest auf etwas, das nie wird sein, aber du wartest doch ... summt es in seinem Kopf. Irgendein Lied, das er mal gehört hat. Er weiß nicht mehr, wo.

Aber jetzt – jetzt wird die Tür da drüben geöffnet, und da – da kommt der Mann mit dem Bart und der Sonnenbrille heraus! Jesper erhebt sich halb und schaut über die Gardine, und Madeleine dreht sich um und schaut ebenfalls. Kein Taxi hält vor dem Bürgersteig, und der Mann geht einfach hinaus auf die Straße, ohne sich umzusehen, langsam und beinahe geistesabwesend. Er nähert sich, er steuert auf die Tür des Cafés zu, er öffnet sie und tritt ein! Jespers Herz hämmert. Von nahem gibt es keinen Zweifel, das sind Vejlands Gesichtszüge, auch wenn der Bart sie verhüllt.

Vejland geht an das andere Ende des Cafés und setzt sich an einen Tisch, mit dem Rücken zum Rest des Raumes, so, als wollte er seine Ruhe haben. Der Kellner geht zu ihm hin, und er bestellt irgendwas. Der Kellner notiert es auf seinem kleinen Block und entfernt sich.

Madeleine hat ihn ebenso gebannt mit ihrem Blick verfolgt wie Jesper. Sie sehen sich für den Bruchteil einer Sekunde an, sagen aber nichts. Jespers Gedankenmotor arbeitet im höchsten Turbogang – wie soll er Kontakt zu dem Mann aufnehmen? Wenn er hingeht und sich auf dänisch vorstellt, wird Vejland dann nicht einfach dichtmachen? Auf deutsch antworten? So tun, als handle es sich um eine Verwechslung? Und Jesper kann ihn ja nicht zwingen, einen Ausweis oder etwas Ähnliches vorzuzeigen ... Soll er es riskieren? Falls Vejland aufsteht und geht, könnte Jesper ihn festhalten, aber nur wenige Augenblicke, bevor alles endgültig den Bach runtergeht ...

In dem Moment sieht Vejland auf seine Uhr, steckt die Hand in die Jackentasche und holt sein Handy hervor.

Natürlich. Die Uhr an der Wand zeigt kurz vor elf. Zeit für Frau Lunas täglichen Anruf.

Während Jesper beobachtet, wie Vejland das Handy einschaltet und vor sich auf den Tisch legt, wählt er blitzschnell die Nummer, die er vor ein paar Tagen einprogrammiert hat.

Er wartet und kann gerade noch denken, wie absurd das ist, daß sein Rufsignal zum nächsten Antennenmast geht, in die Erde geleitet wird und über tausend Kilometer Kabel heim nach Dänemark rast, bevor es umdreht und dieselben tausend Kilometer zurückrast, um den Mann zu erreichen, der zehn Meter von ihm entfernt sitzt – bevor das Handy dort hinten gedämpft und melodisch klingelt. Vejland nimmt es auf.

»Ja«, sagt er nur in Jespers Ohr.

»Guten Tag, Peter Vejland«, sagt Jesper ruhig. »Mein Name ist Jesper Lund. Es ist sehr, sehr wichtig, daß wir miteinander reden. Ich sitze hier im Café Arthur, nur ein kleines Stück hinter ihnen ...«

Vejland dreht sich ruckartig um. Jesper kann seine Augen durch die braunen Sonnenbrillengläser erkennen. Sie starren einander an, jeder mit seinem Handy am Ohr. Dann steht Jesper auf und schaltet das Handy mit einem Daumendruck aus, ohne den Blick von Vejland zu wenden.

Er geht auf ihn zu. Vejland erhebt sich zögernd. Jesper kann hören, daß Madeleine ihm folgt. Er streckt dem Bärtigen seine Hand entgegen.

Vejland sieht das Telefon an, das er in der Hand hält, schaltet es ab und steckt es in die Tasche. Stumm gibt er erst Jesper die Hand, anschließend Madeleine, die sich ebenfalls mit ihrem vollen Namen vorstellt. Madeleine hat ihre Fototasche über der Schulter, wie Jesper sieht.

Vejland nimmt die Sonnenbrille ab und reibt sich mit zwei Fingern den Nasenrücken zwischen den Augen. »Treffen wir uns also doch noch«, sagt er. »Meinetwegen, reden wir. Das paßt mir eigentlich auch ganz gut. Aber nicht hier. Lassen Sie uns zu mir nach drüben gehen.«

Er machte eine Handbewegung zum Haus gegenüber. Der Kellner kommt mit Kaffee und Wasserglas auf einem kleinen Stahltablett. Vejland winkt abwehrend mit der Hand: »Nicht jetzt. Morgen.«

Dann geht er als erster aus der Tür, Jesper und Madeleine folgen ihm. Der Kellner bleibt verwundert zurück.

Peter Vejland hat sie die Treppe hinaufgeführt, durch Schönmeisters Wohnungstür hinein in den Flur, in dem sie schon einmal waren, und anschließend weiter den verheißungsvollen Gang hinunter in ein kleines Zimmer, das, wie er sagt, Schönmeisters Arbeitszimmer war. Er hat sich hinter den schweren Eichenholzschreibtisch gesetzt, in einen hochlehnigen Stuhl mit einem leeren Regal dahinter, und sie mit einer Handbewegung aufgefordert, in den beiden ledernen Armsesseln davor Platz zu nehmen.

Madeleine macht die Schnappschlösser ihrer Tasche auf und öffnet die Klappe, bevor sie die Tasche neben sich abstellt. Vejland sieht es. »Wenn Fotos gemacht werden sollen, dann bringen wir es besser gleich hinter uns«, sagt er. Er lächelt nicht, und Madeleine unternimmt nichts, um ihn dazu zu bringen, während sie sieben, acht Bilder in schneller Folge schießt. Vejland, ohne Sonnenbrille, mit struppigem, graugesprenkeltem Vollbart und fettigen Haaren. Die hellbraunen Augen sind groß und ruhig, trotz der angespannten Atmosphäre in dem kleinen Arbeitszimmer. Die leeren Regale hinter ihm geben dem Ganzen einen Anstrich von etwas Provisorischem, wie bei einer Wohnung, aus der vor einem Umzug alle kleineren Sachen ausgeräumt wurden. Er sitzt mit den Händen im Schoß da, so daß sie nicht zu sehen sind – wie eine Büste, deren Unterkörper durch eine dunkel schimmernde Tischplatte abgeschnitten wurde, auf der sich nichts anderes befindet als eine Schreibtischlampe mit gewölbtem Metallschirm und das kleine Mobiltelefon. Graues Licht fällt durch das Fenster.

»Prohaska erzählte mir, daß Sie hier sind«, fängt er an. »Ich gehe davon aus, daß er Sie über das meiste informiert hat. Aber ich will trotzdem gerne hinzufügen, was ich kann. Es herausbringen, es hinter mich bringen. Es hat lange genug gedauert, das alles hier. Was machen Lisa und Louis? Wie geht es Cæcilie?«

Er wirkt kontrolliert, wach, im Gegensatz zu seinem ungepflegten Äußeren. Jesper erzählt ihm, daß er Lisa und Louis mehrere Male von hier aus angerufen hat und daß sie ihn jedesmal gebeten haben, Vejland zu sagen, daß er nach Hause kommen soll. »Jetzt habe ich die Gelegenheit, es Ihnen auszurichten«, sagt Jesper. »Und Cæcilie – der geht es gut.«

Vejland nickt ernst.

»Es muß wohl für alle anderen schwer zu begreifen sein, warum ich auf diese Art und Weise untergetaucht bin. Jeder vernünftige Mensch würde sagen: Man hätte über alles reden können, man hätte die Probleme lösen können, man hätte einen Psychologen zu Rate ziehen können, man hätte dieses, man hätte jenes … Aber ich konnte es nicht. Ich konnte es einfach nicht, das ist die Quintessenz des Ganzen.

Ich habe reichlich Zeit gehabt in diesen Wochen, mich in die Vergangenheit zurückzudenken. Ganz zurück bis zum Zeitpunkt meiner Zeugung, den Sie sich ausrechnen können. Aber auch zurück in die jüngere Vergangenheit.

Als Cæcilie geboren wurde, war das ein Abschluß für mich, kein Anfang, wie es das für die meisten ist. Da waren zwei Menschen, die sich gern hatten und die das Kind gern haben würden, eine kleine Familie von drei Personen – und ich gehörte nicht zu ihnen. Ich hatte den Stab weitergereicht, meine Gene waren weitergegeben, es war dieser seltsame biologische Ehrgeiz, den ich erfüllt haben wollte und den ich erfüllt bekommen hatte ... Ich konnte aufbrechen, ich hatte meine Pflicht getan, leb wohl und schönen Dank für alles. Aber daß man so denkt, darf man natürlich niemanden wissen lassen. Ich hatte eine *Verantwortung* für Lisa und meine kleine Tochter, und vor einer Verantwortung läuft man nicht davon, wenn man ein zivilisierter Mensch ist, und wer wollte das nicht gerne sein?

Das merkwürdige war nur, daß diese Verantwortung, die ich trotz allem empfand, allen dreien galt. Sie waren die Familie, und mir war das Los zugefallen, sie zu beschützen. Ich tat es gerne, das müssen Sie mir glauben, ich hatte nicht das Gefühl, etwas zu entbehren. Aber heute sehe ich, daß ich dabei war, mich überflüssig zu fühlen. Alles ging ebensogut auch ohne mich. Das meiste Geld kam von allein herein, es waren Tantiemen und alte Sachen, wiederverwendete Sachen. Und die kleine Familie kam sehr gut ohne mich zurecht, ein harmonischer Dreiklang, C-Dur, schlicht und direkt. Wenn ich mir meinen Platz in dem Gefüge konkret vorstellte, verschwand er, so wie die Vertiefung, die man eben nicht hinterläßt, wenn man den Finger aus einem Glas Wasser zieht.

Aber ich hatte immer noch meine Identität. Meine Geschichte. Die Geschichte der Gene, die ich in Cæcilie weiterleben sah. Und dann kam Prohaska.

Ich weiß nicht, ob Sie sich vorstellen können, was für eine Bombe das für mich war.

Ich hatte ein Foto ...«

Vejland greift eine Brieftasche aus der Innentasche seiner Jacke und klappt sie auf. Er nimmt zwei kleine Fotos heraus und schiebt das eine zu Jesper hin, der es aufhebt.

»Das hier fand ich im Schmuckkästchen meiner Mutter, nachdem sie gestorben war. Ich konnte erkennen, daß es meine Mutter als junges Mädchen zeigt, und ich rechnete mir aus, daß der Mann mein Vater sein mußte, mein richtiger Vater, der Widerstandskämpfer, der Held ...«

Jesper und Madeleine betrachten gemeinsam das kleine Schwarzweißfoto: eine junge Frau im Mantel mit einem kleinen schrägsitzenden Hut auf den glänzenden Locken, daneben ein junger Mann im hellen Trenchcoat mit kräftigem hoch erhobenem Kinn.

»Und dann kam Prohaska nach Kopenhagen und gab mir dieses Bild hier, als letzten Gruß von Schönmeister«, sagt Vejland und schiebt das andere Foto zu ihnen hinüber.

Dieselben beiden Personen, dieselbe Kleidung, dasselbe Licht, dasselbe undefinierbare Mauerwerk im Hintergrund, nur die Körperhaltung eine etwas andere. Sogar das Format und die Papierqualität sind identisch.

»Prohaska wußte nicht, wer die Bilder aufgenommen hatte, sicher ein gemeinsamer Bekannter. Aber der Beweis war eindeutig. Sie hatten jeder ihren Schnappschuß gehabt, ein Liebespfand, eine Erinnerung. Und sie hatten beide ihr jeweiliges Foto all die Jahre hindurch aufgehoben. Prohaska konnte bestätigen, daß der Mann Schönmeister ist, er hatte andere Jugendfotos von ihm gesehen, bevor der Alte alle vernichten ließ.«

Sie geben ihm die Bilder zurück, und Vejland legt sie wieder in seine Brieftasche. Dann fährt er fort, mit den Händen im Schoß und den Blick auf die Tischplatte gerichtet, so als spräche er eher mit sich selbst.

»Ich fühlte mich völlig schwerelos. Aufgelöst, in einzelne Atome auseinandergefallen. Es war, als sei die kleine Familie, mit der ich unter einem Dach lebte, plötzlich verraten worden, weil sie auf einer Lüge gegründet worden war. Nicht meiner Lüge, einer Schicksalslüge, die mich eingeholt hatte. Und sie.

Es war schwer für mich gewesen, mit dem Wissen aufzuwachsen, daß mein gesetzlicher Vater nicht mein richtiger Vater war. Er war ein Schlappschwanz, kein Vater. Aber mein richtiger Vater war ein Held gewesen. Das war er nun plötzlich nicht mehr, sondern ein Schurke, ein Feind. Und zwischen den vielen verwirrten Gedanken, die ich in den Tagen nach Prohaskas Besuch hatte, hielt sich einer sehr nachdrücklich: daß die kleine Familie nicht derselben Belastung ausgesetzt werden durfte. Dafür hätte ich mich geschämt.

Aber wenn ich nun aus dem Leben schied – wenn ich tot umfiel oder bei einem Unfall starb –, würden die drei mich als Cæcilies biologischen Vater in Erinnerung behalten, als einen Mann mit den und den Eigenschaften, der leider gestorben war, bevor Cæcilie ihn in bewußter Erinnerungen behalten konnte. Und dann würde die Familie komplett sein. Ein Vater, der seinen Platz ausfüllte. Kein Schlappschwanz.

Es war vielleicht feige von mir, es nicht wirklich zu tun. Aber ich dachte, ich könnte mich aus dem Staub machen, indem ich einen Scheintod starb. Und dieses merkwürdige väterliche Erbe, in dem wir hier sitzen, wurde zu einer Möglichkeit für mich – einer Verlockung, der ich nachzugeben beschloß.

Nur daß es damit nicht getan war, und das hätte ich mir wohl selbst ausrechnen können. Ich bin abgehauen. Aber Lisa und Louis haben recht, ich muß sehen, daß ich nach Hause komme ... Wie ein Lachs, der im großen Ozean herumgeschwommen ist.

Und nun sind Sie beide gekommen, als die Wächter der Wahrheit und mit der Wahrheit im Rücken. Sie haben gehört, was ich gesagt habe, und wenn Sie wollen, dann veröffentlichen Sie es in drei Teufels Namen in ihrer Zeitung. Wenn das alles erzählt und bekanntgemacht worden ist, hört es vielleicht auf weh zu tun.«

Vejland sieht hoch, erst zu Jesper, dann zu Madeleine. Er hebt den linken Arm und sieht auf seine Uhr.

»Ich bin noch nicht ganz fertig mit der Geschichte«, sagt er. »Aber ich muß noch schnell was erledigen ...« Er hebt das kleine schwarze Handy hoch, das neben seiner rechten Hand liegt. »Wenn ich Sie bitten dürfte, einen Moment draußen im Flur zu warten?«

»Natürlich«, sagt Jesper und steht auf. Madeleine zögert einen Moment, und er reicht ihr seine Hand. Da preßt sie die Handflächen auf die Armlehnen und erhebt sich, ohne seine Hand zu nehmen.

Sie gehen hinaus in den Flur, und Jesper schließt die Tür hinter ihnen und geht diskret ein paar Schritte weiter. Er dreht sich um und sieht Madeleines Gesicht. Im Halbdunkel des Flurs wirkt es verzerrt und angespannt, und in ihren Augen funkelt etwas, das er nicht deuten kann: Zorn oder Tränen? Eine Sekunde verstreicht, dann wirbelt sie herum und stürzt zur Tür zurück, reißt sie auf und läuft hinein, und Jesper läuft hinterher.

Er sieht gerade noch, wie Vejland einen Pistolenlauf aus dem Mund zieht und sich zu ihnen herumdreht. Eine richtige Deutschenpistole: schwarz, scharf, insektenartig. Vejlands Augen sind weit aufgerissen. Er richtet die Waffe auf Madeleine.

Sie bleibt mit einem kaum merklichen Ruck stehen, geht dann aber ruhig auf ihn zu. Langsam streckt sie die Hand aus, offen, die Handfläche nach oben. »Tun Sie das nicht«, sagt sie. »Geben Sie sie mir!«

Vejland starrt sie an, ohne Lidschlag. Die Pistolenmündung zeigt direkt auf ihre Brust.

»Es bleibt immer jemand zurück, der darunter leidet«, sagt Madeleine mit bebender Stimme. Jesper kann ihr Gesicht nicht sehen, aber er fühlt, daß in ihrer Stimme keine Furcht liegt, sondern Trotz und Kummer.

Langsam, unbegreiflich langsam legt Vejland die Pistole in ihre Hand.

Dann sinkt er auf die Schreibtischplatte und weint.

Madeleine umklammert die Waffe mit beiden Händen und macht irgend etwas, das einen kleinen Klicklaut zur Folge hat. Sie sichert sie, natürlich. Dann geht sie hinüber zur Fototasche, die immer noch neben ihrem Sessel steht, und legt die Pistole hinein. Eine Uhr schlägt irgendwo in der Wohnung. Alles geht unvorstellbar langsam vor sich, wie Jesper registriert. Er steht immer noch festgefroren auf derselben Stelle. Die Uhr schlägt wieder. Kein Telefon, geht ihm durch den Kopf, zu unregelmäßig für ein Telefonläuten.

Mit langsamen Bewegungen dreht Madeleine sich wieder zum Schreibtisch um, sie geht hin und legt eine Hand auf den Kopf des schluchzenden Mannes. Jesper spürt, wie das Tempo sich wieder normalisiert – sein Herz, das so langsam schlug, beginnt jetzt zu sprinten wie ein Schnelläufer. Ihm ist etwas schwindelig, aber er geht ein paar Schritte und stellt sich neben Madeleine, umarmt sie, während sie beruhigend auf Vejland einredet. Zerrissene, heisere Laute kommen aus seinem Mund.

Ein Schlüssel dreht sich im Schloß der Wohnungstür. Sie wird mit einem Ruck aufgestoßen, und eine Stimme ruft: »Hallo?!« Schnelle Schritte nähern sich, der Hereinkommende hat Vejland offenbar schon gehört.

Es ist Prohaska. *»Is he allright?«* fragt er und beugt sich über seinen Klienten. Er riecht nach Achselschweiß.

Jesper erzählt, daß Vejland sich erschießen wollte und daß Madeleine es verhindert hat. »Gut, gut«, sagt Prohaska und versucht, Vejlands Kopf von der Schreibtischplatte zu heben. Vejland sieht ihn, kommt mühsam auf die Beine, will etwas sagen – und wird in den Armen des Anwalts ohnmächtig.

Noch bevor Jesper und Prohaska ihn auf das Sofa im Wohnzimmer tragen können, kommt er wieder zu Bewußtsein. Er entschuldigt sich tonlos und sitzt eine Weile mit dem Kopf zwischen den Knien da. Dann richtet er sich wieder auf und räuspert sich. Aber es kommen keine Worte.

»Sie kommen jetzt mit mir, Mr. Vejland«, sagt Prohaska, ebenso ruhig wie bestimmt. »Sie brauchen einen Arzt, und ich werde dafür sorgen, daß Sie einen bekommen. Kommen Sie, wir gehen zu meinem Auto.«

Prohaskas Schlüssel steckt immer noch. Er zieht ihn heraus, als sie alle vier auf der Treppe stehen, und läßt die Tür ins Schloß fallen. »Für den Fall der Fälle«, sagt er und wiegt den Schlüssel in der Hand. »Und dieser Fall war heute.«

Sein BMW steht mit zwei Rädern auf dem Bürgersteig direkt vor der Haustür, im Parkverbot. Er hilft Peter Vejland auf den Beifahrersitz und legt ihm selbst den Sicherheitsgurt an. Dann richtet er sich auf und dreht sich zu Jesper und Madeleine um.

»Mrs. Southey hat mich angerufen«, berichtet er. »Sie sagte, daß Mr. Vejland zum ersten Mal nicht abgenommen hat. Also fuhr ich hierher, so schnell ich konnte. Ich glaube, Mr. Vejland braucht jetzt erst mal Ruhe; aber Sie haben die Krise offenbar provoziert und ihm damit das Leben gerettet. Auf lange Sicht wird er nicht anders können, als Ihnen dankbar dafür zu sein. Aber lassen Sie mich die Dinge jetzt und in den nächsten Tagen in die Hand nehmen. Wir bleiben in Verbindung.«

Er gibt ihnen die Hand. Sie sehen dem silbergrauen Auto nach, bis es um die Ecke gebogen ist.

»Puhh! Und was jetzt?« sagt Jesper. »Eine kleine Stärkung fürs Herz?« Er nickt zum Café hinüber.

»Nein. Erst noch was anderes. Hast du den Stadtplan dabei?«

Er greift in die Innentasche seiner Jacke und gibt ihr den Plan. Sie schlägt ihn auf, kämpft mit der Patentfaltung, hält ihn aber schließlich ausgebreitet in Händen. Das Papier wellt sich leicht in dem Nieselregen. »Da«, sagt sie und zeigt mit dem Finger auf eine Stelle. »Wir nehmen die U-Bahn.«

Sie müssen zweimal umsteigen. Mit einem Taxi wäre es sicher bequemer gewesen, aber Jesper überläßt Madeleine die Entscheidung. Die ganze Fahrt über ist sie wortkarg und in sich gekehrt, sie hält ihre Tasche auf dem Schoß oder trägt sie während des Umsteigens unter dem Arm, als könnte sie ihr abhanden kommen. Er hat keine Ahnung, was sie vorhat, und wenn er versucht, mit ihr über das zu sprechen, was gerade passiert ist, schüttelt sie den Kopf.

So schweigt er ebenfalls. Die Zeitlupenbilder erscheinen wieder vor seinen Augen. Hätte er sich das getraut, was sie getan hat? Er ist nun schon jahrelang Polizeireporter, aber heute hat er das erste Mal wirklich in die drohende Mündung einer Pistole gesehen. Hat den Tod in dem kleinen schwarzen Loch gesehen. Daß sie geladen war, bezweifelt er nicht.

Und nun liegt sie in der Tasche, die Madeleine so fest umklammert. Was jetzt geschehen soll, muß damit zu tun haben.

Sie steigen an einer Station aus, die »Donauinsel« heißt. Sie liegt mitten auf einer Brücke, und als sie hinausgehen, sehen sie, daß die Brücke zwei Etagen hat. Die Fahrbahnen ganz oben bilden ein Dach über der U-Bahn und eine Art Halbdach über einem Fußweg, der sich quer über den Fluß spannt, in dem eine lange, schmale Insel liegt. Der Weg wird an einer Seite von der Mauer begrenzt, die den Gleiskörper abschirmt, und an der anderen Seite von einem ganz einfachen Metallgeländer. Es sind keine Fußgänger auf der Brücke.

»Richtig«, sagt Madeleine vor sich hin. »Gut.«

Sie geht vor, ein kleines Stück in die Richtung, aus der sie gerade mit der Bahn gekommen sind. Ein Jogger kommt ihnen entgegengelaufen, und Madeleine verlangsamt ihre Schritte.

Als der Jogger an ihnen vorbei und fast auf der anderen Seite angekommen ist, bleibt sie stehen und stellt die Tasche zwischen ihren Füßen ab. Sie sieht auf das Wasser hinunter. Braun und träge zieht die Donau unter ihnen dahin, der Fluß ist schnurgerade wie ein Kanal. Ein Flußkahn nähert sich, beladen mit Kies, er schwimmt mit der Strömung und kommt schneller auf sie zu, als Jesper vermutet hätte. Ein Matrose geht auf dem schmalen Deck an den Kiesbunkern entlang.

Der Kahn gleitet unter die Brücke, eine fettige Dieselwolke steigt aus dem niedrigen Schornstein zu ihnen herauf. Madeleine bückt sich. Der Fluß ist leer, weitere Schiffe sind nicht zu sehen.

Als sie sich aufrichtet, hat sie die Pistole in der Hand. Sie legt sie auf ihre Handfläche und hebt sie in Augenhöhe, als wäre sie eine Flocke, die sie wegpusten kann. So hält sie sie drei, vier Sekunden, dann macht sie eine kleine, weiche Handbewegung.

Die schwarze Waffe dreht sich um sich selbst auf ihrem Weg hinunter in das schlammige Wasser, trifft die Wasseroberfläche mit einem kleinen Platschen und ist sofort verschwunden. Falls sich überhaupt Ringe im Wasser gebildet haben, sind sie von der unruhigen Strömung aufgelöst und mitgerissen worden.

Sie steht eine Weile da, die Hände um das Metallgeländer geklammert, und schaut hinunter. Dann dreht sie sich mit klaren Augen und ruhigem Gesicht zu ihm um, schmiegt sich an ihn und umarmt ihn.

So bleiben sie lange stehen, ganz still, während die inneren Bilder zur Ruhe kommen. Das Rauschen der Autos oben auf der Fahrbahn und das dumpfe Rattern eines Zuges hinter der Mauer übertönen alle anderen Geräusche, aber für Jesper ist es, als würden der braune Strom und der Name des Flusses zu einem langen, vibrierenden Kontrabaßton verschmelzen, der alle Geduld und alles Vergessen der Welt in sich birgt.

Donau.

Jesper telefoniert vom Hotel aus. Er erzählt Lisa und Louis, was passiert ist. Dann ruft er Kaffe an und sagt Bescheid, daß Peter Vejland gefunden wurde. Anschließend teilt er der Redaktion mit, daß sie morgen zurückkommen, und bucht zwei Plätze in der ersten Morgenmaschine.

Madeleine liegt auf dem Bett, und als er sich zu ihr umdreht, ist sie eingeschlafen. Ein Fuß ragt nackt aus der Jeans, der andere steckt in einer halb ausgezogenen Socke. Er deckt sie mit einer Wolldecke zu und setzt sich auf die

Bettkante. Während sie tief und regelmäßig atmet, betrachtet er ihr schlafendes Gesicht. Hier will er sitzenbleiben, und wenn sie noch stundenlang schläft.

Aber er hat eine Idee. Er nimmt den Telefonhörer wieder ab, ruft die Rezeption an und fragt leise, ob sie eine rote Rose besorgen können.

40. Tag, Dienstag

Habe ich es versucht, oder habe ich es nicht versucht? Es wundert mich, daß all meine Selbstbeobachtung mir keine klare Antwort darauf geben kann. Wollte ich, oder wollte ich nicht? Warum habe ich nicht gewartet, bis sie gegangen waren? Wollte ich sie als Zeugen dabeihaben – oder als Retter im allerletzten Moment?

Als ich den Geschmack von Metall auf der Zunge spürte – Metall und etwas Beißendes, Pulver vielleicht, ich hatte die Pistole ja nicht gereinigt, nachdem ich sie ausprobiert hatte –, wußte ich, daß da eine Grenze war, dünner als das dünnste Haar, die mich noch von dem Augenblick trennte, in dem ich abdrücken und weg sein würde …

Ich vermißte bereits die Welt und all ihre grüne Schönheit; das hielt mich zurück.

Und die Frau, die einfach auf mich zu ging, war schön und ehrfurchtgebietend in diesem Moment; ihr Wille war so stark.

Die Pistole in ihre Hand zu legen war wie der allerletzte Fall, obwohl ich gedacht hatte, ich könnte nicht noch tiefer fallen; ein Aufgeben, eine ohnmächtige Mattigkeit, eine dumpfe Trauer darüber, es nicht getan zu haben. Aber es war auch eine Erleichterung loszulassen – die Waffe, die Verantwortung. Ich fiel weich.

Prohaskas Arzt sagte etwas von zu niedrigem Blutzucker und Überlastung und dringender Ruhe. Prohaska nahm mich kurzentschlossen mit zu sich nach Hause und bat seine Haushälterin, ein warmes Essen für uns beide zu kochen. Seine Frau war zur Arbeit, die Kinder waren in der Schule; er unterhielt sich höflich mit mir bei Tisch, nötigte mich freundlich, aber bestimmt zum Essen und schlug anschließend vor, ich solle dableiben und im Gästezimmer schlafen, während er wieder in sein Büro fuhr.

Ich schlief bis zum Abend. Dann wachte ich auf, aß in der Küche Abendbrot, wieder allein mit Prohaska – seine Frau und die Kinder hätten bereits gegessen, sagte er; und er habe Frau Meisl gebeten, saubere Kleidung und ein paar Toilettensachen aus der Arthurgasse zu bringen, damit ich ein Bad nehmen und über Nacht bleiben könne.

Ich ließ alles geschehen. All die Umstände. Aber er beteuerte, das sei *no trouble at all*, und ich sei ein besonderer Klient für ihn, weil er Schönmeister sein ganzes Leben lang gekannt habe. Er spricht – rücksichtsvoll – nie von ihm als von meinem Vater. Er versucht sogar, meinen Namen auf eine Art Dänisch auszusprechen, so daß es sich weder wie Whyland noch wie Weiland anhört. Letzteres bedeutet hierzulande »verstorben«, »vergangen«. Peter Verstorben! Nein, diesmal nicht …

Jetzt ist es Vormittag, wieder habe ich unheimlich lange geschlafen, und ich fühle mich nicht unausgeruht, eher schläfrig vom Schlafen, müde vor lauter Müdigkeit; aber ich habe alles aufgegessen, was auf dem Frühstückstablett stand, das die Haushälterin mir gebracht hat, und ich habe einen Stapel Kopfkissen im Rücken und schaue aus dem Fenster einen Hügel hinunter, auf dem große Villen und hohe Bäume stehen. Ein wohlhabendes Viertel, irgendwo im Westen der Stadt, ich weiß nicht, wie es heißt.

Schläfrig erwachen zu den Morgengeräuschen einer vielbeschäftigten Familie – zwei halbwüchsige Kinder, ein Mädchen und ein Junge, hat Prohaska gesagt, eine Frau, die in einem Ministerium arbeitet, vier Menschen mit Terminen, die respektiert werden müssen – und wieder einschlummern, die Stille im Haus spüren, abgesehen von dem leisen Rumoren der Haushälterin in der Küche. Jetzt ist sie dabei, unten staubzusaugen. Behagliche Lebenszeichen. Nichts fordernd. Selbstgenügsam.

Schönmeisters Wohnung ist ein Sarg. Ich muß sie loswerden. Sie ist so still und leer. Es ist, als ob er darin schon zu Staub geworden ist, obwohl er erst vor ein paar Monaten starb; er hat sich selbst ausradiert, hat alles entfernt, was mir einen Einblick in sein Leben hätte geben können. Fühlte er sich ebenso überflüssig, wie ich mich inzwischen fühlte? Hat ihn seine eigene Geschichte traurig gemacht? Hoffte er, daß ich, sein unbekannter Sohn, den Sarkophag mit neuem Leben füllen würde, einem Leben, das mir gehörte – oder versteckte er einfach alles vor mir, was einen materiellen Wert hatte, damit ich selbst disponieren konnte?

Ich werde es nie erfahren. Nicht mal Prohaska kann mir sagen, was er in den letzten Jahren seines Lebens gedacht hat und was er mit seinem Testament bezweckte.

Vielleicht ahnte er, daß ich ihn hassen würde, weil er mir mein Vaterbild gestohlen hat, meine heldenhafte Abstammung, alles das, was jetzt zusammengebrochen ist. Aber in Ermangelung von Briefen, Fotos, Dokumenten – allem Persönlichen – bin ich dabei, mir anhand seiner Taten ein Bild von seinem Charakter zu machen.

Er trägt seinen Teil Schuld daran, daß ich mich nichtsahnend selbst belogen habe, seit ich ein Kind war. Aber ich kann ihm auf gewisse Art vergeben. Eine altmodische, ritterliche Vergebung, wie zwischen Männern, die sich nie begegnet sind, bevor sie sich auf dem Schlachtfeld Arme und Beine abschlagen. Er hat sein Versprechen gehalten, er hat nach den Regeln gespielt, und im übrigen kenne ich ihn nicht.

Aber kann ich meiner Mutter ihren doppelten Betrug vergeben? Mein gesetzlicher Vater, dessen Namen ich trage, und mein Phantasievater, aus dessen Ruhm ich in meiner Jugend Stärke zog – beide benutzt, um die Wahrheit abzuschirmen. Die Wahrheit, die damals, fünfundvierzig, wirklich schrecklich gewesen sein muß. Hätte sie anders handeln können? Hätte es mich glücklicher gemacht, mit der Vorstellung aufzuwachsen, daß meine Mutter ein heimliches Deutschenflittchen gewesen war?

Vielleicht kann Luna mir helfen, es zu verstehen, so richtig, bis auf den Grund. Wenigstens war sie immer bedingungslos ehrlich zu mir, seit wir unsere neue Beziehung begonnen haben.

Heute ist Dienstag.

Morgen soll ich nach Hause.

Luna kommt und holt mich.

Prohaska erzählte mir, daß er gestern mehrmals mit ihr telefoniert hat. Sie kommt morgen nach Wien und holt mich. Falls sie mich heute anzurufen versucht, tut sie es vergeblich, denn das Handy liegt immer noch auf Schönmeisters Schreibtisch; aber sie weiß, wo ich bin. Sie weiß, daß ich in Prohaskas Obhut bin und nirgends hingehen werde. Ich bin wie eine Katze, die auf einen hohen Baum geklettert ist und nicht wieder hinunter kann, bis sie jemand holt und mit einer Stimme zu ihr spricht, die sie beruhigt.

Katze …

Was habe ich heute morgen noch gleich geträumt? Kurz bevor die Geräusche im Haus mich aufweckten?

Die Nachbarkatze. Ich war in der Arthurgasse. Jetzt kommt alles wieder hoch. Ich war dazu degradiert worden, auf die orangefarbene Katze der Nachbarn aufzupassen. Die Nachbarin und ihr Mann, den ich nie gesehen habe, waren unförmig fett geworden, und sie hatten meine Wohnung übernommen und mich mit ihrer Fettleibigkeit und ihrer abweisenden Art fast daraus verdrängt. Aber ich wurde geduldet, weil ich die Katze fütterte. Ich schleppte eine große Schüssel hinter mir her, sie war zu groß, um sie zu tragen, und sie war mit undefinierbaren blutigen Schlachtabfällen gefüllt.

Ich schob die Tür der Nachbarn auf und schleppte die Schüssel in den Flur und weiter in das Zimmer, wo ich die

Katze finden würde, wie ich wußte. Im Traum erinnerte ich mich daran, wie sie immer angelaufen kam und den Kopf in die Schüssel senkte und das blutige Fressen in sich hineinschlang.

Aber als ich in das Zimmer kam, war es nicht die orangefarbene Katze, die ich sah, und sie kam nicht angelaufen. Sie hatte sich in eine Statue verwandelt. Sie war viel größer als vorher, und sie saß unbeweglich und würdevoll auf einem Sockel, so daß ihr Kopf auf gleicher Höhe mit meinem war – sie sah ganz verändert aus, aber im Traum wußte ich, daß es dieselbe Katze war.

Sie war schwarz und haarlos, sie war aus Eisen, schwarzem Eisen – und ihr Schwanz, in einem eleganten Bogen um ihre Vorderpfoten geschwungen, war mit glänzenden Goldringen geschmückt. Um den Hals trug sie einen üppigen, aufwendig gearbeiteten Goldschmuck, der an ein ausgebreitetes Flügelpaar erinnerte ... und ihre Augen waren klar wie Wasser. Die Augen waren das merkwürdigste. Sie hatten keine Pupillen, das Licht brach sich diffus in ihnen, und doch war es, als würden sie mich ansehen und als könnte ich tief in sie hineinsehen, jedoch ohne ihren Blick zu fangen. Die Augen hielten mich fest, und ich wußte, daß die Katze mich durch ihre Verwandlung in eine Statue befreit hatte, ich konnte gehen, wohin ich wollte, ich brauchte sie nicht länger zu bedienen. »Bedienen« war das Wort, das in meinen Traumgedanken widerhallte; es beinhaltete die ganze entbehrungsreiche, vernichtende Arbeit.

Ich fühlte mich erleichtert, dankbar, gewürdigt ... Die Katzenstatue besaß eine gewaltige Macht, das war es, was von dem Gold und den Augen ausstrahlte, aber sie hielt mich nicht, sie ließ mich gehen, und wir konnten in gegenseitigem Respekt mit den Augen Abschied voneinander nehmen. Es fiel kein Wort, alle Worte waren in meinen Gedanken, aber trotzdem war es eine Art Ansprache.

Ich kann mich nicht erinnern, wie ich nach draußen kam. Vielleicht wachte ich einfach auf. Aber es war ein machtvoller Traum, einer von denen, die einen bis ins Mark erschüttern.

Ich habe geduscht. Meine sauberen Sachen und das Handtuch, das Prohaska für mich herausgelegt hat, liegen auf dem Hocker in dem geräumigen Familienbadezimmer. Ich trockne mich ab. Sehe meine strubbeligen Haare im Spiegel erscheinen, der vom Wasserdampf der heißen Brause beschlagen war und nun langsam wieder klar wird.

Ich finde einen Kamm in meiner Kulturtasche und bringe die Haare in Ordnung. Sie sind lang geworden, hängen an beiden Seiten bis über die Ohren.

Und der Bart. Es ist, als hätte ich ihn vorher nicht gesehen. Als hätte der kleine Spiegel über Schönmeisters Handwaschbecken, der einzige Spiegel in der ganzen Wohnung, nur widerwillig Bilder zurückgeworfen. Hier sieht man alles deutlich.

Die Lippen. Die Zähne. Das dahinter ist mein Mund.

Prohaskas Rasierapparat liegt in einem Regal neben dem Spiegel. Das schwarze Spiralkabel ist eingestöpselt, in eine Steckdose oben an der Spiegelleuchte. Meine Hand nimmt den Rasierer, und mein Daumen schiebt den Schalter eine Stufe nach oben. Der Rasierer summt.

Er hat sicher nichts dagegen, daß ich ihn benutze.

Der Trimmer reißt ein bißchen am Bart, aber die Haare fallen, Bahn für Bahn. Dann sind nur noch Stoppeln übrig. Der Scherkopf auf der Haut. Lange her, dieses Gefühl.

Ich starre mein glattes Gesicht im Spiegel an. Ein bißchen hohlwangig; ich habe die ganzen letzten Tage viel zu wenig gegessen. Die Haut brennt. Aber es ist meins. Mein Gesicht. Es ist noch da.

Im Waschbecken liegt ein unordentlicher Haufen dunkler und grauer Haare, ein lebloser Pelz. Mit einigen von Frau Prohaskas rosa Kosmetiktüchern schiebe ich sie zu einem Klumpen zusammen, den ich mit beiden Händen in den Treteimer neben der Toilette werfe. Weg damit. Putze das Waschbecken mit einem weiteren Kosmetiktuch, bis kein einziges Haar mehr zu sehen ist.

Plötzlich merke ich, wie heftig mein Herz klopft, und wieder schlägt die Mattigkeit über mir zusammen. Ich beuge mich übers Waschbecken, spritze mir kaltes Wasser ins Gesicht, ziehe mich an, lausche an der Tür – die Haushälterin ist immer noch unten – und schleiche mich ins Gästezimmer. Seltsam, kühle Luft um Wangen und Kinn …

Das Gästezimmer ist klein, aber es ist Platz genug für einen Sessel. In den sinke ich und lasse meine Gedanken zur Ruhe kommen. Das klappt. Sie wandern nach Norden.

Louis sagte einmal zu mir: »Wir kommen zurecht, Peter. Wir verlangen nichts von dir, und wir weisen nichts von dir zurück. Mach, was du willst, aber mach auch für uns das, was du wirklich *willst*, nicht mehr und nicht weniger.«

Sie haben mein Verschwinden nicht hingenommen, das weiß ich jetzt. Sie haben mich gebeten, nach Hause zu kommen. Ich wollte ihnen alles geben, indem ich verschwand, und das war zu viel. Nun werde ich von Luna geholt, und wir müssen uns etwas überlegen, das uns nicht überfordert.

Irgend etwas in mir hat sich gedreht, das kann ich trotz allem merken. Ein anderer Kurs. Leichter ums Herz, freier. Ich muß auch *die beiden* freigeben.

Und Schönmeisters Erbe werde ich annehmen. Ich unterschreibe die Papiere, zu denen ich nach Prohaskas Willen schon lange hätte Stellung nehmen sollen. Anschließend wird das Ganze verkauft. Die Wohnung, die Möbel, die Wertpapiere, samt und sonders. Ausradiert. Und nachdem alle Ausgaben bezahlt sind, teile ich den Rest durch zwei. Eine Hälfte für Cæcilie, die andere für Therese Meisl. Eine Hälfte für das Kind, das so spät in mein Leben getreten ist, und die andere Hälfte für die Frau, die meinen Erzeuger so lange umsorgt hat.

Es ist an der Zeit. Zeit für Zukunft. Ich kann die Konturen einer Zukunft sehen, die nicht mehr undurchdringlich ist.

Ich möchte, daß Luna mich morgen hier draußen abholt;

danach werde ich Prohaskas Gastfreundschaft nicht länger strapazieren. Und die Wohnung, die ist zu.

Der Sarg ist zu, und der da drin liegt, das bin nicht ich. Das ist er. Möge er in Frieden ruhen.

Katze Sursa träumt. Sie ist im Auge, diesem schwindelerregenden, fliegenden Ort, wo alle Dinge durchsichtig sind und in langen Reihen hintereinander herlaufen. Der Mann ist da, und sein Weibchen ist da, und da ist ein Er und eine Sie mit einem kleinen Wesen zwischen sich, und sie schimmern so traurig. Da sind viele andere, und ein alter grauer Mann geht vor ihnen allen her, er wedelt so ungeduldig mit dem Arm: Der alte Graue will sie alle nur mit sich ziehen. Sursa faucht ihn an, und der Alte wechselt die Farbe und leuchtet schön. Sein Licht dringt zu Sursa wie ein langes sanftes Liebkosen, und dann versinkt er. Die anderen zerstreuen sich, und jetzt sind nur noch der Mann und sein Weibchen da, das große blendende Licht ganz hoch oben wirbelt mit atemberaubendem Tempo herum, er und sie sind dicht beisammen, und das Auge bewegt sich so schnell, daß Sursa nach Luft schnappen muß, bis es weit vorne mit ihr anhält. Sursa sieht sein Weibchen in aller Ruhe an, und da wächst und leuchtet ein Kleines drinnen in ihrem Bauch, ein wunderbares Licht, und der Mann legt seine Hand auf ihren Bauch, und es fällt glückliches Wasser aus seinem Gesicht.